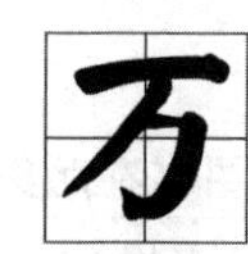

【清】李雨堂 著

中国出版集团公司
華文出版社

图书在版编目（CIP）数据

万花楼 /（清）李雨堂著. -- 北京 : 华文出版社,
2018.3
（中国古典小说丛书）
ISBN 978-7-5075-4871-6

Ⅰ.①万… Ⅱ.①李… Ⅲ.①章回小说－中国－清代
Ⅳ.①I242.4

中国版本图书馆CIP数据核字（2018）第031345号

万花楼

著　　者：（清）李雨堂
责任编辑：吴　晶　刘超平
特约编辑：吴　霜
装帧设计：格林文化
出版发行：华文出版社
社　　址：北京市西城区广外大街305号8区2号楼
邮政编码：100055
网　　址：http：//www.hwcbs.com.cn
投稿信箱：hwcbs@126.com
电　　话：总编室 010-58336239　责任编辑 010-58336222
发行部 010-58336270　010-56249152
经　　销：新华书店
印　　刷：三河市三佳印刷装订有限公司
开　　本：710mm × 1000mm　1/16
印　　张：24.5
字　　数：316千
版　　次：2018年4月第1版
印　　次：2018年4月第1次印刷
标准书号：ISBN 978-7-5075-4871-6
定　　价：56.00 元

“中国古典小说丛书”出版说明

所谓“古典小说”云者，其义有二焉：一曰，但凡古代之小说，皆可谓之“古典小说”；一曰，但凡技法未受泰西影响之小说，亦可谓之“古典小说”。然此特就今人之观念言之耳。

揆诸坟典，“小说”一词，出自《庄子·外物篇》，其言曰：“饰小说以干县令，其于大达亦远矣。”由此观之，庄子所谓“小说”，不过琐屑之言，以其无关道术，故以小说名之耳。

炎汉成、哀之世，刘向、刘歆父子典校秘书，检讨百家学说，取桓谭《新论》“小说家合丛残小语，近取譬论，以作短书，治身治家，有可观之辞”之意，把《伊尹说》《鬻子说》诸书，归为“小说家”之书，而《汉书·艺文志》(以下简称《汉志》)继之。夷考其说，“小说家者流，盖出于稗官，街谈巷语，道听途说者之所造也”(语出《汉志》)，此亦非后世之小说也。

唐修《隋书》，其《经籍志》立论本诸《汉志》，以小说为“街谈巷语之说”(《隋书·经籍志》语)。当此之时，小说之名虽同，而其类目稍广，举凡《燕丹子》《世说》《迩说》之属，皆可入诸小说名下。

后晋修《唐书》，其《经籍志》立论与《隋志》无异，以《博物志》隶小说，此为“神异志怪之书”入小说之始。

天水一朝，欧阳文忠公撰《新唐书·艺文志》(以下简称《新唐志》)，以《列异传》《甄异传》《续齐谐记》《感应传》《旌异记》等“史部·杂传类”之书移于“小说类”。至是，小说之部类日棼。

及元脱脱修《宋史》，《艺文志·小说类》承《新唐志》之旧而增广之。

明胡应麟以小说繁夥，派别滋多，于是综核大凡，分小说为六类：一曰“志怪”，一曰“传奇”，一曰“杂录”，一曰“丛谈”，一曰“辩订”，一曰“箴规”。至此，小说一类已蔚为大观，脱《汉志》“街谈巷语”之成规。

清修“四库”，《总目提要》（以下简称《提要》）别小说为三派，“其一叙述杂事……其一记录异闻……其一缀辑琐语”，而又损益之。考诸《提要》，则损益可知：一曰，进“丛谈”“辩订”“箴规”为“杂家”；一曰，隶《山海经》《穆天子传》诸书于小说。小说范围，至是乃稍整洁矣。其分目虽殊，而论述则袭诸旧志。

曩者宋元明清之史志，难觅“平话”“演义”之书，此特士夫习气，鄙其为末流所使然也。史家成见，一至于斯。今人刻书，自当脱古人窠臼。

说部诸书，以文体分，有“白话”“文言”之别；以体裁分，有“话本”“传奇”“演义”之别；以内容分，有“佳话”“世情”“侠义”“家将”“神魔”之别。细玩其文，既有劝世之良言，亦有“诲淫诲盗”之糟粕，而抉择去取，转成读说部书之第一要务。以此之故，我社特于说部诸书择其精者，辑之而为“中国古典小说丛书”，凡百余种。

然说部之书浩如烟海，其精者又何限于区区百十之数？此次出版，难免遗珠之憾。然能俾读者因之而省择取之劳，进而得窥说部精要，示人以津梁，则尚不违出版“中国古典小说丛书”之初心。

说部之书，多出自书坊，脱误错乱，在所难免，故于“取其精华，去其糟粕”外，尚需广施校雠，始得成其为可读之书。以此之故，我社多方搜罗以定底本，精排其版以美其观，躬自校雠以正讹误，然后付诸枣梨，装订成书，以飨读者。

限于编者学力有限，书中疏漏之处，在所难免，尚祈广大方家、读者诸君不吝批评斧正。凡能指出书中一二谬误者，皆为吾师，吾人不胜感激之至。

华文出版社编辑部

2017 年 10 月 26 日

目　录

第一回

选秀女内监出京　赴皇都娇娥洒泪

诗曰：

一编欣喜有奇文，奸佞忠良各判分；
决狱同钦包孝肃，平戎共仰狄将军；
威棱面具留佳话，旋转宫闱立大勋；
莫笑稗官凭臆说，主持公道最情殷。

却说大宋真宗天子，乃太宗第三太子。名恒，初封寿王，寻立为皇太子，太宗崩，遂登大宝。在位二十五载，寿五十五而崩。溯其即位在戊戌咸平元年，其时乃契丹统和十六年。考帝之初政，宽仁慈爱，大有帝王度量，然好奉道教，信惑异端，以致祸乱丛生，屡有边疆之患，后有契丹澶州之扰也。

且说真宗登基后，即进刘皇妃为东宫皇后，封赠李妃为宸妃，二后俱得宠幸。其年两宫皇后齐怀龙妊，真宗暗暗欣然，唯愿二后早生太子接嗣江山。当时朝中文武，自首相一品以下，二三四品官不下百余员，其中忠诚为国者不少，奸佞不法的亦多。时称为贤良的有太师李沆、枢密使王旦、平章寇准、龙图阁待制孙奭四位大臣，真乃忠心贯日的贤臣。只有王钦若、丁谓、林持、陈彭年、刘承畦五人，相济为恶，聚敛害民，时人号为朝中五鬼。又有包拯初为开封府尹，庞洪职居枢密副使，忠佞二臣，容后交代。

却说庚子三年，有内监陈琳，一天出朝上殿，俯伏金阶，口称："我主万岁，奴婢见驾。"天子一见说道："你乃掌管宫闱，司礼内监，今来见朕，有何章奏？"陈琳奏道："奴婢并非文武司职，并无本章上奏，不过面陈罢了。"天子道："你且当面奏来。"陈琳道："只因上年蒙我主隆恩，放出宫内中年妃嫔一千五百余名，各官民父母领回已讫。如今三宫六院，缺少了许多妃嫔，遂觉不够使唤，望乞我主万岁颁旨，另选少艾，以备宫中充用。奴婢职掌内宫，不敢隐瞒。"当下天子闻奏，暗想：宫中妃嫔，上年虽则放出一千五百余名，目下少年者尚属不少，倘若再选，岂不有屈民间多少年少美女！如今朕有个主意，想上年王嫂宾天，八王兄中馈已缺。他年将半百，尚无后嗣，不若趁此选点秀女，挑其美丽超群有贵相的，送与王兄作配，岂不是美事。倘或一二载产下麟儿，以接宗支，也未可知。当日真宗想定主意，随即降旨前往山西太原，只许一府挑选才女八十名，不许多选，亦不得借端滋扰良民，限五个月内回朝缴旨，即命陈琳前往。陈琳领旨，天子退朝进宫，文武官员各回衙署不提。

单说内监陈公公赍了圣旨，带了八名近身勇士，一千护送宫女的兵丁，一路长行，一月余方得到了山西省首府太原。早有大小文武官员前来迎接钦差。陈公公一路进至城中，一同滚鞍下马，到了大堂，开读圣旨已毕。众文武接旨之后，一同见礼，依次坐定，谈说一番。是夜，置酒相待，晚膳已完，众文武各自散去不表。

却说太原府城中大小文武五十多位官员，当时得知万岁旨下，挑选才女，以备内宫之用，大家怎敢延慢。知府转委知县，传集保领人等一刻齐集县堂。有县主吩咐传言："当今万岁旨意，挑选美女八十名。不论官家宦女，民家才女，凡十三岁以上，十九岁以下，生来才貌两全，俱要报名上册。限十日之内，报足八十名之数，候钦差挑选。如有匿名违命徇私，定当重责不贷。”众保各领命而去。

当日地方保领于一府之中，城厢内外，不论名门宦户，逐一点名核查。不想太原一府地方，军民百姓贫富不一，闻此消息，甚是惊惶。内有许了人的，自然即时完娶，其年少些未曾定配的，仓卒间也不用过聘，立刻嫁娶的甚多。至有年高定了年少，贫贱娶过富豪的也不少。若论挑选宫女，于一府地方只选八十名，众民何故如此慌忙？皆因父母爱惜子女，好不容易将女儿育成十四五岁，有六七分姿容，倘或被选，便永无相见之日，犹如死了一般，为父母者又怎不着急？当日不特民间慌乱，即名门官宦之家，倘有美貌超群、才情出众的，也都不敢隐瞒，只因奉了圣上旨意，你倾我轧，皆要献出。

期满这一天，众美人带至金亭驿中，计民家美女却有二百余名，内中官宦之家的贵女不过二十名。陈琳一一挑选过，其上等美丽，身材窈窕，纤纤指足者，不过五六十名，其余的虽然有六七分容貌，不是面色黑些，便是身材不称，都选不上。陈琳道：“众位大人，你们若不嗔怪，咱就直言了。想圣上上年放出中年宫女一千五百余名，如今只选回稍美者八十名，可谓仁德之至了。咱家临出京之时，圣上曾命要首选一名绝色才貌双全的为贵人，岂知太原一府地方，八十名尚且不足，众位大人试想，难道咱家就这样还朝复命不成？倘列位大人有意隐瞒，欺着圣上，就难怪陈某亲往挨查。倘若众官长中查出有美丽贵人，勿言某之不情，奏明圣上，以违旨论！”众文武听罢，皆无言语，只是眼睁睁地看着一位官员。此人姓狄名广，现为本省太原府总兵，祖上原居山西，他祖父名狄泰，五代时曾为唐明宗翰林院。父亲名狄元，于本朝先帝太宗时，职居两粤总制，威震边夷，名声远播，中年而亡。老夫人岳氏尚存，生下一子一女，长子即今狄广总爷，后得怀胎幼女，唤名千金，长成十六之年，真有闭月羞花之貌，沉鱼落雁之容，不独精于女工，而且长于翰墨，还未许字人家。这岳氏老太太爱之犹如掌上之珠，怎肯去报名上册？如今狄广听了陈琳要亲身到各府搜查，众官员也都知狄门有此美女，内中亦有为子求过婚的，只因老太太不舍，未能成就。当时狄爷知瞒不过，心中闷闷不乐，只得与众官同声说道："陈公公将就些，且宽限我们三天，如有美不献，一朝奏知圣上，也怪不得了。"当时陈琳允诺，众文武各散回衙。

单说狄爷已有二女一子，长名金鸾，次名银鸾，但次女未及三岁已早夭亡。如今大小姐年方九岁，公子狄青初产，方才对月。当日狄爷回至府中，滚鞍下马，回进后堂，闷闷不乐，不言不语。孟氏夫人见此光景，即呼："老爷往日回来，愉颜悦色，如今有何不乐？"狄爷见问，便将陈琳催迫之言细细说知。夫人听了，也觉惊骇。正在对坐愁闷，不料小姐适进中堂，一闻愁叹之声，也觉惊惶。听了哥嫂之言，早已明白，便轻移莲步来至堂中，与哥嫂见礼，只做不懂，开言道："哥嫂缘何在此愁叹，有甚因由？"狄爷见问，只得叫声："贤妹，愚兄因思你父亲弃世太早，说起不禁令人感伤。"小姐道："哥哥既然思念父亲，缘何又有违逆圣旨只恐举家受累，罪过非轻之言，此是何说？"狄爷夫妇听罢，低头不语。小姐又道："哥嫂所言，妹子已经尽悉，今日既然事急，何必隐瞒？"狄爷听了，即道："贤妹呵！不幸父亲归天太早，抛下萱亲在堂，只有你我兄妹二人。如若今日将妹子献出上册，一来怕哭坏了老母，二来难以割舍同胞之谊，因此觉得愁闷不堪。明天待愚兄备下一本，请陈琳还朝，奏个明白，正在筹思，不知可否。"小姐听了，说："哥哥，此事万万不可！哥哥为官日久，岂有不明法律之理？圣上倘准了此本固好，倘或不准，怪责起来，圣上一怒，哥哥便有逆旨之罪，一家性命难保，反累及母亲，岂不是只因妹子一人，使哥哥负了不忠不孝之名，此举望哥哥再为参详。"狄爷听罢，低头想了一番，便问："贤妹，依你主意怎样？"小姐说："依愚妹之见，还是舍着我一人，既保全了举家大小，又免了哥哥逆旨之罪，方为上策。但不知哥哥意下如何？”狄爷不觉愁眉倍蹙，长叹一声。三人谈论一番，不觉天色已晚。

忽然过了三天，是日狄爷夫妻正与小姐商量之际，只见一个老家人慌忙走进内堂，口称：“老爷，今有陈公公领了军兵，先往节度使衙门搜寻，少刻定到我们府中来的。”狄爷听了，闷上添愁，孟夫人吓得没了主意。小姐说：“哥嫂不必慌忙，愚妹自有定见。”便吩咐老人家：“且往外堂唤中军迎接陈公公，请他早回金亭驿，不必到我府中。就说狄总爷有位姑娘报册。”当下老家人领命出外堂去了。小姐唤丫环进佛堂内，请到岳氏，老太太坐下，看见孩儿愁容满面，又见媳妇女儿各人一汪珠泪。太太见此，好不惊骇，即问：“你夫妻兄妹为何如此？”狄爷只是摇首难言，犹恐太太悲痛。太太又问女儿：“你因何也是如此悲伤？其中必有缘故，快些说与为娘得知。”狄小姐未及启言，泪浮粉面，说声：“母亲，女儿从小长育宦门，深居闺阁，有谁委曲我，只因今日圣上有旨，到本省点选秀女，册上缺少人数，钦差难以复旨，只要官宦人家闺女补数。如今挨户搜查，如若再匿名不报，全家就有不测之灾。早闻报到挨搜至节度使府中，搜毕必然来搜查我府了。只因哥嫂慌乱，又无可再设施的，女儿只得舍着一身去报名，以免满门之累，但割舍不得母亲之恩，哥嫂之情，因此不免悲伤。”言罢，珠泪沾襟。老太太听了此言，吓得魂飞魄散，手足如冰，母女抱头痛哭。

狄爷夫妇正劝解间，有老家人跑进内堂，报说：“中军官方才将陈公公请回金亭驿去了。陈公公说：‘老爷若肯将小姐献进，至为知机，但切不可延留过久，即日就要回朝复旨。’”狄爷说：“知道了，你去吧。”家人退出。

却说这狄广只有一子，方在哺乳，固属不知事体，即九岁女儿，虽知人事，别离苦楚到底不甚明白。只有母女夫妻四人十分凄惨。又过了三天，见老家人传报：“陈公公今日立刻要请小姐出府，因于官宦人家选足了八十名之数，只少我家小姐一人未到。”老太太听了，倍加凄惨。狄爷夫妇含泪苦苦相劝，老太太只得揩了眼泪，说：“也罢，为娘且送你至驿中，以尽母女之情。”狄爷连忙吩咐备了两乘大轿伺候。小姐带泪相辞嫂嫂，这孟氏夫人下泪纷纷，各言珍重之话。

当时母女上了大轿，狄爷骑上骏马，一班随行家将，一路呼呼喝喝，出了大堂，来至驿中。先差旗牌官去通报，然后将二乘轿抬到内厢，狄爷下马相随，来到大堂。陈公公敬她是位小姐，又是狄爷同到，忙下阶相迎。母女下了大轿，太太携挽娇儿站立堂右，陈琳先与狄爷见礼，后对小姐举目一看，果然生得姿色美丽，与众不同。有诗赞曰：

娇艳轻盈一朵花，西施敢与斗容华？
慢言秀美堪餐色，再世杨妃产狄家。

当下陈琳看见小姐生得容光姣艳，迥异寻常，满心喜悦，说声：“总戎大人，此位是令爱小姐么？”狄爷道：“非也，乃下官同胞小妹。”陈琳道：“原来乃大人令妹。果然天生丽质，非凡美所及，倘注上册名回朝，如经圣上青目，必然大贵，福分非轻的。”狄爷说：“老公公前日有言在先，倘众文武中有美不即献出，回朝奏知圣上，以违旨论。但下官思量，妹子虽有此美才，只因家母年高，爱惜女儿如珍，真难割爱，是以延迟至今始报。望祈老公公回朝将就些，以免下官有欺君之罪，不胜感激！”陈琳道：“总戎大人何须过虑。你今依旨将令妹上册，何云欺君？其迟些报献，不过人子体念亲心之意，陈某怎敢诛求。但令妹是何闺名？”狄爷道：“小妹闺名千金。”陈琳即命执笔人，将宫女册上头名注上狄千金毕。

陈琳得此美人，随即于众美中选了十余名，凑足了八十名之数，余女发回各家父母领还。当时不用狄府大轿，要请小姐坐上香车。老太太心如刀割，泪似泉涌，小姐牵衣顿足，母女奚忍分离？狄爷见此光景，也觉惨然，只得硬着心解劝母妹一番。老太太无奈，含泪嘱咐女儿一遍，转身又向陈琳道："老公公，我女儿年少，寸步未离闺阁，娇生惯养，一十六年。万里风霜，望祈照管，老身即死在九泉，亦当衔环相报。"陈琳一口应允，又呼："老太太，小姐今日应选还朝，定然是一位大贵人，实乃可喜，何须悲苦？陈某凡事自当照管，不用挂怀，且暂请回府去，吾即速登程回朝了。"母女只是珠泪纷纷，实乃生离死别，母子情深笔难尽述。狄爷也来催促，小姐又含泪道："哥哥，小妹此去，吉凶未卜。但母亲年老，小妹一别之后，定然愁惨不堪，万望哥哥嫂嫂百般解劝，诸事留心，小妹别后，死死生生，别无所虑了。但今日陈公公催促甚急，不能与嫂嫂面别一言，心实不安，望哥哥回去代小妹多多拜上。侄儿侄女，哥嫂自能教育，不用小妹多嘱，总于母亲处用心留意，即是哥哥看待小妹之恩了。"一言未罢，珠泪双行。狄爷带泪，连声答应道："贤妹放心！愚兄平日侍奉母亲，你亦尽晓，尽可宽怀，一切还望留意珍重。"

当日兄妹二人，身同一脉，也觉不忍分离，有许多衷曲之语要说，一句话都说不出来。不特小姐女流情重，固属依依留恋，即狄爷是轰轰烈烈英雄，此际也未免儿女情长，英雄气短，说至胞谊生离，不禁潸然下泪。

不知狄小姐分袂如何，且看下回分解。

第二回

八王爷蒙恩获美　狄千金慰母修书

当时狄爷兄妹正在悲离之际，老太太流泪，在袖中取鸳鸯一对，呼唤女儿：“此对玉鸳鸯，乃是当初你爹爹奉旨征辽，回朝加爵，圣上恩赐此宝。善能辟邪镇怪，刀斧不能砍下。此乃传家之宝，父亲去世遗下，为娘敬谨收藏数十秋，今日与一只给你带去，留下一只与你哥哥，以作日后遗念便了。”小姐伸手接过，正要说话，有陈公公几次催促，小姐只得含泪上了香车，同着众女子进京。当日也有父母姑嫂一班相送，何止三五百人。哭泣的哭泣，嘱咐的嘱咐，一一实难尽述。陈公公吩咐启程，文武官纷纷送别。

单说岳氏太太见女儿香车一起，泪如雨下，心似刀割，哭声凄楚，扑跌于地。狄爷连忙扶起，解慰一番，太太只得带泪上轿。狄爷辞别众官，乘马回衙，进内安慰太太。孟氏夫人已知姑娘别去，夫妻谈论，不胜伤感。按下狄府慢提。

却说陈琳催车出了城外，一路直向汴京而来。水陆并进，过了月余，已到河南地面，又是数天方达帝都，于午朝门外候旨。此日适值真宗天子方才朝罢，与南清宫八王爷在长乐殿内下棋，有内侍奏知挑择秀女回朝一事。天子闻奏，龙颜大悦。传旨先宣陈琳，一一奏明；

然后又命宣进美人于殿内。陈琳领旨，即跑出外殿，到午朝门外，吩咐众美人下了香车，即要入朝见圣。当下陈琳带领八十位美人，引进长乐殿中，在丹墀下齐齐倒身下跪。陈琳捧册献上，有内侍展于龙案上，天子举目一观，只见头一名美女姓狄名千金，下边注着宦门二字。天子看罢，却传旨宣首名狄千金上殿。陈琳领旨下阶，奉宣千金见驾。言毕，只见中央一位美裙钗，金莲慢步，上了丹墀，正身跪下俯伏，燕语莺声，口称万岁。天子见着这位美人，不啻蕊宫仙女，宛如月殿嫦娥，龙颜倍喜，说："此女果然美丽不凡。"八王爷也赞叹道："不独姿色美丽，而且礼数雍容，出身必非贫贱之辈，但不知是怎样官职人家？"天子说："待朕细问。"便朗呼道："狄千金，你既是山西太原人氏，生长宦门，父居何职？且细细奏与朕知。"狄千金说："臣妾领旨。"即有七言绝句奏上，诗曰：

原籍山西府太原，父为总制狄名元。
总兵狄广亲兄长，深沐皇恩世代沾。

真宗天子听奏，喜色扬扬。八王爷道："不意此美人才貌双全。"天子说："王兄果然眼力不差，且她是世代勋臣之女。朕选此美女，原有个主意在先，想来王嫂去岁登仙，王兄目今尚缺中馈之人，朕今将此女赐与王兄，送至南清宫内，以为内助便了。"当时八王爷一闻天子之言，慌忙离位，欠身打躬，口称："陛下虽有此美意，但臣该有罪欺天了。狄千金乃奉旨挑选，以充圣上宫中使唤，微臣焉敢领旨作配？伏望我主龙意详察。"天子说："王兄不必推辞，朕已有旨在先，如不合于理，陷王兄于不义，朕岂为之哉？"即传旨着陈琳将狄美人送至南清宫，再赠宫娥十六名，陪伴美人，又赐脂粉银十万两。八王爷只得谢恩而出。

此时陈琳领旨，送狄小姐往南清宫去了。天子又看名册上第二名美人，乃是寇承御。天子说声：“好个承御的美名也！”就将她改作头名。当时天子又命宫娥领了七十九名美人，带引至东宫娘娘处交代，分发在三宫六院，暂且不表。

次日天子命发出库银一万六千两，发往山西应选各家父母，以为保养之资。

是日，狄小姐早有宫娥与她梳洗，换过宫衣服饰。八王爷望北阙先拜谢君恩，后坐于正殿当中，早有宫娥扶出贵人，两边音乐齐鸣，铿锵盈耳。来至正殿中，朝见千岁，行了君臣大礼，然后参拜天地。拜毕，有宫女一班扶了美人还宫。当晚王府内排设筵宴，众文武俱来叩贺，在正殿上饮燕庆闹，直到日落西山，众大人才拜辞千岁爷回府而去。陈琳复又进宫，回复圣上不表。

单言是夜王爷回进宫中与贵妃合卺，传情交杯，酒至数巡，方命散去余席。次日梳洗已毕，清晨进朝谢了君恩。退朝还归王府，有狄妃迎接王驾坐下。王爷开言说：“贤妃，你匹配孤家，实乃圣上龙恩美意。但有一言，前日陈琳奉旨往选时，将你名姓报入皇册内，充作宫娥以供使唤，今日身作王妃贵人，你的令堂令兄远隔数千里外，未必知之。明日圣上差官往山西赏赐银两与众秀女父母，以补养育之资，你何不修书一封，待孤家命差官付你母兄，以免他切望之心，不知你意如何？”狄妃闻命，离位下拜谢恩。八王爷命左右宫娥扶起。即取过文房四宝放于桌上，宫女浓研龙煤，轻拂玉笺，狄妃提起笔来一挥而就。书中大意不过请安问候，不用多述。八王爷见狄妃下笔敏捷，将书笺一看，言言锦绣，字字珠玑，心中暗喜，赞道：“贤妃真乃才貌两兼！”此刻妃子将家书封固，八王爷接转，即起位离后宫，到正殿上坐下。命掌府官宣往山西的钦差来见。掌府官领旨，去不多时，将钦差宣到王府，一见王爷，顿时俯伏朝见。八王爷即命平身。原来这钦差乃一个奸臣，由知府贿赂上司，拜大奸臣冯拯太尉为门下。庞太师是他岳丈，数进财帛于众权奸，是以由知府升任巡道，以至知谏院。此人姓孙名秀。当日躬身立着，八王爷唤道："孙钦差，你今奉旨往山西给赏，孤家狄妃有家书一封，劳你顺便带去，投于狄总戎府中，回朝之日，孤家自有重赏。"孙秀听了，诺诺连声，双手接过书来，叩谢出了王府，扶鞍上马，数名家丁随后，心下暗想："这狄总兵名狄广，乃是狄元之子。想当初狄元为两粤总制时，吾父在他麾下奉命解粮，只因违误了限期，被他按军法枭首，死得好不惨伤。我与狄门有不共戴天之恨，如今八王选这狄妃，此女是他亲生，此书不过是报喜的吉信，不若我将此书埋没不与，再与他报个凶信，暂解心头之愤，岂不快哉！"主意已定，即将原书藏过。

次晨，孙秀领了王库中一万八千两白金，押着车辆，离却汴京城，一路登程，水陆并进，已至山西。城中大小官员，早知钦差到来，远远恭迎，见礼之间不能尽述。当日孙钦差将银子交付布政使司暂存，即命县主传示选女的父母，报名领赏，每一名赏白金二百两，实得一百二十两。此缘孙秀是奸贪之辈，每二百两减克了八十两，赚出六千四百两，饱充私囊，众人哪里得知？

当日狄总爷闻圣上有银两恩赐，故钦差一到，他正要打听妹子信息。次日早晨，具备名帖，邀请孙秀。孙秀吩咐即日打道，向总戎狄府而来。狄爷闻报孙钦差来拜会，又称言有机密事相商，必要到后堂才好相见，连忙出府迎接。两下见礼毕，携手进后堂，再复叙礼坐下，家丁敬递过香茗，狄爷道："无事不敢邀驾，钦差大人奉旨到来，给赏众秀女父母，内有位狄千金之名，进京之后，不知如何下落？谅大人在朝，必然细悉，故小将特请孙大人到来，求达消息。"孙秀听了，反问："老总戎，你何以知有狄千金之名，又是同姓，莫非此女是总戎令爱么？"狄爷道："非也，不瞒大人，此女乃小将舍妹。"孙秀道："原来乃总戎大人令妹，真是可惜！"狄爷听了，连忙问道："孙大人为何说起可惜二字，莫非有甚差池么？"孙秀故意左右一瞧，呼声："总戎大人，凡入侍家丁，可是内堂家人，还是外班散役？"狄爷回言，都是内堂服役。孙秀道："下官言来，不要传扬出外方妙，倘走漏风声，恐有不测之祸，连下官也有累及了。初时令妹进到王宫，略闻她思念家乡，怀忆父母，日夜悲啼，天天怒吵，三宫六院个个憎嫌不悦。岂知令妹性急，抑或忧忿过多，竟是悬梁而死。圣上闻知大怒，说污渎了宫闱，罪不容诛，已将尸首抛弃荒郊之外。下官奉旨之日，圣旨命我密访她父母问罪，幸得陈公公一力为大人遮瞒，不说是大人嫡妹。在下官想来，大人还是趁早寻条出路，以免罗网之灾，下官但据事直言，只恐冲渎，休得见怪。"狄爷听了，神色惨变，只得满口称谢。孙秀登时告别，狄爷当时亦无心款留。

待钦差去了，回到内堂，早有岳氏太太在堂后听得明白，一见狄爷进来，她便一把扯住问道："我儿，方才钦差之言，是真是假？倘若是真的，为娘性命断难留于人世了。"狄爷听了，忙道："母亲何用惊慌？早间钦差不过谈论国家事情，未有什么言辞，母亲为甚如此着忙？"太太呼道："我的儿呵！方才钦差与你说的一番话，我已听得明白，你还要瞒我么？"狄爷听了，不觉垂泪，说："母亲，这是祸福无常，如今亦不必追究真假，母亲既然听得钦差之言，便是如此了。"老太太说："你的妹子到底怎生光景，须速速说来。"狄爷道："母亲呵，今日圣上旨调孙钦差到来，恩赏众秀女父母，不论官民，一概俱有给赏，惟我家无名，想起来妹子定然吉少凶多了，这钦差之言，岂不是真的么？"岳氏老太太听了，早已吓得三魂失去，七魄飞腾，大呼一声道："我的女儿呵，你死得好惨伤也！"往后一跤，跌倒地中，气息顿时绝了。狄爷夫妇齐步赶上，慌忙扶起，哭呼母亲、婆婆。众丫环使女齐集，看见老太太面如金纸，一息俱无，已是死了。狄爷含泪道："手足已冰冷了。"夫妇对看，放声大哭，狄爷道："今日妹死母亡，如此惨伤，何天之不祚，弄得如此收场呵！"孟氏夫人纷纷下泪说："不意狄门不幸，祸从天降，有此灾殃。可怜姑娘年少惨死，又受此暴露尸骸之罪，老婆婆又因此而亡，数月之间，人亡家散，言之痛心不已！”狄爷闻言，更觉凄惶，夫妻对着尸骸只是痛哭。当时众家丁丫环仆妇一同下跪，禀道：“老爷、夫人不可过恸，老太太既已归天，打点料理后事要紧。况天气炎热异常，诚恐老太太玉躯不得久停。”狄爷夫妇听得家人禀告，只得收泪，即于堂中安放。狄爷又进内取出白金百两，命得力家丁去备办棺木，不一会将材料等抬到，即命匠人登时赶造一棺一椁，又命人赶办衣衾等类。官家使用自然不比民间，一一实难尽述。到了次日入殓，夫妇又复痛哭一番。其时大小姐金鸾，年及十岁，已知人事，亦不免伤感，忆着婆婆。只有公子年幼，不知人事。

当日收殓老太太之后，少不得僧道追荐，狄爷忙乱数天，方得安静。一日，夫妻商议，狄爷道：“如今妹子在朝自尽，母亲又因妹子气愤身亡，且孙钦差又通知皇上大怒，只因妹子自缢，污秽了宫闱，还言要访拿父母。幸得此机未泄，我今不如趁母亲亡故，预上一本，辞退官职，一来省却祸患，二来归回祖居，以葬母亲，夫人以为何如？”孟氏夫人听了道：“此言亦是，只是孙钦差之言未知真假，岂可因此一言，便灰了壮志？老爷还该细细酌议，或命人回朝打听明白，再作计议。”狄爷道：“据孙秀之言如此，想必不差，况他从京都来，事关重大，必无讹传之理。若要回朝打听，往返又要数十日，倘圣上当真追究起来，那时逃遁不及了。况吾年已四旬，在朝为官十余年，后来奉旨回乡剿寇，不觉将近十载，如今看得仕宦之途，甚是无味。不若趁早退归林下，乐得逍遥自在，省得担忧吃惊，受制于人。如今亦不必管孙秀之言是真是假，总是辞官归里为妥。”

不知狄爷如何辞官，究竟允准否，且看下回分解。

第三回

寇公劝驾幸澶州　刘后阴谋换太子

却说狄广夫妻商议已定，是夜狄爷于灯下写了一道辞官殡母本章，次日打道来至节度使衙中，恳求代为转呈，节度使只得顺情收了。狄爷辞别回府，登时打点行装，天天等候圣旨慢表。

先说孙钦差颁给完了回朝。彼乃奸贪之辈，所有各府司道送来财礼，一概收领，并不推辞。是日文武官员纷纷送别，克日登程，月余方到汴京城中。次日上朝缴旨，后到南清宫复命，对八王爷道："狄总兵出外巡边，未曾付得回书，且臣难以久候，今日还朝，特来复命。"当下八王爷信以为确，倒厚赏了孙秀数色礼物，孙秀拜谢回府。所有私克秀女银两及各官送礼，共得银三万余两，他即派作三股，与冯拯、庞洪共分，两个奸巨大悦。次日上朝，冯太尉、庞枢密启奏圣上，言孙秀奉旨往山西，一路风霜，未得赏劳，且力荐他才可大用，请圣上升他为通政司，专理各路本章。孙秀不胜喜悦，感激冯、庞二人，侍奉甚恭，三人十分相得。

闲话休提。忽一日，山西节度使有本回朝奏圣，并附着狄广辞官告假本章一道，一同投达通政司。孙秀见了此本，犹恐八王爷得知，泄露机关，就不妙了，竟将狄广本章私下隐没，只将节度使本章呈达，又阴与冯、庞二相酌量，假行圣旨，准了狄广辞官归林，此事果然被三奸隐瞒了。

狄爷接得旨意，欣然大喜，与孟夫人连日收拾细软物件，打点起程。是日带领家眷人口车辆驾着老太太灵柩，一直回到西河县小杨村故居宅子。住了数天，选择良辰吉日，将老太太灵柩安葬已毕，狄爷又在坟前起造一间茅屋，守墓三年，方回故居，这也是狄爷天性纯孝，不忍离亲之意。

且说狄青原是武曲星君降世，为大宋撑持社稷之臣。狄门三代忠良，卫民保国，是以武曲降生其家，先苦后甘，以磨砺其志。另有江南省庐州府内包门，三代行孝，初时玉帝，原命武曲星下界，降生包门。文曲星得知，亦向玉帝求请下凡，先到包氏家降生了，故玉旨敕命武曲往狄府临凡。还有许多凶星私自下凡。原因大宋讼狱兵戈不少，文武二星应运下凡，除寇攘奸。故在仁宗之世，文包武狄都能安邦定国。

按下闲言少表，且说景德甲辰元年，皇太后李氏崩，文武百官挂孝，旨下遍告四方，不用多述。至仲秋八月，毕士安、寇准二位忠贤，并进相位。至闰九月，契丹主忽兴兵五十万，杀奔至北直保定府，逢州夺州，遇县劫县，四面攻击，兵势甚锐。定州老将王超据守唐河，契丹几次攻打，王将军百般保守，城上准备弓箭火炮，亲冒矢石，日夜巡查，契丹攻打不利，只得驻师于阳城。王老将军即日告急于朝，又有保定府四路边书告警，一夕五至，中外震骇，文官武将，个个惊惶。

真宗天子心头烦闷，惶惶无主，问计于左相寇准。寇准道："契丹虽然深入内境，无足惧也！向所失败，皆由他众我寡，人心不定，以至失去数城，倘我主奋起，御驾亲征，虏寇何难却逐！"时天子心疑略定，适值内宫报道："刘皇后、李宸妃两宫娘娘，同时产下太子。"当日帝心闷乱，忧喜交半，闻奏正欲退回内宫，有寇公谏道："今日澶州有泰山压卵之危，人心未定，若陛下疑难不决，不往进征，则北直势难保守。北省既陷，大名府亦危，况大名府与汴梁交界，若此则中外彷徨，大势去矣！恳乞陛下深思，请勿回宫，俯如微臣所请，宗社幸甚，天下幸甚！”当时毕士安丞相亦劝帝听寇准之言。真宗于是准奏，中止回宫，酌议进征之策。传旨两宫皇后，好生保护二位太子。

是日，真宗召集群臣，问以征伐方略，有资政学士王钦若，乃南京临江人，深恐圣上亲征，累及自己要随驾同往征伐，暗思契丹兵精将勇，抵敌不过就难逃遁了。故奏请圣上驾幸金陵，以避契丹锋锐，然后调各路勤王师征剿，无有不克。又有陈尧叟附和，奏请帝走成都，因他是四川保宁府人。二人都是各怀私见，便于家乡之意。其时天子尚未准奏，即以二臣奏请出幸之言，问于寇公，寇公心中明白二人奸谋，乃大言道：“谁为陛下设划此谋者，其罪可诛也！此人劝驾出幸，不过为一身一家之计，岂以陛下之江山为重乎？况今陛下英明神武，君臣协和，文武共济，倘御驾亲征，敌当远遁，不难出奇以挠其谋，坚守以亡其师，兵法所谓以逸待劳，以主待客，无往而不胜者，正今日之谓也。奈何陛下弃社稷而远幸楚蜀乎？万一人心散溃，敌人乘势深入，岂不危哉！”于是帝意乃决，准于即日兴师，将陈尧叟罚俸。寇公又惧王钦若诡谋多端，阻误军国大事，奏他出镇大名府。却有冯拯太尉，见圣上依寇准之谋，御驾亲征，又罚去陈尧叟俸，贬出王钦若，心中愤恨不平，即奏道：“寇准之言，未可深恃，望陛下详察，切勿轻举。谚云：‘凤不离窠，龙不离窝。’今陛下离廊庙而履疆场险地，岂不危乎！不若命将出师，以伐契丹，何必定请圣上亲征，伏乞我主勿用寇准之言，则社稷幸甚！”圣上未及开言，寇公怒道：“谗言误国，妒妇乱家，自古如斯！冯拯不过以文章耀世，军国大事，非你所知也。如再沮疑君心，所误非浅，不念君恩，不顾生民，只图身家计者，岂是做人臣的道理？”冯拯亦怒，正要开言，恼了一位世袭老元勋，官居太尉，姓高，他乃高怀德之子高琼，即出班大声奏道：“寇丞相之谋深远，真安社稷良谋，奈何沮惑于奸臣之论。

今日澶州危在旦夕，百姓彷徨，将士离心，目击澶州全境将陷，陛下再迟疑不往亲征，则北直失守，中州四面受敌，社稷非吾有矣。陛下不免为失国之君！”冯拯在旁大喝道：“辱骂圣上，罪当斩首，还敢多言么！”高太尉厉声喝道：“老匹夫！无非仗着区区笔墨，以文字位至两府，不思报答君恩，只图私己以病天下生民，人面兽心，还敢多言沮惑！如众文武中有忠义同心者，当共斩你头，以谢天下，然后请圣上兴兵；况你既以文章得贵，今日大敌当前，你何不赋一诗以退寇虏乎？”冯拯被他骂得羞惭满面，不敢复言。当时天子决意亲征，不许再多议论。即日点精兵三十万，偏将百余员，命高千岁挂帅，寇丞相为参谋，大小三军，皆听高寇二人调度。即日祭旗兴师，旌幡招展，一直出了汴京。水陆并进，非止一日。自是一连相持十余年，契丹方得平服。按下不提。

却说宫中刘皇后当日闻知李妃产下太子，至晚自己产下公主，心头不悦，却命内监奏报，也说是生的太子。但刘后思量，今日圣上虽然出征，不知何日回朝，倘班师回来，吾生下公主，谎报太子，因一时之愤，岂不惹下欺君之罪，怎生是好？忽想，内监郭槐是吾得用之人，且喜他智谋百出，不免召他来商议有何良策便了。想罢，即命宫女寇承御召郭槐到来。郭槐叩见刘娘娘，问道：“呼唤奴婢，有何吩咐？”当下刘娘娘将一时心急差见，报产太子之事说了一遍。犹恐圣上回朝诘责，既防见罪，又恼着碧云宫李宸妃产下太子，将来圣上倍宠于她，故今日特召你来商量，怎生了结。郭槐听了，想了一计，呼道：“娘娘勿忧，只需如此如此，包管谋陷得太子了。”刘后听了大悦，说：“好妙计！”即要依计而行。

忽一日，李氏娘娘正在宫中闲坐，思量圣上为国辛劳，不见亲生太子一面，克日兴兵去了。但愿早早得胜回朝。如今太子生下数月，且喜精神焕发，相貌翘秀，倒可放怀。李娘娘正在思量间，忽见宫女报说刘娘娘进宫。李娘娘听了，出宫相迎，二后一同见礼坐下，细细谈论。刘后装成和颜悦色，故意说为了公主乏乳，要太子的乳娘喂乳，当时李娘娘接抱了公主，刘娘娘抱着太子，耍弄一番。刘后十分喜悦，说：“今日圣上亲征北夷，闲坐宫中，甚是寂寥，贤妹不若到吾宫中一游，以尽姊妹之乐，不知贤妹意下如何？”李后不知是计，不好过却，只说：“蒙贤姐娘娘美意，但吾往游，只恐太子无人照管，怎生是好？”刘后说：“不妨，这内侍郭槐，为人甚是谨慎小心，太子交他怀抱，一同进宫去，便可放心了。”李后欣然应允。是日只带领了八个宫娥，将公主交回刘后，刘后将太子交郭槐怀抱。一路进到昭阳宫。二后分坐定，刘娘娘传命摆宴。不一刻摆上盛筵，二位皇后东西并席，两行宫娥奏乐，欢叙畅饮，刘后殷勤相劝，交酢多时，已至日落西山，方才止宴。李后问及太子时，刘后言太子睡熟，恐惊了他，故命郭槐早送回贤妹宫中去了。此时李后信以为真，安心在此交谈一番，已是点灯时候，李后谢别，刘后相送回宫去了。

却说刘后回至宫中，唤来郭槐，问及太子放于何所。郭槐道：“禀上娘娘，已用此物顶冒，并将太子藏过了。但奴婢想来，此事瞒不得众人，况娘娘生的是公主，人人尽知，倘圣上回朝被他查明，便祸兴不测，不特奴婢罪该万死，即娘娘亦危矣。”刘后听了大惊，说：“此事弄坏了，怎生是好？”郭槐一想，说：“娘娘，如今事已到此，一不做，二不休，只须用如此如此计谋，方免后患。”刘后说：“事不宜迟，即晚可为。”时交三鼓，二人定下计谋，刘娘娘命寇宫娥将太子抱往金水池抛下去。寇宫娥大惊，只得领命，抱着太子到得金水池。是时已将天亮，寇宫娥珠泪汪汪，不忍将太子抛溺，但无计可出得宫去，救得太子，只深恨郭槐奸谋，刘后听从毒计，此事秘密，只有我一人得知，如何是好？

不表寇承御之言，却说碧云宫李后回至宫来，问及众宫娥太子在哪里。宫娥言：“郭槐方才将太子抱回，放下龙床，又用绫罗覆盖了，说太子睡熟，不可惊醒他，故我们不敢少动，特候娘娘回宫。”李后说：“如此，你们去睡吧。”众宫娥退出，其时李后卸去宫妆，正要安睡，将罗帐揭开，绫袱揭去，要抱起儿子。一见吓得魂魄俱无，一跌倒仆于尘埃，顷刻悠悠复苏，慢慢挨起，说：“不好了！中了刘后、郭槐毒计，将我儿子换去，拿一只死狸猫在此，如何是好？”不觉纷纷下泪，“况且圣上不在朝，何人代我做主，刘后凶狠，外与奸臣交通，党羽强盛，泄出来圣上未得详明，反为不美。不若且待圣上班师回朝，密密奏明，方为妥当。”

不表李后怨愤，却说寇宫娥抱持太子在金水池边，下泪暗哭。时天色已亮，有陈琳奉了八王爷之命，到御花园来采摘鲜花，一见寇宫娥抱持一位小小王子在金水池边落泪，大惊，即问其缘由，寇宫娥即将刘后与郭槐计害李后母子缘故，一一说明。陈琳惊怕说：“事急矣！且不采花了，你将太子交吾藏于花盒之内，脱离了此地才好。”当时寇宫娥将太子交与陈琳，叮嘱他：“须要小心，露出风声，奴命休矣！”陈琳应允。急忙忙将太子藏于盒中，幸喜太子在盒中，不独不哭泣，而且沉沉睡熟，故陈琳捧着花盒，一路出宫，并无一人知觉。

寇宫娥回宫复禀刘后不提。且说是晚刘后与郭槐定计，又要了结李娘娘。至三更时候，待众宫娥睡去，然后下手。有寇宫娥早知其谋，急忙奔至碧云宫，报知李娘娘，李后闻言大惊。寇宫娥说：“娘娘不可迟缓了。倘若多延一刻，脱逃不及了！幸太子得陈公公救去，脱离虎口，今奴婢偷盗得金牌一面，娘娘可速扮为内监，但往南清宫狄娘娘处权避一时，待圣上回朝以后，再伸奏冤情。”当下李后十分感激，说：“吾李氏受你大恩，既救了吾儿，又来通知奸人焚宫，今日无可报答，且受吾全礼，待来生衔环结草，以酬大恩。但今一别，未卜死生，你如此高情侠义，令我难忍分离。”言罢倒身下拜。寇宫娥慌忙跪下道：“娘娘不要折煞奴婢，且请起，作速改妆，逃离此难，待圣上还朝，自有会期。但须保重玉体，不可日久愁烦。”说完，李后急忙忙改妆，黑夜中逃出内宫，一时不知去向，后文自有交待。是晚火焚碧云宫，半夜中宫娥太监，三宫六院，惊慌无措，及至天明，方才救灭。众人只言可惜李娘娘遭这火难，哪里知是奸人计谋。

却说有官人报知刘后：寇宫娥投水死于金水池中。刘后与郭槐闻知大惊，说："不好了！此事必定是她通知李后逃出去。她既通知李后，太子必不曾溺死。"但此时又无踪迹可追，只得罢了，命人掩埋了寇宫娥。

却说狄广自从埋葬了母亲，守墓三年，不觉又过几载，狄爷年已四十八，狄青公子年方七岁，小姐金鸾年已十六。此时狄爷对夫人言道："女儿年已长成，前时已许字张参将之子，吾年将五十，来日无多，意欲送女儿完了婚，也了却心头大事。"孟夫人说："老爷之言不差。男大须婚，女大须嫁，一定不移之理。所恨者前时姑娘年长，尚未许字，可怜她青年惨死。现在我的女儿，不可再误。"于是具柬通知张家。这张参将名张虎，原做本省官，为人正直，与人寡合。数年前夫妇前后逝世，遗下一子张文，他自父母弃世，得荫袭守备武职官，年方二十岁。这日接得狄爷书信，他思量父母去世，又无弟兄叔伯，不免承命完娶了，好代内助，维持家业，是以一诺允承，择了良辰吉日，娶了狄小姐，忙乱数天，不用烦言。他二人年少夫妻，小姐又贤惠和顺，夫妻自是恩爱。这张文家与狄府同县，时常来探望岳家，时狄公子年已八岁，郎舅相得，言谈极尽其欢。张文见小舅虽然年少，生得堂堂仪表，气概与众不同，必不在于人下，甚是喜欢。

话休烦絮。一天狄爷早起，打个寒噤，觉得身子欠安，染了一病。母子惊慌，延医调治，皆云不治。这日，张文夫妇同到狄府，看见狄爷奄奄一息，料想此病不起，母子四人暗暗垂泪，不敢高声哭泣。小姐暗对狄公子含泪道："兄弟呵，你今年幼，倘爹爹有甚差池，倚靠何人？"公子含泪道："姐姐，这是小弟命该吃苦。"姐弟相对谈论，愈加悲切。

不表姐弟伤心，忽一天狄爷命人与他穿着冠带朝服，众家人不知其故，孟夫人早会其意。又见狄爷两目一睁，也知辞世之苦，泪丝一滚，呼道：“贤妻子女，就此永别了。”说完，瞑目而逝。孟夫人母子哀恸悲切，一家大小，哭声凄惨，张文含泪劝解岳母道：“不必过哀，且料理丧事要紧。”当日公子年幼，未懂事情，丧事均由张文代为料理，忙了数天，方才殡葬了狄爷。

这狄爷在日，身为武职，并非文员有财帛的。况他为人正直，丝毫不苟，焉有重资遗后，无非借些旧日田园度日。是以身后，一贫如洗，小公子只得倚靠园中蔬菜之类与母苦度。亏得张文时常来往照管，公子年幼，真是伶仃孤苦。

转眼又是一阳复始，家家户户庆贺新年，独有那公子母子寂寥过岁。忽一日天正中午，狂风大作，呼呼响振，乌云满天，又闻平空水浪汹涌之声，一乡中人高声喧叫：“不好了！如何有此大水滔滔涌进，想必地陷天崩了！”母子听了大惊，正要赶出街中，不想水势奔腾，已涌进内堂，平地忽高三尺，一阵狂风白浪滔天，母子漂流，各分一处。原来此地向有洪水之患，这次竟将西河一县变成汪洋，不分大小屋宇，登时冲成白地，数十万生灵，俱葬鱼腹。当日公子年方九岁，母子在波浪中分离。

按下孟夫人不表，单言公子被浪一冲，早已吓得昏迷不醒，哪里顾得娘亲，耳边忽闻狂风一卷，早已吹起空中；又开不得双目，只听得风声中呼呼作响，不久身已定了。慌忙定睛四面一看，只见山岩寂静，左边青松古树，右边鹤鹿仙禽，茅屋内石台石椅，幽雅无尘，看来乃仙家之地。心中不明其故，见此光景，心下只自惊疑，发觉洞里有一位老道人，生得童颜鹤发，三绺长须，身穿道衣，方巾草履，浩然仙气不凡。公子一见慌忙拜跪，口称：“仙长，想来搭救弟子危途也。”老道人听了，呵呵笑道：“公子，若非贫道救你，早已丧身水府了。你今水难虽离，但休想回转故乡了。”

不知公子有何话说，何日回归故土，且看下回分解。

第四回

遭洪水狄青遇救　犯中原西夏兴兵

当下狄公子言道："仙师，弟子如此苦命，自幼年失怙，与母苦度安贫。不意洪水为灾，母亲谅来已死于波涛之内。今弟子虽蒙仙师救起，但想母亲已亡，又是举目无亲，一身孤苦，实不愿偷活人间，伏望仙师仍将弟子送回波涛之内，以毕此生，免受风尘苦楚，实感恩德。"道人听了微笑道："公子不用心烦，吾非别人，道号王禅老祖，此地是峨眉山，贫道在此山修道有年，久脱尘凡，颇明天意。目今你虽然困苦多灾，日后实乃国家的栋梁，即你母亲虽然被水漂流，尚还未死，已经得救了，日后母子还有重逢之日。你且坚心在吾山中守候几年，待贫道传授你兵机武艺，灾退之后，再归故土，自有一番惊天动地扬名后世之举，方合吾救你上山一番遇合之缘。"公子听了，即连连叩首不已，愿拜仙长为师。自此狄公子在洞中，安心习学武艺，王禅又授他六韬三略奇门，以待天时。公子虽听仙师劝勉，但思亲之念未尝或忘，又时时想到姊丈夫妻生死未卜，心中甚为愁闷。这且按下不表。

却说南清宫八王爷自从陈琳救得小太子回宫，只因圣上起兵征讨未回，故未奏明奸后奸监陷害太子情由，只将太子认作亲生，由狄妃抚育。至次年狄妃产下一子，八王爷大喜，一同抚养。又过了数年，圣上仍未回朝，时真宗亲征已有九载，太子已有九岁，狄妃子已八岁。其年八王爷年五十八。一日，王爷得病不起，薨于庚申四月，圣上未回，满朝文武百官开丧挂孝。只因八王爷乃太祖匡胤嫡裔，其威名素著外夷，萧后也闻其贤，即当今皇帝亦敬重他，故其薨逝，不异帝崩，大小文武挂孝，禁止音乐。

闲言休絮，却说真宗天子一连进征十一载，方解了澶州之围，败逐契丹，遣使讲和，每岁纳币二十万，天子准旨，命寇丞相、高元帅即日班师。涉水登山，非止一日，大兵一路唱奏凯歌。王者之师，秋毫无犯，百姓安宁。一日回至汴梁，各文武大臣齐集，远远出城接驾。天子只因得胜还朝，文武大臣各各加升，随征文武，论功升赏，不能尽述。帝回朝后，方知八王去世，不甚伤感，赐谥为忠孝王。其子长的原是太子，真宗哪里得知，八王去世，狄妃又不敢奏明，故圣上只痛恨火毁碧云宫，李后母子遭难而已。只言不幸，不得太子接嗣江山，自思年将花甲，精力已衰，即有孕嗣，恐已不久于世，冲子亦难接嗣位，不如册立八王长子，以嗣江山便了。主意已定，次早降旨，册立受益为王太子，改名曰桢，是年十四岁。又敕旨加封狄妃为王后，八王次子封潞花王，年方十三，袭父职。于是群臣朝贺，大赦天下。次年壬戌乾兴元年春二月，真宗疾渐重，御医诊治无效，不一月崩于延庆殿，享年五十五，在位二十五载，谥曰文明武定，葬于永定陵。是时百官举哀，遍颁天下，不用多述。太子桢即位，是为仁宗。刘、狄二太后并尊为皇太后，其时未有太子，故未册立，癸亥天圣元年，立正宫郭氏为皇后，美人张氏为贵妃。后来听吕夷简唆言，郭后被废，再立曹彬孙女曹氏为皇后，后话不提。到秋闰九月，故相寇准卒于雷州。自真宗得胜回朝，王钦若、丁谓、钱惟演、冯拯、陈尧叟、内侍雷允恭等一班奸贼，谗毁寇准。丁谓内结刘太后，假传圣旨，降贬寇准为雷州司户。帝尚年幼，人畏太后、丁谓，无人敢奏明此事，终至卒于雷州，归葬西京。丧到荆州公安县，民感其德，皆设祭于路，因立庙祠之，号竹林寇公祠。公三居相位，忘身报国，守正嫉邪，终被奸臣陷害，深为可叹。后追赠为中书令，敕封莱国公，谥曰忠愍，从优赐恤不表。

更考大宋真宗之世，常有契丹入寇之患，至仁宗即位之后，增岁币为四十万，契丹侵扰之患方息。然当日虽无契丹北扰，而西夏日见强盛，屡思夺占宋室江山，幸亏杨延昭拒敌，屡次兴师，未见得利。延昭既没，子杨宗保镇守三关，屡挫其锋，多年不见侵扰。不意西夏自被杨宗保败回之后，日事训练，养精蓄锐，以图报复。是年秋间，竟发动大兵四十万，战将数十员，赞天王为领兵主帅，子牙猜为副元帅，大孟洋、小孟洋为左右先锋，伍须丰为中军，五员猛将，乃西戎头等英雄。奉了西夏主命，径往巩昌府进发。巩昌府在陕西边界，一连凤翔、平凉、延安几府，俱被攻陷，直抵绥德府与山西省偏头关交界。守三关口主将杨宗保几次开兵，未分胜负，只得差官驰驿上本告急。当时差官不分昼夜，赶程来京。是日正在设朝，众文武趋跄朝贺毕，有值殿官传旨："有事出班启奏，无事退朝。"旨意宣罢，只见武班中有兵部尚书孙秀出班奏道："雄关杨元帅有本上奏。"当有殿前侍接本，展开在御案上，仁宗看时，上写着：

> 雄关总领、兼理军兵粮务事、军国大臣杨宗保奏：臣奉守三关二十余年，向借圣朝威德，陛下深仁，宁谧多年，兵无锋镝之忧，将无甲胄之苦。不意西夏国赵元昊贼心不改，称帝于西羌，于七月某日，兴兵四十万，水陆并进，寇陷陕西。全省震动，数府沦陷，直抵绥德，将近三关，臣几次开兵，未得其利。臣年逾花甲，精力已衰，恐难胜任，恳乞陛下速简良将，统领锐师，以解旦暮之危；缓则兵力单薄，雄州之地，恐非吾有矣。并虑隆冬天气，军士苦寒，伏望陛下早赐军衣三十万，得以均沾兵挟纩，不至兴嗟无衣，以致军士离心，兵民幸甚！天下幸甚！臣冒死谨陈，不胜迫切待命之至！

当下仁宗看毕，开言问道：“既然元昊作叛，寇陷陕西，众卿有何良策？”一言未了，只见文班中吏部天官文彦博执笏步至金阶奏道：“臣思偏头关与绥德府交界，三关重地，若非杨元帅镇守，不独陕西失守，即邻省山西亦危矣。今他飞章告急，军情之危，不言可知，遣师往援，固有不可终日之势。但北有契丹，朝中谋臣良将，如曹伟、韩琦、种世衡等，皆分守要镇，此外更无可遣之将，可调之师。唯有一面出榜求贤，或令内外大臣各举贤能，如有武艺超群，才略出众，堪膺将帅之任者，不次超擢即令彼统兵往援。一面招兵募勇，挑选健卒，练成劲旅，听候统兵大臣调拨，并赶办征衣，即令解送，未知陛下以为何如？”仁宗点头道：“依卿所奏。”即降旨着内外大臣，各举所知贤能之士，听候录用。并降旨命孙兵部招集兵勇，往御教场操演十万军马，以备登程。是日孙秀领旨，天子退朝，文武各散回衙不表。

却说当日仁宗即位之后，选了庞洪之女为西宫昭仪，因命庞洪入相。庞洪之婿孙秀，因由通政司进为兵部尚书。二人权势，显耀中外，更兼西夏用兵，丈人参军机，女婿掌兵符，愈加威赫。按西夏姓拓跋，自赤眉归唐，太宗赐姓李氏，后又讨黄巢有功，虽未称国而已称王。历五代至宋太祖，加封彝兴太尉，赐德明姓赵，臣事宋室，至子元昊始僭称帝，兴兵寇宋。用兵几二十年，被狄青降服，乃以父事宋，凡传二百五十八年，后为蒙古所灭不提。

却说狄青公子自遭水难之后，母子分离，幸得王禅仙师救上峨眉山，收纳为徒，传授诸般武艺。屈指光阴迅速，已有七载，一日独自思量道：我生不辰，父亲身居武职，祖父亦是名将，不料父亲亡后，与母借些薄产，苦挨清贫，命途多舛，九岁时洪水为灾，室庐淹没，母亲被水漂去，存亡未卜。吾虽蒙王禅老祖救到山上，收纳为徒，但母子分离，举目无亲，孤苦伶仃，实是伤心。日前师父说吾母命不该终，定有人拯救，自得重逢。但师父虽如此说，此刻心中如何安放得下。几次要拜辞师父下山，寻访母亲，无奈师父不允，我亦不明其意。今在山中七载，蒙师父传授韬略，俱已娴熟，他日果能安邦定国，建功立业，恢复先人之结，方遂我愿。想我年已十六，正是少年英雄，应该与国家出力，师父教我待时而动，下山扶助宋君，但不知待到何时。

正在胡思乱想，只见童子呼道："师兄，师父有话等你。"狄青闻唤，即同童子前来拜见师父。说道："蒙师尊呼唤，不知有何嘱咐？"老祖道："贤徒，我推算阴阳，喜得你灾难已满。今日命你往汴京去，一则你到汴京，该有亲人相会；二则你不该在山修道，理应扶佐宋室。现在西夏猖獗，须你平定。趁此机会，作速下山吧！"公子闻言，不觉垂泪道："师父，既然弟子灾难已满，可以离山，但蒙师父拯救教育七年，一日分离，实觉不忍；二者弟子思亲念切，意欲先回山西故上，找着母亲，然后到汴梁，未知可否？"老祖听了微笑道："贤徒，我许你到汴梁，自有亲人相会，岂有误你的，何必定转故乡？至于不忍分离，虽是师徒至情，但国事要紧，断不能久留。"公子思想道：师父命我速回汴梁，许有亲人相见，想必是我母亲了。只得诺诺应允，但盘费毫无，哪里走得？不免要求师父指示。老祖却冷笑道："男子汉大丈夫，盘费小事何须挂虑。我今与你子母钱一个，须当谨谨收藏，便是盘费日用了。只要到汴河桥地面，就没了这金钱也无妨碍了。"公子听了大喜，双手接了金钱，拜谢师尊，收入囊中，微笑道："上启师尊，再有什么神通法术传些与弟子，以作防身之用。"老祖道："贤徒，你的随身武艺尽可护身，何必再求仙术？趁此天气晴明，下山去吧！"公子称："是，弟子就此拜别了。"

说完，肩负行囊，迈开大步而去。老祖微笑道："好个少年英雄也。实乃国家栋梁之臣，西羌虽有猛将雄师，有何虑哉？但狄青此去，尚有微灾，但趁赶机会应该如此，虽然先历些苦楚，后来自然显贵非常。"因唤童子道："你可于七月十五日在河南开封府汴河桥，将狄青子母金钱收取回来，不得有误。”童子奉命去了不提。

却说狄公子出洞下山，独自行走，忽然耳边呼呼响亮，开不得双目，身不由己，起在空中。不久腾腾而下，双眼睁开来一看，不是仙山，乃平街大道，日已归西，一见旅店，即进内安身，但思量不知此处是何地名，正值店主拿到酒饭，便问他此地何名。店主言河南省近开封府。狄青闻言大悦道：“不料师父一阵风送我到汴京，不用跋涉程途，妙呵！”不觉放开大量饮嚼。只因在山上素食七年，如今见了三牲鱼肉，觉得甘美异常，吃个不休。这狄青生来堂堂仪表，身躯不长不短，肥瘦合宜，面如敷粉，唇似丹朱，口方鼻直，目秀眉清，看来不甚像个有勇力有武艺之辈。岂知他乃一员虎将，食量自然广大，店主多送酒馔，一概吃个净尽，反吓得店主惊讶不已。老夫妻两口儿说：“不料这人生来如此清秀，又不是猛汉粗豪，吃酒馔却如此大量，真是奇哉！”

且不提店主两夫妻言语，却说小英雄吃酒半酣半饱之际，偶然想起没有盘费给店主酒馔钱，心中筹思，说声：“罢了，且将囊内金钱与店主婉商，暂做抵押，且另寻机会便了。”用饭已毕，即向囊袋中一摸，不觉大喜，说道：“奇了！吾别师父动身之时，只得一个金钱，为何此时有了许多！”摸将出来数了一数，却有一百个铜钱，再摸没有了。原来老祖的子母金钱，乃是仙家宝物，产出一百个铜钱，待他作一天用途，多也不得，少也不得。狄青深感师父大恩，一铜钱反化出一百个来。但愿天天如此，路中盘费可不用顾虑了。当日歇宿一宵，次日通告了早膳，店主算账：用了酒饭铜钱九十三文。公子交付完毕，又问明开封府城路途，据云：还有四五天，方得进城。问毕，别了店主，一路而去。这子母钱日日产出一百个来。公子一连走了数天，夜宿晓行，单身遄征，不觉到了皇城。但见六街三市，人烟稠密，到了一处，名曰对河桥。公子就驻足于桥栏上，想道：“师父有言吩咐，倘我进了汴京城，自得亲人相会。我今已进了皇城，未知亲人在于何方？教我哪里去找寻？况且我年交九岁就上了仙山，到今七载，纵使亲人在目前，日久生疏，也难识认。料想必非别的亲人，想必是我生身母亲，但不知究竟在于何方？”一路感叹，腹中饿了，伸手向袋中一摸，不觉大惊说：“不好了，因何子母钱今天只得一个，连剩余的一文也没了。”不信又摸一回，果然只剩下金钱一个，此时小英雄心中烦恼，紧敛双眉。

不知狄青此后如何度日寻亲，且看下回分解。

第五回

小英雄受困求签　两好汉怜贫结义

当下狄公子道："金钱呵，我一路而来，天天亏得你以作用度。为什么你今天产不出百十个来？倘你化不出来，就没了盘费，教我哪里去觅食。"当时公子自言自语地踌躇，取出金钱，反反复复地摸弄，不觉失手落到桥栏上，咕碌碌滚将下去。公子说声："不好。"两手抢抓不及，跌于桥下波澜中。公子心中大恼，眼睁睁只看着桥下水似箭流，对着波澜说出痴话来，叫声："水呵，你好作孽！此子母钱，乃师父赠我度日的，你因何夺去！真好狠心也！如今失去金钱，将何物觅食，又无亲戚可依，如何是好？"心中气闷，长叹一声道："罢了！我狄青真是苦命之人，该受困乏的，奉师之命到此，只望得会亲人，岂知到此失去子母钱，弄得我难以度日。想我是顶天立地之汉，断不能在街头求乞的，不如身投水府，以了此生，岂不是干干净净！"当时放下衣裳，在桥边低头下拜，叹声："水呵，我九岁时便遭大难，因命未该终，得师拯救。今朝没了子母钱，难以度日。又不愿沿途求乞，累辱我亲，不如仍入波涛之内。"

说罢，正在倒身下拜，有些来往之人，立着观看，多说他痴呆，交头接耳，纷纷谈论。忽然来了一位年老公公，扯着小公子问道："你这小小年纪，是何方来此，缘何在此望空叩拜？且说与老汉得知。”公子抬头一看，说道：“老公公，你有所不知，吾不是贵省人，我乃山西省来的，只为遭了水难，得仙师救上仙山收录为徒。习武七年。”老公公说：“你既上仙山，为何又来此处？”公子道：“只因奉师父之命，到此访亲，得师赠我金钱度日，方才堕下水中，没有盘费，又不愿乞食偷生，特地拜谢师父之德，父母之恩，愿溺于波涛之中。”老公公听了，微笑道：“你这小官人好痴呆，万物皆惜生，为人岂不惜命！你为失此金钱小事，就寻此短见么？”公子道：“老公公，非我看得生死轻微，只因没了金钱，乏了盘费，乞食道中，岂不羞煞先人？不如速死为愈。”老人听罢，说：“小汉子，你是远方外省人，不晓得我们本省事。待老汉指点你一个所在，离此地不远，有一座相国寺，当日周朝郑国贤大夫子产，为官爱民清正，死后人感其德，立庙祀之，十分灵感。人若虔诚祈祷，十有九验。你不如去求问神圣，倘若神圣许你得会亲人，自然会相见。如神圣说你难会亲人，那时候再死，亦不为晚。”

在旁观看之人，也来相劝。狄公子听罢，只得依从，说道：“既蒙老公公和众位指教，我前往求祷神明便了。”老人又呼小汉子道：“还有一言，你可晓得？古语云：“逢人且说三分话，未可全抛一片心。”你师命你下山，必有用意，言语之间，须要敛迹些。在老汉跟前，言既出口便罢了，倘别人询你真情，断断不可透露。”公子应允，当时拿回包囊，踩开大步而去。

列位须知这子母钱，虽是狄青失落水中，实是老祖手下童子收去。老祖因他到得汴京，自然另有机会，故收去此钱。正是助他尽快得会亲人。即方才老公公对他说的那些话，亦是老祖化身来点化他的。

却说当下狄青一路上逢人便问相国寺的去处。一到寺前，果见来往参神之人，十分拥闹。公子等候一回，俟人少些，即忙进内，放下衣囊。只见有僧人在此，便呼道："和尚，吾要参神，求问灵签。"僧人听了应诺，即引公子到了中殿，炷上名香，跪于蒲团之上，稽首默祷，诉明来意。告罢起来，到神案上签筒里，伸手拾起竹签一支。公子一看，其签上有绝句诗道：

古木连年花未开，至今长出嫩枝来。
月缺月圆周复始，原人何必费疑猜。

狄公子看罢，持签对僧人道："和尚，吾请问你，我要寻访一人，未知可得会晤否？"和尚接着签诗看罢，问道："你寻访之人，未知是亲戚还是朋友？"公子道："是亲戚。"和尚道："据贫僧看来，此位亲人分离日久的了。"公子道："何以见是久不会的？"和尚道："首言古木连年，岂不是日久不会之意。"公子说："不差。"和尚又道："至今长出这句，是与你至亲至切，同脉而来，他是尊辈，你是幼辈之意。其人必然得以相会，日期不远。"公子想来一脉亲人，必然吾母亲无疑了。又问："应于何时相会？"和尚道："月缺月圆，即在此一二天可以相会了。但今日虽是月圆之夜，据贫僧推详起来，即此七月还未得相会。"公子道："缘何还有一月间隔？"和尚道："周复始三字，还要过了此月，待至下月中旬中秋节，定得亲人叙会无疑了。"公子听罢，复又倒身下跪，叩谢神祇，又拱手再谢过僧人。

正要走出，僧人上前与公子讨签资，公子微笑道："和尚，小子是个初到汴京贫客，实无钱钞，今劳动于你，实不该当，待改日多送双倍香资便了。"岂知出家人最是势利，钱财上岂肯放得分文？听了狄青之言，即上前扯牢，怒道："万般闲物，可以赊脱得，唯有神明的求神问卜之资，难以拖欠。你这人真是可恶，动劳贫僧一番，分文不与的么？你真不拿出钱钞来，休想拿出此包囊。"说未了，将包囊抢下。当时公子大怒，喝声："休走！"抢上拉住僧人一手按住。这僧人十分疼痛，挣扭不脱，高声嚷救。不意当时外边来了两个人，一人是淡红脸，宛如太祖赵匡胤一般，一人生得黑漆脸，好像唐朝尉迟敬德模样。若问两汉来由，乃是天盖山的绿林英雄，结义弟兄。当日扮为贩卖绸缎客商，实是在山打劫得来的绸缎，来到河南开封府城贩卖。进城将缎子放在行家销售。因尚未销完，是以也来相国寺中参神。参神甫毕，早闻公子僧人争论之言，并见狄公子一表人才，必非等闲之辈，便带笑言道："你这和尚行为太差，你既为出家之人，原要方便为主。既然他是外省的人，未曾带着钱钞也罢了，不该强抢他包囊。"又呼公子道："此位仁兄，且看我弟兄面上，不必和他争论！放手饶了他吧。"当下公子抬头一看，便道："僧人势利，何足为怪，多蒙二位排解，小弟感谢不尽！"

僧人见状，虽是心中气闷，只好进内拿出杯茶相奉。三人叙礼坐下，红脸汉道："请问仁兄尊姓高名，贵省仙乡，乞道其详。"狄公子道："小弟姓狄，贱名青，乃山西太原府西河人氏。二位尊姓高名，还要请教。"红脸汉微笑道："原来狄兄与弟有同乡之谊。"公子道："足下也是西河人么？"他道："非也，乃同府各县，吾乃榆次县人，姓张名忠。"公子道："久仰英名，此位是令昆玉么？"张忠道："不是，他是北直顺天府人，姓李名义。吾二人是结义弟兄。但不知狄兄远居山西，来到汴京何干？"狄青道："小弟只因贫寒困乏，特到京中寻访亲人下落。二位仁兄到此，未知作何贵干？"二人道："吾二人只因学些武艺，无人推荐，不得效力之处，在家置办些缎子布匹来京销售。如今货物尚未销完，偶然来此闲游，不意得逢足下，实是三生有幸。"公子道："原来二位也是英雄，欲与国家效力，实与弟同心相应。"张忠道："敢问狄兄，小弟闻西河县有位总戎狄老爷，是位清官，勤政爱民，除凶暴，保善良，为远近人民称感，不知可是狄兄贵族否？"公子道："是先严也。”二人闻言，笑道：“小弟有眼不识泰山，多多有罪，乞恕冒昧不恭。原来狄兄是一位贵公子，果然品格非比寻常。”公子道：“二位言重，弟岂敢当。但吾一贫如洗，涸辙之鱼，言之惭愧。”二人笑道：“公子休得太谦，既不鄙我弟兄卑贱，且到吾们寓中叙首盘桓，不知尊意如何？”公子道：“既承推爱，受赐多矣。”于是李义又呼唤和尚，且拿去一小锭银子，只作狄公子的香资。这僧人见了五两多一锭银子，好生欢喜，连连称谢，还要留住再款斋茶，三人说不消了，于是一同出庙。

三人一路谈谈说说，进了行店中，店主人姓周名成，当时与狄公子通问了姓名，方知狄青乃官家之子，格外恭敬。当晚周成备了一桌上品酒筵，四人分宾主坐下，一同畅叙，传杯把盏，话得投机，直至更深方始各自睡去。次日，张忠、李义对狄青言道：“足下乃一位官家贵公子，吾二人出身微贱，原不敢亲近。但我弟兄最敬重英豪，今见公子英雄义气，实欲仰攀，意欲为异姓手足之交，不知尊意肯容纳否？”公子听罢，笑道：“我狄青虽然忝叨先人之余光，今已落魄，是个贫寒下汉，二位仁兄是富豪英雄，弟为执鞭尚虞不足，今辱承过爱，敢不如命！”二人听了大悦，张忠又道：“若论年纪，公子最小，应该排在第三，但他英武异常，必成大器，若称之为弟，到底心上不安，莫若结个少兄长弟之意。”李义笑道：“如此甚好！”公子闻言道：“二位仁兄说的话未免于理不合，既为兄弟，原要挨次序才是。年长即为兄，年少即为弟，方合于理。”李义又道：“吾二人主意已定，公子休得异议，即在店中当空叩告神祇便了。”当下又烦店主周成备办香烛之类，焚香毕，一同祷告。三人祝毕，起来复坐，自此之后，张忠、李义不称狄公子，呼为狄哥哥。

是日，狄青想道：我自别恩师，来到汴梁，岂料亲人不见，反得邂逅异姓弟兄，算来也是奇遇。他二人一红脸，一黑脸，气宇轩昂，定是英雄不凡。他说在家天天操习武艺，未知哪个精通，且待空闲之日，与他比个高低。一日，张忠呼声："狄大哥，你初到汴京，未曾耍过各地头风俗，且耽搁几天，与你玩耍。待销完货物，再与你一同访亲，未知意下如何？"狄公子未及开言，李义笑着先说。

不知李义有何言语，且看下回分解。

第六回

较技英雄分上下　闲游酒肆惹灾殃

当时李义笑道："张二哥，今日既为手足，何分彼此，好鸟尚且同巢，何况我们义气之交？狄哥哥遭了水难，亲人已稀，此地访寻，又不知果否得遇亲人，莫着三人同居，岂不胜于各分两地？"张忠听罢，说道："贤弟之言有理。"狄青听了二人之言，不觉咨嗟一声，说道："二位贤弟，提起我离乡别井，不觉触动吾满腹愁烦。"张、李道："不知哥哥有何不安？"狄青道："吾单身漂泊，好比水面浮萍，倘不相逢二位贤弟，如此义气相投，寻亲不遇，必然流荡无依了。"张、李齐呼道："哥哥，你既为大丈夫英雄汉，何必为此担忧。古言：'钱财如粪千金义'，我三人须效管、鲍分金，勿似孙、庞结怨。"狄青听了道："难得二位如此重义，吾见疏识浅，有负高怀，抱愧良多。"谈论之际，不觉日落西山，一宵晚景休提。

次日，李义取了几匹缎子与狄青做了几套衣裳更换。张忠又对行主周成说："狄哥哥要用银子多少，只管与他，即在我货物账扣回可也。"周成应允。从此三人日日往外边玩耍，或是饥渴，即进酒肆茶坊歇叙，玩水游山，好生有兴。当时张忠对李义私议道："吾们且待货物销完，收起银子，与狄大哥回山受用，岂不妙哉！今且不与他说明。"

不表二人之言，原来狄青又是别样心思，要试看二人力量武艺如何。有一天，玩耍到一座关公庙宇，庭中两旁有石狮一对，高约三尺，长约四尺。狄青道："二位贤弟，当日楚项王举鼎百钧，能服八千英雄，此石狮贤弟可提得动否？"张忠道："看此物有六百斤上下，且试试提举吧。"当下张忠将袍袖一摆，身躯一低，右手挽住狮腿，一提拿得半高，只得加上左手，方才高高擎起。只走了七八步，觉得沉重，轻轻放下，头一摇，说声："来不得了，只因此物重得很。"李义道："待吾来。"只见他低躯一坐，一手提起，亦拿不高，双手高持，在殿前走了一圈，力已尽了，只得放将下来笑道："大哥，小弟力量不济，休得见笑。"狄青道："二位贤弟力气很强，真是英雄！"李义道："大哥你也提与小弟一观。"狄青道："只恐吾一些也拿不动。"张忠道："哥哥且请一试。"狄青微笑，走上前，身躯一低，脚分八字，伸出猿臂，一手插在狮腿上，早已高高擎起，向周围走了三四转。张忠、李义见了，吐舌摇头道："不想哥哥如此弱怯之躯，力量如此强狠，我们真不能及。"当下狄青提着狮子连转几回，面不改色，气不速喘，将狮子一高一低连举几次，然后轻轻放下，安于原处。张忠笑道："哥哥，你果然勇力无双，安邦定国，意中事耳，功名富贵何难唾手而得。"狄青道："二位贤弟休得过誉，愚兄的力量武艺有甚稀罕。"又见庙左侧有青龙偃月刀一把，拿来演舞，上镌着重二百四十斤。张忠、李义虽然舞动，仍及不得狄青演得如龙取水，燕子穿梭一般。张、李实在深服。

玩耍一番，三人一同出了庙门，向热闹街道而去。李义道："二位哥哥，如今天色尚早，玩得有些饿了，须寻家酒肆坐坐才好。"张忠、狄青皆言有理，一路言谈，不觉来到十字街头。只见一座高楼，十分幽雅，三人步进内楼，呼唤拿进上好美酒佳撰来。酒保一见三人，吓了一惊，说："不好了！蜀中刘、关、张三人出现了，走吧！"张忠道："酒保不需害怕，我三人生就面庞凶恶，心中却是善良的。"酒保道：“原来客官不是本省人声音，休得见怪，且请少坐片时，即有佳酒馔送来。”只见阁子上有几桌人饮酒。那楼中不甚宽大，可望到里厢，对面有座高楼，雕画工巧，花气芳香，远远喷出外厢，阵阵扑鼻。张忠呼酒保，要换个好座头。酒保道：“客官，此位便是好了。”张忠道：“这个所在，我们不坐，须要对面这座高楼。”酒保说：“三位客官要坐这高楼，断难从命。”张忠道：“这是何故？”酒保说：“休要多问，你且在此饮酒。”张忠听了，问道：“到底为什么登不得此楼？快些说来！如果实在坐不得的，我们就不坐了，你何妨直言。”酒保说：“三位客官，不是吾本省人，怪不得你们不知。隔楼有个大势力的官家，本省胡坤胡大人，官居制台之职。有位凶蛮公子，强占此地，赶去一坊居民，将吾阁子后厢，起建此间画楼。多栽奇花异草，古玩名画，无一不备，改号此楼为万花楼。”张忠道：“他既是官家公子，如何这样凶蛮呢？”酒保道：“客官不知其故，只因孙兵部就是庞太师女婿，胡制台是孙兵部契交党羽，倚势作恶，人人害怕。这公子名叫胡伦，日日带领十余个家丁，倘愚民有些小关犯，他即时拿回府中打死，谁人敢去讨命？如今公子建造此楼，时常到来赏花游玩，饮酒开心，并禁止一众军民人等，不许到他楼上闲玩。如有违命者，立刻拿回重处，故吾劝客官休问此楼，又恐惹出灾祸，不是玩的。”

当时不独张忠、李义听了大怒，即狄青也觉气愤不平。张忠早已大喝一声道：“休得多说！我三人今日必要登楼饮酒，岂怕胡伦这小畜生！”说罢，三人正要跑上楼去，吓得酒保大惊，额汗交流，跪下磕头恳求道：“客官千祈勿上楼去，饶我性命吧！”狄公子道：“酒保，吾三人上楼饮酒，倘若胡伦到来放肆，自有我们与他理论，与你什么相干，弄得如此光景？”酒保道：“客官有所不知，胡公子谕条上面写着：‘本店若纵放闲人上楼者，捆打一百。’客官呵，我岂经得起打一百么？岂非一命无辜，送在你三人手里！恳祈三位客官，不要登楼，只算是买物放生，存些阴骘吧。”张忠冷笑道：“二位兄弟，胡伦这狗才如此凶狠，恃着数十个蠢汉，横行无忌，顺者生，逆者死，不知陷害过多少良民呢！”狄青道：“我们不上楼去，显然怕惧这狗乌龟了，不是好汉！”李义也答道：“有理。”当下三人执意不允，吓得酒保心头突突乱跳，叩头犹如捣蒜一般。张忠一手拉起，呼道：“酒保且起来，吾有个主张了。如今赏你十两银子，我三人且上楼暂坐片时就下来，难道那胡伦有此凑巧就到么？”李义又接言道：“酒保，你真呆了，一刻间得了十两银子，还不好么！”酒保见了十两银子，转念想道：“这紫脸客官的话，倒也不差，难道胡公子真有此凑巧，此时就来不成？罢了，且大着胆子，受用了银子吧。”即呼道：“三位呵，既欲登楼，一刻就要下来的。”三人说道：“这个自然，决不累着你淘气的，且拿进上上品好酒肴送上楼来，还有重赏。”酒保应诺。三人登楼，但见前后纱窗多已闭着，先推开前面纱窗一看，街衢上多少人来往，铺户居民，屋宇重重。又推开后面窗扇，果见一座芳园，芳草名花，珍禽异兽，不可名状，亭台院阁，犹如画图一般。三人同声称妙，说道：“真真别有一天，怪不得胡公子要赶逐居民，只图一己快乐，不顾他人性命了。”

谈论间，酒肴送到，排开案桌，弟兄放开大量畅饮。又闻阵阵花香喷鼻，更觉称心。原来这三位少年英雄，包天胆量，况且张忠、李义乃是天盖山的强盗，放火伤人，不知见过多少，哪里畏惧什么胡制台的儿子。他不登楼则已，到了此楼，总要吃个爽快的。酒保送酒不迭，未及下楼，又高声喧闹，几次催取好酒。酒保一闻喊声，即忙跑至楼上说道：“客官，小店里实在没酒了，且请往别处去用吧。”张忠喊道：“狗囊！你言没了酒，欺着我们么！”一把将酒保揪住，圆睁环眼，擎起左拳，吓得酒保变色发抖，蹲做一堆求饶。李义在旁道：“酒保，到底有酒没有酒？”狄青言道：“酒是有的，无非厌烦我们在此，只恐胡伦到来，连累于他罢了。——酒保，如若胡伦到来，你只言我们强抢上楼的，决然不干累于你。”酒保道：“既如此，请这位红脸客官放手，吾拿酒来吧。”当下张忠放手，酒保下楼来，吐舌伸唇道：“不好了！这三人吃了两缸酒，还要添起来。这也罢了！只怕公子到来，就不妥当的。”酒保正在心头着急，恰巧胡伦到了。

却说胡伦年方二十开外，生得面貌丑陋，他并非胡坤亲生，乃是继养义子。只贪游荡，不喜攻书，胡坤并不拘束，听其所为，把胡伦放纵得品行不端，平素凌虐良善，百姓一闻他到，便远远躲避，所以送他一个诨名胡狼虎。这一天，乘了一匹白马，带了八个家丁，各处去玩耍而回。本来不是要到酒肆中，只因狄青三人未登楼之先，已有一个无赖汉诨名徐二在里面饮酒，后来看见酒保得了张忠十两银子，私放三人在万花楼饮酒。徐二暗言道：我前日吃他的酒肴，未有钱钞，仰恳他记挂数日账，他却偏偏不肯，要我身上衣衫抵折了。如今破绽落我眼内，我不免报禀与公子得知，搬弄些唇舌，料想恶公子必不肯甘休，将这狗囊混闹一场，方出我的怨气。正是明枪易躲，暗箭难防！想罢，完了酒钞，出门而去。

事有凑巧，胡公子正在那路回府，徐二急赶上跪下道：“小人迎接胡大爷。”胡伦道：“你是何人，有甚事情？”徐二道：“无事不敢惊动大爷，只因方才酒保故违大爷之命，贪得财帛，擅敢容放三人在万花楼饮酒，特来禀知大爷。”胡伦听了，问道：“如今还在么？”徐二道：“如今还在楼中。”胡伦道：“你且去吧，明天到来领赏。”徐二道谢而去，暗喜道：搬弄口舌，还有赏领，这场买卖真算得好。

不谈徐二喜悦，却说胡伦怒气冲冲，带了家丁，如狼似虎，一直来至酒肆中，喝问酒保，何人登楼饮酒？当时店中阁内的饮酒人，一见公子到来，一哄都走散了。酒家吓得魄散魂飞，连忙跪下叩头不止。八个家丁跑进楼台，大喝道：“这里什么所在，你们胆敢在此吃酒么？”弟兄三人听了大怒，立起言道：“酒楼是留客之所，人人可进，你莫非就是胡家几个狗奴，来阻挠吾们吃酒，好生大胆！”八人齐喝道：“我家胡府大爷要登楼来，你们快些走下还好，只算不知者不罪。”

三人喝道："放屁！胡伦有甚大来头，不许吾们在此么？快教他来认认我桃园三弟兄，立着侍酒，方恕他简慢之罪！"家丁大怒，喝道："大胆奴才，好生无礼！"早有胡兴、胡霸抢上，挥起双拳就打，却被张忠一手格住一人，乘势一摺，二人东西跌去丈远，又有胡福、胡祥飞步抢来。

不知如何争持，且看下回分解。

第七回

打死凶顽除众害　开脱豪杰顺民情

当时李义看见两人打来，他圆睁环眼，喝声：“慢来！”飞起连环脚，二人一齐跌倒。胡昌、胡顺、胡荣、胡贵四人一齐拥上，向三人奔来。狄青毫不介怀，将身一低，伸开双手，在四人腿上一擦，四人喊声不好，立即扑地跌下。八人同时爬起，又要抢上，岂知身躯未近，人已先跌，只得爬起身来，逃下楼去。狄青看见，冷笑道：“这八个奴才，不消三拳二脚，打得奔下楼去。二位贤弟，我想胡伦未必肯甘休，料他必来寻事，我们三人一同下楼，方为上策。虽然不是怕他，恐他多差奴才来，就虎落平阳被犬欺了。”张忠道：“哥哥所算不差，我们下楼去吧。”狄青在前，张忠、李义在后，正要下楼，岂料胡伦公子已经雄赳赳气昂昂抢上楼来，高声大喝：“谁敢无礼，我胡大爷来也！”狄青问道：“你就是胡伦么？”用手在他肩上一拍，胡伦已立脚不稳，全身跌下，八个家丁上前扶起，已跌得头晕眼花了。即唤家丁们，快拿住三个贼奴才。狄青喝道：“胡伦！你还敢来么？”胡伦被跌扑得疼痛，心中愤怒，喝声：“何方野畜，擅敢放肆，我公子就来，你便怎的！”直抢上前，八个家人随后，只有胡兴见势头不好，先回家中禀报去了。

胡伦抢奔至狄青跟前，狄青伸手夹胸抓住，提起脊背向天，如拎鸡一般。七个家人只管呐喊，又见张忠、李义怒目睁圆，不敢上前，大骂："这还了得！三个死囚如此胆大凶狠，还不放下公子！胡大人一怒，只怕你三条狗命不保！"狄青乃少年英雄，酒已半酣，一闻家丁之言，怒气冲冲，喝声："狗奴才！要吾放他么，也不难，且还你吧！"说着，将胡伦一抛，高高掷起，头向地，脚顶天，已跌于楼下。三人哈哈冷笑，重回楼中饮酒，已忘记了方才下楼之言。当下七名家丁见抛了公子下楼，急急跑走下楼来，只见公子跌破天灵盖，血流满地，已是死了，吓得面如土色，大呼："反了，反了！清平世界，有此凶恶之徒，将公子打死，真乃目无王法了！"店家早已跌得半死，街上闲观之人渐多，是时胡府家丁又添上百十余人，将万花楼重重围了。

这三人在楼中饮酒，还不晓得胡伦跌死，正在饮得高兴，你一杯，我一盏，见有二三十人一拥上楼来，要捉拿凶手。这三人一见大恼，立起来仍复拳打脚踢，都已打退下去。酒家看来不好，只得硬着胆子，登楼来跪下，叩头不已，称言："三位英雄，祈勿动手，救救小人狗命才好。"三位道："我们又不是打你，何用这样慌忙？"酒家道："三位啊，你今跌扑胡公子死了，他的势大凶狠，你不知么？方才小人已曾告禀过了。"狄青道："胡伦死了么？"酒保道："天灵盖已打得粉碎，鲜血满地，还是活的么！但今胡大人必来拿问我了，岂不是小人一命，丧于你三位之手！"狄青道："店主休得着忙，我们一身做事一身当，决不来干连你的。"酒家道："你虽然如此说，只是你三位乃异省人氏，一时逃脱，岂不连累了小人？"张忠道："我三人乃顶天立地英雄，决不逃走的，你且再去拿美酒上来，我弟兄饮得爽快就是。如不送来，我们就逃走了。"酒家听了，诺诺应允道："要酒也容易。"因急忙跑下楼去，取一坛美酒送上楼来，只恐三人脱身而去，是以不论美酒佳肴，多送上楼。三弟兄大悦，尽量畅饮不休。

是日胡坤闻报，大惊大怒，即刻传祥符知县前往拿捉凶身。差役等人数十名，到了酒肆门前．县主于此排堂，验明尸伤，系扑跌殒命的。只因知县要奉承上司胡大人，少不得要格外苛求，当唤酒家问其姓名，酒家禀道："大老爷在上，小人名唤张高。"县主又讯三人姓名，怎样将公子打死的，须从实说来。酒家道："启老爷，他三人名姓，小人倒也不晓，只是一个红脸的，一个黑脸的，一个白面的，同来饮酒，要上对面楼中。当时小人再三不肯，再之推辞，岂知他们十分凶狠，伸出大拳头，将小人揪住要打。小人力怯无奈，只得容他登楼。后来公子到了，即时登楼厮闹，若问如何殴打，小人倒也不知。只为小人在楼下，殴斗在楼上，所以不知其由。老爷若问公子死法，只要讯三个客人，就得明白。"县主听罢点头，当下衙役唤过三人，县主问道："你等什么名姓？"张忠道："吾姓张名忠，山西榆次县人氏。"李义禀道："吾是北直顺天府人，名唤李义。"狄青道："吾乃山西西河人，姓狄名青。"县主道："你三人既为异省人氏，在外为商，该当事事隐忍才是。在此饮酒，缘何便将胡公子打死？你们且从实招来，以免动刑。"张忠道："大老爷明见，吾三人在楼中饮酒，与这胡伦两无交涉。岂料他领了七八个家丁打上楼来，不许我们饮酒，这先是胡伦的错。"县主听了，喝声："胡说！你还说与胡公子两无交涉么？你既坐了他楼，理须相让，用些婉辞，赔话解劝，何到相殴？况他是个贵公子，你三人是平民，即同辈中借用了东西，还要婉辞求让，如今你三个凶徒，欺他弱质斯文，行凶将他打死了，还说此蛮话，好生可恶！"狄青道："老爷若论理来，胡伦亦有错处，他一到店中，既差家人打上楼来，不由理论。后至胡伦厮闹进楼，小人并不曾将他殴打，他已怒气冲冲，失足扑于楼下，他是失足跌死，怎好冤屈小人打死他？望乞大老爷明见详察！"县主大怒，喝声："利口凶徒！你将公子打死，还要花言强辩，皇城法地，岂容如此凶恶强徒，若不动刑，怎肯招认！”吩咐先将这红脸贼狠狠夹起来。

当时差役正要动手脱张忠靴子，岂知这时来了一位铁面阎罗。此人姓包名拯，一路巡查到此。若论包爷身为开封府尹，此时不是圣上差他做个日巡官，乃是包公因目下奸党甚多，恐防作弊陷民。是日不打道，不鸣锣，只静悄悄带了张龙、赵虎、董超、薛霸四个亲军，各处巡察。才近酒肆坊中，只见喧哗人拥，包爷住轿，唤张龙、赵虎去查问何事。两人领命而去，回来禀道：“大老爷，有三位外省人氏张忠、李义、狄青，将胡制台的公子打死于酒肆中，县主老爷在此相验问供，是以喧闹。”包爷一想，这老胡奸贼，纵子不法，横行无忌，几次要捉他破绽，无奈他机巧多端，无从下手。这小畜生有了今日，正死得好，地方除一大虫了。

想未了，有知县到来迎接，曲背拱腰，称言：“卑职祥符县接见包大人。”包爷就问：“贵县，这三个凶身哪一人招认的？”知县道：“上禀大人，这三个凶身都不招认，卑职正要用刑，却值大人到此，理当恭迎。”包爷道：“贵县，这件案情重大，谅你办不来，待本府带转回衙，细细究问，不由他不招认。”县主道：“包大人，卑职是地方官，待卑职审究，不敢重劳大人费心。”包爷冷笑道：“你是地方官，难道本府是个客官么？张龙、赵虎，可将三名凶犯带转回衙。”二人应诺，一同带住三人。包公转店，再验尸首，并非拳刀所伤，只是破了天灵脑盖。当下心中明白，登轿回衙，只有祥符知县心中不悦，恨着包公多管闲事，必要带去开脱凶身，岂不教胡大人将吾见怪，只恐这官儿作不成了。便吩咐衙役，录了张酒家口供，将公子尸首送来胡府。

却说胡坤一闻儿子身亡，愤怒不已，夫人哀哀啼哭，痛恨儿子丧于无辜。忽报祥符县到来，胡坤命后堂相见。知县进来叩见毕，低头禀道：“大人，方才卑职验明公子被害，正要严究凶身，不想包大人到来，将三名凶犯拉去，为此卑职特送公子尸身到府，禀明大人定夺。”胡坤说：“包拯如此无礼么？”知县道：“是。”胡坤道：“包拯啊，这是人命重大事情，谅你不敢将凶身开脱的。暂请贵县回衙吧。”知县打拱道：“如此卑职告退了。”

知县去后，胡坤回进后堂，一见尸首，放声悲哭。又见夫人伤心，家丁丫头也是悲哀，胡坤长叹一声道：“只为爹娘年老，单养成你一人，爱如掌上明珠，儿呵！指望你承嗣香烟，今被凶徒打死，后嗣倚靠何人？贼啊，我与你何仇，竟将吾儿打死，斩绝我胡氏香烟，恨不能将你这贼子千刀万剐。”闲话休提，是日免不得备棺成殓。

却说包公带转犯人升堂坐下，命先带张忠，吩咐抬起头来。张忠深知包公乃是一位正直无私清官，故一心钦敬，呼声：“包大老爷，小民张忠叩见。”包公举目一观，见他豹头虎额，双目如电，紫红面庞，看他是一个英雄之辈，如挑他做个武职，不难为国家出力，即言道：“张忠，你既非本省人，做什么生理，因何将胡伦打死？且从实禀来！”张忠想道：这胡伦乃是狄哥哥撩下楼去跌死的，方才在知县跟前，岂肯轻轻招认。但今包公案下，料想瞒不过的，况且结义时立誓义同生死，罢了！待我一人认了罪，以免二人受累便了。定下主意，呼声：“大老爷，小民乃山西人氏，贩些缎匹到京发卖，与李、狄二人，在万花楼酒肆叙谈。不料胡伦到来，不许我们坐于楼中，领着家人七八个，如虎如狼，打上楼来。只为小人有些膂力，打退众人下去，后来胡伦跑走上楼，与小人交手，一交跌于楼下，撞破脑盖而亡。虽是小人不是，实是误伤的。”包爷想道：本官见你是个英雄汉子，与民除害，倒有开脱之意，怎么一刑未动，竟是认了？若竟开脱，未免枉法，罢了，且带下去，再问这两个吧。

主意已定，喝声：“带下去，传李义上来。”当下李义跪下，包公一看，李义铁面生光，环眼有神，燕颔虎额，凛凛威仪。包爷道：“你是李义么？哪里人氏？这胡伦与你们相殴，据张忠说，他跌坠下楼身死，可是真的么？”原来李义亦是莽夫，哪里听得出包公开释他们之意，只想张二哥因何认作凶手，待我禀上大老爷，代替他吧。想罢说道："启禀大老爷，小民乃北直顺天府人，三人到来贩卖缎匹，在万花楼饮酒，与胡伦吵闹，小的性烈，将他打下楼，堕扑身亡。"包爷喝道："张忠说是他与胡伦相争，失足坠楼而死，你又说是你打死的，难道打死人不要偿命的么？"李义道："小的情愿偿命，只恳大老爷赦脱张忠的罪，便沾大恩了。"包爷听了冷笑道："张忠说是他失手伤的，李义又说是他失手伤的。一个胡伦，难道要二人抵命？此中定有蹊跷，且待我带狄青上来讯问。"吩咐李义也退下，再唤狄青上堂。

包爷细看小英雄十分英俊，不由心中爱惜。原来包公乃文曲星，狄青乃武曲星，今生虽未会过，前世已相会，故当时包公满腹怀疑，此人好生面善，但一时记认不起，呼道："你是狄青么，哪省人氏？"狄青禀道："小民乃山西省太原府西河人，只为到此访亲不遇，后逢张、李，结拜投机。是日于楼中饮酒，不知胡伦何故，引了多人跑上楼，要打吾三人。小民等颇精武艺，反将众人打退下楼，吾将胡伦丢抛下楼坠死。罪归小民，张、李并非凶手，大老爷明见万里，开脱二人之罪。"包爷暗忖道：这又奇了！别人巴不得推诿，他三人倒把打死人认在自己身上，必有缘故。想来三人是义侠之徒，同场做事，不肯置身事外，所谓甘苦患难，死生共之。但三人抵一命，决无此情理。想张忠、李义，像是凶手，狄青如此怯弱，决不致打死人。大约他因意气相投，甘代二人死的，本部且将他开脱，再问张、李二人吧。于是把惊堂木一拍，大喝道："你小小年纪，说话糊涂，看你身躯怯弱，岂像打斗之人，况且胡伦验明被跌身死，如何这等胡供，岂不知打死人要偿命的！你莫不是疯痴的么？"喝命撵他出去！早有差人将狄青推出去了。旁边胡府家人看见，急上前禀道："大老爷，这狄青既是凶身正犯，因何将他赶出？"包爷道："他乃年轻弱质，不是打架之人。"家丁启上："大老爷，他自己招认作凶身的。"包公道："他乃冒认，欲脱张、李二人之罪，本部欲将张、李二人再讯，狄青并非凶犯，留他怎的？况且一人抵一命，公子之命，现有张、李二人在此，何得累及无辜？”家丁说：“求恳大老爷，切勿放走凶手，只恐家老爷动恼了。”包公怒道：“你这狗才，将主人来压制本府么？”扯签撒下，大喝：“打二十板！”打得家丁痛哭哀求，登时逐出。包公本欲将张、李一齐开脱了，乃无此法律，不免暂禁狱中再处。即时退堂。有众民见包公审三人，将狄青赶出，打了胡府家人，好不称快。只为胡伦平日欺侮众民，被害过多，今日见三人乃外省人氏，打死他儿子，犹如街道除去猛虎，十分感激三人，实欲包公一齐放脱了他们。你言我语，不约同心，想来好善憎恶，个个皆然。

不知张、李如何出狱，且看下回分解。

第八回

说人情忠奸辩驳　演武艺英杰纵横

话说众人喜得打杀了胡伦公子，除去本地大患。却说狄青被包公赶逐，出了衙门，不解其意。一路思量：包大人将吾开释了，难道我父亲做官时与他是故交？但我幼年时，父亲升到本籍山西省做总兵，包爷初在朝内做官。今虽将我罪名出脱，还不知两位弟兄怎么样了？狄青正在思想，只见衙役等押出二人，连忙上前道："二位贤弟出来了么？愚兄在此守候多时了。"二人说："哥哥，你且回店中，等我二人则甚？"狄青道："候你二人一同回去。"二位微笑道："小弟回去不成了。"狄青道："不知包大人如何断你二人？"张忠道："包大人没有怎么审断，只传谕下来，将我二人收禁候审。"狄青道："你二人监牢内去，如此我也同去。"二人道："大哥你却痴了。你是无罪之人，如何进得狱中？"狄青道："贤弟说哪里话来！打死胡伦，原是我为凶手，包大人偏偏不究，教我如何得安？岂忍你二人羁于缧绁之中！我三人不离死生，方见桃园弟兄之义呢。"张忠笑道："哥哥，你今日就欠聪明了。吾二人是包大人之命，不得不然，你是局外之人。况且这个所在，不是无罪之人可进得的。吾还有一说……"便附耳细言道："这件事情，包公却有开释之意，小弟决无抵偿之罪，哥哥可放心回去，对周成店主说知，拿一百两银子来使用便是了。”狄青闻言叹道：“屡闻包大人铁面无私的清官，若得他开脱你二人，我心方定呢。”谈谈说说，不觉到了牢中，狄青无奈，只得别去。回归店中，将近情达知周成店主，吓得他一惊不小，就将货物银子，兑了一百两，交付狄青。次日到狱中探望二人，分发使费。少停回转行中，心头烦闷，日望包公释放二人。按不下表。

再说胡坤府内之事，家丁被打回来，向家主禀道：“包爷审理此事，将一个正犯狄青释放，小人驳说得一声，登时拿下打了二十板，痛苦难堪。”胡坤听了，怒道：“可恨包拯，竟将正犯放走了，又毒打家人，如此可恶！包黑贼真不近人情了。”吩咐打道出衙，一路往孙兵部府中而来。原来孙秀因庞洪入相，进女入宫为贵妃，他是国丈女婿，故由通政司升为大司马，成为名声赫赫的大权奸。这胡坤是庞国丈的门生，故孙、胡二人十分交厚，宛然莫逆弟兄。胡坤不去见包公，名正言顺，说秉公之论，反鬼头鬼脑来见孙秀，显见他不是光明正大之人了。当日孙兵部闻报，吩咐大开中门，衣冠楚楚地迎接。携手进至内堂，分宾主坐下。孙爷问道：“不知胡老哥到来，有失远迎，望祈恕罪。”胡坤道：“老贤弟，休得客气。愚兄此来，非为别故。”当将此事一长一短说知，又道：“孙贤弟，吾平日本与包拯不投机的，今又打吾家丁，欺我太甚，故特来与你相商。但狄青是个凶身正犯，他已放脱了，有烦老贤弟去见这包拯，要他拿回狄青，与张、李一同审作凶身，一同定罪，万事干休。如若放走了狄青，势不两立，立要奏明圣上，究问他一个坏法贪赃之罪，管教头上乌纱帽子除下！”孙兵部听了大怒道：“可恼，可恼！包黑贼欺人太甚，胡兄不必心焦，愚弟亦与包拯不合，为此事且代你走一遭，凭他性子倔强固执，吾往说话，谅包拯不得不依。”胡坤道：“如此足感贤弟，有劳了。”孙秀当日吩咐在书房备酒，二人饮酒，谈至红日西沉，胡坤方才作别回衙。

次日，孙秀一直来至开封府，令人通报。包公一想：孙秀从不来探望我的，此来甚是可疑。只得接进衙内，两下见礼坐下。包公道："不知孙大人光降，有何见教？"孙秀冷笑道："包大人，难道你不晓得下官来意么？"包公道："不晓得。"孙秀道："只为胡公子被人打死，理当知县审究，却被包大人把人犯带回衙来。"包公道："孙大人，这件案情知县办得，难道下官管不得么？"孙秀道："管是管得的，但不应该将个凶身正犯放脱，不知是何道理？"包公道："怎见小小少年狄青是凶身正犯？"孙秀道："这是狄青自已招认的。"包公道："是孙大人亲眼目睹么？"孙秀道："虽非目睹，难道那胡府家人算不得目睹么？"包公道："如此只算得传来之言，不足为信。倘国家大事，大人可以到来相商，如今不过是一件误伤人命，不是什么大不了的事情。若要私说情面，休得多言。"孙秀道："包大人，你说的都是蛮话。"包爷冷笑道："下官原是蛮话，只要蛮得有理就是了！但这胡伦是自已跌扑楼下而死，据你的主见，要三人偿他一命。你岂不晓得家无二犯，罪不重科？比方前日有许多人在那里饮酒，难道俱要偿他的命么？为民父母，好善乐生，应当矜恤民命。况且此案下官未曾发落，少不得还要复审，再行定夺。"孙秀道："包大人，你一向正直无私，是以圣上十分看重，满朝文武人人敬你。岂知今日此桩人命重案，偏存了私心，放了正犯，胡坤岂肯干休？倘被他奏闻圣上，你头上乌纱帽可戴得牢稳么？"包爷听罢，冷笑道："孙大人，下官这乌纱时刻拼着不戴的，只有存着一点报国之心，并不计较机关厉害。"孙秀道："包大人，据你的主见，这狄青不是个凶犯，应得释放的么？"包公道："不是凶犯，自然应放脱的，少不得也要奏知圣上。这胡坤不奏明圣上，下官也要上本的。"孙秀道："你奏他什么来？"包公道："只奏他纵子行凶，欺压贫民，人人受害的款头。"孙秀道："这有什么为据？"包公冷笑道："你言没有凭据么？这胡伦害民，恶款过多，我已查得的确，即现在万花楼之地，亦是赶逐居民强占的。况且张忠、李义、狄青三人乃异乡孤客，这显见是胡伦恃着官家势力，欺他们寡不敌众，弱不敌强，哪人不晓。岂有人少的，反把人多的打死，实难准信。倘若奏知圣上，这胡坤先有治家不严之罪，纵子殃民，实乃知法犯法，比庶民罪加一等。即大人来私说情面，也有欺公之罪。”这几句话说得孙秀无言可答，带怒说：“包大人，你好斗气，拿别人的款头，捉别人的破绽。我想同殿之臣，何苦结尽冤家，劝你把世情看破些吧！”包公言道：“孙大人，这是别人来惹下官淘气的，非我去觅人结怨。奏知圣上，亦是公断，是是非非，总凭公议。倘若我错了，纵然罢职除官，我包拯并不介怀的。”

当时包公几句侃侃铁言，说得孙秀也觉惊心。想来这包黑子的骨硬性直，动不动拿人踪迹，捉人破绽，倘或果然被他奏知圣上，这胡坤实乃有罪的，悔恨此来反是失言了。此时倒觉收场不得，只得唉声：“包大人，下官不过问得传言，说你将凶手放脱了；又想大人乃秉正无私的，如何肯抹私瞒公，甚是难明，故特来问个详细，大人何必动怒？如此下官告辞了。”当下孙兵部含怒作别，一直来到胡府，将情告复。又将包拯硬强之言，反要上朝劾奏胡兄的话述了一遍。胡坤听罢这番言语，深恨包公，是晚只得备酒相待孙秀。讲起狄青，言他乃一介小民，且差人慢慢缉访查明下落，暗暗拿回处决他，有何难处。

不表二奸叙话，再言铁面清官包公，见孙秀去后，冷笑道：“孙秀啊，你这奸贼，虽则借着丈人势力，只好去压制别人。若在我包拯跟前弄些乖巧，你也休想，真个刮得他来时热热，去时淡淡的。”又想：胡伦身死，到底因张忠、李义而起，于律不能无罪，故我将二人权禁于囹圄中，这胡坤又奈不得我何。

不说包公想论，再说狄青自别张忠、李义之后，独自一人在店中，寂寞不过，心中烦闷。只因弟兄二人坐于狱中，不知包爷定他之罪轻重，一日盼望一日。当有周成笑呼：“狄公子，有段美事与你商量。”狄青道：“周兄有何见教？”周成道：“小弟有一故交好友，姓林名贵，前一向当兵，今升武职，为官两载。日中闲暇，到来谈叙，方才无意中谈起你的武艺精通。林老爷言，既是年少英雄，武艺精熟，应该图个进身方是。我说只为无人提拔，故而埋没了英雄。林爷又说，待他看看你人品武艺如何。依吾主见，公子有此全身武艺，如何不图出身？强如在此天天无事，若得林老爷看待你，就有好处了，不知公子意下如何？”狄青想道：这句话却是说得有理。但想这林贵不过是个千总官儿，有什么稀罕，有什么提拔得出来？又因周成一片好意，不好拒却他，即时应诺，整顿衣巾，一路与周成同来拜见林贵。

当日林老爷一见狄青，身材不甚魁伟，生得面如敷粉，目秀神奇，虽非落薄低微之相，谅他没有什么力气，决然没有武艺的。看他只好作文官，武职休得想望了，便问狄青：“你年多少？”狄青道：“小人年已十六了。”林贵道：“你是年少文人，哪得深通武艺？”狄青道：“老爷，小人得师指教，略知一二。”周成道：“林兄长，不要将他小觑，果然武艺高强，气力很大。”林贵哪里肯信，便向狄青道：“既有武艺，须要面试，可随吾来。”狄青应允。林贵即刻别过周成，带了狄青回到署中，问狄青：“你善用什么器械？”狄青道：“不瞒老爷，小人不拘刀枪剑戟，弓矢拳棍，皆颇精熟。”林贵想：你小小年纪，这般夸口，且试演你一回，便知分晓了。即同到后院，已有军械齐备，就命狄青演武。狄青暗想：可笑林贵全无眼力，轻视于我，且将师父所传武艺演来，只恐吓煞你这官儿。当时免不得上前叫声：“老爷，小人放肆了。”林贵道：“你且试演来。”小英雄提起枪，精神抖擞，舞来犹如蛟龙翦尾，狮子滚球，真乃枪法稀奇，世所罕有。随营士卒，见了心惊，林贵更觉慌张，深服方才周成之言非谬。枪法已完，又取大刀舞弄，只见霞光闪闪，刀花飞转，不见人形。一时人人喝彩，个个称扬。林贵登时大悦。舞完大刀，剑戟弓矢，般般试演，实是无人可及。林贵不胜赞叹，暗道：肉眼无能，错觑英雄！便问：“狄青，你的武艺哪人传授你的？”狄青道：“家传世习的。”林爷道：“既是家传，你父是何官职？”狄青道：“父亲曾为总兵武职。”林贵道：“原来将门之种，怪不得武艺迥异寻常，吾今收用你在营效用，倘得奇遇，何难显达？恨我官卑职小，不然还借你有光了，今且屈你在此效力。”狄青道：“多谢老爷提携！”狄青思算，欲托足于此，以图机会，不然即做了千总官儿，亦不稀罕的。周成店主得知此事，心中喜悦，以为狄公子得进身之地了。是浅人之见如此，但他一片好心，故狄公子也不忍却他之意，权在林贵营中羁身。

不知如何图得机会进身，且看下回分解。

第九回

急求名题诗得祸　报私怨越律伤人

慢言狄青在林贵营中候用。其时七月方残，始交八月。前时西夏赵元昊兴兵四十万，攻下陕西绥德、延安二府，一直进兵偏头关。有杨元帅镇守三关口。三关一曰偏头，二曰宁武，三曰雁门，全是万里长城西北隘口重地，屡命名将保守。如今关内亦是兵雄将勇。上月杨元帅已有本告急回朝，仁宗天子旨命兵部孙秀，天天操演军马，挑选能将，然后发兵。时乃八月初二，选定吉日，谕集一班武职将官，要往教场开操。是日，城守营正值林贵，将教场命人打扫洁净，铺毡结彩，安排了座位。各款预备，以俟孙秀下教场不表。

却说狄青在教场中，独自闲玩，不觉思思想想，动着一胸烦恼，长叹一声道："吾蒙师父打发下山，到了汴京，已有二十多天，不见亲人，反结交得异姓骨肉，实是义气相投。岂知不多几日，惹起一场飞灾。想我虽在营中当兵效用，到底不称我心，不展我才，就是目下兵团三关，我狄青埋没在个小小武员名下，怎能与国家出力，真枉为大丈夫啊！"当时，小英雄双眉交锁，自嗟自叹，又想：目下正是用兵较武之际，只可惜我狄青任有全身武艺，又不便恳求林爷，将自己推荐。这孙兵部焉能晓得石中藏玉，草里埋珠，这便怎么是好？自言自想，走过东又走过西，只见公案上有现成的笔墨在此，不免在粉墙上面题下数言，将姓名略现，好待孙兵部到此细问推详。倘得贵人抬举，便可一展安邦定国之略了。想罢，即提起羊毫，写了四句诗词于粉壁间，后边落了姓名，放下笔说道：“孙兵部啊，你是职居司马，执掌兵符，总凭你部下许多将士，焉能及得我狄青仙传技艺。”眼见红日沉西，径自回营去了。

次日五更，教场中许多武将兵丁，纷纷聚集，队队排班，盔明甲亮，旌幡招展，人马拥挤。当时天色黎明，尚未大亮，壁上字迹，没有人瞧见。少停，鼓乐喧天，孙兵部来到教场。各位总兵、副将、参将、守备、游击、都司、总管等，五营八哨，诸般将士，挨次恭迎，好不威严。孙兵部端然坐下公位，八位总兵分开左右，下边挨次侍立，两名家将送上参汤用过。时天色大明，偶然看见东首正面壁上有字几行，不知哪人胆大，书于此壁。只为往日开操，此壁并无一字，孙秀如今一见，命张恺、李晃二总兵，往看分明。二位总兵奉命向前，细将诗句姓名记了，上禀部台道：“粉墙上字迹，乃是诗词，旁边姓名书着，乃山西人姓狄名青。”孙秀闻言，想来狄青还在京，又问：“其词如何？”张恺将其诗呈上：

玉藏璞内少人知，识者难逢叹数奇，
有日琢磨成大器，唯期卞氏献丹墀。

孙秀当下想来一些不错，料是前日打死胡公子的狄青，却被包拯放走了他。虽则同名同姓，天下少有，怎的却又是山西人氏，想必他仍在京中，未回故土，但未知安身在于何处。倘然为着胡伦之事，查捕于他，恐怕结怨于包黑，不着借此事问罪，何难了结这小畜生的性命。想罢，传知八位总兵，道：“作诗之人，诗句昂昂，寓意狂妄，你等须要留心细访其人，待本帅另有规训于他。”众人同声答应，旁边闪出一员总兵道：“启上大人，卑职冯焕，前日查得兵粮册上，有城守营林贵麾下，新增步卒，姓狄名青，亦是山西人氏。”孙兵部听罢，喜形于色，即传谕道：“暂停演操，着林千总引领狄青来见本部。”一声军令，谁敢有违。

当时孙秀心花大放，暗言：狄青呵，谁教你题诗句，这是你命该如此。少停来见本部时，好比蜻蜓飞入蛛丝网，鸟入牢笼哪里逃。此时弄翻了，这包黑子哪里晓得，还能来放脱他么！想还未了，家将领进营员林贵到案下，双膝跪下，呼声：“大人在上，城守营千总林贵叩见。”孙秀道：“林贵，你名下可有一新充步兵狄青么？”林贵禀道：“小弁名下果有步兵，姓狄名青，蒙大人传唤，已将狄青带同在此。”孙秀道：“如此快些唤来见本部。”林贵只道是好意，恨不能狄青得遇贵人提拔，是以满心大悦，忙带同他到来参叩。此时，狄青跪倒尘埃，头不敢抬，孙秀吩咐抬头，呼声：“狄青，你是山西人氏么？”狄青道：“小人乃山西人氏。”孙秀道：“前日你在万花楼上，打死了胡公子，已得包大人开脱，你怎不回归故土？”狄青道：“启禀大人，小的多蒙包大人开释了罪名，实乃感恩无涯，如今欲在京中求名，又蒙林爷收用名下，故未回归故里。今闻大人呼唤，特随林爷到来参见。”孙秀听了点头，暗想正是打死胡伦之狄青，登时怒容满面，杀气顿生，喝声：“左右，拿下！”当下一声答应，如狼似虎抢上，犹如鹰抓雏儿一般。若论狄青的英雄膂力，更兼拳艺绝群，这些军兵焉能拿捉他，只因国法为重，这孙秀乃一位兵部大臣，此时身充兵役，是他营下之人，哪里敢造次？这是有力不能用，有威不敢施，只得听他们拉拉扯扯。当时旁边林贵吓得面如土色，又不敢动问。孙秀复喝令将狄青紧紧捆绑起。狄青急呼道：“孙大人呵，小人并未犯法，何故将吾拿下？”孙秀大喝道：“大胆奴才，你缘何于粉壁上妄题诗句？”狄青禀道：“若言壁上诗句，乃是小人一时戏笔妄言，并未冒犯大人，只求大人海量开恩！”孙兵部喝声：“狗奴才，这里是什么所在，擅敢戏笔侮弄么？既晓得本部今日前来操演，特此戏侮，显见你目无法纪，依照军法，断不容情！”吩咐林贵：“将他押出斩首报来！”狄青呼道：“大人，原是小人无知，一时误犯．只求大人海量，恕小人初次。”说罢，又跪下连连叩首。林千总也是跪在左边，一般的求免死罪。孙兵部变脸大喝道：“休得多言，这是军法，如何能看面情！林贵再多言讨情，一同枭首正法。”林千总暗想：狄青必然与孙贼有甚宿仇，料然难以求情得脱的，只可惜他死得好冤屈。逆不过兵部权令，早将小英雄紧紧捆绑起，两边刀斧手推下。狄青见此情形，只是冷笑一声道：“我狄青枉有全身武艺，空怀韬略奇能，今日时乖运蹇，莫想安邦定国，休思名入凌烟，既残七尺之躯，实负尊师之德。”不觉怒气冲天，双眉倒竖，二目圆睁。不一时，推出教场之外，小英雄虽然不惧，反吓得林贵非常忧惊，教场中大小将官士卒个个骇然。又见林贵被叱，哪得还有人上前讨救。

当时军令森严，不许交头接耳，到底军众人多，暗中你言我语道：“狄青死得无辜，孙兵部实乃糊涂之辈，全不体念人苦当兵，也是出于无奈。他纵然一时戏写了几句诗词，犯了些小军法，也不该造次将他斩杀的。”有人说：“孙兵部乃是庞太师一党，共同陷害忠良，想这狄青是忠良后裔，是以兵部访询得的确，要斩草除根，不留余蔓，也未可知。况且狄青是一小卒，入队尚未多日，怎能尽晓军法，尽可从宽饶恕于他。有意陷害于人，也就狠心过毒了！”

不表众将、众兵私谈，再表狄青正在推出教场之际，忽报来说，五位王爷千岁到教场看操。孙秀吩咐将狄青带在一旁等候开刀。是时兵部躬身出迎，林贵带狄青在西边两扇绣旗里隐住他的身躯。林贵附耳，教他待王爷一到，快速喊救，可得活命。

却说兵部迎接的王爷，第一位潞花王赵璧；第二位汝南王郑印，是郑恩之子；第三位勇平王高琼，高怀德之子；第四位静山王呼延显，呼延赞之子；第五位东平王曹伟，曹彬之子。此五位王爷，除了潞花王一人，皆在七旬以外，在少年时，皆是马上功名，故今还来看军人操演。当下五人徐徐而至，许多文武官员伺候两边，林贵悄悄将狄青肩背一拍，狄青便高声大喊：“千岁王爷冤枉，救命呵！”一连三声，孙兵部呆了一呆。有四位王爷不甚管闲账的，只有汝南王郑印，好查察军情，问：“什么人喊叫？左右速速查来！”当下孙兵部低头不语，接了五位王爷坐下，一同开言问道：“孙兵部，因何此时尚未开操？”孙秀道：“启上众位千岁，因有步卒一名，在正对公位的粉壁上胡乱题诗戏侮，将他查明正法，故而还未开操。”郑王爷问道：“诗句在哪里？”孙秀道：“现在对壁上。”汝南王踱上前去，将诗词一看，思量这几句诗词，也不过自称高才，求人荐用之意，并非犯了什么军法。想孙秀这奸贼，又要屈害军人，本藩偏要救脱此人。即踱回坐下。早有军兵禀复：“千岁，小人奉命查得叫屈之人，乃是一名步兵，姓狄名青。”王爷吩咐带他进来，汝南王呼道：“孙兵部，此乃一军卒无知偶犯，且姑饶他便了，何以定要将他斩首？”孙秀呼声：“老千岁，这是下官按军法而行，理该处斩的。”千岁冷笑道：“按什么军法？只恐有些仇怨是真。”一言未了，带上狄青，捆绑得牢牢地跪下，王爷吩咐：“放了绑，穿上衣。”狄青连连叩首，谢过千岁活命之恩。王爷道：“你名狄青么？”狄青俯伏称是。王爷又问：“你犯了什么军法？”狄青道：“启禀千岁，小人并未犯军法，只为壁上偶题诗句，便干孙大人之怒，要立时处斩。”郑千岁听了，点头言道：“你既充兵役，便知军法，今日原算狂妄。孙兵部，本藩今日好意，且饶恕他如何？”孙秀道：“狄青身当兵役，岂不知军法厉害，擅敢如此不法，若不执法处斩，便于军法有乖了。”王爷冷笑道：“你言虽有理，只算本藩今日讨个情，饶恕于他吧。”孙秀道：“千岁的钧旨，下官原不敢违逆，但狄青如此狂妄，轻视军法，若不处决，则千万之众，将来难以处管了。”郑千岁道：“你必要处斩他么？本藩偏要释放他。”一旁激恼了静山王道：“孙兵部，你太无情了！纵使狄青犯了军法，郑千岁在此讨饶，也该依他的。”四位王爷不约同心，一齐要救困扶危，你言我语，只弄得孙秀哑口无言，发红满面。深恨五人来此，杀不成狄青，又不好收科，只得气闷闷地言道：“既蒙各位千岁的钧旨，下官也不敢复忤了。但死罪既饶，活罪难免。”汝南王道：“据你说便怎么样？”孙秀道：“打他四十军棍，以免有碍军规。”郑千岁道：“既饶他死罪，又何苦定打他四十棍，且责他十棍也罢。”二人争执多时，孙秀皆以军法为言，众位王爷觉得厌烦了，勇平王大言道：“若论军兵犯了些小军律，念他初次，可以从宽概免。如责他四十棍，也过于狠毒，也罢，且打他二十棍，好待孙兵部心头略遂，不许复多言了。”孙秀听了大惭，不敢再辞，即离了座位，悄悄吩咐范总兵用药棍，范总兵应允。原来孙秀平日间制造成药棍，倘不喜欢其人，或冒犯于他，便用此药棍。打了二十棍，七八天之内，就要两腿腐烂，毒气攻于五脏，就呜呼哀哉了。打四十棍对日死，打三十棍三日亡，打二十棍不出十天外，打十棍不出一月，也就要死的。

范总兵当日领命将药棍拿到，按下小英雄一连打了二十棍，痛得好厉害。打毕，禀上千岁，已将狄青打完了缴令。王爷命且放他起来。孙秀吩咐：“除了他名，撵他出去！”然后发令人马操演。此日金鼓齐鸣，教场中热闹操演，只有狄青被药棍打了二十，苦痛难忍，血水淋漓，真觉可悯，出了教场而去。不知性命如何，且看下回分解。

第十回

受伤豪杰求医急　济世高僧赠药良

慢言教场中操演军马，却说狄青被药棍打了二十，痛楚难当，虽是英雄猛汉强健之躯，也难忍此疼痛。一程出了教场，连心胸里也隐痛起来，可怜一路慢行迟步，思思想想，暗道：这孙兵部好生奇怪！吾与他并非冤仇，为何将我如此欺凌？若无千岁解救，必然一命呜呼了。想我狄青，年方二八，指望得些功劳，为国家出力，以继先人武烈，岂知时命不齐，运多钝蹇，受此欺凌。但想孙秀，你非为国家求贤之辈，枉食厚禄，职司兵权，倘我狄青日后得有寸进，不报此怨，誓不立于朝堂。当下鲜血淋漓，不住滴流，犹如刀割一般，走了半里之遥，实欲走回周成店中。不想痛得挨走不动，不觉行至一座庙堂，不晓得是何神圣，只得挨踱进庙中，权且在丹墀上卧下歇息。呼喘叫痛之余，约有半个时辰，来了一位本庙司祝老人，定睛一看，动问道：“你是何人？睡卧于此。”狄青道：“吾乃城守营林老爷手下兵役，因被孙兵部责打二十棍，两腿疼痛，难以行走，故于此处歇止片时。”司祝道：“这孙兵部可与你有什么怨仇，抑或误了公干事情？”狄青道：“非与他有仇，亦不是误了公干，只一时犯了些小军法，被他责了二十军棍，痛苦难禁。”司祝道：“久闻孙爷的军棍，比别官的倍加厉害，军人被打的，后来医治不痊，死过数人。你今着此棍棒，必须赶紧调治才好。”狄青道：“不瞒尊者说，吾非本省人氏，初至京城，哪里得知有甚高明国手？”司祝道：“医士甚多，只不能调愈得此棒毒，只有相国寺内有位隐修和尚，他有妙药方便，是吾省开封一府，有名神效的跌打损伤诸般肿毒方药。这和尚比众不同，他为人心性最清高，常闭户静养，只有官员偶然来交往。又有一说，他既与官宦相交，心性定然骄傲，却又不然，生来一片慈善之心，倘得医治人痊效，富厚者定然酬谢千金玩器，如遇贫困人，苦切求恳，即方便赠送方药，也常常有的。”狄青听了，说：“多蒙指教。”司祝言罢，进内去了。

狄青思量，既有此去处，不免挨去求和尚调治，但我今身上未有资财，只得去恳求他发个善心。等调理好，张、李兄弟在店中尚有银子，借些来酬谢也使得。想罢起来，踱出庙门，一步挨一步，直向相国寺行来。行不远，到得寺前，只见闭着寺门，只得忍着疼痛，将门叩上几下。里面走出来一位小和尚，言道：“你这人因何叩门，到此何事？”狄青道：“小师父，吾狄青有急难来求搭救，只为我身当兵役，却被棍棒打伤，要求和尚大师父调治。”这小和尚听了，进内禀知。去半刻而回，言道：“大和尚呼唤你进内相见。”狄青忍着痛，随了小和尚进至里厢，一连三进，一座幽静书斋，一位和尚坐在当中交椅上，年纪已有花甲，丰姿健旺，双目澄清，容颜潇洒，开言道：“你这人来求药调疾的么？”狄青见问，即倒身下拜，将情形一一达知。老和尚见他如此痛楚，便唤徒弟扶起，言道：“你既受此重伤，十分痛苦，何须跪倒尘埃，如此更然痛上加痛了。贫僧是出家人，总以救人为心。又念你山西远省，孤零外客，决不计较分毫。我素闻这孙兵部为人嫉贤害能，胸襟狭小，军中有人得罪了他，常被用药棍毒打，每难活命，实是大奸大恶之人。在贫僧看你的痛苦，直透心内，必是被他用药棍打伤的。这奸巨制造成毒药棍，伤害人死的已多。”言罢，引狄青至侧室禅床睡下，将窗门紧闭，又细问狄青一番，便道："你今受孙贼毒害了。他用药棍打你两腿，不出三天就腐烂，至七天之内，毒传五脏，纵有名医妙药，也难救解。"狄青一闻此言，心内大惊，口称："大和尚，万望慈悲，搭救我异乡难人，叨感恩德如山。"这隐修听了笑道："贫僧既入修戒之门，六畜微命，尚且惜生，何况同类之人。你今受此重伤，吾若坐视不救，何用身入修行之域？"当时在架上取下一小葫芦，倒出两颗丹药，一颗调化开，教他先吃下，一颗汗后再服。回身又取出草药三束，一束善能解毒，一束善能活血，一束善能止痛。就命小和尚一齐捣烂，用米醋化开，涂搽于两腿之上。狄青搽药之后，越觉痛得厉害，大叫一声："痛煞我也。"足一伸一缩，登时昏晕过去，遍身冷汗，滚流不住。小和尚见他昏迷不醒，也吓一惊。大和尚又唤道："徒弟，快取油纸将他伤处封固，再取被褥一张，与他盖好身躯，这一颗丹丸，待他汗止后，化开而服。"一时天色已晚，小和尚端进斋膳，殷勤服侍，按下慢提。

却说教场孙兵部，见天色已晚，吩咐暂止操演，明日再操。五位王爷一同起驾，孙秀恭送。

再说林千总回到署内，闷闷不乐道："狄青，你具此英雄伟略，何难上取功名？岂知祸起壁上几行字迹，险些一命难逃。你今虽得汝南王救了，久闻这奸臣造成药棍一条，伤人不少，倘或被他仍用此棍打你，又是难逃一命。但今未知你走在哪方，痛在哪里，使吾一心牵挂不安。也罢，且差人查访他便了。"

不谈林贵差人查访，且言狄青虽遭药棍伤害，幸得隐修的妙药调治，当日内服丹丸，外敷仙药，毒气尽消。一连过了五六天，腐烂处已皮光肉实，行动如常。这隐修和尚实乃济世善良之辈，调愈了狄公子，尚怜他行走未得如常，且冒不得风，既无财帛相谢，反将公子留下，飧膳之费仍是他的。看来真乃救急扶危为心，不以资财为重之辈，在出家人中如是存心，亦不可多得。

狄青在寺中已有数天，又调服了几次丹药，症已痊愈了。想道：这和尚如此救济，得调理痊愈，我赤手到来，飧膳所供，亦是他的。今日无物作谢，不免将此血结玉鸳鸯，相送与他便了。但思此宝乃我七岁时母亲交付。母亲对我说，此物乃三代流传家宝，外邦进贡一对与朝廷，圣上赐予祖父，乃雌雄一双。一只雌的祖母已交付姑母，一只雄的与我母亲收拾。如今交我佩于身边，一见鸳鸯，如见生身之母，至今已有九载。今日无可奈何，只得将此宝送与和尚吧。主意已定，向腰间解下香囊，取出玉鸳鸯，但见霞光闪闪，不由叹道："宝物啊，你出产番邦，祖父叨先皇恩赐，伴我多年，今日不想要分离了。但今见此鸳鸯，不觉又想起我的姑母。曾记幼年时，母亲常说，父亲有一同胞妹子，似玉如花之美，被先帝选上朝中。后来得闻凶信，已归黄土，可怜尸柩还在京邦，不得归乡入土，想来也令人心酸。想我姑母虽则身死，未知雌的鸳鸯存于何所？鸳鸯好比夫妇一般，前日成双成对，岂料今朝又归别人，实乃不得完叙。"

狄青正自言自想之际，只见小和尚含笑到来，言道："官人，你今患症已痊愈了。"狄青道："多感你师莫大之恩，无可酬报。"小和尚道："你手中弄的是什么东西？"狄青道："此乃血结玉鸳鸯，因思量大和尚活命之恩，怎奈我并无财物相谢，故将此宝送他，聊表微忱，有劳引见。"小和尚微笑道："难得你有此心，来吧。"小和尚当即引着狄青来至静房，拜见隐修，狄青叩谢活命之恩，跪拜在地。大和尚微笑道："些小搭救之情，何足言谢。"起位扶挽小英雄，狄青递上鸳鸯，隐修一见此宝，连忙问其缘由。狄青将此物来历说明，言道："深沾活命洪恩，无以报答，只有随身小物，聊表寸心，伏望勿嫌微薄收领，小子心下略安。"隐修听了，微微含笑道："吾既入戒门，必以方便救济为怀，哪个要你酬谢？况此物乃是你传家之宝，老僧断不敢领情。"狄青恳切说了一番，隐修只得收受放下。狄青自思，身体已痊愈了，便要拜辞出寺，隐修道："且慢，你患伤虽愈，还未可多动，且从缓耽搁三两天乃可。”狄青道：“还动不得么？”隐修道：“这孙贼用毒药汁，浸淫棍棒，他一心要绝你性命，非用药快速，不出十天之内，毒气传于六腑，难以挽救。今幸而安痊，到底两腿尚弱，且再静耐数天，服些丹丸，便永无后日之患了。”狄青听罢，应诺依命，隐修又吩咐徒弟引他回到禅床安息去了。

却说隐修平生所爱者，乃古董玩器之物，如今狄公子做人情相送，一时满心欣然，拿起玉鸳鸯看弄一番，笑道：“果然好一件宝物。我想狄青有此奇宝，必非等闲人家之子，老僧要问个明白才得放心。”说罢，把玉鸳鸯装入香囊，霞光闪射于外。

又过了三天，此日乃八月初十，隐修正在禅房闲坐，忽小和尚报说：“静山王爷到来。”原来静山王呼延千岁，与这隐修和尚时常来往，两人交谊甚厚。这一天呼延千岁骑马，带着八名家将，来到相国寺门首。隐修忙出来迎接，遂至静堂参礼毕，递奉过香茗，隐修请过千岁金安。王爷言道：“吾倒忘记了。”隐修道：“千岁忘记了什么？”王爷说：“本藩有丹青一幅，想送与你，不想连次忘怀了，当真记性平常。”隐修道：“千岁爷为国分忧，记大不记小，贫僧改日到府领赐便了。”王爷四边一看，只见禅榻清净，迥绝尘埃，幽雅得很，不觉叹道：“你修行无忧无虑，可比活神仙，我等为官，政务纷繁，实不如你自得逍遥。”隐修道：“承千岁谬赞，念贫僧在此，无非靠着十方田土，供应三尊圣佛，闲来数卷经书消遣，多蒙王爷抬举，贫僧借以有光。”王爷笑道：“你却会言语，今日本藩不往看操，且取棋来与你下几局吧。”隐修向香囊内拿出棋子。王爷偶然看见囊中一只玉鸳鸯，毫光四射，带笑把头一摇，道：“你这和尚果是个趣客，这玉鸳鸯是件至趣妙东西，但非民间所有，哪一位老爷送你的？”隐修微笑道：“原非民间之物，只可惜雌雄不得成双。”王爷道：“是了，倘得雌的配成一对，价值连城，可以上进得朝廷的。不知你多少银子买下来的。”隐修笑道：“不用得银子，只因贫僧医痊一人，他送我作谢的。”王爷道：“你这光头倒也得此便宜奇货。”当时王爷放下这玉鸳鸯，隐修已将棋子四围排开，摆下对坐交椅，棋盘棋子全是象牙造成。

不知二人下棋后，狄公子如何拜别老和尚，且看下回分解。

第十一回

爱英雄劝还故里　恨奸佞赐赠金刀

却说静山王正在与隐修长老下棋，方完了局，有一小和尚趋进禀道："启上师父，今有狄青在外，要拜辞师父，因见千岁爷在此下棋，故等候于外厢，不敢进来。"隐修道："狄青要去了么？教他且耐半天吧。"小和尚应诺而去。王爷听得狄青之名，接言问道："这狄青是何等之人，是你徒弟还是外来人？"隐修道："千岁，这狄青乃营守林干总部下的步卒。"王爷道："他在此何干？"隐修："只为此人前数天被孙兵部打了二十药棍，故来见贫僧，求吾医治，今已痊愈了。"王爷道："想这狄青乃一穷兵，恐没钱钞谢你。"隐修道："不瞒千岁，贫僧原不冀他酬谢的，倒亏了他有知恩报恩之心，方才那个玉鸳鸯乃他三代家传之宝，送吾作谢。"静山王听了，看看隐修，冷笑道："你方才不说明白此物来因，莫非你贪财爱宝，有意图谋他的？"隐修道："千岁责备贫僧太重了。我并非有贪图之心，实乃他恳切相送，迫吾收下的。"静山王道："此宝是他世代流传之物，竟然一旦送了你，你是出家之人，不该受领他的才是。"隐修道："贫僧原推却不肯受领，但他十分恳切，只得权且收下，待他辞去时，归还于他。"王爷想道：曾见八月初二操兵，有一步卒名狄青，人才出众，器宇轩昂，必然就是此人。可恨孙秀狠毒，要屈杀此人，亏得汝南王郑兄一力保全了狄小卒性命，不然，身在鬼门内去了。但想这孙秀打他二十大棍，原要陷害他之意，却不知是何仇怨，待本藩问个明白。想罢，便道："和尚，本藩有话问明，快些唤他来见孤家。"隐修道："千岁，他乃一小军，怎好胡乱进见？"王爷道："这也何妨，速速唤来！"当时隐修领命，亲往外厢唤进小英雄，狄青一见王爷，连忙拜伏在地，不敢抬头，口称："王爷在上，小人重罪千斤，望乞饶恕！"王爷道："狄青，你且抬起头来。"狄青领命抬头。当日呼延千岁犹恐不是教场中的狄青，故命他抬头认个明白，细认之下，果然不错，正是教场中题诗步卒，便问："狄青你是何方人氏？"狄青禀道："上启千岁爷，小人家在山西省。"王爷道："你既然远隔山西，今到京中何事？"狄青道："小人落难困苦，原到此方寻亲人不遇，一身漂泊无依，后蒙总爷林贵收用，权且当兵苦挨。"王爷道："莫非你与孙兵部有什么宿仇！"狄青道："与他从无瓜葛，即壁上题诗，也无干犯，不知是何缘故，他要借端杀害小人，非众位王爷解厄，难免身首分开。"王爷道："狄青，本藩前日看你诗中寓意不凡，乃一英雄大器，抑或你素性狂妄，一时胡乱，可明白说与本藩得知。"狄青道："不瞒千岁，小人六韬三略，兵机战策，均颇精通，膂力强大，箭法纯熟，前日已在林爷处当面试演，并非狂妄大言。"

静山王想道：看不出这小狄青，身材不甚魁伟，相貌斯文，竟具此英雄技艺。他口夸大言，看来非假，但不知他胆量如何？待本藩试他一试，便知分晓。便呼道："狄青，你言孙兵部与你并无仇怨，奈他一心要计害于你，莫非与你祖父有宿仇，也未可知。"狄青道："小人也如此思量，足见千岁英明。纵然祖父之仇，小人全然不得而知。"王爷道："你前日多亏郑千岁搭救，方免一刀之苦。乃孙兵部的威权厉害，如虎似狼，又言死罪既免，活罪难饶，打你二十无情棍。此位大和尚，说这奸臣制造药棍，曾经伤害过军民几命，如今原要绝你性命，是以又用此药棍打你。若非这隐修大和尚与你调治，便凭你英雄好汉总是死，铁石将军命也亡。”狄青道：“小人原知老师父大恩。”王爷道：“狄青你虽然两次死中得活，只忧孙秀终难饶你，又生别的计较谋害于你，也未可知。”隐修在旁笑道：“千岁虑得不差。”王爷道：“你既然武艺精通，明日去了结孙秀，免你终身之患，出了怨气，你意下如何？”狄青道：“千岁啊，吾若得手持三尺龙泉剑，不斩奸臣誓不休！”静山王道：“本藩赠你军器，敢放胆往除奸贼么？”狄青道：“千岁爷若有军器赐付，小人立刻便取奸臣孙秀首级，以复千岁尊命。”王爷道：“倘画虎不成，反类了犬，你便怎么的好？”狄青道：“如弄不倒此人，小人殒残一命，有何相碍，何须畏惧！”王爷听了笑道：“果见高怀，是个英雄胆量，且随本藩回到府中。”狄青应诺。王爷又问：“这玉鸳鸯是你送与和尚的么？”狄青道：“小人沾大和尚活命深思，故将此物相送。”王爷道：“此鸳鸯是雄的，再还有雌的成双么？”狄青正要开言，忽记忆着前次老人教我，逢人且说三分话之训，即转口道：“禀知千岁爷，鸳鸯原有一对，只因雌的日久遗失，如今只有雄的。”王爷道：“此物既然是你三代家传之宝，不当轻易送归别人。”狄青道：“小人见受了和尚大恩，无可报效，故将此物相送，略表寸心。”王爷听了点头道：“和尚，本藩做主，你且将此物还了狄青，如若你少什么玩物，本藩送你几款便了。”隐修道：“贫僧本来不领他的，况千岁的钧旨，岂敢不遵！”当日幸得呼延千岁爱惜小英雄之心，隐修即取出玉鸳鸯送还，狄青无奈，只得收回，装入囊中。王爷取出黄金二小锭道：“和尚，此微资权作狄青医药之费，你且收下。”隐修道：“贫僧不敢受领千岁厚赐。”狄青道：“千岁，如此且待小人有寸进之日，再行报答深思便了。”王爷道：“既如此，金子且留下作香烛之费便了。”

隐修只得领谢过，王爷吩咐狄青出外伺候，他二人仍要下棋，一僧一俗，同比高低，一连着了七盘，王爷赢了三局。小和尚连进香茶，二人随用，言语之间，无非论着狄青气概不凡，必非久于人下的。言谈之际，不觉日落西山，静山王别了隐修，带了狄青及家将，一路随行，回到府中。到次日早起，王爷传唤家人，请过先王金钻定唐刀。家人领命，即时两人扛到，王爷一见，俯伏叩礼毕起来，叫道：”狄青，今付你先王金刀一口，着你立斩孙秀首级，你今敢有胆量去么？”狄青一闻此言，接刀答应道：“谨遵千岁钧旨！”勇气抖抖，别了王爷，一路跑出王府。王爷又着家丁刘文、李进二人远远随后。

原来这柄金刀，乃是宋太祖遗留下的，只恐日后国家出着奸佞之臣，不肖子孙，败紊朝纲纪律者，人人可拿出此刀，不论王亲国戚，也能割下首级，并不执罪凶手。此刀现贮在潞花王、汝南王、静山王、东平王、勇平王五位王爷府中，一日一轮，谨敬供奉。若问金刀轻重，上镌刻一百斤。

此日静山王大喜，思量狄青真乃英雄烈汉，倘然此去斩却孙秀，实乃初出场的第一功，除孙贼不啻收除狼虎，还去命他灭却庞洪，真足清除朝野。

却说狄青提起大刀，高高擎起，一路跑来踱去。有官署里人认得此金刀乃先王遗下的，又见此位小英雄拿起跑走，吓得惊慌躲避，认得金刀的，人人害怕。当日狄公子初到汴京，哪里得知何处是孙兵部府中，一路逢人便问，细细思量着孙秀暗害，心中愤怒，一心要找寻他了决冤家。王爷先已打发刘文、李进远远跟随在后，以为照应。狄青一程先走，并不知有人随后。好容易来到孙府，偏偏孙兵部这日不在家，往庞国丈府中去了。狄青问明缘故，只得转回。孙府中众家人甚觉惊骇．想道：这壮士拿了先帝金刀，一胸忿气而来，寻问老爷，幸而老爷往庞府去了，若在府中，只怕性命难保。到底为着何由要杀我家老爷。内中有一家人名孙龙说道：“吾认得此人名唤狄青，在教场中被老爷打了二十棍，结下冤家的。”众家人道：“如此快速去报知老爷才好，不然老爷不知其故，一路回来，逢着此人就不妙了。”当下孙龙上马加鞭，急忙忙而去。

却说庞洪、孙秀翁婿二人正在书斋中吃酒，到巳牌时，忽报："孙龙要见孙老爷。"当即传进孙龙，翁婿二人动问何故，孙龙道："禀上太师爷、大老爷，不好了！今有狄青手持先帝金刀，来到府门，要寻找大老爷，有门上回说不在衙中，他又往别处去找寻了。小人只恐大老爷不知情由，回府恐有不测，特来禀知。"庞洪听了骇然，说："有这等事！"孙秀更觉一惊，唤孙龙且在外厢伺候，庞洪吩咐赏了他酒膳。当下孙秀急忙忙呼道："岳丈，我想狄青被药棍伤得深重，是个必死之徒，已达知胡兄，欢欣不尽。不知今日哪人与他医调好，叫他弄起此事来，若非孙龙来报知，则小婿几乎遭他毒手。"庞洪道："贤婿，据吾算将起来，今日乃呼延显值管金刀，这老匹夫与你并非冤仇，如何干起大事来？"孙秀道："岳丈，如今教我怎生回去？"庞洪道："你且留宿在此，这小畜生等候得不耐烦，自然去了。"孙秀道："呼延显，平日间吾不来算计你，你反来欺我么？况且狄青何等样人，擅把先帝金刀胡乱与他。"庞洪道："贤婿，呼延显这老匹夫，少不得慢慢和他算账。"

却说小英雄气昂昂提刀，到了天汉桥，乃是来往经由的要道。心想：奸贼必经此桥，不免在此等候，一刀结果他的性命，岂不胜于往来跑走。当时坐下桥栏，吓得经由之人尽是惊慌，不知何故。还有胆小者，犹恐退后不及。只有刘文、李进远远立开闲谈，只愿得壮士一刀，了却这孙贼，免得纵容下人，强买民间什物，乘机诈取民财，多端扰害。

不表二人之论，且说狄青坐于桥栏，等了半天，已交午刻，不觉腹中饥饿了。只见桥左旁边，有一间面饼店，他就提刀放开大步，跑进店来，呼道："店主，快些取面来食。"早已将大刀放在店里，坐上桌位，有众食面客人，不明此壮士的原由，能提持此大刀，更有店主甚觉骇异不明，只得煮了一盆香料三仙焦面，送至桌上。狄青见众客人，慌慌忙忙地算结了钱钞帐，一刻间走跑去尽。狄青问道："店主，众人因何如此慌忙？且不用惊慌，吾的金刀不是胡乱杀人的。"店主道："壮士如此英雄，能提百斤金刀，想必事有来因，方才动起先帝金刀，求言其故。"狄青道："此刀不杀别人，只斩孙秀奸贼。"店主道："可就是孙兵部么？"狄青道："不差！"店主道："他是害民贼，正该杀的，时常纵容家丁强买民间之物，借端如狼似虎，人人忿怨，不意这奸恶人也有今日。"这狄青正食得爽快，忽闻桥面一片喊呼，人声嘈杂，顷刻许多人飞跑上桥。又闻有人大呼"要性命的快走呀！"倏忽间排山倒海一般，多上桥中，口称"赶快逃命"而去。

当下狄青看见许多人疾奔，不知何故如此慌乱。欲知详细，且看下回分解。

第十二回

伏猛驹误入牢笼　救故主脱离罗网

却说狄青看见远远一匹骏马，跑上桥来，想来必然是匹癫狂之马。即跑出店去，走上桥栏，大声喝道：“逆畜，休得猖狂，吾来也！”当下让过众人，迎上前去。店主道：“此人真乃装着狐假虎威，来骗食酒面，趁看狂马而去，不拿出钱钞来，且收藏他这大刀便了。”店主正要呼伙伴来扛抬大刀，有刘文、李进跑至店来，喝声：“奴才，这是先帝金刀，我们呼延王爷府中拿出来的，你敢动么！”店主道：“不敢，王府人来，本当白食的。”刘、李二人，只不管他，且扛回金刀，仍出桥旁。只见狄青立在桥中，迎面跑来一匹骏马，生得高大雄胖，浑身好像朱砂点染，四蹄生来如铁，光身并无鞍辔，向狄青扑面冲来。

原来此马乃东番进贡朝廷，名曰火骝驹，只因此马凶恶得很，圣上赐与庞国丈，岂知马性顽强，不伏鞍辔拘锁，反伤陷了几名家丁。只为钦赐之物，故制囚笼，将它困禁了。这火骝驹不伏拘禁，力势凶狠，天天吵闹。这日却被他挣脱了笼厩，逃走出府外。家人飞报太师，庞洪听了，忙唤能干家人，上前追赶，谕令众人如有能降伏此马，不拘军民，也须请到府中领赏。众家人领命，一程来追赶火骝驹，跑近桥边，只见一位少年，揪住火骝驹，还是纵跳不已，嘶怒如雷。众人看见此人生得堂堂仪表，力能挽擒此马，十分惊骇，看不出此人气力有这般大。当下狄公子手挽马鬃，那马挣跳不脱，前蹄掀，后脚踩，恼了狄青，喝声：“逆畜，强什么！”狠力一捺，马已按倒尘埃，不能挣跳。

公子性起，连连踹他几脚，痛得极了，滚来滚去，叫跳不出来。又复狠狠踹踏几脚，这火骝驹虽则雄壮，怎经得英雄虎力威狠，登时踹破肚腹，肠多已泻出，横倒于桥边。众人观看的愈多，人人赞叹英雄力大，又有庞府家人走上前拉住小英雄，同声称说：“壮士，我们这狂马乃庞府跑走出来的，伤害于人，无人可制。方才相爷有言，若得有人制伏此马，请到府中领赏。”狄青笑道：“谁要望他的赏，吾不去的。”众人道：“壮士不来，太师爷必要责备我们。况且壮士踢死此马，乃是一位英雄无敌之人，速往见太师爷，还有重用于你。”当时你也扯，我也拉，狄青也觉可笑。真乃生来心性粗莽，也忘记了拿回店内金刀，只随着相府家人一同而走。后面刘文、李进不住呼叫：“狄壮士！不要随他去，快快回转来。”当日观看的闲人，何下千百，一片喧嚷之声不绝，狄青哪里听得到呼唤，随了众人，径向相府而去。那刘、李只得扛了金刀回归王府。

却说庞洪、孙秀在书房吃酒已完，仍谈及狄青之事，只见几个家丁前来说道：“禀上太师爷，火骝驹逃至天汉桥，遇一少年，十分猛勇，揪住马儿，按倒在地。踹踏几脚，此马登时穿腹而死，为此小人等带了小汉子回来，禀知太师爷，可有赏赐否？”太师道：“此人能降伏狂驹，是个英雄之辈，且唤他进来。”家丁领命，出外去唤狄青。庞洪即踱出书斋，在中堂坐下，狄青已倒身下拜。若讲到狄青在汴京未及一月，是以不知孙兵部就是庞太师女婿，也不晓得庞洪是个大奸臣，所以到他府中。当时跪倒尘埃道：“太师爷在上，小人叩头。”庞洪说：“英雄少礼，你尊名高姓？”狄青道：“小人姓狄名青。”太师道："你是狄青么？""原籍何方？"狄青道："世籍山西。"庞洪听了不语，暗思：此人是吾贤婿大仇人，不意他反投入吾府，正如囚进铁网牢笼。待老夫款留在府，断送了这个畜生，方免了贤婿大患。想罢道："狄壮士，老夫有言在先，如有人能除伏此狂驹，必当重用。难得你如今除却狂驹，是位盖世英雄，天下稀少。目今兵犯边关，杨元帅受困，你如此英雄，岂可埋没。你且在我府中耽搁几天，待老夫奏明圣上，保举你到军前效用，建立功劳，你意下如何？"狄青哪里知他暗算机谋，闻他此言，跪倒连连叩头道："若得太师爷抬举，小人三生有幸，深沾大恩。只为小人前时有犯孙爷，只忧他不肯容留于我。"国丈道："不妨，待老夫保举你，岂惧他不收。——家将，且引壮士往后园楼中少歇，备酒款待。"家人领命而去。

这狄青竟忘记奉命杀孙秀之事，随了庞府家人，到后园丹桂亭中饮酒，真乃是个有头无尾的莽少年。独有庞太师大悦，踱回书房，只见孙秀已睡在醉翁床上，太师喜欣欣叫道："贤婿，且大放宽心吧！狄青已入我彀中了！"孙秀闻言，忙立起来问其缘故，太师就将他自投到此一一说知。孙秀大悦，喜扬扬说道："岳丈，这小畜生听了呼延显使唤，仗着金刀，如此猖獗。今日难得上苍怜悯，使他自投罗网，反自遭殃，实乃快事！"太师道："贤婿，如今放下愁肠，早些回府吧。"孙秀当下谢过大师，回衙中而去。

且说太师是晚差唤四名得力家丁，要将狄青弄得大醉，然后待夜深放起火来，将他焚死，明日另有金银赏劳。内有一名家将，名唤李继英，此人生来心雄胆壮，拳艺精通，上前禀道："太师爷，这贼狄青如此狠恶，不独太师爷动恼，小人等也气愤于他。但思皇城之内，放火惊扰不安，终为不美。"太师道："依你便怎生打算来？"继英道："据小人的主见，一些不难。三位不用多劳，且待今夜小人进往苑中，与狄青假作厚款，弄他大醉，何难一刀了决他性命？神不知，鬼不觉，即夜埋了尸首，泄却兵部大人之气，岂不省烦，强如放火惊扬。"

太师听了继英之言，点首笑道："如此更妙。但你虽有些本事，犹恐独力难成，倘然制他不得，反为不美。"继英道："太师爷，不是小人夸口，倘若杀不得狄青，愿将小人首级献上抵当；如若杀了狄青，只求太师爷提拔，小人便是感恩。"太师道："既如此，着你往取他首级，老夫且提拔你做个美地头七品县官。"继英道："还求太师爷再赏酒筵一桌，待小人将他劝醉如泥，方好下手。"太师准请，命备酒于园中。

是晚国丈排夜宴于书房，独对银灯自酌，言道："狄青，你先遭了药棍，又得医治不死，不想今日依从呼延显持刀来杀吾婿，你图杀命官，应该重罪。但此刀乃先帝遗留之物，人人杀却，也无偿罪，幸喜有救星，小畜生，今夜遭我毒手。但呼延显这老狗，我的女婿与你并无仇怨，因何怀此毒念，有日教你一命难逃，方见我老夫手段！"

不表国丈之言，却表李继英一路进园，思量当初随着狄广老爷在边关，多亏先老爷长育加恩，不异亲生儿女。自从恩主归仙之后，又遇水灾，西河一县人民，俱遭水难。我在水中，得逃性命，自奔投相府，已将八载，吾时常在此想念着夫人小主遇水之灾，未知生死。今朝得逢公子于此，力降狂驹，反遭罗网，但吾李继英曾受先老爷恩德，今日小主有难，岂可坐视不救！故特领此差，搭救了小主离灾，方见吾李继英知恩报恩之心。思想未了，不觉已进至花园，只见星光灿灿，月白如银。

当下狄青用过晚膳已久，正站立于桂花亭中，只见寒露霏霏，金风拂拂，此时人静心清，不觉满胸烦闷。思起下山之日，仙师有言说知，教吾至汴京，自得亲人会合，至今还未得一会。又曾记遭水难时，与母分离，今已八载，不得重逢，谅来骨肉沉于波浪中了。又不知张忠、李义身在囹圄，何时脱离。只恨孙秀妒嫉，险些将我身首分开，幸亏得众位王爷相救，孙贼用药棍打我二十，几乎丧命，又蒙隐修调理痊愈，恩德如山，使我铭心刻骨。又思到一段念头，不觉顿足，悔恨心粗，拍胸道："不好了！呼延千岁赐吾金刀，往杀孙贼，为降除狂驹，将金刀抛弃在面店中，我之罪大如天了。若不杀孙秀，也不打紧要，失去金刀，千岁爷岂不动怒。此时夜又深，难以出相府，不免挨到天明，早晨取回金刀，杀了孙秀，千岁爷必然提拔吾，强如在此庞府。”正在思量，又见有人送来酒筵一桌，叫道：“壮士，太师爷敬你是个英雄汉子，方才传言备酒设筵，以待壮士，尽欢赏月，勿要辜负良宵。”狄青道：“方才已领太师爷的赐了，如何一而在乎？”家丁道：“太师爷赏的酒食，有什么稀罕，还要狠狠地提拔你呢！”狄青道：“因何用着两副杯箸？”家丁又道：“太师爷只恐壮士寂寞，特命李继英兄来陪你用酒。”狄青道：“你们李继英是何等之人？”家丁道：“此人乃是太师爷得用家将。”狄青听了，暗自思忖，那李继英之名，十分熟识，但一时想不起来。若问狄青九岁时已遭水难，主仆分离，已经七八载，故不能记忆。正在自言之际，李继英早已到了，扛酒馔家人已转身而去。继英到亭中，呼声：“壮士。”狄青问：“足下是何人？”继英道：“小人姓李名继英，特奉太师爷之命，着我来奉敬数杯。”狄青道：“哪里敢当！”二人坐下，用酒一番。

时交二鼓，一轮明月当空，四顾无人，继英细观公子，长叹一声，立起身子，把首一摇。狄青不解其意，便问：“李兄好好饮酒，因甚登时发此长叹？”李继英离座，双膝跪下，呼声：“小主人，你可知今夜有大难临身否？”狄青道：“李兄，因何如此相称？未知劣弟有何大难？且请起再说。”正要伸手挽扶，继英起来将手一招，二人同跑至登云阁，足踏扶梯，步步而上，秋风阵阵，卷透衣襟。继英道：“公子你不认识小人了。”狄青道：“想继英之名，似甚善熟，奈一时记认不来。”继英道：“公子，我昔日跟随先老爷，多蒙恩育，故今不改别名。自从老主人归仙之后，小主人长成九岁，忽遇水灾，小人水里逃得性命，流落至汴京，无奈一贫如洗，只得投于相府羁身，时思主母、公子逢灾，存亡未卜。今幸公子脱难长成，只可惜不晓得狼虎共同群，难脱此祸。”狄青听罢道：“不错，如今记起你来了。但你言语不明，快些说明吧。”继英道：“公子，你与孙兵部不知结下什么大冤仇？”狄青道：“我与他风马牛不相干，不知他为何生心害我？”继英道：“公子你难道不知孙兵部是庞太师的女婿么？”狄青道：“吾实不知他是翁婿。”继英说：“太师言你要杀他女婿，为此今夜款留于你，公子岂不中了奸谋毒害？犹如蝇投蛛网，鱼入纱缯，焉能飞遁？”狄青听了，双眉逆竖，怒目圆睁道：“如此言来，庞贼也要害我了！”继英道：“他是翁婿相通，要谋害公子，是以小人特讨此差以搭救公子。”狄青道：“只要你通知消息，我明白了。待我今夜打出庞府去，明日还来报仇。”继英说：“公子，此事不可，你虽则英雄胆壮，但思侯门如海，断断不易逃出。况且他家将人多，狠勇者不少。”狄青道：“纵使他庞府千军万马，我何惧哉！”继英道：“你纵然打出相府去了，太师爷明知小人通风，岂不将小人处治，一命难逃。”狄青道：“倘不打出相府，如何得脱离虎穴？”继英道：“我先已打算好，园门已经封锁，难以私逃，即此一带围墙，如此高耸，也难爬跨。只有对壁盘陀石旁有棵树，高接云霄，公子若爬上树，就可跨得过高墙了。墙外也有大树相接，即是韩琦吏部府第。”狄青道：“韩吏部可是庞贼奸党？”继英说：“非也，韩爷乃赤心保国无私之臣，我太师几次欲除害他，却无办法。公子权且走过韩府，暂避一宵。”狄青道：“继英，今夜若非你通知消息，我定然遭其奸害，受你大恩，理当拜谢。”言罢低头便拜，继英也忙跪下，叩首道：“公子不要折杀小人，且请起，事不宜迟，休得耽搁，快些脱离此地为高。”

二人下了登云阁，即至盘陀石，公子扳着大树，继英又恐有人进园，东西四瞧，只见寂寞无声，才略觉放心。当时狄公子爬上古树，又跨过高墙，双手扳过隔墙大树。过得隔墙大树，望下有三丈余，也觉心寒，只得扳枝立而不下。

未知如何逃脱，下回分解。

第十三回

脱圈套英雄避难　逢世谊吏部扶危

话说狄公子跨过隔墙，登大树，只见亭楼画阁，正是韩府后园。却说韩琦官居吏部尚书，年近六旬，为朝廷社稷重臣，忠心耿耿。深疾目前奸佞弄权，朝中五鬼当道。其时相得厚交，不过范仲淹、孔道辅、赵清献、文彦博、包拯、富弼几位忠贤而已。只因西夏兵团三关，韩爷日夕忧心为国，近于月中夜观星象，只见武曲星金光灿灿，该当有名将出现，保邦护国。但不知何方埋没了英雄将士，以至边夷外敌屡见侵凌，皆由外无良将，内有奸臣之患。此夜韩爷用过晚膳，在庭前少坐片时，其夜乃八月十二，将近中秋，天晴气爽，万籁无声，但见：

月射光辉窗透影，庭留芬馥桂生香。

当晚韩爷踱进花园，更觉皎洁无尘，风敲竹韵，月媚花容。韩爷命童子炷上炉香，跪于月下，祷告上苍，悯恤生命，早降安邦定国之彦，以攘外敌侵凌。告祝一番，起来仰观星斗，正应武曲星显现，缘何不见将士名闻于朝？韩爷正在思量，四下观望。却缘何不见狄青在树中？其夜虽然月色光明，但树大枝丛，是以看不见树上有人。但狄青在树上，听得韩爷上告苍天之语，都是为君忧民之心，果乃中流砥柱之臣，下去见他，必无妨碍。想罢，飞身而下，反吓得韩爷一惊。定睛一看，乃一位少年汉子，穿着长袍短袄。韩爷连忙喝道：“你是何人？好生大胆！更深夜静，从空而下。”狄青忙即跪下，呼道：“大人在上，小人姓狄名青，山西人氏。只因庞太师要将小人谋害，园门已封闭了，小人无奈，只得越垣而过。久闻大人爱民忠君，清廉刚正，望乞宽容，渡延蚁命，世代沾恩！”韩爷听了，暗想：“庞洪奸贼，今夜又要陷害人了。今天早晨闻老管门言，有位小英雄名狄青，持了定唐金刀，要杀孙秀，莫非反给他们拿下？”想毕，即呼道：“狄青，你与庞、孙有何怨仇，以至他们生心要谋害？”狄青当将七月内至汴京，得林千总收用，入为步兵等情说起，又说至领令持刀刺杀孙兵部，后至降除火骝驹。韩爷听了打死火骝驹，即拦止道：“今日降伏狂驹者，即是你么？”狄青道：“正是小人。”韩爷道：“妙，妙，看你文雅之姿，不像个很有力气之士，不道却能收除狂驹，乃是个英雄无敌之汉了。前月番邦贡来此驹，殿前侍卫四人降他不伏，后得石玉小将方得拿下，拘于马厩。你既降伏狂驹，以后又如何？”狄青道：“小人降伏狂驹，早有许多家丁要小人至相府领赏。小人不允，家丁都说，太师爷还要重用，不由得扯的扯，拖的拖。我闻要重用我，心下亦有思图机会之意，当时见了庞太师，他大赞赏我之英雄技艺，殷勤款留在后园楼中，暗图杀害。”韩爷道：“你难道不知孙秀乃庞太师的女婿？”狄青道：“小人果也不知，幸有他家将李继英通知消息，教我逃到此园。”韩爷道：“此人为何有此好意？”狄青道：“李继英本乃我父旧日家丁，只因身遇水灾，分散以后，投归相府。承他不负先人之德，故来搭救通知。”韩爷听了道：“你父何等之人？”狄青说开了，便忘却逢人且说三分话之意，答道：“先君狄广，在故土身为总兵武职。”韩爷道：“你祖何名？”狄青道：“先祖考狄元，先帝时，官居两粤总制。”韩爷听了，不胜大喜，道："原来你是一位贵公子，世交谊侄。吾中年时，与令先君在朝，十分相得，曾有八拜之交，不啻同胞谊切。后来山西地方，盗贼猖狂，本处官不能禁制，故先王命狄广哥哥，出镇山西，已将三十载，后也一音不闻，谅是登仙，亦未知他后裔几人。前七八载，山西警报山水灌注，伤坏了数万生民，只道狄门灭尽了。喜得今日叔侄相逢，且生来气宇非凡，更具此英雄武略，今宵一会，令老夫喜得心花大开。但愿你大展谋猷，光大先人伟业，老夫之深望也。"狄青听了道："小人身已落魄，怎敢妄想？"韩爷双手扶起道："如今不必如此相呼，竟是叔侄相称便了。"

狄青领命，即称："叔父请上，待侄儿拜见。"韩爷道："不消了。"即手挽狄青一路回进书房。只见桌上银灯，尚还光亮。狄青立着不敢坐，韩爷再三命坐，二人方对坐交椅中。问及："贤侄，如今不知令堂还在否？"狄青道："叔父听禀，自吾父归天，小侄年方七岁，与娘苦挨清贫两载。九岁时身遇水灾，西河一县，万民遭殃，母子被水分离，至今七载，母亲还未知生死。"韩爷道："你曩者在何方耽搁？"狄青道："侄儿被水时，幸得王禅老祖救到峨眉山上，收为门徒，传授武艺及将略兵机，在仙山七载，思亲念切，日夕愁怀，奉师命下山之日，又不许我回归故土，言一至汴京，自得亲人相会，不料至今仍未见娘亲一面。"韩爷听了，更觉喜形于色，因道："怪不得贤侄有此英雄伎俩，原来是王禅老祖门徒。"是晚便又吩咐家丁，备设酒筵，二人把盏畅饮，款叙中韩爷询道："你武艺精通，须要寻个进身之地。待有机会，老夫自然替你荐拔。"狄青道："叔父，小侄虽略有些武技，奈无提拔之人，只得守株待兔而已。"韩爷道："你言差矣！说什么守株待兔？大丈夫立身处世，须要扬名显亲，虽有千难万苦，何须计较？通观出类拔萃之人，多出身微贱，你今正当少年发奋之期，岂可灰心？你无非碍着庞、孙翁婿，但众奸恶贯满盈，何能远遁长存。贤侄可想得来？"狄青道："叔父，小侄非是夸能，我学得满身武艺，亦时思为国效力，奈何机会不就，倘能一日风云相助，小侄亦不让于旁人。”韩爷听了，不觉抚掌欣然，连称：“妙，妙！贤侄，你有此大鹏奋翮之志，何虑云龙风虎之会无期，果然志量高大，非老夫所能限量。”狄青道：“此乃小侄妄言枉想，岂敢当叔父谬赞。”当夜你一言我一语，更觉投机，叔侄情深谊切。

按下韩府长谈，却说庞府内家丁李继英见狄青跨过了高垣，心头放下，转身步进书房，只见庞太师独对银灯，持杯自饮。李继英上前禀道：“太师爷，小人已将狄青弄得大醉如泥睡了。请太师爷赏口龙泉与小人，好待下手。”太师笑道：“狄青果然弄醉了。如此与你宝剑一口，速速割他首级来回话。但此人能力打狂驹，乃英雄猛汉，你往除他，须要小心！”继英道：“太师爷不必费心，狄青已醉得懵懂了，何难一刀结果了他。”当时李继英怒气顿生，恨不得一刀挥去这老奸贼脑袋，还防一身独力难逃，只得忍耐住了。早已将私积百余两白金，束系腰间，再持相府灯笼，挂了宝剑，哄骗出七重府门。

此时已交三鼓，庞府众家人有睡的，有未睡的，府门尚未下锁。李继英只言奉太师爷之命，差往孙兵部府中有话，慌忙走出七重府门去了。列位，为何七重府门可瞒？只为平日庞太师也有夜差家人往兵部府，况李继英平时行为，光明正大，是以人人信服，并无拦阻盘诘。继英出了府门，犹如鸟出牢笼，鱼脱金钩，骗出城关，如飞而去。

当夜庞太师独持酒杯，不觉沉沉大醉，和衣睡在沉香榻中，内外家丁也各自睡去。庞太师酒醒后，已是五鼓初交，自然先去上朝。朝罢回来，早有管园官禀报，逃走了狄青。庞太师一听此语，大惊失色，即查问李继英。内有家丁几人禀上：“昨夜三更将近，李继英出府，称言奉太师差往孙大人府中，但昨夜一去未回。”太师道：“他一人出府门，抑或与狄青同去？”家丁道：“他独自一人去的。”太师道：“好大胆奴才！定是将狄青放走了。”当下心中大怒，步进园中，四围一瞧，园中墙垣高有三丈，园门四路封锁，难道腾云飞遁的不成？行过东，又步至西，偶然看至盘陀大石，与旁边大树紧紧相连，说声：“是了！狄青定然逃往隔壁韩吏部府中而去。”看罢，即踱回中堂，吩咐家丁四十名，两人一路分头去追捕李继英。又发令往兵部府中，取兵三千往围韩府前门后户，但要搜查狄青回话。当日孙秀闻报，也怒气冲冲，踏穿靴子，骂声：“狗奴才，好生放肆！”又恨韩吏部窝留逃卒，顷刻点起三千铁甲军，一齐来至韩府，重重围困，呐喊喧天，吓得韩府家丁惊慌无措，不知为着何由，即时禀报道：“大人不好了！今有庞太师点兵数千，将吾府中前门后户团团围困，声言要献出狄青，万事甘休，如若大人窝留不放，即打进门来，于大人也有不便之处。”韩爷道：“有此异事，你等何须大惊小怪，老夫自有道理。”狄青在旁，听了大怒，道：“叔父且休惧，数千军马，只赐小侄一口兵器出府，可杀他马倒人亡，才算小侄手段非弱！”韩爷听了摇首道：“贤侄，休得将杀人两字作玩耍，他是命官，你是子民，岂有强民擅杀官兵而无罪律？这老奸好生刁滑，你如杀伤他兵，必来奏劾老夫。吾自有主意，且玩弄得他糊糊涂涂，不敢来查。”

正在言论之际，忽闻一片喧闹之声，韩府家人禀道：“庞太师亲自到府来了。”韩爷道：“这老贼亲自来查正好，贤侄且这里来。”韩爷不慌不忙，引狄青到一所三丈高楼，上书一匾口“御书楼”，此乃先王钦赐韩爷校阅典籍，上有圣旨牌位，除了皇上，不许别人擅进此地，如有人私进，即以侮君论罪。韩爷引狄青进楼，开了重门，着他在内，仍复封锁。然后出来，吩咐家丁大开府门。当有庞太师登时踱进通名，韩爷不免衣冠迎接，施礼分宾主中堂坐下。韩爷开言道：“请问老太师．本官并未干犯国法，因何私差许多军马，围困吾家？”庞太师道：“韩大人，为人倘若欺瞒，自然败露。你将狄青窝藏在哪里？速速放交出来，即不敢唐突吵扰了。”韩爷道：“本官也不明什么狄青，太师既带兵在此，谅来要搜查了。你且查来，我并不阻挡。”太师听了，点头称是，即唤众兵速速搜来。众兵领命，如狼似虎，内外中堂尽搜，单单剩了御书楼，余外也不见有什么狄青。众兵家人等只得禀上庞太师，太师狐疑不决，不知他已早放去狄青，抑或留藏在御书楼上。韩爷冷笑道："老太师，这狄青在着御书楼上，为什么不搜查下来？真乃枉用多军了！"

不知狄青有没有被搜查捕捉，且看下回分解。

第十四回

感义侠同伴离奸　圆奇梦贤王慰母

却说庞太师听了韩吏部讽刺之言，也觉没趣，又收不得场，无奈何，只得传令众家丁：三千兵丁，不分日夜，在此守候，狄青必藏在御书楼，如今是韩琦的硬话。老夫岂有不知！又道："狄青啊，你藏也藏得好，少不得连累及老韩了。"说完，吩咐打道回府而去。当有三千兵卒，日夜轮流看守，日给饮食，往庞府领用。狄青在着御书楼内，十分恼恨，但遵着韩爷之言，只得忍耐。韩爷见庞洪去了，拍手冷笑道："庞奸贼啊，纵使搜不出狄青，也不消用许多守候之人，劳兵费饷，直比愚夫呆子，乃是自作自弄。"

不表韩爷之言，却说静山王回来已晚，不是他有心不问金刀之事，只因是夜饮酒过多醉了。一觉睡到四更时，朝罢回来，方才记起，即唤刘文、李进至前，二人叩首上禀道："千岁爷，昨夜狄壮士在天汉桥等候孙兵部未遇，却将庞府中的火骝驹踢死，后被庞府中邀去，至今还未见回来。"千岁道："金刀放在何处？"二人言道："狄青弃了金刀去收除此驹，为此小人将金刀请转回来。"千岁道："因何不即禀明？"二人道："只因千岁爷昨夜赴宴，回来已经沉醉了，故未得禀明，小人该当有罪。望乞姑宽。"千岁听了，道："你们去吧！"又想：可笑狄青有勇无谋，要除狂马，就将金刀抛弃了，倘或失去此刀，怎生是好？本藩一片真情，有心提拔你，岂知你如此鲁莽心粗，一事误，诸事也误了，还望你掌什么帅印兵符。你今到了庞府中，犹如困入毒蛇窠里一般，如此不中用的东西，我也难以照顾了。

按下静山王不表，再说庞府中一班狼虎奴才四十名，分为二十队，分路去查捉李继英。追赶出关，加鞭拍马，不敢少懈。二十路人，你走一路，我跑一方，倘一路之人拿了李继英，二十路之人，一众有功同赏。有庞喜、庞兴同伙一路，不从官街大道，只向私路盘查。

话分两头，先表李继英一路逃出皇城，他原虑得庞太师差人追赶，是以不从官街而走，却由小路而奔。其时日已过午，腹中觉得饥了，只跑一程，见有酒肆一所，是个僻静之方。当下继英将身直进坐下，呼酒保拿上好酒馔，鲜鱼鲜肉时菜排开一桌，一人独自举杯，十分悠闲，倒觉开怀。一边饮酒，一边思量，叹道："吾李继英虽出身贫寒，也是轰轰烈烈之汉。自幼身进狄门，先主归天之后，还指望小主长成，早日袭荫为官。岂知主人突遭水难，一家骨肉分散，流落汴京，只得身投相府。难得今日公子脱得水灾，长成了，可恨孙秀、庞洪与他结下深仇，昨晚险些中了他奸谋暗害。我想韩琦老爷是个忠良之官，昨夜必然将他留救，从此我心略为放下。庞洪啊，你是奸刁万恶之人，势焰滔天，算计多人，我也不问，若要害我小主人，是不得不搭救的。纵弄得我奔投无路，也尽我一点报主之心。但今虽脱离虎口，奈无家可走，不如回转山西，另寻机会便了。"

不表李继英正在思想，再说庞兴、庞喜二人，一路逢人便问，查过东来又过西，不论茶坊酒肆，也要看看，即招商旅店、古庙庵堂，也进去瞧瞧。二人寻得心焦起来，便商量道："李继英不知去向，人来人往，知道他打从哪路途走的，吾二人定然空奔波了。"又行至一所三岔路的去处，只见一座高耸耸的酒市，二人也是同行同走，进去查看，只见内厢三进，四围桌椅两边排，却是静悄悄并无一人在此用酒。店主一见，问道："客官要用酒么？"二人道："非也，我们要寻一人。"店主笑道："里面一人也没有的。"庞喜道："没有就罢了。"正要跑出来，忽听得楼上喊道："店主取酒来！"店主答应。庞兴道："楼上还有人吃酒，快些看来！"二人进至楼中，李继英只道是酒家送酒到楼，忽然见了庞喜、庞兴，顿觉呆了。庞兴叫道："继英，做得好事！为什么放走了狄青，自己脱身而去？故违主命，该当何罪！我们特奉太师爷之命，前来拿你，快快回府吧！"李继英说："二位大哥，我是不回去了。"二人道："你为何不回去？"李继英道："弟在相府七八年，多无差处，但狄青是我故旧小主，不忍他死于非命，故特将他放走。二位大哥啊，我想世间万物尽贪生，为人岂有不惜命？如今放走了狄青，我原该有罪，如若回去，太师爷怎肯轻饶于我。今日好比鳌鱼得脱金钩钓，岂有再回去之理！"庞喜道："李继英休得多说，快些与我二人回去见太师爷！"李继英道："二位大哥若要我回去，万万不能了。"又叫酒保且添两副杯箸来二位饮酒。店主应诺下楼而去。兴、喜二人大呼："店主不用去拿杯箸，哪个要饮他的酒！"店主下得高楼，兴、喜二人即时变了面目，喝声："李继英！你当真不肯回去？"继英道："我是断然不回去的！"庞喜道："你当真不回去，休怪我们动手了。"他二人一齐跑上，抢过去要拿捉李继英，却被李继英一拳飞去，打倒庞兴，当胸一托，好不厉害，庞兴已仰面跌于楼上。庞兴爬起身来，还不肯甘休，一拳飞到面门，又被李继英左手一接，右掌一拍，已打下楼来。庞喜抢来，又被继英飞脚打去，跌抛数尺，打得二人满身疼痛，只喊："好打！"当下店主拿上杯箸两双到楼，一见大惊道："客官不要殴打！"李继英道："打死这两个奴才，我抵偿他们的性命！"店主道："不可！倘若当真打死了，岂不累及我开店之人么？三位且吃酒吧。"二人思量：不料李继英有此本事，实难和他相争，我二人何苦与他结冤，回去只说不见就是了。庞兴呼道："李兄，不必多言了，既然你不肯回去，我们且回去复禀太师爷便了。”李继英听罢，微笑道：“早些如此说，我也不敢得罪，二位且请过来吃酒吧。”庞喜道：“我们没有酒东。”李继英道：“都是我叫的酒肴。”二人道：“如此叨扰了。”李继英道：“哪里话来，同伴弟兄，何烦客套！”店主问道：“客官可是做贼盗的么？不然何以争打一番，又同饮酒？”李继英喝声：“胡说！这二位是我同伴弟兄，我们是庞府中来的。再有上品佳肴美酒，且拿几品来用用。”店主领命，登时取到，三人一同把盏，尽欢畅饮一番。二人问道：“继英兄，我们方才不是了。但今不知你到哪处安身，又缺少盘费，怎生主张？”继英道：“二位哥哥，不必为我担忧；行程川资，我尽足用。”庞喜道：“继英兄方才说转回山西，你却迂了。在庞府太师处，吃的现成茶饭，穿的现成衣冠，仗着太师爷的威权，好不荣耀。那狄青到底与你有甚相关，你将他放走了，抛却富贵荣华的大门风，只落得孤零飘荡，苦受风霜。纵然你回得山西，一事无成，怎生是好！”继英道：“二位哥哥，人各有心，吾当初跟随狄老爷之日，待我不异儿子一般。今日小主人有难，理当搭救，保全了先主人一脉香烟，吾李继英纵有不测，死在九泉，也是心安了。那庞太师行恶，势如烈火，杀害多少无辜，日后终于无好报应的，我断不欲与巨奸做伴。况男子志在四方，六尺身躯男子汉，何愁度日无依？”庞兴听了道：“继英兄果然言之有理。”便对庞喜道：“我家太师爷作恶多端，后来绝无好处，倘有什么祸事临门，想逃遁也迟了。古云：识时务者为俊杰。不如趁此时另寻机会，与李继英兄作伴同行，你意下如何？”庞喜道：“正该如此！但不知继英兄肯允否？”李继英笑道：“二位老哥，既愿同行甚妙。”庞兴又道：“只是我二人盘川未曾拿得，空空两个光身，如何远遁？不若转去盗他些银两，连日同行，岂不更美。”李继英道：“不消如此，二位倘能决志同行，盘费都是我的。”兴、喜道：“叨扰你的酒钞，怎好又花你的川资，这实不该当。”李继英道：“弟兄同志，何分彼此？”当时三人叙谈，甚为亲密，下楼会了酒钞，一齐出了酒肆门，一路而行，径向山西而去。道经天盖山，有数十强徒，手持利刃，要打劫东西，却被李继英抢了钢刀一口，杀死几人，余外的四散奔逃，亦有逃走回山中去的。原来此座山冈，乃是张忠、李义聚集地方，他二人一去两月多不返，这些小喽啰，天天在此打劫，今被李继英占夺此山，三人在此，暂且羁身落草，小喽啰伏其使唤。此话暂停，后文自有交代。

再表汴京潞花王讳赵璧，乃是赵太祖嫡元孙，当时年方十五，生来相貌堂堂，与当今嘉祐皇手足之称。不幸父王早已归天十余载，他父排行第八，即八大王赵德昭，上文选狄妃已有叙明。如今他子袭父职，封为潞花王，先帝已敕赐南清宫居住，仍授着打王金鞭。宫中建造一座嵌宝龙亭，供奉着太祖龙牌。

有一天，潞花王在宫中，夫妻朝参母后毕，坐于两旁，宫娥送上参汤用罢。潞花王一看，说道："王儿上启母后，为什么愁眉双锁，带着忧容，未知有何不悦？伏望母后说与儿媳们知之。"狄后闻儿动问，便道："儿媳啊，只因昨夜三更得了一梦，未知主何吉凶，想起来，甚觉烦闷不悦。"小王爷道："不知母后有何梦兆，怎生梦来？"狄后说："儿媳，为娘的梦见饮宴之间，取一肉馅，方入口中，咬个两开，内中有肉骨一块。不料那骨将牙齿撞得疼痛，滤出血来：将骨肉染遍了，其馅即圆合了。想来牙损见血，滤于骨肉，其梦兆谅必凶多吉少，是以纳闷不安。"小王爷听了，便道："母后休得心烦，待臣儿去召请详梦官到来详解，便知其兆凶吉了。"当时潞花王辞过母后出堂，想来包拯、韩琦乃是博学之臣，即差内监往召二臣。

包拯先来，韩琦后到，上银銮殿，参见千岁。王爷道："二位卿家，休得拘礼。"即命赐座。内侍献茶毕，潞花王即将母后之梦说明，早有包爷道："微臣粗知浅见，只知判断民情，圆梦幻事，从来不懂。"王爷道："包卿不明详解么？"包爷道："臣详解不来。"王爷又道："如此，韩卿可详解否？"韩爷道："臣略能详解此兆。"王爷道："其意如何？”韩爷道：“其梦肉开见骨，齿血滤于骨肉之间，太后娘娘必主骨肉重逢，乃是吉兆。”王爷道：“应在何时？”韩爷道：“臣思馅缺复圆，该应于十五月圆之日。”包公暗喜道：韩年兄为人学问广博，比老包高明得多了。包公正在自思，潞花王微笑道：“果然如此，实是奇了！”韩爷道：“臣据理而详，该得此兆，但未知验否？”潞花王道：“包卿你职事冗繁，且请先回府，韩卿少留，待孤家禀复母后，再行定夺。”当时包爷别去，韩爷待潞花王进内禀知母后。

不知狄太后如何主见，且看下回分解。

第十五回

团圆梦力荐英雄　奉懿旨勇擒龙马

当日潞花王回进宫内，将韩吏部圆梦之言，一一禀知。狄太后想来，不觉倍加愁闷，追思昔日离别家乡，已将二十年，别却母亲哥嫂，以后音信无闻。后来只因水淹山西太原，狄氏宗支，无人已久，还有什么骨肉重逢之望！既然韩吏部如此言来，亦真假未分，且待来日月圆之后，准验如何。当命留下韩吏部，倘此事无差，必然厚赏于他，倘详梦不验，然后叫他回衙。当有潞花王领旨，是日款留下韩爷不表。

且说狄太后自思，吾儿虽云玉叶金枝，王家之贵，只可惜至亲骨肉，分散如烟，还有什么亲谊之人相会？可怪韩吏部无凭无据，反惹着吾的心酸。想念未了，不觉泪下不止。

却说韩爷是日被潞花王款留在书斋中，不觉心中气闷起来，反恨方才圆详此梦，或要激恼了狄娘娘。但据梦而圆，依理而详，也该有骨肉相逢之兆，但不知真验否。如若准了便好，倘或不验，太后娘娘怪着，就不妙了。早知如此，方才悔恨把梦来详，不如照着包年兄只推不懂也就是了。

这且慢表，再说宫中出了一事，当初有一龙马，名九点斑豹御骝鬃，乃是一条火龙变化，帮助赵匡胤骑乘，统一江山，后来此马仍归天上为龙，受玉旨恩封。不想数十年间，凡心未了，走下落在山西省，将西河县翻沉了，残害却十数万生民性命，玉帝大恼，要剐此孽龙。后得众星君保奏，目今西夏叛宋，武曲星下凡，平西保国，莫若仍贬它下去作龙马，帮助征战，将功折罪，以彰我主好生之德。玉帝准奏，故今降下此龙，在于南清宫王府后花园荷花池内，作浪兴波，好生猖獗。当日吓得管国官魂不附体，认是妖魔作怪，即来银銮殿上禀知。潞花王听了，也觉心惊。当时王府众人，多已害怕，狄太后闻之，心中烦恼，不知哪方妖怪作孽，这样猖狂，便命将园门下锁闭固，众家丁内监，人人惊恐，三言两语，早已惊动书斋韩吏部。他想：狄青乃王禅老祖之徒，向在峨眉山学艺七年，况勇力能除狂马，不免待我保荐他去收服了妖魔。如若狄青收除此妖，千岁自然将他重用，便得进身了，又可免了庞、孙之害，有何不美？主意已定，即日对潞花王说道：“今有壮士狄青，本领很强，他是王禅老祖之徒，仙传武艺，非人可及，曾在天汉桥力除狂马，不如召得此人，拿了妖魔，以净宫闱。不知千岁意下如何？”潞花王道：“韩卿，未知人在何处？”韩爷道：“现在微臣之家。”潞花王道：“既在卿府，即速将他召来。”韩爷道：“这狄青踹死了庞家狂马，被他哄到府中，欲图谋害，幸亏得他故旧家人放走，逃入臣家。询起世家，原非微贱，乃臣世交谊侄，年纪青春，气宇轩昂。不想目今庞洪得知在臣处，即差兵围守于臣家，犹如抄没家产一般。”王爷听了道：“可恼此老贼如此无礼！”韩爷道：“臣该当有罪，不得已把狄青藏在御书楼里面。”王爷问：“后来庞贼便怎的？”韩爷道：“当时庞洪就回去了。”王爷道：“怕他不肯回去么？”韩爷道：“庞洪虽则回去，尚有数千军兵，不分日夜看守，将臣衙署前门后户也都把守了。”王爷怒道：“有这等事么？老奸真真可恼！”即传差官捧了龙牌，立刻将那庞府军兵驱逐。当日差官领旨，一到韩府，将铁甲军尽皆赶散。这些军兵实在守得厌烦了，一闻此旨，一哄而散。

且说庞府打发四十名家丁，前往追赶李继英，先有三十八名回来，禀知李继英杳无踪迹。庞太师闻言，正在着恼，忽闻潞花王降旨，驱散了三千兵丁，更加火上添油，愤怒异常，心想：狄青小奴才，定到南清宫里去，教老夫也无可奈何了。即差人往报知孙兵部，按下休提。

却说狄青出了御书楼，身乘银鬃马，离了韩府。一路思量，不知此去，是凶是吉。当时进至藩王府中，千岁降旨召进，狄青双膝跪下，连头也不敢抬，三呼："臣山野子民狄青，朝参千岁爷。"潞花王道："平身！孤家召你到来，只为宫中后花园新出一妖魔，十分厉害，其形似龙，峥嵘两角，遍身血结，在那荷花池内作波兴浪，合府忙乱，今已关闭数重园门。今有韩吏部保荐你有降龙伏虎之能，从仙师学技，法力高强，倘能除了妖怪，使母后心安，当今圣上自然封爵奖赏功劳。"狄青想道：叔父真乃可笑，我虽是老祖之徒，武艺般般都晓，唯有擒拿妖法不曾学得，如何将我保举起来，这是何解？但叔父已经引荐于我，倘若推辞了，千岁爷岂不见怪？也罢，我想既为男子汉大丈夫，须要做出掀天揭地奇能，方见本领。倘若伤在妖怪之手，连叔父也没趣了。若我命不该亡，得除妖魔，千岁爷自然收用，就是那庞洪算账也不相碍了。想罢便道："野民果有降魔妙手，千岁爷不须担忧。"潞花王听了大喜，传旨备酒相待。

酒膳已毕，又是红日归西。是晚八月十四之夜，一轮明月东升，秋夜天晴气爽。银銮殿上灯高挂，南清宫内烛辉煌。夜宴方完，又闻殿内喧扰之声。宫人内监个个惊慌，都说妖怪凶狠。当晚狄青对众人说："你们只须助我皮鼓铜锣声响，便立擒妖怪了。"众人都说："全仗英雄大力，不知要用盔甲否？"狄青道："不消盔甲，只要钢刀一口。"当时内侍急忙忙扛来钢刀。好个心雄胆壮的英雄，挂起宝剑，手提大钢刀，呼人引路。众人不敢先走，内中有胆大些的内侍，引着小英雄敲锣击鼓，好比庆贺元宵佳节，方才开了数重园门，放狄青一人进去，连忙闭锁回转，在门外鸣锣擂鼓，一片响声，无非助兴。当时狄青雄赳赳提起大刀，跑来走去。花园宽大，走过东，跑过南，又走至望月堂，大喝道："妖魔怪畜，快来纳命！"狄青一路呼喝，看看走至荷花池前，未到池边，先已水高数丈，跳出一怪，遍体朱红，看来原是一条火赤龙，张牙舞爪，真有翻江倒海之势。大吼一声，好比雷鸣。当下狄青大喝道："逆畜，来试试钢刀。"说完，擎起刃尖，指定火龙，龙立于岸，池中水势定了，波浪不兴，但闻耳边狂风大作，呼呼响亮，园内落叶纷飞。此龙咆哮之声不绝，张开大口，摇尾昂头，月光之下，红鳞闪耀，钢刀鲜明。狄青与火龙相斗，已有半个时辰，两下武艺，轩轾不分。狄青手中一松，大刀坠地，急忙回身退后，跑走如飞。却被火龙赶上，张开血盆大口。狄青反吓了一惊，原神现出，火龙方知他是武曲星。只见红光一道，透上青霄，大吼一声，在地滚滚碌碌，红光过后，只闻嘶鸣之声，化成一匹火龙驹，约有五尺高，遍身红绒毛，闪闪生光，双眼与月映射如灯，两耳血红，头上当中一角色青，生来异样无双。当时狄青立定看着，不觉称奇，笑道："方才交斗时，明是一条火龙，倏忽之间，变化为马，莫非上天赐赠此奇马与我？"便又呼道："龙驹，你若肯随我狄青，可将头点上三点，如若不肯归我，就摇上三摇。"说话未了，马头顷刻连点三点。

当时狄青大喜，即慌忙下拜，望空拜谢上苍，即扳上马角坐上，徐徐走回，连叩园门，却不见开，只为外面敲锣击鼓，喧闹之声不绝，左右园门皆叩不开，一时心中喜悦，在园中往来驰骋。其时约有二更时候，园外众人且住了锣鼓，一同忖度道："狄青进园，约已有三四个时辰，他与妖龙相斗，料然胜负已分。狄青收除了妖怪固好，倘怪物吞了狄青，开园门就不好了。"你一言我一语，只得静听了一回，即开了园门，一同涌进，不见有人，又不闻妖物吼叫之声。东西四望，不但不闻妖怪兴风作浪之声，即狄青也不见了。岂知此座花园宽大，周围有四五十里，当下只见远远有一人一骑而来，快如闪电，即时跑至。只见狄青高与檐齐。又见他在马上呵呵大笑，得意洋洋，往来驰骋，见了众人，连忙下马，呼道："众位侍官，我已将妖怪收降了！"众人道："妖怪在哪里？"狄青道："此龙驹便是了。"众人看来，此马果然生得超群出众，便一同往见千岁爷。当下潞花王闻知，心中大喜，登时传命召来。狄青一手牵着龙驹，一见千岁爷，即下跪禀道："小民已收服火龙，不料化为此马。"潞花王一见龙驹，连称奇事。又看此马生来过于高大，遍体红毛，中央生了一只独角，果然异于凡马。狄青道："启千岁爷，此马乃火龙变化，世所罕有之物。今千岁爷府上出此宝驹，料是祥瑞之兆，必须装成一副鞍辔乃可。"潞花王道："你言有理。"即传旨将孤家追风驹鞍辔卸下来，装配此驹之上，当时内侍领旨而去。王爷又传命备排筵宴。当夜王府中人七言八语，都称奇异。早有宫娥一众奏知狄太后去了。

且说韩琦在书斋闻知，连忙跑至内殿，见了此驹，欣然喜悦，便道："人间罕有罕闻！"看罢，又呼道："贤侄，算你盖世奇能，所称王禅老祖之徒，庶不愧也。"狄青道："叔父，此乃千岁爷的洪福齐天，小侄何能之有？"说未完，鞍辔到了，装配起来，更见毫毛光彩。当日潞花王见装配起来，此驹更加出色，即吩咐两旁侍官，扶他上马。哪知龙驹发起狠性，将头一摆，前蹄一曲，后腿一伸，险些儿将潞花王跌将下来。早有侍官把他扶下，便道："此驹不服孤家，韩卿你且试试，看龙驹服否。"韩爷笑道："千岁爷，老臣福分浅薄，如何乘坐得此宝驹？"潞花王道："休得过谦，且试试如何。"韩爷无奈，只得来乘。只为马高人矮，仍要侍官扶上。果然韩爷上得龙驹，又是依然不驯，马背一曲，头一颠一摆，几乎将韩爷跌将下来。侍官连忙把他扶下驹去。王爷又呼唤狄青道："此龙驹是你降服它的，它必然伏畏于你，且乘骑上去看。"当下狄青曲背打躬道："此驹生来性烈，既然不服千岁爷与韩叔父，焉能畏服小人？"潞花王喜道："此驹是你降服的，岂不畏惧于你？”韩爷道：“千岁有旨，你且试乘何妨？”狄青听了道：“如此小人告罪了。”即扳上当中马角，轻轻一跳，早已跨上金鞍。哪知此驹全然不动。韩爷一见大喜称奇，潞花王也喜形于色，跑上前呼道：“马啊，你真乃欺善畏恶了，偏会使刁作难的，将本藩欺着！”当时狄青心中暗暗大喜，一刻走下鞍来，上前叩谢过千岁爷，即开言道：“比驹既不伏千岁爷乘坐，且待小人道它几句，待千岁爷再乘上去，看是如何。”潞花王道：“不必了，孤家的宝驹异马甚多，如今连鞍辔一并赏与你吧。”狄青大悦道：“多谢千岁爷！”

狄青受赐龙驹之后，不知如何去见狄太后娘娘，且看下回分解。

第十六回

感知遇少年诉身世　证鸳鸯太后认亲人

话说狄青听得潞花王将龙驹赏赐与他，心中大喜，拜讲道："启上千岁爷，既蒙惠赐，还要求赏一个驹名，未知可否？"潞花王道："此马乃在月色光圆之下所得，即取名现月龙驹便了。"狄青听罢，欣然下阶，与众侍臣站立。当时天色亮了，王爷吩咐，带龙驹入后槽喂料。内侍领旨，牵驹而去。是日，潞花王复诘询小英雄道："狄青，看你青年俊美，不意有此奇能，家中父母还存否？作何生理度日？几时得到仙山，拜着老祖为师？今朝降服了龙驹，免了园中忙乱，皆你之功力，明天奏知圣上，定有奖赏。"狄青见问，即道："启禀千岁爷，小人祖上，原不是无名之辈，世籍山西太原府西河县小杨村。祖父狄元，曾为两广都堂。父亲狄广，官居总镇。不幸相继而亡。小人九岁便遭水难，母子分离，幸得仙师救至峨嵋山学艺，前后七载。上月七夕间，奉师命下山，一到汴京，自得亲人相遇，岂知亲人不见，反被奸臣谋害。"

当时潞花王还要再盘问他几句，忽闻说太后娘娘请千岁爷进见。他一路走回宫内，喜欣欣地朝见母后娘娘。太后开言道："王儿，方才宫监报明，已经有一位英雄汉收服了妖魔。"潞花王道："臣儿禀知母后，此人年轻，武艺无双，名唤狄青，山西人氏。他家原非下等之人，世代为官，乃一位贵公子。又得仙师带至峨眉山学艺。这英雄果然收服龙驹，此皆韩吏部所荐。”狄太后听了道：“此人名唤狄青，山西人氏么？”潞花王道：“山西省太原府西河县小杨村人。”太后听了，沉吟自语道：“我想小杨村地名，乃是我的家乡，一村中没有别姓，单有狄姓一家。且数年之前，只闻水涨山西，西河一县全然淹没，料者我狄姓之人，尽遭水难，也未可知。莫非此少年英雄从水中逃脱了不成？他又名狄青，有些蹊跷。”便道：“孩儿，你可问他祖上父亲名讳否？”潞花王想了一会，道：“儿也曾问过他，他说祖上名狄元，曾为两广都堂。父名狄广，官居山西总兵。”当时狄太后一听此言，连说：“不错，不错！”言未毕，纷纷下泪，愁锁双眉，呼道：“王儿，速传旨，令狄青进见。”潞花王不明其意，忙问：“母后传他进见何事？”狄太后说道：“王儿呀，据他所言家世，乃是为娘的嫡亲侄儿了。故要询他一个明白。”潞花王听了，反觉惊骇，说道：“既然如此，即宣呼他来，问个明白便了。”即传旨召进狄青。太后娘娘坐于珠帘里面，潞花王坐于外边，狄青膝行而进，跪倒宫前，不敢抬头仰面。便有太监一名，传言道：“狄青，太后娘娘问你，你是山西省人，哪一府？哪一县？哪一乡？哪一庄？祖宗三代名讳，官居何职？母亲何姓？如今在否？一一奏明上来。若有藏头露尾，不免自取罪戾。”

当下狄青不语，暗想：这太后娘娘，盘问得奇怪，因何盘问起我的家世来？但其中意思吾难猜测，且说出真情来，若论是吉是凶，只得听命由天了。于是将祖父母姓氏官职一一奏明。又说并无叔伯弟兄，止有长姐金鸾，早已出阁，次姐银鸾，早已夭亡。太后娘娘听到此处，便问道：“你既无叔伯弟兄，可有姑母否？”狄青答道：“姑母是有的，只幼时闻母亲说，进入皇宫，早已归天了。”太后娘娘闻言，暗暗惨然，泪珠滚滚，嗟叹一声。又暗思道：既说进入皇宫，为何又说早已归天了？于是又问道：“你既知姑母故世，死于何时？得何病症而死？”狄青道：“只为先皇点选秀女，进朝时，小人年幼，不知详细。至稍长时，只闻母亲说，姑母进京之后，即已归天。”

原来此段情由，上书已经叙明，当时被选进宫时，圣上将狄氏赐配八大王，孙秀暗中拨弄，狄广中其奸计，认真以为妹子已死，故狄公子长成八九岁，孟氏夫人也告知他姑母身死于进宫之后。如今狄青见问，即如是而对。狄太后听了，一时也猜摸不出，但其余说话，一一吻合。不觉肝肠欲断，带泪呼道：“狄青，你既是狄广之儿，有何凭据？”狄青一想，便道：“禀上太后娘娘，小人有家传血结玉鸳鸯一只，幼年时，母亲与我佩系于身。曾记鸳鸯原有一对，雄的留下，雌的送与姑母进朝，但不知姑母故后，雌的落于何处。”太后带泪，将身上所佩那只雌的鸳鸯摘下，命狄青将雄的献上来，仔细一看，真是一双无异，一色无分。

太后娘娘看过此宝，传旨命将珠串卷起。狄太后珠泪盈腮，抽身出外，连呼道：“侄儿啊！”狄青见如此光景，登时发呆惶恐，伏倒尘埃，开言不得。早有潞花王见母后唤他侄儿，自然不错的，即起立说道：“请起！”狄青道：“千岁，小人乃一介贫民，还祈不要错认了。”太后娘娘听了，带泪双手扶起狄青，呼道：“侄儿啊，老身即是你的嫡亲姑母，你方才说的家世一一相符，且有这玉鸳鸯为证，不错的了。何用疑惑，速速起来相见。”当下潞花王微微含笑对狄青道：“真是骨肉重逢，不期而会，皆由天赐，何必多疑？”即呼内侍备下香汤，侍狄爷沐浴，又命宫娥取套衣冠。宫人启禀：“千岁爷，不知用什么服饰与狄爷更换？”潞花王道：“即取孤的服饰，与狄爷更换便了。”内监宫娥领旨去了。这时太后娘娘手挽狄青，呼道：“我那侄儿，作姑母的今日与你相见，如见你爹娘一般。喜得你长成，得延一脉，生得仪表堂堂，威风凛凛，若非韩琦圆梦，逆龙作祟，今日怎能姑侄相逢？”狄青呼道：“千岁爷，太后娘娘啊，吾实无姑母的，只恐错认了。”狄太后言道：“你方才说有姑母的，怎么又说没有，是何道理？”狄青道：

"姑母原是有的。"太后道:"如今在何处?"狄青原要说出已经身故,但思她如此相认,又不好如此说,只得转口道:"只是进宫之后,一直信息全无,不知详细了。"太后呼道:"侄儿啊,我是你嫡嫡亲亲姑母,两无错讹的了。我生身故土是小杨村,与你父身同一脉,我父官居两粤都堂,有家传玉鸳鸯一对。况我进宫之后,并无差池,山西那时进宫秀女,并无第二个姓狄的,我想来决无舛错,你还疑惑不认么?此时尚有巧合成对玉鸳鸯足以为据,一些不差,雌的我所收拾,雄的你母谨藏,若非这玉鸳鸯,几难相信了。"狄青暗忖,师父之言验了,果有亲人相见。于是连连叩首,呼道:"姑母大人在上,侄儿不孝,罪大如天。只为侄儿九岁时,母子分离,六亲无靠。后得王禅老祖救脱水难,在峨眉山学艺七年,今朝不期而会,与姑母相逢,何异旱苗得雨、枯木逢春,实在不胜欣喜。"当时潞花王更喜形于色,上前拍拍狄青肩上道:"太后与你初见,弟不知是表兄,多有委曲,以后只以弟兄称呼便了。"狄青道:"岂敢如此僭越,贵贱悬殊,决无此理。"潞花王道:"既是至亲,何分贵贱!"狄太后道:"侄儿且起来,沐浴更衣,再行相见。"狄青领命,辞过太后母子,侍官领他沐浴慢表。

当下狄太后呼道:"王儿,你且看此鸳鸯好否?分别多年,今日始得成双。"千岁爷将鸳鸯接来细看,连声称妙,只见血彩闪烁,口吐霞光,即说道:"请问母后,此对鸳鸯既是一件宝贝,不知此物产在何方?"狄太后道:"孩儿,此对鸳鸯,原出于北番外邦,进贡朝廷,先皇钦赐予你外公,为娘得了雌的,雄的留与你母舅。为娘时时想念雌雄两宝,以为没有会期,岂料鸳鸯今日重逢,追思昔日,倍觉惨然。"潞花王道:"这却为何?"狄太后道:"王儿有所不知,此对鸳鸯,狄门已经传了三世,真是镇家之宝。今日为娘见鞍思马,你外祖母与舅舅得病而亡,倒也罢了,只是你舅母遭殃被水而亡,骨肉沉流波底,不得共享安闲,哪得不伤心啊!"潞花王禀道:"母后且免愁烦,今喜得表兄长成,气宇不凡,外祖、舅父母留得英雄好后裔,此乃天不负善良之报。况表兄生得如此品貌昂昂，何难光前裕后。待明日进朝奏知圣上，封他一员大将，还有哪个敢欺侮他？”狄太后道：“王儿，说什么武将，明朝传我之命，要当今封他一个王位。如若不封，说为娘的必定要动气了。”潞花王应允，狄太后又道：“韩吏部洞明算理，圆梦准验，如今且请他回府去。若赠他金帛财宝，谅他也不领受，须奏知当今升调，以奖其劳。”

正言语间，狄青沐浴更衣，穿着潞花王服饰，看来愈觉威仪赫赫，即上前拜见姑母。太后娘娘见了，心花怒放，当时表兄弟一同叙过礼，官人内监，俱来叩见狄王亲。太后娘娘又呼“侄儿，且往前殿会宴后，再来叙谈。”狄青领命告辞，退往前殿去了。

当时日已正中，潞花王带着笑脸，把情形传知韩吏部，着他先归衙署，候日加封，即差内官送他回府。此时韩爷喜悦万分，不觉暗暗称奇说：“哪知狄太后即狄广哥哥之妹，陈琳奉送回朝，已将二十年，老夫亦未深知，谁料我详梦，却如此神准。”

不表韩爷欣悦，却说潞花王陪伴狄青筵宴，弟兄开怀畅饮，自未刻言谈交酢，不觉斟酒数巡，已是时交二鼓。用过夜膳，潞花王传令内监官人，不必多人在此伺候，只留下四名侍官，伺候狄王亲。

潞花王辞别回宫安寝慢表。却说狄青已经饮酒过多，虽酒量不低，他的酒性却不甚好。大凡酒量与酒性，却有两般之别，吃酒多而不醉者为之好酒量；吃酒多，醉而不狂暴者，谓之好酒性。狄青的酒量虽高，而酒性却也平常，前者在万花楼上打死胡公子，也因酒性平常之故，如今又要因酒后弄出事来了。当夜宴毕，已有三更时候，他仍未安寝，却于灯下想起了两个奸臣，因道：“孙兵部、庞太师啊，我与你一无瓜葛，又并无冤仇，为什么二次三番，要害我性命！”越想越怒，大呼：“可恼！可恼！你这两个恶毒之贼，真难涵容，今夜必要斩了这狠毒奸臣，以免后患。”当时怒气冲冲，即要抽身，便呼侍官两人，快提灯笼，便要出府。侍官禀道：“狄爷，时交三鼓了，要往哪里去？”狄青到底醒中已醉，醉中又醒，暗想倘若言明要往杀孙兵部，他们必不肯与我去的，不若哄骗他们，便说道：“往韩吏部府中去便了。”

欲知狄青如何杀孙兵部，且看下回分解。

第十七回

狄公子乘醉寻奸　包大人夜巡衡事

当下王府侍官禀道：“狄爷，夜已深了，请明早去吧。”狄青喝道：“吾必要去的，你敢阻挡么！”内侍不敢违逆，只得点起灯笼。这狄青穿的是潞花王服饰，腰下又悬了一口宝剑，两名侍官持了一对南清宫大灯笼，一重重地由府门而出。一连出了九重，方至王府头门，跑出官街大道。正好一天月色，万里无云，街衢中家家户户肃静无声，只闻鸡声唱叫不休，犬吠流连不绝。两侍官不觉向南往韩府而来，狄青指着南方道：“此道往哪里去？”侍官道：“此地是往韩吏部府中去的。”狄青道：“如今不往韩大人府中去。”侍官道：“狄王亲，不往吏部府，要往哪里去？”狄青道：“吾与孙兵部有深仇，如今要往他府中，仗着三尺龙泉宝剑，今夜必取这奸臣脑袋！”侍官听罢，吓了一惊道：“狄王亲，这是行凶之事，万万不可！”狄青喝道：“谁言杀他不得，只需我一剑，便把他挥成两段了。”侍官不敢多言，只得引着往孙兵部府而去。

过了天汉桥，不觉已至孙府衙门，照壁高昂，府门前有大灯笼照耀，又有千总官把总官四围巡查。一见了南清宫的灯笼到来，吓得惊惶无措，躲避不及，心下慌忙，不暇细看，竟认作潞花王驾到。俯伏尘埃，声称："王爷。"狄青听了，呼呼冷笑道："你们夜深在此，却是何因？吾不是妄乱杀人的，只手中宝剑，要砍奸臣的头颅。"众员禀道："启千岁爷，小人等乃孙兵部衙中巡查的。"狄青道："既如此，快快唤孙秀出来见我！"众员禀道："孙大人不在府中。"狄青道："他不在府中，哪里去了？"众员禀道："孙大人往九门提督王大将军衙中赴宴去了。"狄青道："可是真么？"众员道："小臣们怎敢哄骗！"狄青听了，又吩咐向王提督衙中去。侍官应诺，提灯引道，急步往九门提督衙中而去。

列位须知，由孙兵部府往提督衙中去，必定要过天汉桥，故今狄青仍要回转天汉桥。持了宝剑，随着侍官，三人将上桥栏，狄青不觉酒涌上来，两足酸麻，醉醺醺地东一步，西一摆，侍官二人，左右扶定，叫道："狄爷仔细些才好！"狄青道："我要杀孙秀奸贼！"侍官道："狄爷沉醉了。明日杀他，也未为迟。"狄青喝道："胡说！吾今夜不取孙秀脑袋，枉称英雄！"口中说话，四肢已酥麻了，此刻一步也难移，侍官只得扶定在桥栏立着。狄青此时甚是糊涂，便大呼："孙秀！你这狗奴才！躲过了么？"侍官叫道："狄爷，孙秀是怕惧了，果然躲过了。"狄青道："奸贼呵，躲得好，弄我找寻得好！但今夜不除了你这害民奸贼，非为大丈夫！"当时狄青身体困软，凭你英雄好汉，也用不出本事来了。算来非狄青酒量不高，易于沉醉，只为王府中的美酒，比不得等闲之家，这酒性好，比药力还烈，是以狄青醉得沉沉不醒，手插剑尖于地上，侧身合眼，已入睡乡了。侍官二人，心焦意间，只得一手持灯笼，一手扶住，伺候立定。

不多时，只见远远有灯笼火把来了。一匹白马，一座大轿，原来正是孙秀、庞洪二人。只为提督大将军王天化的母亲庆祝寿辰，这王天化乃庞洪的得意门生，故此夜翁婿二人，在提督衙门中设宴庆寿，梨园演唱，还有许多文员武吏，在府堂畅叙。翁婿饮酒到三鼓终方回。两乘轿马正要过桥，早有家将跑转回禀道："肩上太师爷，桥边上有潞花王爷坐在桥栏之上，像有些酒醉一般。”二人齐道：“有这等事，快些下轿马便了。”一翁一婿，慌忙急急步上桥栏一看，俯伏跟前，呼声千岁。只为狄青手插宝剑于地，头已低下，是以庞洪、孙秀看不出脸面来，只见南清宫的灯笼，又是一般服式，自然是潞花王了。二人俯伏在地，呼道：“千岁，臣庞洪、孙秀见驾，愿王爷千岁千千岁！”两个侍官，平素也怪着二人，是时并不作声，听他跪在此地。两个奸臣的膝儿跪得已疼痛了，实在不耐烦，又朗言道：“臣等护送千岁爷回府吧。”狄青醉中闻言，头略抬一抬，二人一见，顿觉骇然，抽身而起。庞洪即呼：“贤婿，贤婿，你看此人容貌，并非潞花王。”孙秀道：“果不是潞花王，吾认得此人是狄青。”登时吩咐家丁，把火一照，喝令众军上前捉拿，早有侍官二人，阻挡喝道：“此人捉拿不得的，太后娘娘闻知，你们之罪还了得么？”庞洪喝道：“他乃有罪之人，还敢穿此服饰，冒充王爷，这是万死不赦的罪，为什么捉拿不得？”侍官听了，心中着急，大喝道：“此人乃是太后娘娘嫡亲内侄，你们还敢动手么？”庞洪大喝道：“休得胡说！”孙秀呼家丁，将三人一并拿下。两名内监看来不好，跑走如飞，一直回归王府内宫报知。

却说狄青虽有英雄奇能，此时醉得麻软如泥，糊糊涂涂，不知所以，故被他们紧紧缚定，还不知觉。于是数十个家丁，见他昏迷不醒，只得扛抬回衙。狄青一柄宝剑，也被庞府家丁拿去。方才跑得两箭之路，只见远远一对红灯笼，一乘小轿，坐着一位官员。庞洪是妄自尊大之人，全无忌惮，在轿内命家丁喝问：“哪个瞎眼官儿，还不回避么！”原来此位官员来得凑巧，乃是正直无私的包龙图，夜来巡察地方，在此不期相遇。他本非奉着圣上旨意巡查，皆因他勤于国政，不辞劳苦，自要查察，如有强恶顽民，乘夜抢夺，酗酒行凶等事，即要捉拿处治。当有张龙、赵虎禀道：“启大人，这前面庞太师、孙兵部来了。不知为什么拿了一位王爷服饰的人，请大老爷定裁。”包爷听罢，言道：“这两人又在此作祟了！”吩咐与他相见，可将此位王爷放了绑。张龙、赵虎领命，上前叫道：“包大人在此，请庞太师、孙大人且住。”一见赫赫有名的包闸刀，庞、孙两府的众家丁也自心惊，即抛了狄青远远地走开。一旁董超、薛霸已将狄青松绑扶定，孙秀、庞洪一见大怒，齐呼：“包大人哪里来？”包爷道：“下官巡夜，稽察到此，二位哪里来？”庞洪道：“去提督府赴宴回来。”包爷道：“老太师，为何将这位王爷拿着？”庞太师道：“是什么王爷，乃是一名逃兵狄青，冒穿王爷服饰，假冒王爷，如今将他拿下定罪。”包爷听了狄青之名，暗思：前日将他开豁了罪名，后来又在教场题诗，几乎死在孙秀钢刀之下。前两天闻家丁传知，他力降狂马，被庞府人邀去，不知今夜怎的穿了潞花王服饰，又被他们拿下。原来狄青逃往韩府，又往南清宫降龙驹，姑侄相会事情，包公尚还未知，当下心内猜疑，便开言道：“本官来稽查巡夜，那狄青是个犯夜小民，待我带回衙中查究便了。”孙兵部呼包大人道：“这是逃兵小卒，应该下官带回去的。”包公道：“你说哪里话来，狄青兵粮已经大人革退了，还是什么逃兵？只好算犯夜百姓，应下官带去。”孙秀道：“这人却与你不相干，是我营下的革兵，休得多管！”包公道：“胡说！这是下官犯夜之民，干你什么？”庞洪道：“包大人太觉多招多揽了！这狄青非你捉捕，何必要你带去？”包公道：“老太师不必多言争论，一同去见驾，是兵是民，悉听圣上主裁。”庞洪听了便道：“此话倒也说得不差。”三人都不回衙，径往朝房来伺候圣上，按下慢提。

却说王府的两名内侍，跑回南清宫，进内报知。是时潞花王已安睡了，狄后娘娘尚未安睡，正与媳妇欣喜谈论，一闻此话，心中惊怒，忙传内监宣召潞花王。王爷闻言，心中带怒道：“狄表兄为人真是狂莽，你现今是王家内戚，不应夜出持刀杀这奸臣，如今偏偏又遇着这两个冤家，被他拿去，孤不去解救，谁人替他出力？”太后道：“吾儿，你今不必往寻庞洪、孙秀，且亲自上朝，往见当今，将此段情由剖奏明白。若要将我侄儿为难，为娘是断不肯干休的。”潞花王道：

“谨遵懿旨！”太后又道：“须对圣上说知，必要体谅我的面情，推恩封赠他一个王爵。”潞花王应诺。

当时已是四更将近，潞花王梳洗已毕，穿上朝服，用过参汤，嵌宝金冠头上戴，蓝田玉带半腰围，上了一匹雪白小龙驹，三十六对内监跟随，灯火辉煌引道。

慢表年轻千岁来朝。其时五鼓初交，狄青已经酒醒了，说道：“宝剑哪里去了？”董超道：“没有什么宝剑。”狄青道：“孙秀脑袋在哪里？”薛霸道：“休得如此，你方才已被孙兵部拿下，难道不知么？”狄青道：“奇了！果有此事么！”即把眼睛一抹，圆睁虎目，立起来骂道：“孙秀，你这好恶奴才！”口中骂，又要迈步动身。旁边四名旗牌军扯住道：“休走！不要痴呆，孙兵部乃圣上的命官，你敢杀他？倘杀了他，你还了得！”狄青道：“我若杀此奸臣，情愿偿他一命罢了。”四人道：“此地乃官员叙会之所，休得啰唣！”狄青道：“我缘何在于此地，你等是何人？”四人道：“我们是包大人手下旗牌军，方才你已被拿，全亏我家大人查夜而来，始得放脱，免了此灾。如今包大人、庞太师、孙兵部带你前来面圣，且不要作声。”狄青听罢道：“不意有此等事，真乃妙妙！罢了，且静悄悄在此伺候便了。”

当日上朝大小官员先后而来，叙集于朝房中候驾。时交五鼓，只听得钟鸣鼓响，文武百官朝参，叙爵分列两行。圣上降旨：“哪官有奏，即可启奏，以待圣批。”早有庞太师出班奏道：“臣庞洪，昨夜与孙兵部拿得逃兵狄青一名，身着潞花王的服饰，张着南清宫的灯笼，假冒王爷的刁棍。如今拿下，该得奏闻，以候圣裁。”天子正要开言，有包爷出班奏道：“臣启陛下，昨夜臣巡查街坊，稽查奸匪，时交四鼓，不想一名犯夜之民，被孙兵部捉获。但思臣是文官，定例管理百姓，他是武职，定例管理军兵。狄青兵粮已经革去，例应归文官究办。伏唯陛下降旨与臣，将此犯夜之民，并冒穿王爷服饰的情由，询察明白复旨，未知圣意如何？”当时圣上有旨：“狄青不论是兵是民，总以假冒王爷为重，即着包卿询明复旨定夺。”包爷称言领旨。翁婿二人，面光扫尽，只得归班不语。

不多时潞花王驾到，直上金銮殿，朝参已毕，即将狄青在王府降伏龙驹，母后问起，因有玉鸳鸯为凭，方知是姑侄等事，一一奏明。天子闻奏，心中也觉骇然，想来母后原是狄青姑母，是朕表弟兄了。又传言呼道：“庞卿，你也太觉荒谬，不该混拿御戚，倘母后得知，罪干非小。”庞太师听了，吓得伏倒丹墀，抽身不得，孙兵部在旁亦是一般。只有包公大喜，暗道：不意这狄青竟是显贵王亲，却弄得两个奸臣着急，倒也爽快。当时又有胡坤在右班中，听见圣上斥责庞太师，并知狄青是圣上内戚，暗暗怒气冲天，自思不能相报孩儿之仇了。

当下狄青如何处分，且看下回分解。

第十八回

狄皇亲索马比武　庞国丈妒贤生心

却说是日嘉祐君王，喜色冲冲，传旨宣御戚上殿。值殿官领旨，出午朝门外，引见官乃包龙图。狄青闻召，即向包公叩头道：“小人乃一介小民，穿了这等服饰，如何见得皇上？”包公道：“圣上不问则已，倘若问你，即说太后娘娘赐你穿的，便无碍了。”包公领了小英雄至金銮殿，三呼拜舞已毕，圣上钦赐平身，细观狄青气宇轩昂，好一位英雄好汉，便道：“御戚可将你世系细细从头奏来。”狄青听了，将祖上世谱官职一一奏明。圣上闻奏，喜色洋洋，又遵着母后懿旨，即封赠为王。狄青一闻上言，伏倒丹墀不起，奏道：“虽蒙陛下天恩浩大，感荷无疆，但无功而受此重爵，恐于理有碍，免不得满朝文武批论不公。”天子道：“卿既为御戚，理宜推恩赐封，况又有太后之懿旨，谁可批论？御弟休得过辞。”狄青道：“臣启陛下，念小臣并无寸功于国，格外恩封，众文武大臣纵不敢议，即小臣亦无颜立于朝廷之上，故断然不敢遵旨受封。”当日潞花王巴不得狄青受职，岂知他偏偏不受，心中甚为不悦，便道：“表兄，这是母后娘娘懿旨，断不可违的。”狄青道：“千岁啊，微臣蒙太后娘娘与万岁隆恩，原不敢违逆，但无功于国，而虚受此恩，问心殊觉有愧。臣有一言，启奏陛下。”天子道：

“你且奏来！”狄青道：“伏乞万岁降旨，令英雄武将与小臣比武。臣若强于一品者，愿受一品职，胜于二品者，受二品职，过于三品者，受三品职。如此，上不负太后陛下之恩，下不干满朝文武之议，臣列于班寮之中，庶不致抱惭尸位，如此量材受职，方见大公至正之理。”嘉祐君王听了，微笑道：“御弟之言有理，朕准依，即传旨文武诸卿，明日清晨伺候朕亲临御教场，看众臣比武。”各员领旨。又道：“御弟二人自回王府，明天早往御教场中。”潞花王、狄青称言领旨。时已辰刻，候驾退回宫，群臣各散。

潞花王表弟兄回归王府，进至内宫，挽手同参太后娘娘。狄太后呼道：“侄儿，不是姑母埋怨你，原不该夜深人静，出外行凶，杀这奸臣。若非内监回来报知，又是牢笼之鸟了。”狄青道：“这并非是小侄妄生事端，只因想起孙秀奸贼，顷刻难忘，时刻想杀这奸臣。不料到了天汉桥，酒醉得糊涂了，呆呆不醒，反被二奸贼所获。多蒙包大人稽查救脱，奏明圣上。”狄太后道：“既得包大人开脱，但不知圣上封赠你什么官爵？”潞花王道：“圣上遵着母后懿旨封他王位，岂知表兄偏说，无功不愿受此重职，反讨教场比武，然后封官。故今圣上已经降旨，明日清晨亲临御教场比武。”太后娘娘听了，登时不悦，呼道：“侄儿，你为人真不知进退了。不费吹毛之力，即加恩封你为王，正是平步登天，如何还要恃勇逞强，教场比武，这也太欠主张了。”狄青道：“姑母大人，不是侄儿不知进退，吾自幼自命为顶天立地奇男子，必要光明正大的行为，不受别人背后议论，方觉无愧，况且情面上为官，有甚稀罕！若武艺高强升用，乃是至正之理。此是侄儿一生立志如此，难以勉强屈节。”狄太后道：“侄儿，你言虽有理，但满朝武将不少，内中岂无本领强于你的。常言道，强中还有强中手，切勿过于自负，倘比不过他人，即要当场出丑了。别人耻笑还可，若被一群奸党笑论，连我为姑母的也没光彩了。”狄青道：“姑母娘娘不须过虑，虽然满朝强似我者有之，而弱于我者亦不少，侄儿自有主见，姑母切莫挂念。”

狄青虽然如此说，但太后娘娘心中不乐，唤声：“王儿，虑只虑庞洪、孙秀与他结下冤仇，党羽之中，岂无武艺高强的，定然被奸臣托嘱，暗中算计。况且刀枪乃无情之物，万一失手，便伤身体，如何是好？”潞花王摇头道：“儿也想到这点，无奈表兄不听劝言，倘有差池，岂不是遂了众权奸之愿么？”狄太后想了一会，呼道：“我儿，为娘的有个道理在此。若要保全侄儿无害，且暂借太祖的金刀盔甲，与他穿戴，还有何人敢在他身上动一动么？”潞花王道：“母后之言，甚属有理。”狄太后即时领了宫娥太监，来至中殿太祖龙亭位前，焚香俯伏，禀知太祖公公，要求借用盔甲，以保全嫡侄之故。告祝罢，有司管龙亭太监就将八宝金盔金甲，一齐请出。两名内监，一人捧甲，一人捧盔，太后娘娘接过，谢恩而回。还有一柄金钻刀，是日乃东平王值管，潞花王亲身往取，请回府中，以备明朝之用不表。

且说两奸雄是日退朝，孙秀与胡坤随着庞洪回至相府。庞太师心中大悦，呼二位道：“不想那小畜生是个呆子，现成的一个王爵不要做，反要比武艺，我不知他什么想头？”孙兵部道：“岳父啊，如今冤家愈结愈深了。总要将这小畜生收拾了才好。”庞太师说：“这也何消说得。”胡坤道：“不知老太师可有什么摆布之法？”庞太师道：“一些也不难，待我传请几位厚交武将王天化、任福、徐銮、高艾到来，教他比武之时，将狄青决了性命，何用费力！”孙、胡二人听了大喜，说道：“果然高见不差。”当下庞太师即差家人，分头相请，只说请至相府芳园，赏桂玩菊。又吩咐备列酒筵。不一刻先后而来，吃茶已毕，邀至待月亭，七人就位畅叙。少时八音齐奏，雅韵铿锵，酒过数巡，徐銮问道：“老太师，不想狄青就是狄太后嫡侄。孙兄，你三位欲收拾此人，如今反把狄青弄得这个势头了。”高艾道：“若是狄青受此重职，朝廷上好比山林出了大虫一般，靠着太后娘娘势力，必然横冲直撞，我们岂不倒了威风！”孙秀听了点头道：“二位想的不差。”胡坤道："原为此事，故请诸位仁兄到此酌量。但凭小卒如此猖狂，这还了得！"殿前太尉任福笑道："列位老年兄，这狄青乃太后娘娘的内侄，与圣上御表相称，看来难以作对，这个冤家只可解不可结的了。"庞太师听了，双目圆睁，怒道："任兄之言，未免欠通，你难道不闻恨小非君子，无毒不丈夫？这狄青乃吾翁婿所深嫉，胡兄的大仇人，如何容得他过？"王天化问道："不知老师意欲如何？"庞洪道："老夫特因此事，请各位贤兄到来商议，明日比武之时，将这小奴才一刀一枪，决他性命。"王天化道："老师，若要决他性命，不是难事，只恐太后娘娘加罪，圣上诘责，这便如何是好？"庞洪道："此事不妨。从来比武争雄，律无抵偿之例。如若太后有甚话说，自有老夫与你分辩，万岁诘责，有老夫可以力保，包得无事。"王天化道："如若老太师保得无事，即在吾王天化身上，立取狄青脑袋便了。"庞洪道："这事老夫包保得，定无妨的。"孙秀、胡坤齐呼："王将军，你既以英雄自称，一言已出，驷马难追，不可更改，才算你英雄胆力。"王天化道："孙、胡二兄，说哪里话来，俺明日若不取狄青首级，愿将自己首级献上。"孙、胡二人大悦，道："休得言重。"计议已定，复又畅叙，交酬劝酢，时交三鼓，四人方才告别归衙，孙、胡也各回府不表。

再说次日，皇上亲临教场看比武，非同寻常。御教场中打扫干净，彩山殿上，铺排整齐。龙亭座位，铺着虎皮毡褥，殿旁围绕玉石栏杆，说不尽奇灯异彩，兰菊芬芳，金炉浓霭。东西两旁，又设立位次，好待公侯将相，按序排班。

五更初漏，文臣武职，纷纷入朝见驾，众王侯大臣俯伏金阶，三呼万岁毕，奏请皇上往御教场看比武，未知何时起驾，候旨定夺。圣上旨下，于辰刻起驾，令一品文武大臣随驾，二品三品俱往教场伺候。当时一交辰刻，皇上用早膳毕，排齐金銮起驾，侍卫数百名，太监数十对，一路笙歌嘹亮，香烟满街，到了教场外，早有二三品文武官数十员，俯伏两旁，恭迎圣驾。天子下了八宝沉香彩辇，太监们、侍卫等随到彩山宝殿，升登龙位，文武臣再行参见已毕，分班站立。潞花王奏道："狄青已带来教场中候旨。"天子降旨，召狄青进见。狄青闻召，即顶盔贯甲，俯伏阶下。天子一见狄青用赵太祖盔甲，顿觉慌忙，立起来迎接。

原来赵太祖驾崩之后，遗下一顶八宝金盔，一副八宝黄金甲，一柄九环金钻定唐刀。遗旨将此盔铝藏在南清宫，另用八宝龙亭，敬谨供奉。四名内监逐日司管。这柄金钻刀，发与五位王爷府上，轮流值管。若请得此刀，可先斩后奏，请得盔甲出，满朝王亲御戚、王公、大臣也要俯伏恭迎。即当今天子见了此盔甲，亦如见了赵太祖一般。今狄太后欲使侄儿不受他人之害，特请了金刀盔甲与狄青用，故天子开言，忙问潞花王道："御弟，这副盔甲是哪个主意与他用的？"潞花王奏道："是母后借与他用的。"嘉祐王道："如若表弟能用此盔甲，即宋室江山，也可让与他了。御弟即速回宫，请问母后，如何臣下可用王家之物，尊卑无序，君臣难以辨别了。"当下庞洪等暗喜，潞花王听了，一想主上之言，原是不错，即时辞驾回宫，禀明母后。狄太后闻言想道："这原是我失于检点，免不得满朝文武私论，但今已借与侄儿，决不能再收还的。你只得对圣上言明，只不计较是先王之物，只作狄青自用之物便了，我但有一言，倘狄青有甚差池，总要当今留心。"潞花王应诺拜辞，上马加鞭，回至彩山殿上，将母后的话一一奏明。嘉祐皇上一闻此言，不觉微微含笑道："母后真自多心，原来借此盔铠金刀与狄青用，无非是恐防别人欺侮。但他是一王亲御戚，众臣自然看朕情面，谁敢欺他。"

当下狄青三呼万岁，天子降旨平身，又传旨意道："三品武员先与狄青较武。"三品武员称言领旨，天子又言："御表弟须要小心。"狄青领旨，下了彩山殿，手执百斤九环大刀，豪气昂昂。有庞家翁婿，胡坤、冯拯与丁谓、陈彭年、陈尧叟等一班奸党，巴不得将狄青一刀两段。只有包拯、呼延显、韩倚、富弼、文彦博、赵清献等一班忠臣都望狄青取胜，以扫奸臣之兴。只见三品武员中，闪出一位总兵官，姓徐名銮，年未满三十，生来一张紫膛脸，海下短短微髭，身高七尺，顶盔贯甲，来至彩山殿俯伏见驾。

不知比武胜负如何，且看下回分解。

第十九回

御教场俊杰扬威　彩山殿奸徒就戮

且说总兵徐銮俯伏奏道："臣徐銮，愿与狄王亲比较。唯手持先帝金刀，将人压制，还有哪个敢与交手？伏唯陛下降旨，着令狄王亲换用器械，方好交锋。"有旨意下来："太后有旨，金刀盔甲，不作先王之物，不须转换，只作狄青自用之物，卿家不烦过虑。"徐总兵领旨下殿，骑上花骔驹，雄赳赳手持丈八蛇矛，两旁战鼓震天，四围肃静。狄青金盔金甲，手执金刀，威风凛凛。有徐总兵在马上拱手道："狄王亲，小将徐銮奉旨与狄王亲比较武艺，望恕粗率。"狄青也横刀打拱道："请总戎大人指教一二。"言毕，放开架势，狄青飞动金刀，徐銮纵马挺枪，急架相迎。徐总兵虽然武艺不弱，怎当得狄青刀重力强，徐銮枪上一连三挡四架，枪如秤钩，手疼臂麻，兜转马道："难对敌也！"狄青一见，也不追赶，喜洋洋道："如此东西，也来胡混！"又大呼道："哪位出马？"当日三品班中，几员武将都在徐銮之下，见他交手，只挡招得三四架，自忖不用献丑，是以三品班中，无人出马。

庞洪等暗暗心慌，不道他一个小卒，有此高强武艺。这时只见二品班中，闪出一位带刀指挥，姓高名艾。年方四十上下，身长八尺余，脸如淡烟，丰眉环目，身穿黑甲，头戴乌盔，手提大斧。二人拱逊已毕，双双迎战。若论高艾本领，比徐銮高两倍，他由武进士出身，官升到指挥，二品之中，算他头等英雄，斯时恶狠狠飞动大斧，当头砍劈，狄青金刀急迎，二马相交，已有十余合。高艾气喘吁吁，招架不住，连忙退后，连呼："狄王亲果然厉害，小将无能了。"高指挥退归班内，不独潞花王与一众贤臣心悦，即嘉祐君也是蔼蔼龙颜，喜得此英雄小将，真乃寡人之幸。只有庞、冯、孙、胡众奸羞愧成怒，满面通红。又有长沙小将石玉，官居御史，欣羡狄青武艺高强，思量欲与他交手，见个高低，但思他一者是太后内亲，二者乃忠良之后，倘或胜了他，日后也不好相见，不如退步为高。

不表石玉思筹，当有二品班中，见高艾已败，武将人人不敢出班。忽一品班中，跑出一员猛将，声如巨雷，此人乃九门提督王天化，生来青蓝面，头大腰宽，獠牙露齿，身长九尺，宛像唐时单雄信转生。这王天化乃庞洪心腹门生，已先奉着太师之托，今日要取狄青首级。他穿戴上金盔金甲，手执青铜大刀，坐下浑红点子马，飞奔而出，大呼道："狄王亲，小将今日奉旨比武，倘有妄动得罪之处，休多见怪！"狄青回称："言重，不敢当！小子武艺庸常，还望将军大人疏容一二，足领厚情。"王天化听了，冷笑道："休得谦言！"

当日王天化原自恃英雄无敌，故不将狄青放在目中，岂知被他金刀一撇，王天化在马上一连退后两步。想来他乃一少年庸劣之躯，没有什么狠勇，岂期如此厉害。当下使尽平生技力赛战，将青铜刀紧紧挥去，左右飞腾。那狄青见他第一刀架开，即一连两晃，知是个无用之辈。但想来他乃官高职显，且相让一二。只是持刀一架一挑，并不回刀。当有潞花王见此，心中暗急：想来九门提督王天化，有名无敌大将，倘或狄青败于他手，母后定然不乐了。

当日不独年少藩王心头着急，众位老贤臣也人人惊惧，恨不能两边住手。石玉暗暗思量：狄青与王天化杀个平手，倘吾石玉出马，何难杀败这王提督。但比武场中，不可协助。斯时只有庞、冯、孙、胡四奸暗喜道：想来名不虚传，蓝面王你何不早早一刀砍下，取他脑袋，还要挨什么时候！此时，嘉祐王细细观看二人比武：想来狄青谅难取胜，倘有措手不及，就不妙了，母后怎肯甘休？想罢，即忙降旨鸣金，两位英雄方才住马歇手。两旁军校扛抬过大刀，二人相拱揖逊下马，二驹小军牵过一边。二人同到彩山殿上，两边俯伏，君王开言道："卿家的武艺均平，略无伯仲之分，今天比较一场，谁高谁下，不必认真。"即下旨命狄青受一品之职。狄青道："臣启奏陛下，今天亲临御教场，各献武艺，岂可不分高下？既不分高下，微臣焉敢受职？这事断然不可。"天子道："依卿主见如何？"狄青道："微臣之见，自然分个高低才是。"王天化暗想道：吾看狄太后娘娘面上，故不伤害你，岂料你不知进退，定要见个高低，这回只恐你性命难保了。嘉祐君王闻奏，也无主意，庞太师自言道：这小畜生焉能斗得过王天化，吾也明透了王天化之意，到底碍着狄太后怪责，故不敢将狄青伤害。如若不能断送狄青，枉你王天化平日称雄逞勇，也罢，待老夫唆动他来断送这小畜生，才得遂愿。即忙出班俯伏奏道："臣启陛下，从来比较武艺，定然见个高低。谅来王天化碍着太后娘娘面上，是以带着三分情，让过狄王亲。如今立下生死状，彼此有伤，皆不计及，方可再比。伏唯吾主准奏。"嘉祐君王一闻此奏，冷笑言道："金殿比武，不是阵中厮杀，岂可弄假成真？况二人武艺，一般骁勇，方才已见，如今何用再比，还立什么生死状？你存心将狄青欺弄，倘若狄青有甚差池，太后娘娘已有言在先，要在寡人身上赔交狄青，你可抵挡否？"狄青也暗言道：老奸贼，想岔了念头，吾无非逊让三分，他即疑我难胜王天化，故特来访旨立文书。若将王天化了决了性命，有何难哉！岂不是你这个老奸贼害了王提督么？当时即出奏道："臣愿立生死文书。"天子未及开言，潞花王道："表兄，你知立了生死文书，万一有伤，母后定然与万岁吵闹，你因何如此痴呆不悟？”狄青听了，微笑道：“千岁勿虑，我狄青虽死钢刀之下，全然与万岁毫无干碍，太后娘娘何得追究？且请陛下降旨，立了生死文书，以待微臣决个雌雄。”嘉祐君王道：“贤御表弟休得狂躁，既然立了生死文书，倘被伤了，决无抵偿性命，寡人劝你受职为高。”狄青说得有些厌了，便高呼道：“陛下，臣今日断不敢受职，如要受职，除非取下王大将军首级。”狄青此言，激得王天化怒气顿生，大言道：“如若立了生死状，不断送你一命，誓不称雄！”登时蓝面涨成紫色，呼道：“陛下降旨，立了生死文书，待臣再见个高下。”

当今只得准奏，内侍传取文房四宝即于殿下，各立生死文书，大意是：御教场中比试，即遇伤身，并无抵偿的原由。各立一纸，各觅一位大臣见证画押。王天化见证是庞太师，只有狄青见证没有一人书押填名。众王侯大臣想来，狄青本领怯于王天化，若做个见证，倘他被伤，太后娘娘追责，祸必连及了。别的事情，倒也何妨，只此等重大事，哪里有此呆人担当？众位大臣不约同心，故他见证无人。只有潞花王心急，带着怒容，圆睁双目，看看狄青，暗暗言道：世间有此执性呆人，圣上也如此思谕，不需再比，以受官爵，岂不现成的一品朝臣之贵。因何执性不依，实乃自寻死路。倘失手与王天化，只干连着圣上与孤家与母后淘气了。

慢言赵千岁心中烦恼，且说石玉想透机关，自语道：“据我看来，狄青之技艺，远在王天化之上，方才见他所用刀法，乃是虚招浮架，并不发刀。察其情，又肯立生死状，定然很有本领，可胜王天化的。可惜众臣无此胆量，做个证人，待本官与他做个见证也何妨。虽然狄王亲死于王天化之手，即太后娘娘执责，将我处决，无非将一命结交了此位英雄。”想罢，即出班见君王道：“陛下，臣石玉愿为狄王亲作证人，伏乞准旨书名。”嘉祐君王准奏，石御史即填名书押，乃复归班。这时有勇平王高千岁顿然不悦，双目注看石玉暗道：可哂贤婿为人，知识全无，倘然狄青被他伤了，连你也一命难保。当时意欲阻挡，无奈圣上已准旨，又书上姓名。

不表年老王爷烦恼，且说狄青得了证人，二纸文书，呈于龙案上，嘉祐君王对王天化道："卿家须要谅情些，狄青乃朕内戚。"王天化道："臣领旨。"王天化自语道：生死状已经立了，还有什么谅情的？

且说二人离了彩山殿，各自上马提刀，战鼓复响，九环大刀一起，青铜刀架迎，火光迸出，闪烁交加。二马飞腾，已有三十合，还未见高低。

若论王天化，也有千斤臂力，当日只因立了生死文书，取这狄青首级，故今舞动大刀，左右上下砍发，尽着生平技艺，相为比较。狄青想道：方才且让你三分，如今玩真了，让你不得，定要取你脑袋。即将九环金刀紧紧挥迎，杀得王天化只有抵挡之力，并无还刀之功，越觉两臂酸麻，双手震痛。正思量败走，却被狄青顺转刀口，向着王天化太阳斜半面劈下，叫喊得一声："王天化！"只见王天化身分两段，跌于马下。狄青笑道："王将军，小子狄青得罪了，伏祈勿责！"将刀一摆，下了雕鞍，庞太师等见了大惊，呆着双目。包公、石御史、众贤臣大喜，人人欣羡英雄武艺。

再表狄青身躯只得七尺余，王天化身有一丈之高，怎能从他上体劈下？只因现月龙驹，比王天化的浑红乌高了三尺，故而两英雄原是一般高低。

当日劈死了王天化，各位武员将士人人吐舌摇头，哪里还有一人再敢出马。若云王提督身死，虽是庞洪挑唆，但他趋炎附势，混交奸臣党羽，身居重职，不思报国忠君，未尝无罪。而今一死，真所谓咎由自取了。

当下君王降旨，着狄青去了盔甲，更换一品朝服。狄青即称"领旨"。庞太师出班奏道："臣启奏。"天子道："庞卿有事，且奏上来。"

庞太师道：“狄青虽云王家内戚，但未受正封，乃一子民，擅敢无礼，当驾前杀了大臣，应得有罪，未便赐其一品之职，望我王裁夺。”

不知嘉祐君如何处分，将狄青拟罪否，且看下回分解。

第二十回

将英雄实至名归　会侠烈情投意合

当下嘉祐君王听了庞太师之奏，未及回答，即有潞花王道："臣思比武者，各逞技艺，况有御前众臣，人人共见，立下生死文书，是乃铁案，断无异言。即王天化伤了狄青，亦不能加罪，老国丈不知是何居心，既唆言立生死状，何以出尔反尔？欲拟狄青之罪，则唆使立状者，其谁之咎？"天子闻言，点头开言道："御弟之言，明而更公，庞卿勿得多辩！"即宣狄青更换一品朝衣。当日天子英明，将庞太师面光扫尽，此老奸贼羞惭满面，呆呆不敢声辩。孙、冯、胡三人也恼得脸涨通红。狄青卸下金盔金铠，着人送回南清宫收管。九环金刀，送还王府收藏。狄青更换朝衣一品蟒袍，气象轩昂，俯伏君前。君王降旨道："钦赐御表弟平身，你有武艺奇能，即受王天化之职，勿得固辞。"狄青谢恩起来，排驾回銮，众文武随驾相送。君王又降旨道："恩赠用侯礼收殓王提督，世禄其子。"王天化夫人闻报，哀哀痛哭，满门老少，恼恨庞太师害了王提督。

不表收殓事情，却说潞花藩王手挽狄青同归王府，进宫朝见，太后娘娘好生喜悦道："难得贤侄儿年少英雄，今日已足抑尽众奸，可与先人争光，并为你姑母壮气。"

闲文少表，即日潞花王传旨，着令王提督家属人口限三天以内迁出衙署，以待狄王亲接印。新任提督先往呼延府拜见静山王，谢了前日赠刀除奸之情，复去谢韩琦叔父，然后拜望各位王侯大臣，并谢石御史于教场内作证。皆是款留酒宴，有的领，有的辞，不能尽述。

次日，狄青朝罢回来，又往拜包公，谈论一番，不觉已交辰刻。包爷款留，狄爷不好推辞，叙间说起庞、孙翁婿二权奸，狄青道："未知缘何与晚生结此深仇？好教吾难以揣测。"包爷听了，微笑道："狄王亲，你还不明，据下官看来，不因别故，只为胡伦之父胡坤，他乃庞洪党羽，拜他门下，孙秀是以相助。如今朝中奸党成群，犹如蛆附蝇聚，焉有美虫。你前者伤了胡伦，下官看你是个有用英雄，又除民害，特此开释免究，故此贼怀恨在心。上日借着演武厅题诗为由，将你执责要斩也是为此。"狄青听至此间，方觉醒悟道："包大人明见，猜测不差。"包爷道："王亲大人，下官想来也要怪你。是你原有差处，当日也不该恃勇将胡伦打死。他虽犯法，害民不少，死有余辜，论理唯官吏可杀。若非下官知你是有用英雄，将你开豁，一经别官办理，定然依律偿命了。"狄青道："这原是大人恩德。"包爷又道："前日既奉命执金钻刀杀这孙秀，事已不成，缘何又力除狂马，使庞府家丁诱去，是你躁养不知机之过。并且前夜大醉如泥，又要持刀往杀孙兵部，亦你之差。况子民杀官，事关重大，杀不成，又醉中被他拿下，这原是你少年心性轻妄，不谙事体。今既拘于官箴，以后须要切戒，方不误大事。"狄青听了道："大人金石之言，多方教谕，晚生敢不佩服。种种提拔之恩，没世不忘！"包爷道："休得言重，下官不过度理而言。即今你虽高官御戚，但庞老贼是圣上所爱之臣，宠妃之父，从不畏惧别人。官高势重，暗害明谋，人人怯惧，你宜时刻当心。"狄青点头应诺，又道："敢问大人，这张忠、李义未知怎样处分？"包爷道："下官原知二人亦是少年英雄，不愿他归入重典，只拟个误伤人命，断个缓决之罪。"狄爷道："足见大人保赤之诚。"包爷又道："比武之事，下官想来，可发一笑。"狄爷道："敢问大人为何可笑？"包爷道："笑这庞、孙、胡三奸，千般打算，厚交党羽，又唆使立下生死文书，欺你再无本事可胜王天化。这王天化乃武状元出身，故有千斤臂力，今奸党庞洪将你计算，反把王天化一命断送了。可笑这般奸党，空费心思，今王天化已死，反害他妻少无夫，子幼无父，也觉可怜。"狄青道："包大人，不是我晚生夸能，倘有日捉得奸徒破绽，定然斩草除根。"包爷听了，只是点首称是，暗道：你虽是英雄，原是个鲁直之人。朝中多少能臣，也扳他不倒，初任的少年，虽有些志气，焉能即可办得来？当日谈论多时，重酌交酬已毕，狄青作谢而别，却归王府，别无多叙。

再说王提督夫人米氏，遵着潞花王钧旨，三天之限，衙署已迁清楚。择了吉时，狄青进衙内，有相得大臣多来作贺，衙役伶人数百恭迎，别有一番庆闹。

又表狄太后喜得狄青，惜爱他如亲儿一般。缘他是个将门之子，要将太祖金盔铠甲，赐赠侄儿，狄青推辞道："先王之物，为臣下者不敢动用。"太后又传旨照式造成盔铠一副，九环金刀一柄，又将血结鸳鸯一对，镶嵌在金盔左右。此宝能除诸邪妖物，刀枪箭石不入。狄青谢恩拜受。

却说石御史这日闲坐衙中，想道：我与庞洪有不共戴天之仇，父亲一命，被他暗害。又想上年与母初至汴京，屈指光阴又已一载，早经送母还乡，托了姐丈夫妻二人代本官承欢膝下，略觉无虑。但思去秋与母亲分别，到了汴京，寻觅父亲，中途困乏，后来得授御史之职。可恨庞老贼伤吾父亲，未知何日得雪深冤！不觉为官一载，毫无成就。又想这奸贼又与狄青作对，不知为甚因由？前数天狄青比武，这些武将都不是他对手，又伤了王提督，当日老奸臣满面愁容，定然二人合谋暗算狄青，故请旨立生死状，亦是此意。吾自幼习武，多言本官狠勇，岂期又出一狄青英雄，不在吾下。但我二人都是庞洪眼中钉，况狄青乃狄太后一脉之亲。上日他来拜望在先，前时因他在王府中，不便答拜，如今已归署所，不免前往答谢他。

当日石郡马端正衣冠，高乘银騌白马，十六对家丁拥护相随，一时来至提督府门，急令人通报进内。若照官规，自有尊卑之叙，狄青因他是勇平王之婿，又曾与自己作证人，是个义侠之辈。况御史与提督，文武不相统属，吩咐大开中堂门，恭身迎接进后堂。分宾主坐下，叙说寒温一番。复提及庞太师，石爷道："那贼是个弄权不法的大奸臣，不知何以与王亲大人作对？乞道其详。"狄爷将包公忖度胡伦之事，一一说明，御史听了，微笑道："这老贼好没分晓，为着他人事情，将这个冤家担在自己身上。但思王亲虽是英雄之汉，怎奈庞贼阴谋狠毒，甚于蛇虎，倘被他暗起波澜计算，难出奸臣圈套，这便如何是好？"狄爷听了冷笑道："石大人，庞洪奸谋，吾也早为防备，且削除奸佞，此志不忘。"石爷听了，点头道："倘然如愿，本官也感大人之恩。"狄爷道："郡马何出此言？"石爷道："一言难尽！"即将庞洪陷害父命，此仇未报，细细说明。狄爷听罢，说道："原来郡马也是有心人了。"石爷道："狄王亲欲消除奸佞，只消请了太后娘娘懿旨，何难削除庞贼众奸佞乎？"狄爷道："哪里话来！若靠了太后娘娘势力，将人压制，则尽可杀人不偿命了。此言说来恐被人哂笑。难道庞贼就没权势倾消的日子吗？"石爷听罢，自觉失言没趣，即道："足见狄王亲丈夫气概，下官失言了。"登时告别。狄爷道："下官出言狂妄，莫非郡马大人见怪？"石爷道："非也，莫逆之交，岂因言语芥蒂？"狄爷道："如不见怪，再请坐片刻，奉敬数杯薄酒，略表敬心，然后回府如何？"石爷道："不敢叨扰，后日再领情，告辞了。"狄爷殷勤款留不住，只得送别了。

石御史回到府中，心想狄青原是气度清高之英雄，只因吾思报亲仇，心急口快，不觉失言了。

不表石爷赞美狄青志量宏高，心中敬爱，且表狄青闲中无事，思量身仕王家显贵，想出几条心事：一者撇不下生身之母，未知死活存亡；二来抛不下张忠、李义两英雄，自万花楼一别，吾今日已身荣安享，他们还在牢中受苦，不知何日得出？吾一心还期安邦定国，扫除佞贼，灭尽内奸，方遂吾志。

不表英雄思念，却言狄氏娘娘，这天心中大悦，只因想起：姑侄重逢，狄门香烟有靠，追思往事，如同梦境。自离故土，已经二十年，南清宫内身作王妃，生了王儿赵璧，未及半载，陈琳救得太子进宫，八王爷收育为己子，抚育一十六年。自太子一经救出，即晚碧云宫即遭焚毁，可怜李后遭难，只落得刘氏太后安享逍遥，当今王儿哪里得知真情，认仇人为嫡母。数载之后，八王爷殡天，又经数载，先帝真宗得胜还朝，不一载亦驾崩，立太子登基嗣位，至今二载。老身今已安享大福，但心牵故土，难得今日姑侄重逢。喜得侄儿虽然年少，生来烈烈英雄，心性清高，不肯无功受禄，自要教场比武，立下生死状，令人惊心。岂料他自有本领，伤却王提督，目今已受一品高官，但未成配，须要寻觅贤淑娇娥匹配，重整先人庙宇坟茔，振作家声，方不负侄儿显贵，也完了我的心愿。但连日不会侄儿，心殊怅怅，不免宣来，谈谈此事便了。顷刻即传懿旨。狄青闻召，端正衣冠，来至王府内拜见。太后娘娘心头恰悦，一旁赐座。内监递过龙井茶一盏。狄太后开言道：“侄儿，你父弃世，母子相依，又逢水难，你得仙师搭救，但母亲未知生死，你今思念否？”狄青道：“提及吾母，使吾心更为悲切，一自耽搁仙山七载，日日思念母亲。但想当初身入波涛之内，怎得复有人相救，想来娘亲定然不在世了。”狄太后听了，不禁心酸下泪，不语半晌，叹道：“贤侄儿，你今已身荣一品，无如故居府第，先祖庙宇坟茔，被水坍塌，已成白土，今须重整门墙为是，未知侄儿意下如何？”狄青离位道：“姑母大人训谕，敢不如命！”太后道：“虽然如此，但你乃一武员，哪能抽俸办理，待吾发出黄金四千两，差两名得力官员，前往料理可也。”狄青谢道：“姑母大人费心。”

狄太后又呼道："贤侄儿，为姑母还有要事说与你知，你今年少，官居一品，无如内助尚缺，待吾与你细选贤淑作配，以主中馈便了。"狄青道："姑母此说，且慢酌量，待侄儿觅得母亲着落，如若她果不在世，便终身不娶了。"太后听了摇首道："如此是痴儿了！枉你是一英雄汉子，理上欠通，你不闻不孝有三，无后为大。人子岂能斩绝宗支！即你母亲不在阳世，亦要继后传流，愿你今日听信吾言，倘得你香烟有赖，吾做姑母的复有何忧？"狄青道："谨依训谕金言。"

谈言未毕，潞花王已至内宫，表兄弟相见，欣然喜色。叙礼复坐，谈论一刻，设筵对酌，欢叙间已是红日西沉。狄爷吃酒至半酣，用过晚膳。狄太后恐防侄儿酒醉糊涂，又往外厢生事，故只打发随从人等回衙，将狄青留宿王府。次日饭后，狄青方拜别太后娘娘，又辞过潞花王，回至署中。后来狄太后择了吉期，发出黄金四千两，文武官两员，径往山西西河修建坟茔第宇而去。不关正传，不须详言。

不知后文如何交代，且看下回分解。

第二十一回

荐解征衣施毒计　喜承王命出牢笼

话说左都御史胡坤，前者儿子胡伦死在狄青之手，反被包公将他对释，几次杀他不成，如今又是狄太后内侄，当今御戚，官封一品，哪敢动他。一天孙兵部与胡御史，并车排道，来见庞太师，计议一番。庞太师定下一计，道："胡贤兄与贤婿，不必心烦。老夫想来，杨宗保一连数本催讨征衣，已经赶制完成，定本月十五日起运。且待老夫保奏狄青做名正解官，那石玉小畜生，也是容他不得，保荐他为副解官，好将两条狗命，一刻倾消。"孙秀道："岳父大人，解送征衣，如何害得他二人性命？"庞洪道："贤婿未知其详。前仁安县王登有书到来，说他金亭驿舍中有妖魔作怪伤人，王县丞乃老夫的门下，待吾修书一封，托他照书而行，这二畜生还不中计么？"孙秀未及回言，胡坤道："石玉曾斩过白蟒怪蛇，狄青曾降伏龙马，这两名奴才何曾畏惧什么妖邪？倘然此计不成，也是枉然。"庞太师冷笑道："我此计不成，还有奇谋打算，修书一封，寄交潼关马总兵。此人名应龙，是吾心腹家丁保升的，一见了老夫的信，岂敢迟误。教他如此如此，他不在仁安县死，也必在潼关身亡，你等思此计妙否？"孙秀、胡坤听了大悦道："此计大妙！"登时二人告别。

到了次日，庞太师奏知圣上道：“三十万军衣，已经制备完成，唯缺能员押解。臣通观满殿文武，皆不可领此重任，唯狄王亲、石郡马智勇双全，此去可保万全。乞吾主准奏。”天子旨下：“依卿所奏！”即旨召二英雄至金阶，朝谒已毕，旨命钦赐平身，道：“二位卿家，只因边关杨元帅催取军衣，以应急用，三十万军衣已经赶齐，唯缺英勇解官。兹有庞卿保荐二卿解送征衣，狄表弟为正解官，石郡马作副解官，不知二卿可往否？”狄青一闻此旨，想道：又是庞洪用的奸谋，吾今若不领旨，被他笑我无能，没此胆量。解送军衣，也非难事，即差吾往边关破敌也何妨。想罢，即奏道：“臣无尺寸功劳，身受陛下之恩，不啻天高地厚，敢不遵旨而往。”天子又道：“石卿之意何如？”石玉想：狄青已领旨，本官岂得推辞？即奏道：“国家有事，臣下自当代劳，臣何敢忤旨？”天子又道：“狄卿，解送一事，律有限期，限一月解至。如违一天，打军棍二十，如误两天，耳环插箭，若三日不至者，随到随斩。这是军法无情，将在外，君命有所不受，杨元帅执法，即寡人也不便讨饶。卿家二人也须立定意见，可行则行，不欲前往者，待寡人另派差官解送。”数句言词，乃圣上暗点狄青勿往之意。岂期狄青会意差了，想道：圣上也用反激，但我有现月龙驹，不消半月可至，有何惧哉！即奏道：“臣愿遵定限期，如若违误，甘当军法！”天子道：“倘卿果误了限期，杨元帅执法无情，必然处治，母后定然着恼，即朕也不安。”狄青道：“臣既不误限期，难道杨元帅还要执法吗？”天子听了，舒颜点首道：“传旨与兵部，挑选三千锐兵，备下文书旨意。且待调回招讨使曹伟，为后队进发。”当时狄青又想：李义、张忠二人尚留于囹圄之中，不如趁此机会，奏明圣上，将他二人释放出狱，庶不负当初结义之情，又得同伴前往，有何不妙？即奏道：“臣启陛下，臣未遇之时，与张、李二人在酒肆中饮酒招灾，误伤了胡公子，曾经包待制判询明白，发于狱中。但误伤人者，原无抵偿之律，二上虽系小民，但武艺超群，不在臣下，当初结义金兰之日，许以患难相扶。伏乞陛下开恩，旨赦二人，与臣共往边关，以防路途险阻，或可将功抵罪。”圣上准奏，即命包拯询明定夺。是日退朝不表。

单提狄爷回衙，坐下未久，有内役禀知石郡马拜访，狄爷闻言，即开中门迎接进内，分宾主坐下。只因二人乃年少英雄，情投意合，今者又共往边关，故石爷传来拜望。当时二人见礼已毕，石爷道：“狄哥哥，吾料庞洪荐吾二人解送军衣，谅非好意，须要提防小心。”原来石玉年长狄青三岁，只因狄爷是王家内戚，故有少兄长弟之称。狄爷微笑道：“虽然庞贼群奸，设了奸谋，难困吾英雄之汉。贤弟，你若介怀畏怯，吾自抵挡。”石爷道：“哥哥，说哪里话来？小弟岂是怯弱卑劣之夫，如惧彼奸谋百出，吾亦不愿在朝为官了，一心还要报复不共戴天之仇呢！”狄爷听了，点头说：“足见英雄胆量，如今须早打点动身。”石爷道：“这也自然，还要请问，方才启奏，这张忠、李义的缘故，请诉与弟知。”狄爷即将与二人结义，在万花楼上打死胡公子之事，一一说知。石爷听了，微笑道：“哥哥既然结交两位生死兄弟，理当救出牢笼，及早关照包大人，好教他复奏圣上。”狄爷大悦道：“贤弟高见不差。”时交中午，狄爷款留，双双持盏欢叙闲谈，一言难尽。

酒膳已毕，石爷谢别，随从多人回府，内有彩霞郡主动问丈夫：“未知圣上相宣何事？还祈达知。”石爷道：“郡主未知其详，只因庞太师这奸贼，在圣上驾前，荐举本官与狄家哥哥，解送征衣往边关应用，故有旨宣召。”郡主听了，登时不悦道：“君家，你今领旨否？”石爷笑道：“君王有命，为臣岂得推辞？”郡主道：“君家，你可知庞贼奸谋狠毒，当时已把老公公谋害了。如今又妒忌你为官近帝，犹恐君家要报复父仇，是以平地立起风波。今荐你往边关，定然差心腹人，在前途等候暗算，要斩草除根，如何去得？”石爷道：“郡主休得多虑，本官与狄兄乃是英雄烈汉，岂兴庞贼诡谋？今既领旨，岂容推却？即赴汤蹈火亦所不辞。郡主何用挂牵！但愿平安回朝，夫妻再叙。”当时郡主花容惨淡，眉锁不开，咬牙切齿，大骂奸贼，只得将此情由上达双亲。高王爷闻得此言，心头大怒，郡太夫人气愤不过，骂道：“庞贼，万恶奸刁，千刀万剐，不足尽其辜。贤婿在朝，吾得相依，今又使什么奸谋，荐他前往边关。吾年老夫妇，只有一女，贤婿此去，吉凶未卜。倘被奸臣害了，倚靠谁人？”勇平王也是一般愁闷。

慢表高爷不乐，再言狄太后娘娘，心中烦恼，即日宣至狄青，开言唤道：“侄儿，缘何全无主见，只听奸臣调弄？况今隆冬在即，朔风凛冽，大雪纷飞，倘然风雪将侄儿阻挡，违误限期，杨宗保军法如山，岂认得你是王亲国戚，定然受亏了。教吾不胜挂念，不免待吾打发王儿伴汝同往。”狄青道：“姑母，休得挂牵，侄儿有此龙驹，一月光阴，也能转回。”太后想起侄儿乃是鲁直之人，即道：“你一人自然仗了龙驹，一月可以回来，只今三千兵丁，难道都有好坐骑么？侄儿还是不往为妙。”狄青道：“吾乃烈烈男子大丈夫，些些小事，看得甚为平常，管教此去，即月回朝，毫无阻碍。”狄太后想道：“侄儿乃是执性的硬汉，须由他去，只命王儿伴他同往。”原来太后爱惜狄青，一来惧庞洪暗算，二来恐他耽误了限期，杨宗保执法无情，故要潞花王同往，可保无碍。此是妇人情爱之见，岂期狄青看得不甚介意，再三推辞。潞花王道：“倘果然误了限期，杨元帅岂肯谅情，况且又是庞洪所荐，不知他又玩用什么阴谋？莫若待弟伴你前往，方可无虑。”狄青听得厌烦了，即言道：“姑母娘娘，侄儿性命只付于天，或死或生，自有定数。若仗姑母千岁势头，压制别人，反被群奸哂笑，非为丈夫。”说罢，辞别娘娘回衙去了。

当时太后娘娘想下一个主意，即传懿旨，往天波无佞府，宣召佘氏老太君。旨下，佘太君不敢停延，即离天波府驾銮车径至王府，恭朝太后，三呼行礼。狄太后命宫娥扶起，赐座于旁，佘太君开言道：“不知太后娘娘宣召，有何懿旨？”太后道：“劳太君到来，只因侄儿狄青，小小年纪，初仕朝廷，不知厉害，领了当今之令，解送军衣前往边关。但此去只愁关山险阻，雨雪连绵，违却限期，只恐令孙执法森严，有干未便。”佘太君听了道：“原来娘娘为此挂怀。何不先传懿旨到边关，吾孙儿怎敢违却？”太后道：“吾的旨意，不如太君的手书更有效力，故而请你到来商议，由太君作书一封，由吾侄亲投与令孙，即便途中耽搁几天，也无妨了。”太君道：“折枝小事，有何难处，待臣妾就此修书。”太后大喜，即唤宫娥取到文房四宝，佘太君举笔，大意只言：“狄钦差领旨解送军衣，因他是太后娘娘嫡侄，狄门继后一人，倘然违了日期，须要看太后娘娘金面，从宽不究，凡事周全。”书罢，送与狄太后，太后看毕，欣然喜悦。当日佘太君不曾带得图印，立即差人到天波府取了珍藏印鉴，打上封面。太后娘娘收藏过，即排宴相待，佘太君领谢了，少停回归天波府而去。

话分两头，再说狄青是日打道亲自去见包公，只为张、李弟兄，商请包公明察，从宽复奏之意。包公道：“下官原知二人可为武职，今得狄王亲奏明圣上，下官可以从宽复旨。但王亲此去，押解征衣，是庞贼荐的，谅有奸谋，路途须要提防。倘然途险阻隔，误了批期，杨元帅执法无情，不认你是王亲国戚，定然正法不饶。如今下官预修书一封，你且带在身旁，倘违了限期，关中有礼部文员，此人姓范名仲淹，可将此书投送，自有照应。”狄青领书称谢，登时告别回衙。

次日，包公上朝，奏明圣上道：“张忠、李义二人，果无抵偿之罪，实乃误伤人命。二人现仍禁狱中，等候圣旨，再行释放。”圣上道：“胡伦既是跌扑而死，焉能牵连张、李二人抵罪，今准狄青之奏，恩赦二人，护从押解征衣，将功抵罪，回朝赏劳升职。”包公领旨。当时气得庞、孙、胡三奸咬牙切齿，深恨包公开释二凶，料想狄青先奏明二人护解征衣，再奏圣上恩准。当日退朝，有包公回衙，释出张忠、李义，二人拜谢包大人，包公言道：“狄青是太后内戚，今已官居九门提督，你二人是他保奏出狱，可到衙门拜谢。”二人听了，喜从天降，拜别包大人，一路飞奔提督衙门而来。狄爷忙吩咐两旗牌官，引进二人，沐浴更衣，然后进了中堂。三人晤会，彼此欣然。狄爷道：“二位贤弟请坐。”张忠道：“如今哥哥是王亲大人了，我们何等之人，焉敢望坐？”狄爷道：“此言差矣！想当初结义之时，各愿苦乐相均，患难相济，岂料祸生不测，致二位贤弟身禁囹圄之中，为兄非但不能同患难，亦不能早为解纷，今始脱罪，伏望贤弟大度海涵，不怪愚兄。”

不知张、李二人听了如何回答，且看下回分解。

第二十二回

离牢狱三杰谈情　解征衣二雄立志

当下张忠、李义闻言打拱道："哥哥，你说这样话，使弟羞赧无托足之地了。"狄爷道："二位贤弟，既不见罪，且请坐下。"二人欣然落座两旁，内役献茶毕，二人一齐动问道："难得哥哥一朝平步青云，古今罕及。自从包公堂上别离，只道今生难期再会，但不晓哥哥如何一朝荣贵，还祈告知。"狄青道："言来也觉话长。"便将投在林千总处当步兵，后被孙秀迫害，幸来五位王爷救脱。最后又说了呼延千岁赠刀杀奸之事。二人道："哥哥，当日千岁赐你金刀，未知你有此胆量否？"狄青道："我自愿往，只恨杀贼不成。"张忠道："不杀这奸臣，既非英雄汉，又徒然负却静山王之心！"狄爷道："二位贤弟，有所未知。"便将力除狂马，得李继英通线逃难于韩府后园，韩琦引入王府，收服龙驹，得认太后娘娘，至比武得官之事说了。张、李道："哥哥，你既是太后娘娘内侄，如今岂惧庞、孙众奸再使刁滑？"狄青道："众奸臣须奈何我不得，但他狠毒之心未已，不知他又生什么诡计，在君前保奏我二人去解征衣。"张忠道："这奸臣定必又生恶毒计谋了，未知你今领旨否？"狄青道："二位贤弟还未知么？今日虽是庞洪恶计多端，押解军衣，乃圣上所命，如辞旨不往，一者逆忤君上，二者被庞洪哂笑，说我无此志量。若畏惧他奸谋算计辞旨不往，非为丈夫也。”张忠道：“哥哥此话，言来有理，你还要何人同往？”狄青道：“愚兄为正解官，有御史石郡马为副佐。”张忠道：“如此，我们也要随从哥哥一同前往了。”狄青笑道：“贤弟，只因你二人坐禁牢中，愚兄无日不思，故借此为由，保奏你二人出狱，随同押护征衣，将功消罪。同到边关，见机而作，立些武功，有何不妙？”二人听了道：“哥哥高见不差。”狄爷道：“我还有句衷肠之话，在别人跟前并不说出。”李义道：“哥哥有何要话？”狄爷道：“目今西夏兵犯边关，曾闻兵雄将勇，杨元帅前日有本回朝，求讨救兵，目今难返敌。不是愚兄夸张，不独杀退边关围困之兵，即领旨往征西夏，亦不是难事。”张忠道：“哥哥，如此说来，你却愚！”狄爷道：“何愚之有？”二人道：“你何不即于驾前，请了旨意，前往征西，显些本事与庞洪众奸看看，有何不妙？”狄爷道：“我若在驾前请了旨意，也不稀奇，待我押解征衣到得边关，即在元帅帐中，也不说明。且到那时见景生情，率领兵马大破西夏，方使庞洪众奸畏服、奏凯还朝，乘机将奸党除灭，朝中方得安静。”张忠听了奸臣二字，不胜气愤道：“哥哥，你前时被奸臣陷害，险些遭害。死中得活，哪里还待得及奏凯班师？小弟也甚容他不得，倘哥哥许假三尺龙泉宝剑与小弟，若不将庞、孙、胡三奸首级拿来，即将自己首级献上。”旁侧李义冷笑道：“张哥哥，你且忍耐些，休思动凶。方得身脱牢灾，又思闯祸，倘若再犯时，脑袋不保了。”张忠道：“三弟，虽然如此，但这些奸党令人一刻也难忍性子的。倘若杀得三人，万死不辞，并无反悔。”狄爷道：“张贤弟可知今异于昔，也须耐着三分性儿。前日身为百姓，一口一身，虽然死活，有何干碍？你今刺杀了奸臣，不独自身有罪，追究起来，愚兄亦有干碍，何能到边关去？不若权且忍耐，奸臣终有败露之日，到时削除，岂不得当？”李义连声称是，张忠默默不语。当日狄爷吩咐排开酒宴，三人持盏，言谈之际，李义想起周成店主银子未曾交付，乃言道：“周成店主之事，如何料理？”张忠道：“不暇计及此事了。”

闲文不表，到了九月初八日，准备了三十万征衣，车辆满载。正副解官领了批文，张忠、李义押管三千兵丁车辆粮草悉备，随从二位钦差，拜别忠良，不辞奸佞。有韩爷将书一封，付交狄钦差，此书投送与打虎将军杨青，因和他有同乡之谊，见了来书，自有照应之处。狄爷作谢，将书收藏，复进王府，拜别潞花王母子。狄太后闷闷不乐，付交佘太君家书，又嘱咐道：“侄儿，你虽乃少年英雄，只是程途遥远，苦冒风霜，进退小心，休得莽撞。渡水登山，非比在朝安逸，务要倍加提防。庞奸贼众党阴谋设陷，定有此事，也须时刻当心。交卸了征衣，更须早日回朝。”狄爷跪受姑母娘娘训谕。当日潞花王吩咐安排酒宴饯别，弟兄对酌闲谈，无非话别一番，不用烦言。宴毕，拜别太后母子，来至教场，三千兵丁顶盔贯甲，早已伺候。

且说石御史拜别岳父母和彩霞郡主，也是一番饯别叮嘱之辞，不表。即时高昂骏马，已至教场。狄爷有众人书信照应，这石玉并无一书，只因狄青是正解官，石玉是副解官，正解无事，副佐亦无碍了，故石玉无人付书。

当日狄钦差带上金盔，内藏宝玉鸳鸯一对，闪闪发光，手提金刀，左插狼牙之袋，右悬锋利龙泉剑，骑上现月龙驹，真乃威风凛凛。石御史头戴银盔，坐下白龙驹，霜雪铁鞭，分插左右，手捧长枪，也是浩气昂昂。即那张忠、李义，虽无官职，也是顶盔披甲，高坐骅骝，押了车辆。炮响三声，旗幡飞动，离却王城，所至地方，官员都来迎接。非止一天行程，且按下不表。

且说庞洪一心图害两位栋梁小将军，早数天，差家人送书一封与仁安县，一书送与潼关马应龙总兵。

不表庞洪暗害，再说河南陈州，一连数载遇饥，地方遭劫。至第四载，更倍加饥馑凄凉，粒米无收，百姓被饿死者，填盈衢道，贫困者十不存三四，县官详文上司，是日本折进朝，君王览表，方知陈州饥馑，问治于群臣。有枢密使太师富弼奏上君王道：“老臣当日曾任职陈州，当地土豪奸恶甚多，诡谋百出，每有积聚不粜者。那地方官只图贪酷，焉有为国安民者？致强恶日增，用财可以买法，即丰稔之年，粮米也不轻粜。此事必须包待制往陈州，赈济饥民，并收土恶，有粟之家，自然出粜，虽年不丰熟，而良民自得食了。”君王闻奏大悦道：“老卿家荐得其人，可谓为朕分忧。”即降旨包公往陈州开仓，赈济穷民，御赐龙凤剑一口，不问文武官员，如有不法，任凭施行处斩，然后奏闻。包公领旨，拜辞同僚文武官员，限日登程，也且不表。

再说仁安王县丞，接得庞太师来书，观毕，即赠来人白金二十两，以作程途费用。这仁安县金亭官驿中，前年传说出一妖魔，众民沸扬，远近惧怯，即汴京也有知者。只日午中有胆识英雄方敢进内，至晚间，连驿外近地，也没人行走。当日王登依了庞太师吩咐，一心要害狄、石二位钦差，心想，二人即被妖怪吞了，也非我之立心，纵然上司追究，庞太师来书说，自有他一力担承无碍，还要升我官职。即差唤人役数名，将金亭驿扫得洁净无尘，铺毡结彩，四壁熏香，以待安顿钦差大人。当时衙中人役多有一番议论，内有胆小者进内洒扫，吓得胆战心寒，但迫于上人之命，不得不然。众役人道：“王老爷好生大胆，此驿妖怪厉害，屡说伤人，倘或钦差大人也被伤了，这还了得。况二位钦差势头甚大，天子内戚，追究起来，焉能保得性命。倘有干连，我们也有不便之处。”当时议论纷纷，果有胆小的几人也逃走了。这且按下不表。

那仁安县王登，天天等候钦差大人，在驿外平阳大地，安排营帐，安顿兵丁，另设空场马厂。众武员束备戎装，弓箭马匹齐备。是日，忽报二位大人到了，文武官员齐迎跪接。王登跪请二位大人下马归驿，然后安顿兵丁。当日二位钦差同进了驿，齐揖见礼坐下。狄爷下令驻兵驿外，张忠、李义押管兵丁，小心巡逻征衣，在此留宿一宵。仁安县与众文武回衙，不必在此伺候。号令一下，炮响连天，安了营帐，二位钦差卸下盔甲，穿了便服，十六名壮勇铁甲军，乃随身亲役。

当时日落西山，驿内灯烛辉煌，文武官员早备酒筵，款过二钦差毕。狄爷道："石贤弟，吾观此驿，一望荒寒野地，吾二人且不安睡，明早提早赶路。"二人同志，你言安邦，我言定国。时交一鼓，更锣响敲。石爷道："哥哥，不觉说话之间，已是一更时分了。"狄爷道："贤弟，吾与你离别汴京，到此已有八九天了。吾恨不能早到边关，交卸了征衣，方得心头放下。"石爷道："小弟也是这个主意，但未知此去三关有多少路程。倘然违误了限期，杨元帅定然着恼了。"狄爷道："贤弟，这也不妨，即误了数天限期，尚可谅情，杨元帅未必见罪，自然无碍了。"石爷又道："哥哥，你看月色好光辉也！"狄爷道："贤弟，今夜月明如昼，地上如霜，曾记得八月中旬夜事，南清宫内后花园，称言有怪，岂知乃龙驹出现。愚见得会太后娘娘，亲人团叙，犹如天上月缺而复圆，真乃光阴迅速催期快，而今又是阳春天了。"石爷道："因你之言，小弟却也想起，去年也是中秋月圆之夜，有白蟒精变化人形，在勇平王府内摄去彩霞郡主，当时已将郡主拖入幡云洞中，高千岁着急。是日小弟初至汴京，寻觅父亲，贫困如燃眉之急，故弟领旨，探其穴，进其巢，与怪物争持，刀斩蛇妖，把郡主救回府中。勇平王大喜，将郡主匹配了小弟，又奏闻圣上加封官爵，瞬息间已是一秋多，真乃光阴似箭，日月如梭。"狄爷闻言，长叹一声，也想起困乏遇张、李弟兄时苦处，因道："世间凡事原难料，富贵穷通只在天。"

二人言谈之际，不觉二鼓初敲，登时一阵狂风吹来，呼呼耳边响亮。弟兄二人立起，四围一看，十六个亲随壮军也觉害怕。石爷道："哥哥，此阵狂风，非正风也。"狄爷道："贤弟，你看此风又起了。"果然一阵狂风，已将灯烛吹灭。二人默想其故，此风打从东北上吹来，明知是怪风，是时各拔出佩剑，向东北方定睛一看，里厢并无一物。只是月光皎洁，耳边仍是呼呼响亮，吓得十六名铁甲壮军呆呆发抖。狄青大喝道：“本官二人在此，妖魔敢来作祟！”正在呼喝之际，但见远远射出白光一道，跳出一雪亮人身，高约丈余，皱口攒眉，上身短小，下身尖长，飞奔而出，向石玉跟前跳蹿。石爷呼道：“哥哥，此物莫非又是白蟒精么？”言未了，见此怪扑来。石爷大喝一声，挥剑砍去。只见一道白光。

不知此物是何妖怪，且看下回分解。

第二十三回

现金躯玄武赐宝　临凡界王禅收徒

当时石爷大喝一声道:“逆畜休得猖狂!”即挥动龙泉剑，光射寒霜。此刻人妖争敌，兵刃交加。狄青意欲上前帮助，思量且试他武艺如何，如若怯于怪物，然后相助未迟。当时石玉飞剑斩去，只见白人且斗且走，诱他至庭心。石玉一步步追出庭前，又闻狂风大作，只见两扇后门大开。前面妖人飞奔出外，外厢一带空荒，周围全是荒野。忽妖人口出人言，喝道:“石玉，你既逞强，好胆子，敢出外见个高低么!”石玉大喊道:“吾来也!”即飞奔走出内厢。狄爷笑道:“真乃有胆量英雄也!”高声接道:“贤弟，休得放走了妖魔，吾来助你。”即大步飞跑，手持宝剑，出至庭心，登时一派白光射目，两眼昏迷。即听得有人说道:“狄大人不可出外。”狄青举目一看，只见一人乘着祥云，身高丈余，披发仗剑，半离地上，约与檐高，阻住去路。狄青喝道:“你莫非是妖怪?”此人言道:“非也，我乃北极玄武圣帝，今夜贵人在此，特来一会。”狄爷听了，惊疑不安，细看一番，开言道:“或者你是妖魔，敢冒圣帝，也难分辨。”那人道:“狄大人何必多疑?我乃北极玄武圣帝，只因部下神将思凡，目前俱已流入西夏，侵扰炎宋二十余载，全赖范、韩、杨、狄四人，韬略宏深，振抚西夏，保邦安民。兹有两件法宝付你，此宝名‘人面金牌’，如遇西夏交兵，急难之时，将此宝盖于脸上，口内念声‘无量寿佛’，自然使敌人七窍流血。这小小葫芦，内藏七星箭三支，如逢劲敌，危急之时，发出一箭，其捷如风，敌人立即死亡。今赠你二宝，今后你一生建立功劳，安民保国，赖此二物，须谨细收藏，勿得轻亵。倘成功后，二宝仍要收还。”当下狄青听了，满心大悦，双手殷勤接过，细看人面金牌，倒像孩子们玩耍之物，只是金光闪闪。

葫芦内三枝七星箭，细细看来，约有三寸余长，两头尖小，锐利非常，霞光炎炎冲起，方知宝贝之妙。看毕，将二宝收藏皮囊中，跪伏尘埃，叩谢。圣帝吩咐道：“不须多礼，但叮嘱之言，还须谨记。此去多灾转福，遇难成祥，不烦多虑。”狄青道：“谨遵圣帝法旨，但小子还有义弟石玉，追拿怪物出外，未知吉凶如何，再求指示。”圣帝道：“此非怪，乃变形化物，石御史追赶，终无碍的。唯去而不返，难以相见了。”狄爷道：“石弟去而不返，怎生复旨？”圣帝道：“日后自然重逢，不必介怀。”当时圣帝使起神通，袍袖一展，高起祥云，香生馥馥，霭射飘飘，光华冉冉而去。狄爷下拜，殷殷礼毕起来，当有十六名壮军跑至，启禀道：“狄爷，方才石大人追捉怪物，还未见回来，请大人定夺。”狄青一想道：圣帝虽然如此吩咐，吾若不往追寻相助，非是弟兄手足。想罢，即跑进内厢，岂知四壁围墙，无路可通。狄青四下一看道：“奇了，方才见有门户一重，今如四围全是墙壁，故圣帝预定天机，言石弟日后自有相逢。也罢，如难以追寻石弟，亦是无可奈何。”只得坐下呆呆思想。

且说白人在前，诱石玉且战且走。石玉不肯轻饶，高举宝剑，大喝：“怪物哪里走，还不早现形迹！”趁着月光如昼，紧紧追去，不知有多少程途了。妖人复兜转步来，喝道：“休赶！”持棍当头打去。石玉哪里畏怯，持剑砍去。白怪急忙闪开，石玉飞进数步，剑如雨下，怪物架挡不及，将身一低，在地一滚，团团而转。石玉细细看来，不觉自笑道："奇了，只言此物是怪，却原来两栖三尖枪！"即拾起来舞动。只见霞光闪闪，与月争辉，心中喜悦，连称："妙妙！今夜幸运，皇天赠赐宝枪，不免叩谢上苍，然后回见狄哥哥。"石玉正思下跪，又闻香浓拂拂，云绕当空，一位仙翁乘云而下，五绺长髯，微笑道："石贵人，你今虽得此神枪，只缘枪法未精，还不见你之英雄，怎能保国安民？不如拜贫道为师，再要授你兵机武艺，练习精通，才能建立奇功。你如不信，待我试演双枪之法，与你看看。"石玉道："仙师肯教习，乃深幸也，且请试双枪一观。"言毕，遂将双枪与仙师。只见他大袖一展，枪起时左旋右转，宛似蛟龙取水，又如燕子穿梭。石爷呆呆看着，果见枪法精通，迥异凡常。试毕，呼道："石贵人，观枪法如何？"石玉一想：也觉怪异，不通姓名，居然认识我之姓名，料是位有道仙翁。又见他枪法神奇，即道："愿拜仙长为师，但今有王命在身，不能违误，待到了关边交卸征衣，然后拜从习艺。"道人道："我非凡人，乃王禅也。如你到边关，决无此机会的。即夜可随吾去。"石爷道："今夜断难从命，我奉旨解征衣，杨元帅有限定之期，倘违定期就不妙了。"道人笑道："小小事情，不必过于介怀。"语毕，口念咒词，将枪尖挑起顽石二段，忽化作一对斑斓猛虎，爪舞牙张，向石玉奔扑。石玉大喝道："逆畜慢来！"即拳打足踢，道人喝道："休得舞弄！"猛虎不敢再动，道人即跨上虎背，又对石玉道："你若骑上虎背，可胜坐马，倘若出敌，百战百胜。"石玉道："如此甚妙。"即跨上虎背。道人一见大喜，喝声："起。"风一响，二虎即跑上云端。石玉惊骇呼道："倘跌仆下去，一命休矣。"王禅道："如此胆小，焉能出得沙场，杀得上将！"言谈之间，跑得渐高，直上云霄，径往峨眉山去。按下不提。

却说狄青独坐思量，心烦不乐，暗道：方才圣帝吩咐如此，料然石弟难以相见，还不知他收除得怪物如何，也不知走到哪方，教吾实难猜测。方才果见后厢围壁中，门户遥遥，石弟追赶出外，因何霎时并无门户，想必乃神仙妙术，变化无穷。惟正副解官共事，今缺了石弟，如何复旨？不免照此直言便了。

这时天色已明，传令宣扬，众兵方知驿中有怪作祟，昨夜摄去石郡马。狄爷道："仁安县这狗官，定有机谋。"即传王登进内问供。护从三千，闻得此事，人人骇惧。张忠、李义二人私下称奇。当时王县丞进驿参见，狄爷喝道："刁狗官！好生胆子！驿中既有怪物，因何将本部留顿于此？昨夜已将郡马爷摄去，定然凶多吉少。你这狗官，是受人嘱托，抑或自起主谋，从实招供，以免动刑。"王登听了，惊慌无措，跪倒叩头不止，言道："上告大人，此驿从无怪物，不知怪祟从何方而至，卑职怎敢主谋暗害二位大人？"狄爷喝道："胡说！这不是你自主谋，定然受奸臣密托。若不明言，刀斧手斩讫。"庭下一声答应，上前扭起王县丞，解去袍服，除去乌纱帽，吓得他魂魄飞天，高声呼道："大人饶命！此乃庞太师有书来到，押着卑职行此计谋的。他要害二位钦差大人，卑职怎敢生此恶念，立此歪心！"狄爷听了点头，骂道："恶毒奸臣，怎知你又行此阴谋毒害！但庞贼要你行此恶谋，你既是正大之人，即挂印辞官不做，亦不行此不义之事，你今罪亦难免。"王登道："如今卑职悔恨已晚了，虽有死无辞，只求大人姑宽，开恩一线，当衔环以报。"说罢，叩头不已。狄爷还是仁慈，且留他为证复旨，便喝道："本官王命在身，不能耽搁，王登交府官禁在狱中，即着本地文武官员，访寻石御史下落，待本官公务完毕回朝，在圣上驾前，与庞贼算帐。"

当时王县丞谢了大人不斩之恩，众文武官员都言"领令"。时交辰刻，文武官员备酒筵相款，犒劳三军。也无烦叙。

是日发令登程，炮响一声，旗幡飞动，文武齐来相送。张、李二将，仍押管军马征衣，只空坐骑一匹。狄爷仍令马夫牵行，好生喂料。

且说王县丞带上府衙而去，短叹长吁，恨着庞太师。暗想："方才若不说明，险些性命活不成了。”只求府尊申详上宪，闻达朝廷。庞、孙、胡闻此，更加纳闷道：“狄青、石玉皆与吾作对，今石玉已经中了毒计，定遭妖魔伤害了。只有狄青仍在，只望他在潼关中计，不知可成否？”是日君王一看表文，龙心大怒，着将仁安县丞王登，定议处决。当日庞洪力与分辩保免，私下传旨命复职不表。

再说勇平王得知大恼，郡主母女，苦切万分，深恨庞贼施设奸谋，害了年少英雄。郡主呼道：“母亲，去年白蟒摄去了女儿，多亏丈夫救脱，收除怪物。不意今被庞贼所害，妖魔摄去无踪，还有何人救拔，定然凶多吉少了。”王爷夫人终日安慰女儿，也且不表。

却说潼关总兵官名马应龙，前日接得庞太师来书，想来立心要害狄王亲、石郡马，本总定然依命的。但关外地方，乃本总所属，如行刺他，也须百里之外，方可下手。但此事唯飞山虎刘参将前往方妥。马总兵打算定当，传齐大小将官，明日起程候接钦差大人。

是日，狄爷来至潼关，马总兵与大小官员迎进关中坐下，众员参谒过大人，上请金安毕，竟日盛筵设款，也不多叙。当下马总兵问副使石御史，因何不见到来。狄爷将在仁安县驿中被妖魔摄去说明。马应龙听了道：“有此奇事？但今潼关外面，也是地广人稀，空荒之所，王亲大人须要小心。”狄爷道：“这也何妨？如今天色尚早，即速启关，待本官赶路。”总兵领命放关，车辆纷纷出关而去。马应龙送出关外而回，即日邀传参将刘庆计议。

这刘庆年方二十四岁，身高九尺，面玄黄而光彩非常，从幼得异人传授席云奇技，来去如飞，故他混号飞山虎。以前当兵出身，勤勇协力，性情刚强，先已拔为千户，今又升为参将，随同马总兵保守潼关。年少父亡母存，一妻二子仗着席云本领，常想征西，却不知西夏兵雄将勇，只靠席云之技，怎能抵当？是日遵召进见，打拱道：“不知总爷传召，有何吩咐？”总兵即将庞太师与狄青作对，今他来书，要结果他一命，一一说知。参将道：“总爷，既云庞太师要取狄青一命，何不方才设宴时，将他弄醉，一刀砍下头颅，有何难处？”马总兵冷笑道：“你乃粗笨之徒，哪里得知？若在关中弄死，也要执罪本官。况他有三千兵丁，十分凶勇，岂肯甘休？故特让他出关，在百里之外，你前去行刺了他，才不致归咎我们。倘谋事成了，庞太师喜悦，你我官爵定有加升了。”刘庆听了笑道：“这也不难，且末将至落雁坡，等待他来，结果他一命便了。”马总兵闻言大悦，道：“须要小心！”刘庆允诺，藏了利刃，驾云而去。

不知刺杀得如何，且看下回分解。

第二十四回

出潼关刘庆追踪　入酒肆狄青遇母

话说刘参将奉了马总兵之命，驾上席云，离了潼关，向前途落雁坡而来。一程追上，将已七十里，在空中缓缓随着狄青。不料他金盔上一对宝玉鸳鸯．有霞光冲起，刀斧不能砍下，故难伤狄青之命。

当日日已沉西，天色昏暗。狄青与张忠、李义三人并马而行，催军前进，意欲找了好地头安扎。张忠偶然抬头观看，连忙抽勒丝缰，叫道："大哥，你看空中这朵乌云，倏上倏下，正对着你头顶上，这是何缘故？"李义道："果然奇怪，莫不是妖云？"狄青道："不必论它妖云妖物，且赏他一箭吧。"即向皮囊中取一箭，搭上弓弦，照定乌云，嗖的一声放去。只见这朵乌云像流星飞去。原来这一箭已射中飞山虎的左腿，好生疼痛。兄弟三人因天色乌暗，到底不知此物是什么东西，又见天晚难行，只得在平阳大地安扎，屯了军马。是夜，军士埋锅造饭，马匹喂料。张忠、李义巡管征衣，点起灯烛，四野光辉。狄爷一人步行四野，离得平阳地，远远见有灯火光辉，再跑数十步，乃丁字长街。对面左侧有酒肆一间，店主正在将上好美酒小缸倾转大缸，香浓浓地顺风吹送来。

大凡爱酒之人，见了酒总要下顾。狄青想：此刻夜静更深，还不闩门，夜来还做买卖，不免进内吃酒数杯，然后回营，也未为迟。想罢，徐徐举步而进。店主一见，吓得慌忙跪下。但见此位将官，头戴金盔，身穿金甲，想来不是等闲之人，故店主跪地叩头，呼声："将军老爷！小人叩头，不知驾临何事？"狄青道："店主不必叩头，你店中可是卖酒的么？"酒保道："将军爷，此处乃卖酒馔之所。"狄青道："如此，有上好酒馔取来，本官要用。"酒家喏喏连声道："将军爷且请至这厢上座，即刻送来。"狄青进内一看，见座中并无一客，当中一盏玻璃明灯，四壁四盏壁灯，两旁交椅，数张花梨桌，十分幽静，狄青看罢，倒觉心开，拣了一桌，面朝里厢，背向街外。坐定半刻，酒保已将美馔佳酿送上，狄爷独自一人斟酌。吃过数杯，偶然瞧着里厢西半边之内，坐着一个妇人，年纪有二十三四，面庞俊俏，淡淡梳妆，目不转睛地观看。狄青见了，心中不悦道：这妇人真乃不识羞惭，因何只呆呆将本官瞧着？父母家若养了这等女儿，大大不幸！娶她为妻子，必然家运颠倒。原来狄青乃是一个正大光明、不贪女色的英雄，故见女子目睁睁看他，恼她不是正性妇人。

当下妇人呼唤酒保进去，便问此位英雄姓名住居，多少年纪。酒保道："奶奶他是无意到店中吃酒，过路的官长，你盘问他何事？"妇人道："你不要多管，快些问个明白。"酒保应诺，暗言：小奶奶真奇，吾在她店中两载，一向谨细无偏，今教我问此位将军姓名住居年纪，定然看中了少年郎了。不觉行至桌边，口称将军爷："请问尊姓大名，住居何处？乞道其详。"狄爷见问，遂答道："本官乃世籍山西，姓狄叫青。"酒保道："多少年纪？"狄爷听了，问道："你因何问起年纪？"酒保道："我这里奶奶请问。"狄爷心想：奇了。即言："吾年方十六岁，你好不明礼仪。"酒保道："将军休得见怪，吾回报奶奶去了。"酒保进内言知，那妇人听了，喜形于色，还要再诘。酒保道："奶奶还再问什么？"妇人道："问他世籍山西哪府，哪县，哪乡，哪保？速问他来！”酒保强着应允，一路摇头道：“我们奶奶好蹊跷，但想青春女子，谁不欢乐风流，怪不得见了少年郎君，春心发动。我看此位将军，生来性硬无私，他决不来就你。”又到了桌边，呼道：“将爷，休得动气，小人还要请问，贵省既是山西，请问哪府，哪县，哪村庄？”狄爷想道：为什么盘问我的根底？即说明与你知，且看你这妇人怎奈我何！即道：“我乃山西太原西河小杨村人，快去通知！”酒保欣然去了，将情达知。妇人听了，急忙转身进内，叫道：“母亲，外厢有一位年少将军，乃是我弟狄青，女儿不敢造次轻出，母亲快出去看来。”孟氏听了，又惊又喜：“想起前七载水淹太原，骨肉分离，多人波涛之内。只道你弟死于水中，为娘时时感伤，暗暗忧思，今日万千之幸，孩儿还在世间！”狄金鸾道：“母亲休得多言，快些出外厢，认明是否。”孟氏急步行走道：“女儿且随娘出外！”

孟氏来至店前，金鸾在后，轻指将军道：“母亲，此地不便观看，你可近前认来。”孟氏近前细看少年，点首大呼：“孩儿，你可知娘在此否？”狄小姐忙呼：“兄弟，母亲来了。”狄青停杯一看，立起来，抢上前，双膝下跪，呼道：“母亲，姐姐！可是梦中相会么？”孟氏夫人手按儿背，开口不出，泪珠滚流。狄青呼道：“母亲休得伤怀，只因不孝孩儿，自那日大水分离，已经七八载，儿得仙师援救，无时无刻不挂念生身之母。今宵偶会，好比花残复发，月缺重圆。”老太太道：“孩儿，你多年耽搁在何方？且起来说与娘知。”狄青道：“不孝孩儿，多年远离膝下，至累老亲愁苦，罪重非轻，待儿叩禀，哪里敢起来！”孟氏道：“这是天降奇灾，说来话长，且起来再谈吧。”小姐悲喜交集道：“兄弟，休言自罪，且起来相见。”狄青道：“方才我认不得姐姐了。”金鸾道：“兄弟同胞一脉，焉有不记认的？”狄青道：“只为多年离别，不期相会，一时记认不来。今日实乃天遣母子姊弟重逢。”小姐听了含笑道：“也怪不得兄弟，只因水灾分离之日，你才九岁。”转身又对老太太道：“且到里厢，然后言谈心事吧。”又吩咐酒保，收拾残馔闭门。

当时母子三人进内坐了，老太太道:“你一向身在哪里，怎生取得重爵高官? ”

狄青道:“母亲听禀。”就将被水灾之日，得仙师王禅老祖搭救，习艺七年，思亲之念难止。太太听到此处，说道:“为娘遭此水难，几乎性命难存，幸得你姐夫张文驾舟救了，奉养在家。你姐丈前去潼关得功，故藏身在此，不料你姐丈去年被马总兵革了职，因在此开个酒肆。”狄青道:“如今姐丈哪里去了? ”老太太道:“他往顾客家收账去了。”狄青道:“母亲，姐丈曾经作过武官，何妨乐守清贫，因何作此微贱生意? ”老太太道:“此乃素其分位而行，不得不然呵。”狄青道:“姐姐乃女流之辈，又是官宦之女，如何管理店内生理，岂不被人议论? ”狄青乃直性英雄，是以有言在口，便按捺不住，信口而出。金鸾小姐却想：因何兄弟初会，就怨言着奴? 便对狄青道:“此乃妇人从夫而贵，从夫而贱，事到其间，也无可奈何了。”说完，抽身往厨中再备酒馔。狄青见姐姐去了，心甚不安，反悔失言，招姐姐见怪。老夫人呼道:“孩儿，你性直心粗，埋怨着姐姐。但今久别初逢，不该如此。”狄青道:“母亲，这原是孩儿失言了。姐姐见怪，怎生是好? ”孟氏道:“不妨，待娘与你消解便了。但你方才将分离始末，才说得半途，再将怎生得官受职，明白述来。”狄青将别师下山时起，一长一短，直说到目今领旨解送征衣。孟氏闻言，心花怒放，喜道:“前闻姑娘已归泉下，岂知今日仍存，身作皇家母后之尊相认孩儿，乃情深义重，何幸玉鸳鸯，也有会合之日。但儿呀，你奉旨解送征衣，身当重任，不可耽搁了程途。倘然违误了，罪责非轻。”狄青道:“母亲这事不妨，姑母娘娘恐孩儿耽搁程途，过了限期，特宣到佘太君授书一封与杨元帅。还有韩叔父、包大人密书相保，倘孩儿过此限期，杨元帅也要谅情，决不加罪于我。”孟氏听了，深感姑娘用情，并各位忠良厚爱。母子谈谈说说，不觉已交二更，狄金鸾烹庖好佳肴美酒，排开桌上，请母上坐，姐弟对面，细酌慢斟，按下不表。

再说飞山虎幸而本领很好，身躯强壮，左腿带箭，忍着疼痛，缓缓落下云头，在无人之所，拔出箭头，挤出淤血。再驾云一探，知狄青落在张文酒肆中，便又缓缓落下，坐在一块顽石之上，想道：张文是我同僚好友，待我与他商量好了，去了结这狄青吧。刘庆正在思量，只见火光之下，有人一路跑来，原是张游击。刘庆欣然招手道："张老爷哪里来？"张文住步一看，笑道："原来是刘老爷，缘何一人深夜至此？"刘庆道："有话与你相商，但你从哪里回来？"张文道："收些账目，被友人款留，是以这时才回。但有何商量？快些说知。"刘庆道："非为别故，只为朝廷差狄王亲解送征衣到三关，现今已出潼关。但此人与庞太师作对，故太师有书来与马总兵，要害钦差一命，教我刺死，即加升官爵。方才驾上云头，正欲下手，不知他盔甲顶上两道毫光冲起，大刀不能下，反被他一箭射在我左腿上，十分疼痛。如今打听他进了你店中吃酒，你回去若用计劝酒灌醉他，待我前去解决此人性命，将你之功，上达太师，管教起复你的前程。"张文听了道："刘老爷，你能包定我的前程，即助你一臂之力便了。"刘庆道："都在我身上。"张文道："如此，你在此候着，一更鼓时，方好来复。"刘庆允诺暗喜，在此等候张文回音。

这张文急匆匆来至家中，将门上叩几声，酒保早已睡熟，被他梦中惊醒，起来开了店门，道："原来是老爷回来了？"这酒保为何称张文是老爷？只因张文前年作过游击，人人皆以张老爷呼之，即近处的百姓或朋友，也是称惯张老爷的。当下酒保揉开眼睛，道："老爷今早有亲眷来探访你了。"张文道："是什么亲眷？"酒保道："老爷你不知缘故，待小人说知。此人威风凛凛，气宇轩昂，穿戴金盔金甲，好一位武官。太太说是她儿子，今进内与太太、奶奶三人一同吃酒谈心，老爷还该进去陪他吃数杯。"张文道："此人姓甚名谁？”酒保道：“姓狄名青，老爷认得他否？”张文道：“如此，果然是我舅子了。”方才刘庆在张文面前，只说狄王亲，并不说狄青，是以张文全然不知。如若他说出狄青之名，张文自然晓得是郎舅，也不担承刘庆之计了。

不知张文会到狄青，如何处置刘庆，且看下回分解。

第二十五回

设机谋智拿虎将　盗云帕巧伏英雄

当晚张文一路进内，万分喜悦，到了中堂，果见一位金甲将军，坐于妻子左侧，丫环侍立两旁，当中老太太一同举杯。又闻妻子道："兄弟再饮数杯酒，包你姐丈会回来的。"言未了，张文进来，言道："待我来陪伴一杯可否？"金鸾登时站起，呼道："相公，我家兄弟在此。"狄青见姐姐起位，也站起来，抬头一观，呼声："姐丈。"太太也道："贤婿，我儿到此。"张文喜道："岳母呵，你今眉锁得遇钥匙了，真乃可喜。"郎舅二人，殷勤见礼，对面坐下，丫环又添上杯筷，重新吃酒。饮了数杯，张文又问起狄青别后之事，狄青将前后事情一一告诉。张文听罢，大喜道："不料兄弟少年英雄，早取高官，人所难及。"又问狄青道："你在前途，可曾遇有刺客否？"狄爷道："我前途并未逢什么刺客，姐丈何出此言？"张文道："如此，还算你造化，险些儿一命送于乌有了。"

当时老太太母女闻言大惊，狄青道："是什么人行刺，你何以得知？"张文听了冷笑道："都是庞贼起了风波，致书马总兵，要将你的性命结果，故差飞山虎在前途等候。"狄青道："我在途十多天，并未遇见什么刺客，如今姐丈既知刺客，在哪方埋伏？"张文道："你出关后，可曾发一箭么？”狄青道：“途中果见乌云当头，或上或下，不知何物，故发箭一支。这团乌云，犹如鹰鸟飞去，到底不知什么东西，正在狐疑。”张文冷笑道：“你有所不知，此段乌云乃是马总兵手下的参将，姓刘名庆，诨号飞山虎，曾遇异人传授席云之技，来去如飞，算得绝技。方才刘庆对吾说知，身驾乌云，要来行刺，不知何故，你头盔上两道红光冲起，大刀不能砍下。又说反被你一箭伤了左腿，如今打听得你进我家中，叫我灌醉你，待他来取首级。事成之后，许复我前程。当时他说狄王亲，我不知何等之人，岂料竟是舅弟！”狄青听罢，大怒，母女亦深恨奸臣恶毒。老太太道：“这玉鸳鸯原是一件宝贝，若非姑娘好意，将此物配于盔上，早已身赴黄泉了。”狄青道：“姐丈，这奸臣如此恶毒，数番计害。待飞山虎来，小弟有宝剑先结果此人，后回关斩马总兵，他也是一班奸臣党羽。”张文道：“贤弟且慢，休得动恼，这飞山虎虽有行刺之心，乃是希图官高爵显之故。此人秉性坚刚，最有胆智，虽人非出众超群，也算得一员英雄上将，只可用计将他降伏，不可伤其性命。”狄青道：“倘或不肯服我，便当如何？”张文道：“不妨，他平日与我相交，不啻同胞之谊，吾说话无有不从。须用如此如此计较诱引他落在圈中，还忧他不降服么？”狄青听了喜道：“姐丈真乃妙算！”孟氏母女，也觉欣然。

当时母子四人，酒已不用，金鸾命丫环收拾去了。张文将狄青藏在前楼阁中安睡。若论张文曾作过武官，所以正室宽大，就是厅堂书斋楼阁，内外都是幽雅洁净，不染尘俗之气。不比庸俗酒肆，灶旁是床帐，堂中是堆柴之所。当下张文秉烛，命丫环将方才余馔搬出堂中，两双杯筷，一壶冷酒。这是张文的设施，只因要收服这刘庆，故设此圈套，只言与狄青二人一同对饮，酒未完而狄青已先醉了。又唤醒酒保，吩咐道：“少停刘老爷来时，不可说出狄老爷是我郎舅至亲，不要先去睡，犹恐要你相帮之处。”酒保应诺。

张文即开了门，提了火把，来至街中。一见这飞山虎，只言狄钦差已沉沉睡去，如今睡于后楼中了。刘庆闻言，心头大悦，呼道："张老爷，既然狄钦差被你灌醉，待我前往赏他一刀，你的前程即可起复了。"张文道："刘老爷，且慢慢的，倘或被他得知了，你我不是他的对手，如何是好？"刘庆冷笑道："张老爷，不是我夸口，只一刀，管送他性命，若再复刀，不为好汉了。"张文道："既如此，与你同往便了。"

二人进了店中，将门闭上，引刘庆至方才摆列酒馔之所，呼酒保收拾杯筷残羹，吩咐再取几品好馔，上品美酒，说："吃个爽快，再下手不迟。"飞山虎等至三更，腹中饥乏了，况是好酒之徒，心中大悦道："张老爷之言有理，果是肺腑兄弟，说得吃酒二字，是我意中所喜。但一到你家，便吃酒叨扰，小弟有些过意不去。"张文道："刘老爷，你若说此言，便不是知交了。"刘庆喜道："足见厚情，但方才收拾的余馔，可是狄钦差食残余的么？"张文说是。当有酒保排开几品佳肴，一大壶双烧美酒，备办的如此速捷，皆因店中尚有余多，二人对坐，你一杯，我一盏，张文是有心算他，酒多虚饮。飞山虎一见酒，便大饮大喝，顷刻一连饮了三大瓶。张文加倍殷勤，不一刻时间，飞山虎吃得醺醺大醉，心内糊涂，喃喃胡说，睡于长板凳上，呼呼鼻息如雷。张文连呼不觉，即唤酒保取到麻绳，将他紧紧捆牢了。张文自言自语道："刘参将的本领，我却不怕，只防他一个席云帕厉害，不免搜出来便了。"言下即解脱衣襟，内有软布囊一个，裹着席云帕子，即忙取了，腰间一把尖刀，也拿下来，一一收拾停当，然后加了一道麻绳绑着，犹恐他力挣得脱，便拿了尖刀帕子，回到后楼中，对狄青说知。狄青接过尖刀，怒气冲冲，说："可恼这伙奸臣，必要害我一命，我却不怪刘庆，他不过奉命而来。只有庞洪、孙秀这两虎狼，行此毒计，今生不报复此仇，枉称英雄了！"将尖刀撩于地下，又将席云帕拿起一看，道："姐丈，此物取他何用？"张文道："吾弟有所不知，飞山虎的一生本领，全仗此帕来去如飞，今夜盗了他的，就不是飞山虎了，且待他醒来降服他，然后送还。”狄青笑道：“果然算无遗策，非我所及。”郎舅二人，言谈不能尽述。

时交四鼓，四唱鸡声，飞山虎悠悠酒醒了，呵欠一声，一伸缩，动弹不得。叫道：“哪个狗囊，将我捆绑了！”用力一挣，身躯一扭，挣扎不脱，便高声：“哪个狗奴才，将我捆绑，还不松脱我么？”旁边酒保笑道：“刘老爷哪个教你贪杯，吃得昏迷不醒的。那狄王亲是我们老爷的亲舅子，我们老爷是他亲姐丈，你今落在他圈套中，只怕今夜要一命呜呼了。”刘庆听了，怒目圆睁，大骂张文。郎舅二人同跑至外厢，张文抚掌笑道：“刘老爷为何如此？”刘庆骂不绝口：“我与你平素厚交，不异同胞，何以哄骗我来，将我捆绑了，莫非欲陷害我性命么？”张文道：“非也，刘老爷，休得心烦，这狄钦差原与小弟郎舅之亲，他是当今太后嫡侄，贵比玉叶金枝。况他奉旨解送征衣，身担王命，职任非轻，你今害了他性命，一则狄门香烟断送了，二来征衣重任何人担当？即你害了他，圣上追究起来，太后娘娘怎肯甘休，即庞太师也难逃脱。你与马总兵难道脱得干系么？”刘庆道：“张文，既有此言，何不明说？将我弄醉，捆绑身子，是何理说？”张文道：“我不下此手，谅你不依，活活一位狄王亲，岂不死在你尖刀之下么？”狄爷又唤道：“刘参将，你既食君之禄，须做忠君之事，不应该听信马应龙的恶意要伤害于我。况我与你平素非冤非仇，并无瓜葛，你今夜依着奸臣，害我一命，天网恢恢，奸党有恶贯满盈之日，臭名扬播，千秋难洗。即庞洪作奸为恶，我也深知，他日还朝，定不姑饶，必要削除奸党，肃正朝纲，即马总兵也难脱斧钺。你莫怨别人，要怨那大奸大恶之徒。”张文又呼道：“刘老爷，你与我相交已久，何殊兄弟。但你立心不正，妄思图害钦差，即杀你不为过。惟念昔日交情，不忍加诛，劝狄王亲收录麾下，随往边关，倘得立功，何难封爵。你原乃一位烈烈英雄，何必依奸附势，受奸人牵制？不见古今来作奸犯科，难得善果，若听愚言，便是你知机之处。”飞山虎听了，想道：已入圈套，况他郎舅串通，将我捆绑，不依他也不能。狄青是太后嫡侄，官高势重，年少英雄，虽太师身为国丈，焉能及得此人？况太师为奸作恶，立心不善，张文之言，果也不差，后来必无善报，莫若听他之言，随钦差到三关，倘若得立战功，岂不强于在此为副佐武员？想罢，便道："张老爷有此美意，何不同我商量？"张文笑道："刘老爷，若不如此，你未必肯丢此参将。"狄爷又笑道："可惜你乃堂堂七尺之躯，不与国家效力，反附和奸臣，欺天害理，真乃愚人了。"飞山虎呼道："王亲大人，原是小将差了。"张文又呼道："刘老爷，如今果愿随从我家舅子否？"刘庆道："固欲与狄王亲执鞭左右，只忧马总兵忿恨，要害我的家属。且待我回去，搬取家眷便了。"张文听了言道："所见不差，接来我家中同住，未知尊意何如？"刘庆道："张老爷若肯相容更妙，但今狄王亲有王命在身，料难耽搁，请先自登程，待小将安顿了家眷，随后而来便了。"狄爷道："你言是也。"

当时张文跑过来，将绳索轻轻解脱了。飞山虎上前见礼毕，又将怀中一摸，不觉呆了，即呼道："张老爷，吾这席云帕子被你收藏了，快些交还我，回关去回复马总兵。"张文冷笑道："若将席云帕交还，你回去只恐不来了。"飞山虎道："君子一言，驷马难追，哪有食言爽约之理？况乃兄弟之间，何用多疑？刘某乃愚鲁之夫，岂是奸诈之徒。"张文道："这也不相干，你且回去，携了家眷来，方能还你。"飞山虎无奈，只得别了狄王亲，辞过张文，向潼关而去。

话分两头，单表刘庆徒步而走，一日回至潼关，不觉天色已明。当日早晨，马总兵起来升帐，坐于大堂，自言道：昨日飞山虎一去，狄青性命定已完了。正在思量，忽见小军报道："启禀大老爷，今有参将刘老爷进见。"马总兵传命，请他进来相见。小军领命来到关前，请进飞山虎。

不知飞山虎怎生回复总兵，如何脱身逃走，且看下回分解。

第二十六回

军营内传通消息　路途中痛惩强徒

当下刘庆传进，参见过总兵大人。马应龙一见开言道："刘参将，承办之事成功否？"飞山虎道："马大人不要说起，昨夜白跑一趟。小将一驾上席云帕，追赶至三四十里外，已赶上狄青，方欲下手，不想他头盔上有什么宝贝，一程追去，刺杀不成，反被他一箭射中左腿，只得不追而回。"马应龙道："果有此奇事么？但庞太师久有除谋狄钦差之意，若害他不成，被他看得我们是个无能之辈了。"飞山虎道："大人不需烦恼，待小将另设机谋，必要取他性命，才算小将不是夸口。"

当日马应龙点头喜悦。刘庆辞别，回至家中，将言告知母妻。刘妻道："妾无有不依，但我乃女流之辈，出关之事最难，况怎能瞒得马总兵共出潼关？"刘母也道："媳妇之言不差，须要打算而行，不可造次。"飞山虎笑道："母亲、贤妻，不必过虑，如今不用出关，明日只需如此如此。"母妻二人应允。

按下刘庆家属商量不表，且说张忠、李义，只因那夜狄哥哥一人信步去了，候至天色微明，还不见他回营，只得分途找寻。先说狄青是夜原恐二人找寻，辞别母亲。孟氏太君唤道："孩儿，我母子分离八九载，死中得活，难得今日天赐重逢，实乃万千之幸。你身承王命，为娘不便牵留，但今夜人马安顿了，不用趱程，谈谈离别后事，到了天明，送你登程便了。”狄青不敢违背母命，是夜母子姊弟，说说谈谈，不觉天已发晓。狄青一心牵挂着征衣，又恐防张、李二弟找寻不着，故差张文姐丈，前往军营，通知信息。说明一红脸的名唤张忠，一黑脸的名唤李义，他二人是吾结义兄弟，有烦姐丈前往言明，以免他们找寻。张文领诺，登时抽身出门，行走不及三箭之途，将近军营，只见一位红脸大汉，踩步而来。张文迎上前欠身问道：“将军可是姓张么？”张忠住步说：“是也，你这人一面不相识，问我何干？”张文道：“将军可是张忠否？”张忠喝道：“你是何等之人，敢问我姓讳么？”上前一把抓住。张文道：“将军不必动恼，我奉狄王亲之命，前来寻你。”张忠听了道：“狄王亲今在哪方？”张文将情由一一说知。张忠听了，即忙放手不及，笑道：“多有得罪，望祈原宥！狄钦差一命，又多亏张兄保存，实见恩德如天，待吾叩谢便了。”正要下礼，张文慌忙扶定道：“张将军，小弟哪里敢当，且请到前边弟舍相见如何？”张忠道：“前边一带高檐之所，是尊府么？如此，兄且先回，待弟找寻李义兄弟一同到府便了。”张文道：“李兄哪里去了？”张忠道：“亦因不见了狄哥哥，故我二人分途寻访，不知他找寻到哪方去了，待我去寻他回来。”张文道：“如此，小弟回去等候二位便了。”

慢表张文回归告知狄青，却说张忠寻觅李义，东西往返，已是日出东方。只见前途远远有人叫喊哭泣，驻足远观，但见前面有三十余人，都是青衣短袄。又见后边马上坐着一人，横放着一个妇女，犹如强盗打劫光景，拥向前来，那女子连呼救命。张忠一见，怒气顿生，抢上几步站定，大喊一声：“狗强盗，休得放肆！目无王法，抢夺妇女，断难容饶的！”一众闻言，犹如雷声响发，反吓了一跳。只见他一人，哪里放在心上，便蜂拥上前，动手打他，却被张忠一拳一脚，打得众人躲的躲去，奔的奔逃。张忠将马上人拉下，扶定妇女站立一边，一连几拳，打得那人疼痛不过。又喝道："狗强盗，怎敢青天白日之下，擅抢人家妇女，难道朝廷王法，管你不得么？打死你这贼奴才也不为过。"那人喊道："大王爷，勿要打我，望乞宽饶。"张忠喝道："你是什么样奴才？说得明白，饶你狗命。"那人叫道："大王爷，且容我说明：吾本姓孙，世居前面太平村，哥哥孙秀，在朝职为兵部。我名孙云，号景文。"张忠喝道："你这奴才，就是孙兵部弟兄么？"孙云道："是也，且看我哥哥面上，饶了我吧。"张忠喝道："看你哥哥面上，正要打死你这个畜生！"孙云道："大王，恳乞饶命！不要打我，以后再不敢胡为了。"张忠冷笑道："你没眼珠的奴才！我不是强盗，为何呼我大王爷。我且问你，这女子是哪里抢来的？说得明白时，便饶你性命，若是含糊，登时活活打死。"孙云未及开言，旁边妇人哭告道："奴家在前面村庄居住，离此不过三里。丈夫姓赵，排行第二，耕种度日。这孙云倚着哥哥势头欺人，几番前来调戏，强要奴家作妾，丈夫不允，前数天暗使几人，将我丈夫捉拿了去，如今还不知丈夫生死，今晨天色未明，打进妾家，强抢了我，喊叫四邻，无人援救。今得仗义英雄，援救奴家，世代沾恩！"张忠听了，怒气倍加，道："竟有此事，真乃无法无天了，可恼，可恼！奴才，你拿她丈夫怎样摆布了？"孙云道："英雄爷，不知何人捉她丈夫，休得枉屈我。"张忠听了，喝声："你不知么？"一拳打在他肩膀上，孙云叫痛，抵挨不过，只得直言道："收禁在府中。"张忠道："既在你府中，放他出来，方才饶你。"孙云哀恳道："望英雄放吾回去了，就将赵二放回。"张忠道："不稳当，放他出来，方才饶你。"孙云只得大呼躲在林中之人，急急回府，放出赵二。众虎狼辈，多已跑散，单剩得家丁孙茂、孙高远远躲开，吓得魂不附体，又不敢上前救解，探头探脑地听瞧。一闻主言，连忙跑回府中。

这边张忠拔出宝剑，喝道："孙云这畜生，你哥哥是个行为不法的大奸臣，与我等忠良之辈，结尽冤家，你这狗囊，应当行为好些，以盖哥子之愆，缘何倚势凌人，藐视国法，强抢有夫妇女，该当斩罪！”孙云苦苦恳求，声声饶命。正在哀恳之间，孙高、孙茂拥了赵二郎前来，哭叫道：“将军老爷，吾即赵二郎，请将军饶了孙二爷吧！”张忠冷笑道：“你是赵二郎么？”那人说：“小人正是赵二。”妇人也在旁边说道：“官人，吾夫妇亏得此位仗义军爷救援，才得脱离虎口，理当拜谢。”赵二道：“娘子之言有理。”登时下跪，连连叩首。张忠道：“不消了，你被他拿到家中，可曾受他欺侮否？”赵二道：“将军爷不要说起，小人被他捉去，不胜苦楚，将我禁锁后园中，绝粮三日，饥饿难熬，逼勒我将妻子献出。小人是宁死不从，被他们日夜拷打，苦不可言。今日若非恩人将军救拔，小人一命看来难保了。”张忠听罢，言道：“你既脱离虎口，且携妻子回去吧。”赵二道：“将军爷，今宵我夫妇虽蒙搭救，得免此祸，只虑孙云未必肯甘休，我夫妻仍是难保无事的。”张忠说：“既是如此，你且勿忧，待我将这狗畜类一刀分为两段，为你除了后患。”

张忠将孙云大骂，方欲动手，只听得后面一声喝道：“休得猖狂，我来也！”张忠回头一看，只见一大汉，一铁棍打来。张忠急用剑架开，左手一松，却被孙云挣脱了，孙云即呼孙高、孙茂道：“二人在此打听，这个红脸野贼，是何名字，哪里来的，速回报知。”二人领命。当时孙云满身疼痛，一步步跑回家中。

且说张忠一剑架开铁棍，大怒喝道：“你这奴才，有何本领，敢与我斗么？”那人大喝道：“红脸贼，你老子行不更名，坐不改姓，我名活豹，诨名飞天狼。你这奴才，本事低微，擅敢将吾孙云表弟欺弄么？你且来试试俺的铁棍滋味，立刻送你去见阎王老子去。”言未了，铁棍打来，张忠急将宝剑相迎，各比高低。赵二夫妻在旁，巴不得张忠取胜，方能保得夫妻无事而回，倘或红面汉有失，就难保无虞了。夫妇一边私言暗祝。若说张忠本领，原非弱与飞天狼，但这护身宝剑太小，不堪应用，飞天狼的铁棍沉重，势将抵敌不住，即大喝道：“飞天狼，我的儿，果然厉害。赵二郎，我也顾不得你了．快些走吧！”他便踩开大步，望前而奔。潘豹哪里肯放松，大喝道：“红脸贼，我定要结果你的狗命！”说着一程追去。这张忠飞奔而逃，喝道：“潘豹，我的儿，休得赶来。”

不说张忠被他追赶，且表当下赵二夫妻，心惊胆战，妇人说：“官人，你虽无力，也该相助，跑去看看恩人，吉凶如何。若有差池，我夫妻该避脱虎穴，方免后患。”赵二道：“娘子之言不差，你且躲于树林中，我即转回。”言罢，飞步赶去。

先说赵娘子躲在树林之内，遍身发软，早有孙茂、孙高看见，孙茂道：“你看赵娘子独自一人在此，我与你将她抢回府去，主人必有厚赏。”孙高听了大喜，二人向前，不声不响，背了妇人就走。这妇人惊慌叫救，那孙高背着他言道：“你喊破喉咙，也不中用的。”一头说，一路奔。可怜赵娘子喊叫连声，地头民家，知是孙家强抢，无人敢救。

此时将近太平村不远，真乃来得凑巧，前面来了离山虎李义。他与张忠分路去找寻狄青，寻觅不遇，一路看些好景，又无心绪。忽一阵风吹送耳边，只闻姣声喊哭，甚觉惨然。抬头一看，远远一人，背负了一女人，后面一人随着，飞奔而来。离山虎大怒，使出英雄烈性，大喝道：“两个畜生哪里去！清平世界，擅敢强抢妇女！”提拳飞至，孙茂喊声“不好”，拔脚飞跑。只有倒运的孙高，背负女子走不及，丢得下来，被李义拉定，挣走不脱。妇人坐在地上痛哭。李义问道：“你这妇人，是哪里被他抢来的？这两个奴才怎样行凶？速速说明。”当下妇人住哭，从始至末一一告知。李义听了，怒目圆睁，大喝道：“奴才！仗了主人的威势，擅自行凶，今日断难容你，送你归阴吧。”说完，倒拿住孙高两条大腿，他还哀求饶命。李义哪里睬他，喝道：“容你这贼奴才不得！”双手一开，扯为两段，笑道：“爽快人也！”当时妇人慢慢上前，深深叩谢，李义摇头道：“你这妇人，何须拜谢，你丈夫哪里去了？”妇人道：“将军爷，奴家丈夫只因红脸英雄斗败了，被飞天狼追赶，丈夫前去看他吉凶如何？小妇人亦不知追到何方。”李义道：“如此说来，是吾张哥了。但从哪条路去？”妇人一一说明，李义听了，心中着急，抛了妇人，一程赶去。这妇人仍从旧路一步步地慢行，不免心惊胆战。

慢表孙茂逃回家中报信，且说当日张忠被飞天狼追赶得气喘吁吁，幸得李义如飞赶到，呼道：“前面可是张二哥否？”张忠只恨逃走得迟慢，哪里听得后头呼唤之声？那赵二郎一程追去，慌慌忙忙，正在四方瞧望，欲寻个帮助之人。一见黑脸大汉赶上呼唤，心中大喜，说道：“好了！救星到了！”

不知李义赶来，救得张忠否，且看下回分解。

第二十七回

因心急图奸惹祸　为国事别母登程

却说潘豹只顾追赶张忠，哪里顾得后面有人赶上，却被李义飞趱上数步，一刀望他顶门落下，喝道："贼徒狗命活不成了！"飞天狼喊了半声："痛死也。"一颗首级，砍落尘埃，头东身西。李义呼道："不中用的东西！强狠什么！"便将刀穿上飞天狼的首级，一路赶上来呼道："张二哥不要走！"张忠被飞天狼赶逼昏了，呼道："贼奴才，休得追赶！"口中喊叫，飞奔而逃，李义赶上，夹领伸手抓定，张忠回头，喝道："毛贼还不放手！"李义道："同伴合伙，还唤毛贼么？"张忠方知是李义，问道："三弟，你从哪里赶来？"李义放手道："二哥，你这等没用，日后如何出师对垒？"张忠道："三弟，我斗此人不过，只因宝剑太轻，不称使用，却被他赶得逃走无门。"李义刀尖一起，呼道："二哥，你观此物是什么东西？"张忠一看是首级，笑道："三弟，你的本事胜于愚兄了。"李义道："这一毛贼，如今凶不得了。"说完，将刀一撇，首级撩去丈余。李义又呼道："二哥，这班奴才如此凶恶，白日抢夺妇女，不知是何等样的恶棍。"张忠即将孙云借势为恶一一说明，李义听罢，带怒喝道："可恶奴才，借着哥哥势头，欺压善良，真乃目无王法了。"

言还未了，赵二到来，欣然道：“二位将军爷，小人夫妻得蒙搭救，且请到茅舍，受我夫妻拜谢，尊意如何？”张忠道：“这倒不消，我二人有国事在身，耽搁不得。但你的姓名，我却忘了。”他道：“小人名叫赵二。”张忠道：“马上挣逃去的人是孙云，乃孙兵部之弟，后来救孙云的是何人，你可认得此人否？”赵二道：“他是孙云中表之亲，诨名飞天狼潘豹，平素如狼似虎，本事高强，与孙云交通为恶。倚恃官家势力，欺凌乡里，人人受害，个个生憎。”李义道：“二哥，若论孙秀，是我狄哥哥仇人，他的兄弟如此不法，这还了得！不若我二人到太平村，杀尽孙家满门，方才出得这口怨气，好使百姓安宁，方显得我等胆量。”张忠道：“三弟主见不差，去吧。”赵二道：“二位将军，动不得的。若杀孙云，不独我们夫妻性命不保，即本地百姓，也要累及了。”李义道：“我们杀了孙云，乃与民除害，缘何反害了地头百姓，此何故呢？”赵二道：“若将孙云杀了，朝中孙兵部得知，二位将军已去了，他奏闻圣上，地头百姓，必然尽被其害。”张忠道：“不妨，我二人乃狄王亲部下副将，今奉旨解送征衣，前往三关。今日倘杀了孙云，禀明狄王亲，自然拜本朝廷。圣上知道为国除奸，保安黎民，必然追究孙兵部恶弟，在家借势横行，立时加罪，攀倒了孙兵部，地方上自然永保太平了。”赵二听罢，大喜道：“如此小人引路便了。”

当日张忠、李义随着赵二行了不上二里，驻足指道：“前面一带高大墙门，便是他的府第了。”李义道：“你且等在这里。”二人一人提剑，一人执刀，一同跑到孙府门外，喝道：“孙云我的儿，你仗了孙秀之势，强抢有夫妇女，这等无法无天。今特来取你脑袋！我二人名唤张忠、李义，随同狄钦差大人，解送征衣到三关上去，今日路见不平，拔刀相助。你这狗奴才，即速出来受死，若再延迟，吾二人就杀进来了。”当下守门人飞报孙云，孙云大惊失色，连说：“不好了！他杀了飞天狼表兄，料必厉害，众家丁哪里是他对手！”吩咐速速关门。

家人大小吓得魄散魂飞。

幸得有位西席先生，名唤唐芹，乃教训孙云儿子孙浩的。唐芹道：“东翁不用慌忙，古言柔能克刚，待晚生出府，以柔制他，管叫两位粗豪，转刚为柔而退。”孙云道：“先生出去，倘被他们杀将进来，如何是好？”唐芹道：“晚生包得不妨。”便叫家人开了府门，一见就招呼道：“二位将军，请息雷霆之怒。”二人问道：“你是何人？”他道：“小人叫唐芹。昨闻狄钦差大人解送征衣，迤逦行来，不啻一路福星，更兼帐下张、李二位将军，乃英雄盖世，安民保国，相与布化，到处均沾德泽。”唐芹要解劝二人，自然要奉赞他几句。二人冷笑道：“我们原与国家效力，意在收除刁奸恶棍。”唐芹道：“二位将军之言是也。二位原是当世英雄，要到边关立战功的，那孙云没用东西，何足轻重，杀之不费吹灰之力。杀便杀了，但杀之污了器械，二位将军，饶了他如何？”张忠喝道：“休得多言！这孙云可恶，不守王法，强抢有夫之妇，捉得丈夫，几乎弄死，岂得轻恕！不须多说，速叫他出来纳命！”唐芹道：“二位将军是明理之人，岂不知孙云是个村愚俗汉，不读圣书，不明礼法。皆因表亲飞天狼不好，教唆他行此坏事。如今这恶徒被二位杀了，谅孙云再不敢胡行了。望祈二位将军赦他，老汉再不令他蹈前辙了。”张忠道：“本当赦他强抢妇人之罪，但他哥哥孙秀，乃狄王亲仇人，断断饶他不得。”唐芹道：“二位不知其详，若说孙兵部与孙云虽是弟兄，岂知两不投机，犹如陌路一般。故兄官居兵部之职多年，孙云没有官做。况且冤有直报，德有德酬，狄钦差与兵部有仇，理该去寻兵部算账，若将孙云抵折，岂不屈杀他，请二位将军恕了他吧。”李义听了，道：“孙云果与孙秀不投机么？”唐芹道：“老汉怎敢欺瞒二位将军。”张忠道：“三弟，我们原与这孙云无冤无仇，不过一时气愤。况冤家乃孙秀，他既与兄不睦，且饶了他吧。”这时李义气已平了，便道：“走吧！”二人踩开大步走了。唐芹喜道：“好不中用的莽夫！来时雄赳赳的样子，不烦老汉舌尖几点，一阵烟去了。”

当时唐芹进内，将言对孙云一一说知，孙云听了唐芹之言，不觉怒从心上起，恶向胆边生，说道："原来这班狗党畜类，与哥哥为仇，我孙云倘不害他，终有一日被他们害了。欲保全孙家免祸，不如先下手为强。"想定一计，暗弄机关，瞒着唐芹，回到书房，写下密书一封，取出五百两黄金，明珠四颗，打发一个心腹家人，名唤孙通，将书并金珠物件，吩咐如此如此，速去速回，不许泄漏，回来重赏。孙通领命而去。要知孙云用计，下文自有交代。

却说两位莽英雄不杀孙云，依原路而回，赵二一见问道："将军，未知孙府中被杀得如何？"张忠想道，一盆火性承应去杀人，焉好说出一个也不曾杀得之话？只道："孙云已被我一刀割下脑袋了。"李义接言道："杀得干干净净，鸡犬不留，快些寻你妻子回去吧。"赵二称谢不尽，叩头起来，往寻妻子回家不表。却说李义道："二哥，可曾寻着狄哥哥？"张忠道："早已寻着了。"李义道："既已寻着，方得心安。"张忠又将狄青会母，飞山虎行刺，反被降服，一一说明。李义听了此言，拍掌笑道："原来狄哥哥母子重逢，姐弟叙会，真乃可喜。我二人同往拜见狄家伯母，不知你意如何？"张忠道："且先回营中去，看看征衣，然后再去未迟。"

二人回营，见红日已有丈余高，是辰时中了。这时倏然黑云四布，日光顿蔽，李义道："二哥，你看天色像要下雨，如何是好？"张忠道："三弟，若非下雨，定然风雪，倘耽误在中途，征衣就过限期了。"李义道："二哥，算来批文御旨上，限期十三日解至关前，今日已是初二了，还有十几天途程，不知可赶得及否？"张忠道："前六载，吾曾由本省至陕西一次，若一刻不停步，决不致误了限期。"李义道："限期过了无碍，有太后娘娘谕札，难道杨元帅不谅些情么？"张忠说："倘迟三两天，杨元帅未必执责吾狄哥哥，只忧天下雨雪，军士受苦，我们去催促哥哥登程便了。"李义道："张文家中，我却不认得。"张忠道："贤弟勿忧，愚兄得知。"

当时吩咐军士造饭，好打点登程，弟兄一同来到张文家中，张文迎接进内，见了狄爷，两人同道：“狄哥哥，你今天母子重逢，同胞完叙，弟等特来拜见。”狄爷道：“二位贤弟，且先请坐。”遂进内禀知母亲。老太太大喜，传请二位英雄进内堂。狄青引路，张文在后，二人一见老太太，纳头叩拜，老太太双手挽扶道：“二位贤侄请起，我儿前日飘荡到汴京，他乡落魄。得蒙二位周旋，使老身感激不尽。可恨众奸结党，设计施谋，今又保奏我儿解送征衣，在仁安县几乎被害。如今出了潼关，安保无虞，全仗二位贤侄照应，老身铭感殊深。”二人道：“伯母大人言过重了。”当下二人告坐，狄爷与张文陪吃过茶，老太太道：“贤侄，今日奉解三十万军衣，非同小可，我儿为正解，你二人本不相干，蒙结义为手足，全仗二位贤侄，一路上小心保护，老身才得放心。”张、李道：“小侄自然关心检点，因程途不过所差十一二天了，老伯母且请宽心。”张文又对狄青道：“贤弟久别初逢，理当谈谈别后事情，流连数日，无奈限期迫促。且待交卸了征衣，再来叙话便了。”狄青道：“深感姐丈美情，母亲在府，全仗照管。”张文道：“这也自然，何须挂虑。”狄青道：“倘刘庆来时，教他早到边关。”张文应允。

言语间早膳到来，四人用过，只为行色匆匆，离别言辞，尚难尽谈，张忠、李义哪有工夫说出孙云的话来，是以当时众人尚未知情由。狄青又进内辞别姐姐，彼此谈几句分离之话，然后转出，拜别母亲、姐夫，张忠、李义也辞别老太太、张文，出门而去。当日老太太若不见儿面，倒也罢了，母子离别多年，才得相逢，即时别去，未免心酸。但因迫于王命，不得不天各一方，只有张文夫妇安慰不表。

单表狄钦差与张忠、李义二人回至营中，众将士纷纷迎接。狄爷传知众将兵，本官已用过早膳，如今立刻登程。众军士领令，拔寨起程，狄青仍是身披甲胄，骑上现月龙驹，张忠、李义也坐上高骏骅骝马随侍。两旁数十辆车，征衣在前，粮草在后。不想是日果然天昏地暗，雨雪霏霏，一连四五天，寒风凛凛，众军士着急。张忠道："我们大抵要停顿了。"狄爷道："贤弟，今天已将晚，寻个地头屯扎便了。"

不知路途上征衣有无阻隔，且看下回分解。

第二十八回

报恩寺得遇高僧　磨盘山险逢恶寇

当日众兵将三千军马，冒着风雪而走，张忠马上叹道："苍天，何不方便数天！"李义道："二哥，果然有此大雪，何不待我们到了边关再下，纵使下到明年也何害？"

次日，狄爷传知军士各换上油衣，并将油套裹在车辆之上盖好，弟兄三人也用上雨笼折子，仍复催趱前进。雨雪交加，狄爷思算程限不多，只得三四天，如若多耽搁一天，就违一天限期。虽有几封客书倚靠，到底以不违限期为妙。是以雨雪虽大，日则兼程趱赶，夜方屯扎，一连三天，众军士滑足难走，叫苦悲嚎，颇有怨言。狄青对张忠、李义道："二位贤弟，今天雪比往常倍加，军士们声声呼苦，于心何忍。无可奈何，只得暂且停扎，待雨雪小些，再行前进便了。"张忠道："此地一片荒郊，在此屯扎，恐有不测，须要寻个稳固地头安顿才好。"狄爷道："二位贤弟暂且停车，待吾往寻个好地段安扎。"张、李允诺。李义道："哥哥寻了地段，速速回来。"狄青点首，即提金刀拍马而奔，一瞧四处荒冈野岭，好似一片银河。计到三关，路途差不多有三百里，原望两天到得三关，交卸了军衣，消了御旨，方可了事。岂料连天雨雪纷飞，军士叫苦，目击情形，顿增愁闷，只得安屯，把限期耽误了。想来耽误了限期，杨元帅军法虽严，自然看太后情面，还有几封书暗助，料得杨元帅决不加罪于我。

一路思量，策马往寻，岂知龙驹跑得快捷，不知不觉已有二十里路程。隐闻远寺钟声传来，狄青见是一座寺院，十分高兴，不觉满心大悦道："这个地方，可以停屯了。"想罢，迎着雨雪，复加鞭而走，奔至山门首，只见石狮东西对立，左种松，右栽柏，山门朱油红漆，直竖金字牌，是"报恩寺"三个大字。狄青跑进头门，下了龙驹，内厢走出两位僧人，笑容满面，年方四十上下，合掌曲背，呼道："狄贵人老爷，我家师父知大驾到来，故打发贫僧在此恭候。难得果然是贵人到来，方见家师之言可信，且请至里厢叙谈。"当下一人牵马，一人引道，代狄青拿着金刀。狄青听和尚之言，觉得奇怪，素未晤面，先知姓名，真乃令人疑惑难猜。

到了内厢，就有一位老和尚下阶相迎，但见他貌古神清，三绺长须，双目湛澄，挂一串珊瑚念珠，手执龙头杖，身高九尺，腰圆背厚，宛似天神下凡。狄青见他前来迎接，想他定是有德行高僧，不敢怠慢，先打了一躬。那和尚只两手略略一拱，道："王亲大人，何须拘礼。"狄青一想：本官深深打躬，这和尚只拱手而答，必然是个大来头的和尚了。便开言道："请问老和尚法号、年纪？"老僧道："大人请坐，待老僧上告一言，老僧法名圣觉，问年纪，自唐至今三百八十五年了。"狄青道："如此，老和尚是一位活佛了。"和尚道："王亲大人，老僧的父亲乃唐朝尉迟恭，吾俗名宝林。"狄青听了言道："原来大唐天子驾下，尉迟老将军的后裔，小将不知，多有失敬之罪了。"和尚道："王亲大人休得谦恭，贫僧失于远迎，望祈恕罪。"狄爷道："哪里敢当！老师父既然是唐朝大功臣之后，因何作了佛门弟子？"和尚道："王亲大人，你也未知其详，只因大唐贞观天子跨海征东之日，老僧也随天子远征。岂料大海汪洋中，波浪大作，险阻无涯，君臣将士个个惊惶。当日天子志诚，祷告上天：若得波涛平息，能平服高丽，回朝情愿身入佛门，潜修拜佛。祷告才毕，果然波浪平静，安渡东洋。后来征服东辽，班师归国，我王不忘此愿，要去潜修佛道，有王亲御戚文武大臣，多方劝谏，万岁乃天下之主，臣民所瞻依，岂得潜修佛教，效愚民所为。我王说，君无戏言，况祈许上天之语，不依众臣所谏。当时老僧自愿代圣修行，我王大悦，即于此处，敕赐建造报恩寺，是如此来头。”狄青道：“原来有此缘由，足见老师父忠心为主，真是万世留芳。今下官尚要请教老师。”和尚道：“大人意欲何为？”狄爷道：“下官只为奉旨解送军衣，前往边关。哪知这几天雨雪纷飞，军兵苦楚，又无地安营，特到此欲借宝寺安屯一二天，若得雨雪一消，即行前进。”和尚摇首道：“不须借扎此地了。你们数十万征衣，全行失去，休想此处安屯了。”狄青变色道：“倘失去征衣，下官性命就难保了。”和尚道：“大人，这征衣来时还未失去，此刻恐已被人劫去了。然此乃定数，你且在此权宿一宵，贫僧有言奉告，大人不必惊心。有失自然有归，从中因祸得福，老僧断然不误你的。”狄青听了，心下惊疑，看来此僧清高超群，又言有失有归，因祸得福，想必定有奇遇，不免在此耽搁一天，明早再行吧。

不表狄青权宿寺中，与圣觉禅师叙话，却说杨元帅自真宗天子钦命镇守三关，只因杨延昭弃世后，朝中武将只存几位王爷，但年纪高迈，少年智勇者却稀。唯杨宗保年二十六七，袭了父职。后至仁宗即位，加封为定国王，敕赐龙凤剑，主生杀之权，三关上将士，专由升革，先斩后奏。他为帅多年，冰心铁面，军令森严。是日升坐帅堂，言道：“本帅自先帝时，已奉旨镇守此关，只因父亲去世，袭了父职，执掌兵符。此关平靖十余载，岂知近年来西戎连年入寇，兴动干戈，内有权奸当道，外有敌兵犯境，怎能坐享太平？屈指光阴，守关二十六载，自西戎兴兵，争战多年，本帅止有保守之能，而无退敌之力。目下隆冬冰雪之天，帐下军士数十万，专候军衣待用，连连有本回朝催取，不料此时还未解到。前日正解官有飞文到来，说在仁安县驿中，被妖怪将副解官摄去，本帅犹恐有弊端欺瞒，是以飞差查探，不料果有此事，已经奏本进朝去了。但限期一月，今日已是二十八天期，因何征衣御标不见到来。狄青既为钦命之臣，定知隆冬兵丁苦寒，早该急趱程途到关，为何耽误限期，可怜数十万兵丁寒苦，实是惨伤。”杨元帅公位在中央，左有文职范仲淹，官居礼部尚书。右坐武将杨青，年高七十八，仍是气宇轩昂，年少时已随杨延昭身经百战，两臂膊犹如铁铸之坚，曾经见二虎相争，被他力打而服，故人称打虎将，官封无敌将军。还有多少文官武将，都在帐外东西而列。当时范爷见元帅嗟叹，微笑道：“元帅不必心烦，圣上命狄青解送军衣，决不敢在中途延误。况今限期未到，何须过虑。”元帅道：“范大人，如此天气阴寒，兵丁惨苦，倘或被他再耽迟三五天，可不寒坏了众军。”范爷道：“元帅，这狄青既为朝廷御戚，岂不体念军士寒苦，或于限内到关，也难定论。”元帅道：“范大人，狄青既然奉旨，限了军期，莫非仗着王亲势力，看得军士轻微，故意耽误日期。”杨老将军笑道：“元帅，说哪里话来？如此连天雨雪，三十万征衣，车辆数百，途中好生费力。定然雨雪阻隔行程，如要征衣解至，除非雨止雪消。”元帅道：“老将军，若待雪消衣到，众军士已冻死了。”范爷道：“元帅既不放心，何不差位将官，到前途去催，不知元帅意下如何？”元帅道：“大人之言有理。”元帅正要开言，只见部下一将匆匆跑上帅堂，身长九尺，背阔腰圆，面如锅底，豹头虎目，上前打躬道：“元帅，小将愿领此差。”一声响震如雷，此人乃焦赞之孙，名唤焦廷贵。元帅道：“焦廷贵，本帅着你往前途催趱征衣，限你明日午刻回关缴令，如违定斩不饶。”焦廷贵手持短刀，身乘骏马，带上干粮火料，离关飞马而去。

此话暂停，且说三关之内，相离一百里之遥，有座磨盘山，山上有两名强盗，乃嫡亲手足。长名牛健，次名牛刚，强占此山已有一十二年，喽啰兵约有万余，粮草也足够三年之用，这两名强盗无非打劫为生，不想做什么大事，故杨元帅道他蝇虫之类，不介于怀。又有李继英自在庞府放走狄青，与庞兴、庞喜，踞了天盖山为盗。只因庞兴二人，心性不良，只得一月，李继英见他残害良民，难以相处，分伙而去，路经磨盘山，又结识牛家兄弟，他二人向与孙云有事相通。是日清晨，孙云有书送来，二人看罢，牛健道："原来孙二老爷要害狄王亲，叫吾劫他征衣，你意下如何？"牛刚道："哥哥，孙大老爷乃庞太师女婿，并且孙云前时向有关照，我们岂可逆他之意？况有金宝相送，有什么劫不得？"牛健道："劫是劫得，但这狄青与我们并无仇怨，劫了征衣，害他性命，于心不忍。"牛刚笑道："哥哥，若狄王亲往日与弟兄相交，今日也原难劫他的，妙在一向无交，正好行此事了。"牛健闻言，只得回了来书，白银五两，赏了来人，立时召集众喽啰，吩咐已毕，忙着人请来三大王李继英，牛家弟兄起位迎接。牛健笑言道："三弟，方才孙二老爷有书到来。只因孙大老爷与狄钦差有仇，如今狄青奉旨押解征衣到三关去，胡孙二老爷托着我们劫取征衣，使他难保性命。有劳三弟管守此山，我兄弟各带喽啰五千，下山去劫掠他征衣。"李继英听了，想了一番，摇首道："不可劫他征衣，这是朝廷之物。二位哥哥，休得听孙云之言，莫贪此无义之财才是。"牛刚道："三弟之言却像痴呆，哥哥不可听他之言。"继英又道："二位哥哥，那孙家乃是奸臣一党，奉承着奸臣，非为英雄，你二位果要劫掠征衣，我等就断了结义之情便了。"牛健闻言，怒形于色，二目圆睁，喝道："胡说，你是异姓之人，如何做得我们之主！"李继英想道：看他们如此，料想阻挡不住，不免待吾预先通个信息，叫狄公子准备便了。这继英带着怒容，气冲冲，单身上马，提了双鞭，匆匆而去。牛健弟兄也不相留，即时兴兵下山。

却说李继英到山入伙之时，只说是天盖山的英雄，牛家兄弟并不知他是庞府的家人，为私自放走狄青逃出来的。若知此缘由，必不对他说此事了。当日李继英冒着风寒雨雪，跑马如飞，岂知一来道途不熟，二来性急慌忙，走错了路途，故不能保得征衣。是以张忠、李义不知缘由，不得准备，这且不表。

却说牛健弟兄各带五千喽啰，留下二千守山寨，各执兵器，杀下山来。牛氏兄弟在此山为寇，已十二年，哪个僻静地头不熟，料想东京来必从此道经过，如今果然不出所料。原来上一天，张忠、李义等候狄钦差择地安营，岂知去久不回，张、李二人只得商量屯扎荒郊，埋锅造饭。

不知强盗杀来，是否劫得征衣，且看下回分解。

第二十九回

信奸言顽寇劫征衣　出偈语高僧解大惑

话说李义说道："张二哥，今天风霜雨雪已消了，但狄哥哥昨天往寻地方扎屯征衣，因何至今不见回来。待他一回，好赶到关了。"张忠道："三弟，我想这狄哥哥实有些呆痴，前数天一人独出，险些被飞山虎结果了性命。今日又不知哪里去了。"正言之际，忽有军士飞报："启上二位将军，前面远远刀枪密密，不知哪里来的军马，恐防征衣有碍，请二位将军主裁。"李义喝道："有路必有人走，有人马必持军器。我们奉旨解送征衣，谁敢动它一动，轻事重报的戎囊，混账的狗王八！"军士不敢再多言，去了未久，又来报道："启上二位将军，两彪军马杀近我营来了。"张忠、李义齐言："有这等事！"一同出外观看，果有两校军马，分东西营杀进，刀枪剑戟重重，喧哗喊杀，大呼："献出征衣。"牛大王五千喽啰，冲进东营，二大王五千喽啰，杀入西营，张忠、李义连呼："不好了！"即速上马，取家伙不及，李义拔出腰刀，张忠抽出佩剑，喝令众军抵敌强人。岂知牛刚、牛健的人马，分左右杀将进来，好生厉害。但闻高声叫喊："献出征衣。"张忠、李义心慌意乱，各出刀剑迎敌。张忠挡住牛健，李义敌截牛刚，东西争战，哪里顾得征衣，三千军士又不知喽啰多少，喊战如雷，早已惊慌四散，纷纷逃窜，各自保全性命去了。当下三十万军衣，及粮草盔甲马匹，尽数被劫上磨盘山而去。

再言张忠与牛健对敌，手剑短小，抵挡大砍刀不住，只得纵马败走。却被牛健追了三四里，幸得李继英遇见，一同奔来接战，张忠复回马，二人杀退牛健，也不追赶。

且说李义与牛刚大杀一场，亦因腰刀短小不趁手，放马败走。牛刚见他去远，不来追赶，带领喽啰回归山寨，却遇牛健，兄弟喜悦而回。先表李义败回，心中大怒道："可恨，可怒！不知哪里来的强盗，如此厉害。"又有败回军士聚集报道："启上将军爷，征衣、粮草、马匹，尽被劫去了。"李义一听，连声说："不好了！"又问："张将军哪里去了？"军士道："杀败而逃，不知去向了。"李义正在烦恼，张忠已至，又多出一个李继英，未明缘故。继英细细说知，方知磨盘山上的强盗受了孙云之托，来劫征衣。李义听了大怒，悔不当初杀却这奴才。又道："二哥，不若我们带了军士，杀上山去，夺取军衣回来如何？"张忠道："三弟不可，方才我二人已被他们杀败了，保也保不住，哪里夺得转来！"李继英道："军衣果在他山中，且待狄爷来时，再行商量吧！"李义道："你们且在此招集败残军士，监守空营，待我去找寻狄哥哥回来便了。"张忠道："焉知他在哪里，何方去找寻？"李义道："人非绳虫之类，身长七尺之躯，藏得到哪里，有什么找寻不到？待我去找回哥哥，将山中一班狗强盗一齐了决。"说完，怒气冲冲，加鞭而去。张忠与继英只得守了空营等待，也不多表。

且说磨盘山牛氏兄弟带了一万喽啰回到山中，将三十万军衣，收点停屯了，犒赏众喽啰，弟兄开怀乐饮，谈笑一番。牛健忽然想起，拍案说："贤弟，不好了，此事弄坏了。"牛刚道："哥哥，因何大惊小怪起来？"牛健道："贤弟，征衣劫差了。"牛刚道："到底怎生劫差了。"牛健道："三十万军衣，乃是杨元帅众兵待用之物，被我们劫掠上山来，杨元帅岂不动恼么？他关内兵多将广，经不得他差出大军前来征讨，我弟兄虽有些武艺，哪里抵挡得过他，可不是征衣劫坏了么？”牛刚听了，顿然呆了，连声说：“果然抢劫得不妙了。杨元帅震怒，必不甘休的，哥哥，不如今宵速速送回他，可免此患。不知你意下如何？”牛健道：“贤弟，这是你撺掇我去抢劫的，如今劫了回来，又叫我送回，岂不是害了我么？”牛刚道：“如今已劫错了。悔恨已迟。杨元帅大怒，他兵一到，这万把喽啰必不济事了。不若及早送还的妙。”牛健道：“我兄弟做了十余年山寇，颇有声名，劫了东西，又要送还，岂不倒了自己威名？而且被同道中人讥笑不智了。”牛刚道：“如若不然，怎生打算？”牛健道：“朝廷御标，杨元帅征衣，擅敢抢劫，还敢大胆送回，只可将脑袋割下送献，方得元帅允准。”牛刚道：“果然中了孙云之计了。”当时一个着急一个慌忙，思来想去，不住吃酒。到底还是牛健有些智略，呼道：“贤弟，我有个道理在此，我们不免连夜收拾起金银粮物，带了征衣喽啰，奔往大狼山，投在赞天王麾下，定然收录。若得西戎兵破了三关，西夏王得了大宋江山，你我做一名军官，岂不一举两得？”牛刚喜道：“哥哥妙算不差。”二人算计已定，传知众喽啰将征衣车辆数百，驾起推出山前，并粮草马匹，一齐载出。二人收拾财物，然后纷纷放火烧焚山寨，下山而去。

再说焦廷贵奉了元帅将令，匆匆来到荒郊，日夜马不停蹄，已是时交五鼓，寻觅钦差不到。他在马上思量：奉了元帅将令，催取征衣，岂知鬼也不遇一个。元帅限我明天午时缴令，如寻至天大亮，回关缴令，就来不及了。如今我不往远处找寻了，且进前边数里看看吧。于是他手持火把，不觉行了数里，猛然抬头一看，只见火光冲天，山丘一片通红。焦廷贵在马上道：“这座山乃磨盘山，山上两只牛，做了十多年强盗，从来没有一些儿孝敬我焦将军。如今山上放火，不免待吾跑上山去打抢他些财宝用用，岂不妙哉！”言罢，拍马加鞭，赶到山峰。只见寨中一派火光，哪有一人，便道：“两只顽牛都已走散，想是财宝一空了，下山去吧。”打从山后抄转，且喜明月光辉，天犹未亮，跳下山脚，有座驿亭，进内仍有明灯一盏。焦廷贵此时腹内饥饿，就将干粮包裹打开，食个痛快，解下葫芦，将酒喝尽，已是醉饱，且将马拴于大树下，打睡于驿亭中。

此言慢表，却说牛健、牛刚弟兄一路投奔大狼山，行至燕子河前，但无船只可渡，只得绕河边而进。到了大狼山，天色大亮，阳和日暖，雪弄冰散，吩咐众喽啰将军衣、车辆、粮草、马匹停屯山下，弟兄上山求见赞天王。有军士进内禀知其事，赞天王顿时升座金顶莲花帐，百胜无敌将军子牙猜对坐，还有左右先锋，大孟洋小孟洋坐于两旁。赞天王传令，速唤牛氏弟兄进见。牛氏弟兄进至山中帐下，同见赞天王已毕，仍然跪下。赞天王开言问道："你二人叫牛健、牛刚么？"弟兄二人说："然也。小人乃磨盘山上强民，乃同胞手足。"赞天王道："你二人既然在磨盘山为盗，而今到此何干？"二人禀道："启大王，小人久已有心要来投降麾下，愧无进身之路，幸喜得宋君差来狄青，解送军衣到边关，道经磨盘山，已被小人杀退护标将兵，劫掠军衣到来，投献大王。又有三年粮草，并财帛马匹，精壮喽啰一万二千，伏乞大王一并收用，小人弟兄，当效犬马之劳。"赞天王道："孤打听得朝中狄青乃一员虎将，况三十万征衣，岂无将兵护送，你弟兄有多大本领，杀退得解官，抢劫得征衣，莫非杨宗保打发来的奸细，欲为内应么？"二人道："大王，小人并非杨宗保打发来的奸细，现在磨盘山已火焚山寨，乃是有凭有据的。三十万征衣，余外金银，万余喽啰，马匹粮饷，都在山下，并没有丝毫隐瞒的。"赞天王听了，吩咐大孟洋下山去查明。大孟洋领命，立刻下山逐一检验讫，即回帐中禀知，赞天王方才准了，收录兄弟二人。一万二千喽啰注名上册，粮饷归仓，马匹归厩，金宝收贮了，又将三十万征衣散给众兵。这些西戎兵，多是皮衣裘裤，比了大宋军衣，和暖得多，是以众兵用不着，原封不动，待等狄青一到，原璧奉还。此是后话，也不烦方言。

却说狄钦差上一夜在报恩寺安宿，至次日早晨乃十月十三日，红日东升，急忙忙洗漱用茶已毕，就去告别老僧，圣觉禅师微笑道："王亲大人，征衣昨夜已失，但愿有归回之日，大人也不必介怀。如今贫僧有偈言数句相赠，大人休要见笑。此去便有应验。"狄青细思，这老和尚未逢面即知名姓，是个深明德性、潜修品粹的高僧，故一心恭敬，敬领偈言。当下这老和尚向袖中取出一柬，递与狄青，狄青双手接过，口中称谢道："得蒙老师指示，感德殊深。"将出柬来一看，有诗四句，诗曰：

匹马单刀径向西，高山烟锁雾云迷，
半途刺客须防备，莫教群奸逞意为。

狄爷看罢偈言，收进皮囊，又道："小将此去边关，不知吉凶如何？还求老师再指迷途，更见慈悲之德。"老和尚道："大人乃保宋大臣，纵有凶险，自能逢凶化吉，何须多虑。"狄爷听了道："老师妙旨不差，就此拜别。"早有少年僧牵出龙驹，狄爷坐上，执起金刀，出寺而去。

再说焦廷贵在驿亭中睡醒转来，一轮红日，早已出现东方，揉开二目，说道："不好了！"插回腰刀，拿起铁棍，急匆匆解下马，跨上征鞍。只为奉元帅将令，要是日午后赶回关中，杨元帅军令森严，一过期限回关即要领罚，是以焦廷贵睡醒，急忙忙地跑走。当时一心回关缴令，只碍着积雪结成冰块，一见太阳就消化了，马要快时，地滑难行。这焦廷贵生来性情躁急，说："不好了，我赶回关去，尚有七八十里路程，如今已是辰时，这马又行走不快，如何是好？罢了，不要坐这老祖宗，丢下它吧。"想完，忙跳下马，撇在路旁，不知造化何人，书中也难交代。

当下焦先锋一程踏冰跑走，反觉快捷，只见前面来了一位黑脸将军。原来此人乃是李义，一路找寻狄钦差，路逢焦廷贵，问道：“黑将军可见狄钦差否？”原来李、焦二位英雄的尊容，黑得不相上下，所以李义称呼他“黑将军”。焦廷贵见问，喝道：“你这黑人，擅敢与焦老爷拱手么？”李义道：“不瞒将军，吾乃狄钦差帐下副将，名叫李义，诨名离山虎的便是。”焦廷贵道：“离山老虎果然凶，吾今与你斗上三合，强似我者，才算你为离山虎，如怯弱于我，只算煨灶猫。且看铁棍！”言罢，当真打来。

不知二人如何交战，焦廷贵如何回关缴令，且看下回分解。

第三十回

李将军寻觅钦差　焦先锋图谋龙马

当时李义见铁棍打来，短刀架过，叫道：“将军休得动手，吾要寻觅钦差老爷，哪里有闲暇与你交斗！”焦廷贵道：“说了半天闲话，你今要寻觅哪个狄老爷？”李义道：“便是正解官狄王亲。”焦廷贵道：“他与你一路同走，一营同住，何用找寻？”李义道：“只因他昨日单身独马，觅地安营，至今未见他回转，故往找寻。”焦廷贵听了，喝道：“胡说！他既择地安营，怎说不见回转？吾奉杨元帅将令，催取征衣，你反言不见了正解钦差，莫非你得他钱钞，放他脱身走了么？”李义怒目喝道：“这狄钦差又没有什么罪名，怎说吾贪他财放他人走？你这人言来太狂妄了！莫非你暗中陷害了钦差性命，反向我们讨取么？”

当下两人一个言贪财放走钦差，一个言暗中图害他性命，二人都是狂妄粗蠢之徒，争论不休。少停，焦廷贵道：“吾今奉元帅将令，来催趱他军衣，怎说吾图害了钦差？倘你这鸟人，激恼了吾焦将军，就要动手了。”李义微笑道：“你来催取军衣，休得妄想了。军衣三十万已被磨盘山的强盗尽数劫掠去了。”焦廷贵道：“此话当真么？”李义道：“吾半生未说谎言，为此往寻狄钦差，前去讨取回来。”焦廷贵道：

“没用的饭囊，你还说去找那磨盘山的强盗么？如今山鬼也没有了，不知走散在哪一方，且请拿下吃饭的东西，去见元帅！”李义听了，吓了一惊，道：“不好了！既然强盗奔散，劫去征衣，不知藏在何处，狄钦差未回，怎生是好！可恼强徒，狄钦差性命休矣！”焦廷贵见李义着急，便道：“李将军不用着忙，既失了军衣，只求焦将军在元帅跟前讨个面情，元帅决不会计较了。”李义道：“焦将军，你休得哄我。”焦廷贵道：“谁哄你！”李义道：“如此，不如分头去寻觅钦差，倘遇狄钦差，焦将军须要对他说个明白，征衣虽然失去，幸喜军兵未有伤亡，现驻屯荒冈，要他速速回营定夺。”焦廷贵应允，各自分途。

却说焦廷贵虽是个粗莽之徒，心里倒有些主意，想道：这班强徒既烧了山林，毁了巢穴，又不见投到我关，定然劫了征衣，犹恐元帅发兵征剿，想来立身不定，投奔大狼山而去。正在一路思量，心中恼怒，忽然远远望见马上一员将官，真乃威风凛凛，金甲金盔金刀，盔顶上毫光隐现，便又想道：这员小将的坐骑，在冰雪堆中跑走如飞，更见马相如此奇异，一片淡赤绒毛，定是龙驹，不免打他一闷棍，抢夺此马，回关献与元帅乘坐，岂不美哉！焦廷贵打定主意，将身躲在一株大树背后，等待此将过来。

且说当日狄青别了圣觉僧，依他偈言，望西大道而奔，行了不觉二十余里。果见烟起路迷，封罩树林。狄爷自言道：老僧偈言验了，果然烟封林径。岂知此路是磨盘山后，山寨虽然焚毁，山后却顺着风，故烟锁山林。狄爷想道：既烟迷道途，定然有刺客了。犹恐被他暗算，即发动大刀，前遮后拦，闪闪金光飞越。焦廷贵在大树后，闪将出来一看，不觉呆了，想道：此人好生奇怪，难道知吾要在此打他闷棍么？一路而来，舞起大刀，劈前挡后，做出几般架势来。他的刀法紧密，哪里有下棍之处？一闷棍也闷不得他，不免做个挡路神吧。若不抢夺他马匹，不见老焦的厉害。想罢，即跳出迎面横棍挡住，大声喝道：“马上人休走，腰间有多少金银，尽数留下来！”狄青住马一观，原来乃一条黑脸大汉，手提铁棍，要讨金银。狄青亦不着恼，徐徐答道：“本官只有一人一骑，并无财帛，改日带来送你如何？”焦廷贵喝道：“你不遇我，是你造化，若遇了，路途钱定然要拿出来的。”狄青道：“身边实在没有钱。”焦廷贵道：“当真没有么？”狄青道：“果真没有。”焦廷贵道：“罢了！航船不载无钱客，你既经由我径，必要路途钱了。若果没有钱钞送我，且将此马留下折抵，便放你去路。”狄青道：“要本官的坐骑么？倘若不送此马，你便怎样处置？”焦廷贵道：“不容你不送。你若不送此马，我手中家伙强蛮了。”狄青道：“吾固愿送你，只因同行伴当不愿，如若同伴允了，本官即送你了。”焦廷贵道：“你伙伴在哪里？”狄青金刀一摆，大喝道：“狗强盗，此是本官的伙伴，今无别物相送，且将金刀送你作路途钱。”金刀连连砍发，焦廷贵铁棍左右招架，哪里抵挡得住，震得双手疼痛，大刀已将铁棍打下地了。大叫：“不好！真厉害！马上将军，饶恕了小将，休得动手。”狄爷冷笑道：“你今要钱钞马匹否？”焦廷贵道：“不要了，让你去吧。”狄爷道：“速速与本官送来路途钱，好待趱程。”焦廷贵道：“我既不要你的钱马，你反对我的路途钱，有此情理否？”狄爷道：“没有钱钞送上，定然不去。”焦廷贵道：“我不知你这俊俏人如此厉害，如今真的没有钱钞携来送你。”狄爷道：“既无钱相送，且将一件东西抵押，就趱程了。”焦廷贵道：“没有什么东西，也罢，且将这副盔甲奉送如何？”狄爷道：“不要！”焦廷贵道：“朴刀、铁棍送你吧。”狄爷道：“要它没用处，焉抵得你身上的好东西。”焦廷贵道：“这不要，那没用，难道我身边还有什么好东西么？”狄青微笑道：“休得胡说，只要你的脑袋。”焦廷贵喝道：“这东西实乃奉送不得。”狄青道：“这也何难，只消本官一刀撇下了。”焦廷贵道：“这东西实难送的，倘拿下送你，教我拿什么物件饮食？”狄青喝道：“既不肯将脑袋相送，本官伙伴强蛮了！”说着，提起金刀，正要砍下，焦廷贵慌了，高声喝道：“你这人不要错认我为强盗，我乃三关上杨元帅麾下焦先锋，你若杀我焦廷贵，杨元帅要与你讨命的。”

狄青听了此言，住手想道：边关有个焦廷贵，乃是当初焦赞之孙。想他既为边关将士，为何作此奸歹之事。即喝道：“你乃杨元帅麾下先锋，缘何在此做这般勾当？莫非你贪生畏死，假冒焦先锋么？”焦廷贵道：“哪里话来！我乃一个硬直汉，哪肯假冒别人姓名！”狄青道：“既非假冒，应当在关中司职，缘何反在此劫掠，这是何解！”焦廷贵道：“我奉元帅将令，催取狄钦差军衣。只因此乃关中众兵急需之物，限期已满，还不见军衣到关，限我午刻回关缴令。跑近此山，见此匹坐骑，甚是不凡，急欲劫回关中，送与元帅乘坐，此是实言。”狄爷道：“元帅差你来催取征衣么？本官乃是正解官狄青。”焦廷贵厉声喝道：“你是何等之人，胆敢冒认钦命大臣，罪该万死！”狄爷笑道：“一钦差官，有什么稀罕，何致冒认起来。”焦廷贵道：“你既是狄钦差，缘何一人一骑耍乐，却何以不见征衣？”狄爷道：“现屯在前途，不出二十里外的荒郊中。”焦廷贵听了大笑不已。狄爷道：“你发此大笑，是何缘故？”焦廷贵只是笑而不言。狄青道：“你这人莫非痴呆么？”焦廷贵道：“我虽则半癫半呆，只是你们管的征衣尽行失去了。”狄爷闻言，着惊道：“果然应了老僧之言了。”焦廷贵还在那里呼笑不休，狄爷道：“焦将军，你既知军衣失去，必知失在哪个地头所在。”焦廷贵道：“你追寻失衣的所在，莫非要我赔还你么？”狄青道：“非也，只要焦将军言明失却在哪方，我自有道理。”焦廷贵道：“失在大狼山赞天王贼营里边。朝廷差你督解军衣，应该小心防守，怎么尽数失了，反来诘问于我，还不割下脑袋来，往见元帅。”狄青道：“失去征衣，原是下官疏失。既然失落大狼山，我即单刀匹马立刻去讨回，岂惧贼将强狠。倘若缺少一件，也不算好汉。”焦廷贵道：“你这人好是痴呆的了！管也管不牢，还出此妄言，单刀匹马取回，你今在此做梦么？大狼山赞天王、子牙猜、大小孟洋，英雄无敌，且有十万精兵。杨元帅血战多年，尚难取胜，你这人身长不过七尺，一人一骑，不要说与他交锋，被他一唾，你也要淹倒了。休得痴心妄想，你若知权识变，早些听我好言，最好逃之夭夭，待我回关禀明元帅，只说强盗劫去征衣，杀了钦差，你即回去，隐姓埋名，休想出仕，以毕天年，方保得吃饭的东西。”狄青听了此言，不觉动恼，双眉一耸，二目圆睁，叫道：“焦将军休得小视本官。我岂惧怯赞天王等强狠，我自有翻山手段，管教他马倒人亡，才显得我狄青平生本领。”焦廷贵道：“我今听你说此荒唐之言，真乃要河边洗耳，不堪听的。”狄青道：“焦将军，难道你不知么？”焦廷贵道：“岂有不知，固知你是太后娘娘嫡亲内侄，但太后的势头压不倒西戎兵将。”狄爷喝道：“胡说！谁将势头来压制贼帅，本官在京刀劈王提督，力降龙驹马，赫赫扬扬，谁人不晓。今宵定必服了赞天王，单刀一骑，大破十万西兵。”焦廷贵道：“倘你杀不得赞天王，讨不转征衣，那时一溜烟走了，叫我老焦哪处去寻，实信不得你。”狄爷道：“我亦不与你斗弄唇舌，倘杀不得赞天王，愿将首级送你回关缴令。我倘讨回征衣，烦焦将军在元帅跟前与下官讨个情，将功折罪，可允准否？下官不知大狼山在于哪方，还要劳你指引。”焦廷贵道：“你果除得西夏将兵，即征衣失去，元帅也不敢加罪了。大狼山路程，小将更为熟识，如今不必多言，就此去吧。”说完，拾起铁棍，踏开大步而走，一双飞毛腿，不弱于狄青现月龙驹。

却说那焦廷贵是个痴呆莽汉，说话牛头不对马嘴。方才李义明说被磨盘山强盗劫去征衣，是有凭有据实事。他并不提起，反说征衣现在大狼山赞天王营中，此是焦廷贵见磨盘山放火烧尽，随便猜度猜度。不想果然被他猜准了，反助着狄青立下战功，这实乃出于意外。当日二人迅速前行，已有数里，前面燕子河并无船筏可渡。若对河能走，只得五里之遥，倘沿河周围而走，却有十多里。狄爷勒马，二人商量，只得绕着河边而走。幸喜龙驹跑得快捷，焦廷贵两腿如飞，一连跑了十里，其时日交巳刻了。相近大狼山不远，又只见远远一座高山，连天相接，密密刀枪如雪布，层层旗幡似云飘。又闻吹动胡笳，声声嘹亮，有巡哨的巴都军四山巡逻，许多番将驰骋如飞。狄爷看罢，呼道：“焦将军，前面这一座高山，一派旗幡招展，莫非即大狼山么？”焦廷贵道：“正是，只恐你今见了此山，魂魄已消了，还敢前往对垒争锋否？”

不知狄青如何答话，到山讨战胜败怎分，且看下回分解。

第三十一回

勇将力剿大狼山　莽汉误投五云汛

当下焦廷贵激消着狄青，狄青却不着恼，只道：“焦将军，休得多言，你且看下官去讨转征衣，才见我言非谬。”焦廷贵道：“你果能杀得赞天王，讨得回征衣，就算你有仙人手段。但我不能帮助你，只好远远在此树林之中等候。”狄青允诺，一连打马三鞭，飞跑到半山，高声喊道：“叛贼赞天王，抢掠了征衣，速速送还，万事全休，有胆的出来会我，否则本官即杀上山来了。”早有巡哨军进寨报知。是日赞天王与众将同在帅堂吃酒寻乐，吹番笛，唱番歌，正在热闹之际，小番进行跪报：“山下有一小将，单刀独骑，十分猖狂，要讨还征衣，与大王会阵。如无将士出马，他即杀上山来了，请速定裁。”赞天王道：“宋将有多大本领，如此狂言。他若讨取征衣，且还他便了。”子牙猜道：“不可，我自兴兵以来，威名远震，个把宋将，纵然强狠，岂可一朝示怯，还他征衣！”赞天王道：“孤这里众兵原不用这些征衣，还了他也无所损失的。”子牙猜道：“大王若将征衣还他，敌人只道我等惧战，畏怯于他，断然还不得的。”言未了，又闻报：“山下小将自称解官狄青，必要与大王见个高低，若再迟延，他就杀上山来。”赞天王道：“宋将如此猖狂，反要与孤家对敌，可恼，可恼！”传左右抬过兵器盔甲。

这赞天王生来面似乌金，两道板眉，豹头虎额，凛凛神威，狮子大鼻，口阔唇方，两耳长拖，眼珠碧绿而圆，海下花须，半如炭色。身长一丈二尺，声如巨雷，他乃圣帝跟前一大龟化身。穿挂上镔铁销甲，手持流金镋，骑上乌骓马，不异金刚神汉，实乃西夏国首位英雄。赞天王想道：孤家屡上沙场，未逢敌手，狄青单刀独骑杀来，取他首级，不费吹毛之力。如若多带兵丁，杀了他一人，反被宋人说我以众欺寡了。故赞天王不带一卒，拍马加鞭，一声炮响，冲下山坡。子牙猜、大小孟洋齐至山峰观看。

赞天王跑出山前，高持流金镋，大喝道："宋朝来的无名小卒，有多大本领，敢来大王额上捏汗么？速速回马，还可保全性命！"狄青道："番奴休得无礼，吾乃大宋天子驾前，官居九门提督，狄青是也。吾金刀之下，不斩无名弱将，快通上姓名。"赞天王道："孤乃西夏王御弟，今奉命为监军总督，赞天王是也。"狄爷大喝道："叛逆畜生，还不知我主嘉祐王，乃仁德之君，文忠武勇，屡次对你宽容，我主以悯惜生民为心，故不行征伐，是你造化。今又胆大将本官数十万军衣劫掠，今日断难饶你狗命。"赞天王喝道："狄青！休得妄夸大言，孤自兴兵七八载，百战百胜，杨宗保尚且不敢出敌，你乃黄毛未退的小儿，休来送死。况我国自唐末时，已世代称王，今日兵雄将勇，取你大宋江山易如反掌，且吃我一镋！"言未了，一镋打来，狄青金刀，毫光闪闪地挑开。若问赞天王身高一丈二尺，比狄青七尺之躯，虽则龙马高大，还比赞天王短了三尺多。他虽是刀法精通，然赞天王实力很大，狄青与他兵刃交锋七八合，觉得两臂酸麻，难以抵敌。斯时欲败而不可败，欲战又不能战，这焦廷贵在树林中，出头一瞧，高声大喊道："大狼山翻不转，赞天王杀不成，军衣讨不还，流金镋敌不过。"这几句话送到狄青耳边，激恼得他只得拖刀而走，赞天王拍马追赶。狄青心想：圣帝赠我的法宝，今日危急之际，不免试用起来才是。便勒住马缰，急向皮囊中，取出七星箭一支，呼念："无量寿佛。"登时祭起一道金光，飞绕空中。赞天王眼昏神乱，兵刃低垂，七星小箭犹如流星一般，嘤嘤作响。焦廷贵大呼道："好个戏法来了！"只听得空中一声响，宝箭飞射下来，金光四射，向赞天王头盔心射下，复飞起空中。此时赞天王痛得难当，马上翻身跌下。焦廷贵一见，飞步赶上，拔出腰刀，将头砍下，把发束住在铁棍上，踏扁钢盔，收藏怀内。狄青将手一招，收回七星箭。焦廷贵好生喜悦，道："不想你有此妙法，来弄倒了赞天王。这等看起来，打破大狼山却是容易了。"狄青道："焦将军自去收拾番奴首级。"焦廷贵答应道："且再收了子牙猜，收还征衣，攻破大狼山，回见元帅缴令吧。"狄青允诺，大呼道："子牙猜，我狄青在此，速将征衣献还，倒戈投顺，便饶你等狗命，若再延迟，我即杀上山来，不饶一卒。"

且说子牙猜见赞天王被他杀下马来，大惊道："不好！"番兵扛来铁铠，即刻上马，提持兵器。这子牙猜生得面方而长，淡青颜色，浓眉高竖，两耳张风，阔额大鼻，颏下根根赤短须，身高一丈余，臂力不亚于赞天王。只见他手执金楂槊，约数百斤沉重，乘上一匹追云豹，十分凶恶。当即带领一万番兵，一声炮响，飞奔杀下山来，大喝道："小小宋将，本事低微，用此邪术害人，有何稀罕！"狄青大喝道："来将可是子牙猜么？"子牙猜道："既知本先锋大名，还不献上首级，还敢多言猖獗，且看金楂槊！"当头打来，狄青大刀急架相迎。若论子牙猜力量，虽则次于赞天王，然而力气强于狄青。当日二员猛将，你一刀，我一架，杀得征尘四起，番兵喊声如雷。正在战杀之际，焦廷贵大呼道："不要平战，再变一套戏法，我又要割脑袋了。"

当时狄青眼看抵敌不住，虽然未闻焦廷贵之言，然而却有此意。于是左手架槊，右手向怀中取出金面牌带上，念声："无量寿佛。"焦廷贵笑道："如今不弄戏法，竟在此演戏了，狄钦差真乃趣人也！"子牙猜见了此法宝，登时昏了，目定口呆，手足低垂，金楂槊跌于地上。只听得半空中一声响亮，一阵霞光，子牙猜喊了一声，七窍流血，直僵僵地翻于马下。狄青一刀，枭去首级。焦廷贵大悦道："妙妙！戏文做得果然高！"一万番兵，吓得四散奔逃，狄青也不追赶。焦廷贵又将首级拾起，悬于棍上，仍踏扁头盔，塞于怀中。大叫道："狄大人已经收了二凶番，余人不足介意，快些杀散山番蛮将，取得征衣回转。"狄青收回宝牌，大呼道："杀不尽的鼠辈，快下山来，会吾祭刀！"当有大小孟洋吓得神魂不定，登时提刀上马，尽领十万番兵，众副将杀下山来。犹如山崩海倒一般，将狄青团团围困，喊声连天。狄青纵然武艺精通，但数十员番将，十万番兵，究竟非同小可。狄青飞动大刀，连杀番兵数百人，无奈兵多将多，不能杀出重围。焦廷贵远远瞧见势头不妙，挑起两颗首级，如飞跑去，要先回边关报知元帅，添兵帮助，此话慢提。

却说狄青被番将密密围住，左冲右突，杀得血染征袍，番将坠马者不少，众兵亦不敢逼近他马前。那狄青跨下现月龙驹，乃一龙马，异于寻常，见势危急，忽然大吼一声，吓得偏将与两孟洋的坐马纷纷跌倒，反将众兵踏死甚多。狄青趁此持大刀急劈，杀出重围而去。两孟洋与众将都吓一惊道："狄青这匹马，分明是马祖宗也。"只得吩咐小番，将两个尸骸抬上山去，令牛健弟兄好生成殓，保守山寨，自己带了十万兵，到八卦山去见伍大元帅，待他尽起大军与杨宗保算账，并捉拿狄青。当日一路旗幡招展，往八卦山而去，大狼山单剩牛健弟兄，一万喽啰把守。

且说狄青杀出重围，跑下山来，不见番兵追赶，放心住马。想来戎兵众盛，一人难以讨取征衣。息憩一会，又见大队军马，往山后远远去了，不知何故，即拍马又奔上山峰，大喝道："鼠辈！还不送转征衣，必要杀尽了才送么？"正在痛骂，牛健弟兄觉得惊慌，吩咐一万小兵放箭。狄青正在观望，只见箭如飞蝗骤雨，纷纷射来，将金刀舞动，纷纷抛下山中，一支也近不着他。但此时日短夜长，早已黄昏天气了。狄青心想：今天料难讨还得征衣，不如回营，明日再来讨索便了。

慢说狄青回营，先说焦廷贵棍梢上挑了两颗首级，喜色洋洋，来到燕子河边，绕河而走。这焦廷贵虽然走得快，然绕河而走，将有二十里，到了五云汛上，已是初更了。此时月色光辉如昼，一路想道：到得关中，请到元帅救兵，已来不及了，狄钦差胜负已见，不必急走回关，也不用枉费气力，不免先到五云汛上李守备衙中，不忧这官儿不请我焦老爷吃酒。想罢，转向五云汛来。只见守备衙门关闭了，只有巡哨兵丁，在此敲梆打鼓。更筹已是一更天，一对守备府提灯，甚是光辉。焦廷贵到了府门，大呼小叫，将门敲得犹如擂鼓，大喝道："门上有人在么？快些叫李守备出来迎接我焦将军！"当下惊动了把守门兵，跑出一瞧，只见一位黑脸将军，手持腰刀铁棍，挑着两颗人头，鲜血淋淋，好不害怕。不敢怠慢，呼道："此位哪里来的，到此何事相商？"焦廷贵开口就骂道："狗王八！我乃边关杨大元帅帐前先锋焦老爷，难道你不认得么？"这兵丁听了，惊吓不小，慌忙跪下道："小役不知将军爷驾到，望乞宽容免罪。"焦廷贵道："我又不来杀你，又不罪你，为何这等畏惧？好个胆小之人！只这两颗人头要卖，如今卖不去，速唤李守备出来买了。"这小兵诺诺而去，一重门一重门叩开，有丫头传进话来，守备李成听得大惊，忙与沈氏奶奶酌议道："边关这焦廷贵，呆头呆脑，不知哪里将人杀害，拿人头来强卖诈银子，若不将他招接，必有是非寻扰。"

这李守备妻沈氏，虽乃一妇人，却有些胆识。她胞兄沈国清，在朝现为西台御史，拜在庞洪门下，也是不法奸臣。李守备单生一子，乃沈氏所出，名唤李岱，父子同守五云汛。这李岱年方十八，习学武艺，目下已为千总武职。当下沈氏听了笑道："老爷休得惧怯，这焦先锋将人头发作，无非借端强取些东西。"李成道："他若要我的财帛，这就难了。"沈氏道："他是上司，老爷是下属，上司到来，理当迎接。

如他来要财帛，你只说我是穷乏小武员，实难孝敬。闻得此人是位贪酒之客，你且请他吃个醉饱，管教他拿了人头，远远到别方去发利市，也未可知。”

不知李成如何打发焦廷贵出衙，且看下回分解。

第三十二回

贪酒英雄遭毒计　冒功肖小设奸谋

当下李成听了沈氏之言，大喜道："贤妻高见不差。"即换衣冠，出至府堂道："不知焦将军夜深到来，迎接不周，卑职多有得罪。且请将军至中堂落座如何？"焦廷贵道："李守备，这两颗脑袋。你可认识么？"李成道："实认不得。"焦廷贵道："你真乃一个冒失鬼了，与我拿此宝贝去吧。"李成允诺，将双手接过铁棍、人头道："焦将军请进来。"焦廷贵进至内堂坐下，喊道："李守备，比如上宪来到你衙中，该当孝敬东西否？"李成道："该当孝敬的。"焦廷贵道："我今亲自到此，说什么周与不周的迎接，只明欺我好性子，难道你颈上多生一颗头么？"李成道："焦将军请息怒，如若将军常常来惯的，自然不时伺候，但将军忽然而来，卑职其实不知，伏唯谅情宽恕。"焦廷贵道："也罢，你既出于不知，不来多较。但我今夜杀尽大狼山敌人，如今要转回三关，尚有百里多路，未带得盘费，进不得酒肆，是以将两颗首级售与你，速将盘费拿出。"焦廷贵对李成说此蛮话，无非希图些酒食，李成心中明白，想道：他说什么杀尽大狼山，我想大狼山兵多将勇，他如此莽夫，焉有此手段。这两颗首级，不知哪个倒运的被他杀了，在我跟前夸张恐吓，即道："焦将军，你身无坐骑，怎说杀尽大狼山强盗，莫非哄我的。”焦廷贵道：“好个不明白的李守备，你岂不闻将在谋而不在勇，兵贵精而不贵多。为将者于军伍中畏怯而退，乃庸懦之夫，非英雄将也。”李成道：“大狼山赞天王、子牙猜、两孟洋，英雄盖世，更有十万雄兵，杨大元帅尚且不能取胜，焦将军只得一人，如何杀得尽他将兵？”焦廷贵冷笑道：“你言我杀不得西夏兵将么？这是赞天王的首级，此是子牙猜的首级，乃本先锋一手亲杀的，难道是我偷盗来的？好个不识货的李守备！”李成道：“果然是焦将军亲除此二巨寇，立此大功劳，实乃可喜可贺。但不知怎生杀法？还望将军说明。”焦廷贵道：“不瞒你，我一箭射倒赞天王，割下首级，一朴刀砍死子牙猜，取他脑袋，杀得大小孟洋十万西夏兵四方巡奔，杀得好爽快。”李成道：“请问将军，并无弓箭，如何射得赞天王？”焦廷贵喝道：“以下属盘诘上司么？多管闲账！”李成诺诺连声，不敢再问。焦廷贵道：“两颗人头，我要回关报功的，实不能卖与你。但我既到此，你是下属，今天怎生相待？”李成道：“卑职是个穷小守备，实难孝敬，只好奉敬三杯美酒，聊表微忱，且暂屈一宵如何？”焦廷贵道：“请我饮酒么？也罢，只要酒吃得爽快，便不深究余外的事了。”

李成诺诺连声，进内与妻相议道：“外厢焦廷贵说是箭射赞天王，刀砍子牙猜，现有两颗首级在此。我今欲思谋了焦廷贵，拿首级往见杨元帅，与孩儿李岱冒了此功。待杨元帅奏知圣上，定然父子加封官爵，岂不留名千古么？”沈氏听了大喜道：“老爷好高见！”即时传令众丫环，往东厨安排酒馔。那焦廷贵说话荒唐，哄着李成，将功冒认，称己之能，岂知弄出天大祸事来。

当夜李守备存心冒此功劳，故将蒙汗药放在酒中，焦廷贵是个贪杯的莽汉，见此美酒佳肴，畅饮大嚼，食尽不休，吃得东歪西倒，不一刻已遍身麻软，动弹不得。

李守备一见满心大悦，便对儿子说明，李岱是个胆怯少年，听了说道：“爹爹，此事行不得的，还要商量才好。”李成道：“我主意已定，还用什么商量？”李岱道：“爹爹，孩儿想这焦廷贵，乃是杨元帅麾下的先锋，倘或果然杨元帅差他出敌，立了功劳，而今爹爹弄死他，前往冒功，元帅不信，盘诘起来，一时对答不及，就要败露了。倘然机关一泄，此罪重大如天，那时父子难逃军法，反惹人耻笑，望爹爹参酌乃可。”李成听了冷笑道：“孩儿你真乃一痴呆人了。这是送来的礼物，焉有不受之理，我与你暗中杀了焦廷贵，神不知鬼不觉，拿了两颗首级到关，只言十三夜父子二人在汛巡查，只见赞天王、子牙猜在汛口上图奸百姓之妻，吾父子不服，吾一箭射死赞天王，你一刀杀了子牙猜，连夜拿了首级，特到辕门献功。杨元帅定然欢欣，自然申奏朝廷得知，稳稳一二品的前程，强如守备微员，无人恭敬，千总官儿，到老贫穷。”若问富贵荣华，谁人不妄想的。当时李岱听了父亲之言，竟如上梯一般的容易，其心已转，便道：“爹爹，此事要做得周密便好。”李成道：“有什么做不周密，杀了焦廷贵，便放心托胆，到三关去献功，轩轩昂昂，做位大员，好不快意。”李岱道：“爹爹既然如此，须要杀得焦廷贵暗秘才好。”李成道：“这也自然。你去取一条大绳，即将焦廷贵牢牢缚住。”李岱只是浑身发抖。李成骂道：“不中用的东西！这一点点的小事，就要发抖。”李岱道：“爹爹，这个勾当，孩儿实在没有做惯，故弄不来的。”李成道：“现现成成一人杀不来，如何上阵打仗交锋？”李岱道：“爹爹，所以孩儿只好做一个千总官儿玩玩。”李成道：“如此且闪开些，待我来！”李岱道：“爹爹，小心些，不要反被他杀了。”李成喝道：“休得多言！”即拿起尖刀，叫道：“焦廷贵，不是我今天无理；进禄加官，谁人不想，今日杀了你，休得怨我不仁。”

正言语间，不知为什么心也惊，胆也不定，两臂也酸麻起来。李岱在旁想道：我家爹爹有些硬嘴。便问道：“爹爹为何不下手杀他？”当时李成走上前两步，不觉胆破心寒，莫言下手杀人，连刀也跌下地了。李岱道：“爹爹何故呆呆不拾尖刀？”李成道：“我儿且来帮助我，一刻可成就此事。”李岱道：“儿已有言在先，此事我实在弄不来的。”李成道：“罢了，还是我来。”提刀不觉手软发抖，又是跌下，想道：莫非这焦廷贵不该刀上死，应该水里亡的不成？也罢，不免将他抛入水中便了。又等候了一会，已是二更时候，这李成恐防众人得知，事机泄漏，故待至夜静更深，丫环家丁睡去，外面兵丁人人睡熟，才叫守门的王龙开门，父子二人，取到棍索，把焦廷贵扛抬起来，出了府门。趁着月色，一路匆匆而走。沈氏在府中等候父子回来，想道：今夜害了焦廷贵，决无人知，倘明日父子辕门报此大功，杨元帅定然喜悦，差官回朝奏知圣上，岂不加官封爵，奴亦诰封，好不荣光。

慢言沈氏胡思乱想，却说李成父子急忙忙扛了焦廷贵，李岱道：“爹爹，将他抛在哪里？”李成道：“且到燕子河送他下去。”李岱道：“前面有山，涧中有水，抛他下去，纵使淹不死，也冻死他。”李成道：“此算倒也不差。”二人扛抬至山前，见这山涧，月光之下，约略深有丈余，却不知水之浅深。即将焦廷贵抛下，父子二人回转，岂期失手，连铁棍也跌了下去。

当时父子欣然跑归，仍是一轮明月当空。沈氏正在等候，且喜父子回来，尚有余馔，夫妻父子，吃过数盏，李成道：“夫人，这段事情，神不知，鬼不觉，我与孩儿拿了首级，连夜到关去献功如何？”沈氏道：“老爷，如此快些登程。”当夜李成拿了赞天王、子牙猜二颗首级，与儿子李岱上马出府。沈氏闭门安息。

话分两头，却说狄钦差杀出重围，走马如飞，来到燕子河边，已是月色澄辉。当夜狄青到了燕子河边时，乃焦廷贵束手待毙之际，故一事再分二说。这燕子河隔五云汛有十里程途，是日狄钦差下大狼山，不见焦廷贵，一到河边，方才想起大营在河那边。绕河边走，倒有十五六里，如何是好。只因已有一更时候，心急意忙，要赶回营中。但大水汪洋，无船筏载渡。正要沿河跑走，加上几鞭。岂料这龙驹闻言，直立不动，狄青道：“奇了！莫非龙驹思渡水不成！”

不意此马连点头三回，前腿一低，后尾竖起，嘶了一声，即要飞下河中。狄青扣定缰绳，便道："马儿下不得水也！一下水，你我不能活命了！"此马闻言，倍加纵跳，早已飞奔于水波上了。狄青紧挽丝缰，身不由己，只得随马下水。但见此马发开四蹄，在水面犹如平地。月照河中，马蹄跃水，金光灿辉。狄青初时也甚惊惶，及至到了水中，不觉大悦，笑道："妙妙！此马世所罕有，能浮水面，是奇见也。但是我在南清宫降妖，你出身原乃金龙化成马匹的，故仍善伏水性。"半刻工夫，已将狄青渡过燕子河，乘着月光，一程跑过数十个山冈。一到了荒郊大营扎屯之所，高声呼道："张忠、李义，二位贤弟可在么？"

原来当晚张忠、李义与李继英找寻不见狄爷，三人正在烦恼，征衣被劫，又寻狄青不遇，粮草也尽被劫走，营中几千军兵，人人饥寒。忽闻呼叫之声，狄青人已到了营中来了。三人齐道："狄爷虽然回来了，但征衣已被抢劫。"狄青道："我已得知，粮草马匹全失，此乃小事也。"又问李继英缘何到得此方，继英见问，即将逃出相府后事一一说知，又要叩头参拜，狄青连忙扶起。继英接过金刀，带过马匹，付交小军去了。张忠、李义道："狄哥哥，你去找寻地头安顿征衣，一日夜不见回来，却被磨盘山强盗劫抢了征衣，连夜放火烧山，逃走而去，如今只剩下一座空营寨了，看你如何到得三关，向杨元帅复命。"狄青道："贤弟，征衣失去也不妨，乃是小事。"张忠、李义道："失了征衣，还是小事，必要失了江山，才算大事不成！"狄青道："贤弟不知其详，征衣虽然劫去，今日已立了大战功，杀却赞天王、子牙猜，退去十万西兵，到关也可将功赎罪了。"张忠道："哥哥愈觉荒唐了。赞天王、子牙猜，英雄盖世，杨元帅尚且不能取胜，你虽是一员虎将，到底一人一骑，他有十万雄兵，十分劲锐，哪里杀得过他？休来哄着我们了！"狄青道："我非谬言哄你们。"即将报恩寺内得遇老僧人，赠送偈言，路遇焦廷贵，方知磨盘山的强盗劫去征衣，献上大狼山。我单刀匹马，与焦廷贵到了大狼山，箭除赞天王，金面收子牙猜等情，细细说明。李义道："哥哥你既收除得二贼首，也该割下他两颗首级，前往三关献功，难道无凭无据，杨元帅便准信了不成？"

不知狄青如何答说，如何到关，且看下回分解。

第三十三回

李守备冒功欺元帅　狄钦差违限赶边关

当下狄青闻李义之言，即道："贤弟，这两颗首级，由焦廷贵取下，难道他没有到营中？"李义道："并未有一人到此。"张忠道："不好了！焦廷贵拿了首级回关，冒功去了。"狄青道："不妨，此人是杨元帅的先锋，乃一硬直莽汉，决非冒功之辈。"继英道："他先回关通知杨元帅，也未可知。"狄爷又问继英道："方才你言孙云早有书与强盗，劫去征衣，但不知此人是怎生来历，要害我们？"李继英道："小人自逃离相府，与庞兴、庞喜同到天盖山落草存身，不料二人残杀良民，吾因劝告不听，与二人分伙。偶到磨盘山，又与牛健兄弟结拜为盗，不想孙兵部之弟名孙云，将金宝相送，要牛氏兄弟打劫征衣，陷害主人。我再三相劝，二人不允，只得与他们分手，一心想下山通个信息与主人，不料心急意忙，走错路途，来到营中，征衣已失。如今既立了大战功，料失去征衣之罪可赎，不须在此耽搁，趁此天色已亮，即可动身。"狄爷听了道："你言有理。"李义又将遇见孙云强抢妇女，二人搭救之事，一一说明，并道："可恨这奴才又通连两名狗强盗，将征衣粮草，尽数劫去，弄得我们众人，受饥忍寒，好生可恶。"狄爷道："这孙云抢劫妇女，又串通强盗劫征衣，理应擒拿定罪。但无实据，即今趱程要紧，不能追究，暂且丢开。计程急走，明日到关，过限期六天，幸圣上外加恩限五日，明日到关，实过限一天。”连夜拔寨，狄爷上了龙驹，张忠、李义、李继英三人，同上坐骑而行。三千兵丁人饥马渴，一同赶趱三关不表。

且说李成、李岱拿了两颗首级，趁着月光，一路飞跑，到得三关，已是巳牌时分。父子下了马，早有关上的参将游击等把守官员问道：“你是五云汛的守备李成、千总李岱？”二人称是。参将道：“你父子离开本汛，到此何干？这两颗大大人头，哪里得来！”李成道：“卑职父子射杀赞天王、子牙猜，此乃两寇的脑袋，特来元帅帐前献功。”众武员听了，又惊又喜说：“妙，妙！才智的李成，英雄的李岱！”二人连称不敢当。中军官道：“你且在此候着。”父子应允。

再表杨宗保元帅是日用过早膳，端坐中军帐中，浩气洋洋，威风凛凛，左有尚书范仲淹，右有铁臂老将军杨青，下面还有文武官员，分列左右。杨元帅开言道：“范大人，想这狄青，为钦命督解官，押运征衣，期限一月，又蒙圣上宽限五天，今天尚还未到，想他仗着王亲势头，故意耽延日期，他若到时，不即处斩，难正军法了。”范爷道：“元帅，这狄钦差倘或不是王亲，故意怠惰迟延，也未可知。他乃朝廷内戚，岂敢迟延，以误圣上边兵，尚祈元帅明见参详。”杨青老将道：“解官未到，只算故意耽迟，即迟到一天，不过打二十军棍，何致斩首？元戎的军法，也太严了。”杨元帅想道：范、杨二人，因何帮助狄青，莫非狄青先已通了关节，还是二人趋奉着当今太后？便道：“杨将军、范大人，如若狄青心存为国，顾念全军冻寒之苦，还该早日到关。如今限期已过，况雪霜漫天，众军苦寒，倘遭冻死，此关如何保守？”范爷道：“关中苦寒，未为惨烈，他在途中奔走，迎冒风霜，倍加苦楚。”杨青道：“如若要杀狄钦差，须先斩焦廷贵。”杨元帅道：“焦廷贵不过催趱之人，怎能归罪于他？”杨青道：“元帅限他十三日午时缴令，今日十四还未回关，此非故违军令么？”杨元帅听了，默默不语。正在沉想之间，忽见禀事中军跪倒帐前道：“启上元帅，今有五云汛守备李成、千总李岱同到辕门求见帅爷。”元帅道：“他二人乃守汛官儿，怎敢无令擅离职守，又非有什么紧急军情来见本帅，且与吾绑进来！”中军官启道：“元帅，那李成、李岱有莫大之功，特来报献。”元帅道：“他二人又不能行军厮杀，本帅又未差他去打仗交锋，有何功可报，何名可立？”中军道：“启禀元帅，这李成言箭射赞天王，李岱杀死子牙猜，现有两颗首级带至关前，求见元帅。”元帅道：“有此奇事！传他二人进见。”范爷听了微笑道：“元帅，吾想他父子二人，毫无智勇，如何将此二寇收除？此事实有可疑。”杨青道：“如此听来，是被鬼弄迷了，元帅休得轻信。”杨元帅道：“范大人，杨将军，且慢动恼。若言此事，本帅原是不信，但想李成父子，若无此事，也不敢轻来此报。况且现有两颗首级拿来，那赞天王、子牙猜面容，岂不认识？且待他父子进来，将首级一瞧，便可明白了。”

当时李成父子进至帅堂，双双下跪，口称：“元帅在上，五云汛守备李成、千总李岱，参谒叩首。只因卑职父子，箭射赞天王，刀劈子牙猜，有首级两颗呈上。”杨元帅当令左右提近，还是血滴淋漓，元帅细细认来，点首道：“范大人，老将军，看来两颗首级，果是赞天王、子牙猜的，请二位看明是否？”二人细认道：“果是不差。”心中却觉得李成父子一向无能，今日如何立此大功，有些蹊跷。范爷道：“元帅，那首级虽然是两贼首的，但不知李成父子怎么取来，也须问个明白。”元帅道：“这也自然。”便发令将两颗首级辕门号令。又唤李成道：“你父子二人，有多大本领，能收除得此二寇？须将实情说与本帅得知。”李成道：“帅爷听禀。前天卑职父子，同在汛岸巡查，已是二更天时候，只见二人身高体胖，踏雪步月而来，吃得酒醉沉沉，并无器械护身，询问卑职，此地可有姿色妓女。当时我们见他不是中原人声音，即动问他姓名，这黑脸大汉，自言是赞天王，紫面的是子牙猜。卑职父子，见他二人已经醉了，即发一箭射倒赞天王，儿子李岱顺刀劈下了决子牙猜，将二人首级割下。今到元帅帐前请功。”

这李成若言在疆场中交战立功，自然众人不信他，说是深夜了，观他酒醉，无人保护，手无兵器，趁此出其无意中下手，说得有理可凭。不但杨元帅，便是范爷、杨青俱已信以为真了，一同出位言道：“此乃贤乔梓莫大之功，国家有幸，宁靖可期了，且请起！”李成道：“元帅，范大人，老将军，吾父子毫无所能，全仗天子洪福齐天，元帅雄威显著，是以二凶自投罗网。卑职父子，偶然侥幸，何敢当元帅如此抬举，实为惶恐。”元帅欣然扶起李成，礼部范爷挽起李岱，扶他们父子二人起来。元帅吩咐摆下两个座位，父子俱称不敢当此座位。元帅再三命坐，范、杨二人亦命他们坐下说话，李成、李岱只得告罪坐下。帅堂上吃过献茶，元帅又吩咐备酒筵贺功。元帅道：“难得贤乔梓除此二凶，大小孟洋，不足介怀了。待本帅申奏朝廷，贤乔梓定有重爵荣封。今日本帅先奉敬一杯，以贺将来。”李成、李岱道：“元帅爷虽有此美意，但卑职断然当不起的。”当日帅堂摆开酒宴，李成父子正吃得高兴，忽闻报进狄王亲奉钦命解到三十万军衣，现有批文呈上。元帅将批文拆开，上填三十万军衣，九月初八在汴京出发，圣上加恩限期五天，算今天十月十四，只是过限期一天。元帅吩咐，将狄钦差绑进。范爷道：“元帅，狄钦差此刻到关，只算差得半天，且念他风霜雨雪，路途劳苦，应该免绑才是。”杨青老将军也道：“元帅须要谅情些。护载数百辆车、三十万军衣，途中雨雪难行，昨天期到，今日方来，虽说过了限期，不过差得几个时刻，便要绑了钦差，元帅太觉无情了。”元帅暗想，二人定是受了狄青贿赂，所以屡次帮他，便道：“既然如此，免绑，有劳二位出关点明征衣，倘差失一件，仍要取罪。”二人领命。一同出关。范爷东边立着，杨将军西边拱立，开言道：“足下是钦差狄王亲否？”狄青道：“不敢当，晚生狄青，请问大人尊官？”范爷道：“下官礼部范仲淹。”狄青道：“原来范大人，多多失敬了。”深深打拱，向锦囊中取出包待制书一封，双手递与范爷，言道：“此书乃待制包大人命晚生送与大人的。”范爷接过道：“重劳王亲大人了。”狄青道：“岂敢。”此地不是看书之所，范爷就将书藏于袖中，想着：包年兄料得狄青在途中必耽误限期，要我周全之意。又问道：“包年兄与各位王侯，近日如何？”狄青答说：“都很安康。”又向囊中将佘太君之书信取出，揣藏怀内。又向杨青打躬道：“此位老将军是何人？”杨青道：“某乃安西将军杨青。”狄爷道：“原来杨老将军，多多失敬，有罪了。”连连打拱，杨青还礼。狄青道：“吏部韩大人有书，命晚生带上。”打虎将军笑道：“原来韩乡亲不曾忘记我铁臂杨。”此间不便开书，揣于怀内。杨将军不问忠臣，反诘奸党情形，狄青便将冯拯、丁谓、王钦若、吕夷简、陈尧叟、庞洪、孙秀一班奸佞，倚势陷害忠良，恶似狼虎，君子退贬，小人日进的情形说了一遍。范、杨二人嗟叹一声道：“圣上原是明君，但太仁慈，致奸臣胆大弄权，滔天焰势，十分可慨。”范爷又道：“狄王亲，元帅如今正在着恼，只因天寒地冻，征衣待用，理该及早到关。限期在于昨天，今日方至，莫非你果有意延迟？”狄青道：“范大人说哪里话来？晚生虽则愚昧少年，但岂不知天气严寒，征衣乃众将兵待用之物，况且仰承王命，焉敢故意延迟，以取罪戾。奈因途中风霜雨雪，兵丁寒苦，难走程途，不得已停屯，如今延迟一天，不过只差半日。”范爷听了道：“征衣可齐到了么？”狄青道：“到齐了，如今俱屯在大狼山。”范爷听了道：“是何言也！元帅委我们点明征衣，方好散给众军人，如何反说屯于大狼山，此是何解？”狄青道：“大人不用查点了，谅也无差错的。”范爷道：“休得闲谈，速令众兵押车辆到来，方可查点给散。”狄爷道：“大人，这些征衣已经失去了。”范爷道：“怎么说失去的？”狄爷道：“被强盗劫去，解往大狼山去了。”范爷道：“抢去多少？”狄爷道：“三十万尽数抢劫去了，一件也不留存。”范爷听罢，高声说道：“不好了！如今是捆绑得成了。”杨将军道：“杀也杀得成了，有什么理论说情的？快些去吧，勿来此混账，休得耽搁，且走回朝中，不要在三关上做孤魂怨鬼了。”

不知狄青如何答话，是否被杨元帅斩首，且看下回分解。

第三十四回

杨元帅怒失军衣　狄钦差忿追功绩

当时杨青、范仲淹都道："军衣既然尽失，须要逃走回朝，方得保全性命。"狄青道："二位大人，征衣虽失，明日定然讨还。"杨青道："征衣失在大狼山，你还想讨得回么？随口乱谈，休得多说，快些遁逃，埋藏姓字，方保得性命。"狄青道："二位大人，晚生即未讨回征衣，如立下一战功，可以抵消此罪否？"范爷道："征衣尚然管不牢，被强徒劫去，还有什么大功来抵此重罪？"狄青道："小将匹马单刀，杀上大狼山，已经射杀赞天王，刀伤子牙猜，杀退西戎两孟洋，晚生虽然有罪，但此功可以抵偿。唯望二位大人明鉴推详，引见杨元帅，待晚生领些军马，克日讨回征衣。"范爷道："缘何又是你收除此二贼了，吾却不信。"杨青道："口说无凭，哪人相信，由你说得天花乱坠，且自去见元帅，由你分辩。"

当下三人进关，杨、范二人踱至无人之处，将书拆开，二人看毕，范爷道："包年兄，若是狄钦差违了限期，本部便能一力周全，无奈军衣尽失，除非代补赔了，方得完善。"杨青也道："大人，军衣一失，重罪难宽，叫我二人如何助他？除非圣上有旨颁到，方可免得，不是朝廷赦旨，哪人保得此罪！"当时二人将书收藏过。杨青又道："范大人，若在元帅跟前，说明失了军衣，定然绑出辕门，立正军法了。"范爷道："这也自然。"杨青道："且不要说明，待他自往分辩，我与你见景生情，可以帮衬者帮衬，不可帮衬者，再作道理，范大人意下如何？"范爷道："老将军之言有理。"

二人进至帅堂，杨元帅离位言道："二位大人，军衣可无差么？怎查点得如此捷速？"二人道："一一无差。"元帅道："二位且坐。"范爷道："元帅请坐。"当下传狄青进见。

书中交代，前日焦廷贵若说明狄青功劳，李成断不敢冒，只因焦莽夫随便夸口，故敢将焦廷贵弄死，前来冒功，以为死无对证。是时狄青到了，李成父子全不介意，只顾洋洋然在帅堂侧吃酒爽快。狄青见了元帅，弯腰曲背，口称："元帅，正解官狄青进见。"杨元帅见他的盔甲，乃是太祖之物，想狄青虽是太后内戚，总为臣子，怎合用先王太祖的遗物，定然太后赐赠与他。其实此副盔甲，前已交代明白，狄青以臣下，不当用王家之物，故太后另行照式造了一副，赐侄儿使用。今元帅认为太祖之物，心头颇有不悦，即起位立着拱手道："王亲大人，休得多礼。"又问道："批文上副解官石郡马何在？"狄青道："启上元帅，只因副解官石玉，在仁安县金亭驿中，被妖魔摄去，未知下落，小将已有本回朝，启奏圣上。"元帅道："此事关中亦有文书到来。狄王亲解送征衣，本月十三日限满，如今十四日了，极应体恤众兵寒苦，及早赶趱到关交卸才是，为何违限？本帅军法，断不徇私，你难道不知么？"狄青道："元帅听禀，小将既承王命，军法森严，岂有不知。原要早日到关交卸，并非偷安延缓。无奈中途霜雪严寒，雨水泥泞，人马难行，故违限期一天，望元帅体谅姑宽。"范爷点头自语道：你言之有理，只恐说出不好话来，就要劳动捆绑手了，看你如何招架。元帅道："若依军法，还该得罪王亲大人，姑念雨雪阻隔，本帅从宽不较。"即呼统制孟定国，速将征衣散给军中。孟将军得令，正要动身，范、杨二人摇首暗道：不好了！不好了！只见狄爷打拱告道："元帅且慢。"元帅道："却是为何？"狄爷道："征衣已失，无从给散了。"元帅听罢，喝道："胡说！"狄青道："征衣果然尽失了。"杨元帅登时大怒，案基一拍，喝道："你既管解三十万征衣，因何不小心，想是偷安懒怠。御标军衣，岂容失却，不只欺君，且藐视本帅了。"喝令捆绑手，卸他盔甲，辕门斩首正罪。两旁一声答应，刀斧手上前参报过元帅，如狼似虎，上前要动手捆绑钦差。

这狄青两手东西拦开，叫声："元帅，小将虽然失去征衣有罪，还有功劳，可以抵偿。"元帅只做不闻。范爷接言道："元帅，狄钦差既言有功抵罪，何不问他明白，什么功劳可抵此重罪？待他可抵则准抵，不可抵再正军法不晚。"元帅将范爷、杨青一看，暗暗道：你二人说查点过征衣，一一无差，明是代他搪塞，如今还要多言插嘴。范、杨只做不知。狄青却道："若说失了征衣，小将理该正法，但元帅的罪名，却也难免。如若要执斩小将，元帅理该一同正法。今独斩我一人，小将岂是畏死之徒！元帅乃贪生之辈，没奈何将大罪卸在小将身上，只恐圣上知其情由，凭你位隆势重，天波府内之人，也要正罪的。"元帅闻言，心中着实怒恼，案基一拍，喝道："你失去军衣，难以卸罪，故欲牵连本帅。"吩咐捆绑起来，不用多言。刀斧手应声上前。杨青问道："你的征衣，在哪处地方失去的？"元帅道："不要管他哪个地方失去。"杨青道："元帅身当天下攘寇之任，附近各处军民，皆为元帅所属，失了征衣，元帅有失察捕盗之罪。况这磨盘山离关不过一百里程途，你既为各路督捕元戎，怎可不问？缘何日久纵容，强盗竟敢来打劫征衣，这是杨元帅失捕近处强盗，比之狄青失征衣之罪，加倍重大了。"狄青听杨青如此说，便道："小将在元帅关内地方失去征衣，理该元帅赔补，如何反将小将屈杀，军法上全无此理。待吾与你回朝面见天子，情理上看谁是谁非。你今不过势大相欺，小将乃一烈烈丈夫，岂惧你存私立法的。"范爷听了暗言道：此语却是有理有窍的正论，只怕元帅难以答话，便接口道："你失去征衣，罪该万死，还来顶撞元帅么？吾且问你，将功抵罪，有什么功劳于此？”狄青道：“收除西戎首寇赞天王、子牙猜，不是战功么？”元帅喝道：“胡说！现有李成父子，射死赞天王，刀伤子牙猜，你擅敢冒认么？不须多说，捆绑手速将解官拿下正法！”狄青冷笑一声道：“杨宗保，你真要害我么！也罢，由你便了。”当即卸下盔甲，脱去征袍，刀斧手将狄青紧紧捆绑。

旁边礼部范爷，怒气满胸，打虎将气塞喉咙，狄青厉声大骂道：“杨宗保，吾明知你受了朝中大奸臣买嘱，串通了磨盘山强盗，劫去征衣，抹过本官战功，忘却无佞府三字，归附奸臣，辜负圣上洪恩，你虽生臭名万代，吾虽死百世流芳。”这几句话，骂得杨宗保几乎气倒帅堂，二目圆睁，骂道：“大胆狄青，敢将本帅屈枉痛骂，速速将他推出辕门斩首！”狄青道：“且住！若要斩我，须将赞天王、子牙猜首级，拿来还我，便由你杀。”元帅道：“你有什么首级拿来，向本帅讨取。”狄青道：“交与焦廷贵拿来，已经你辕门号令，怎说没有？”杨元帅听了，顿觉惊骇，心中有几分明白，忙问左右道：“焦先锋可曾回关？”众将道：“启禀元帅，焦先锋尚未回关。”范爷听了，只是冷笑，杨青道：“既然狄王亲交首级于焦廷贵，须向他讨还，方得分明此事。”正说之间，偶见地下一书，拾起一看，上面写着：“长孙儿宗保展观。”杨青微笑道：“元戎的家书到了。”此书乃是狄青卸甲解袍时跌落下来。

当时杨元帅心中明白，哪里按捺得定，只得立起，一手还拿尚方宝剑，一手接过家书一瞧，乃祖母来的家书，只因在帅堂上，不便拆了观看，且收藏袖中。明知祖母要包庇狄青，一把尚方宝剑，发又发不出，放又放不下，正有些事在两难，便对范爷道：“礼部大人，狄青说焦廷贵拿回两颗首级，不知是真是假，须问焦廷贵才知明白，你道如何？”范仲淹听了，冷笑道：“狄钦差过却限期，罪之一也；失去征衣，罪之二也；冒功抵罪，罪之三也；辱骂元帅，罪之四也。将他处斩还太轻，理该碎尸，立正军法。”这几句言词，说得元帅脸色无光，只得转向西边，呼问杨青道：“狄青失去征衣，原该正罪，但有此大功，可以抵偿，须待焦廷贵回关，方能明白。不知老将军怎样主裁？”杨青道：“死生之权，全在元帅手中，缘何动问起小将来了？倘我劝谏不要斩他，又赔补不起征衣，此事牵连重大。我实不敢担当。”杨元帅满脸通红，只得吩咐刀斧手推转狄青，问道：“狄青你既能收除了赞天王、子牙猜，可将其情由细细言明。”狄青带怒，大呼道：“杨宗保你且听着！”遂将在磨盘山失征衣后，往大狼山杀了二将，交首级于焦廷贵，先回关中报知情由，一一说明。又道：“我立此战功，可以抵偿失征衣之罪，你今贪冒我大功，害我一命，却是何故？”元帅闻言，心中不安，杨青笑道：“妙！妙！两颗人头，三人的功劳，这官司打起来，着实好看。”元帅即吩咐传进李成父子，二人闻命，齐来进见元帅，只因官卑职小，自然该当跪下。父跪东，子跪西，启道：“卑职李成、李岱，谢帅爷赐宴。”元帅问道：“李成、李岱，这赞天王、子牙猜二将，乃狄青箭射刀伤的，你父子二人为何冒认了他的功劳，该当何罪？”李成见问，惊吓不小，李岱更是慌张无措。李成心想：只道功劳是焦廷贵的，故立心冒认，希图富贵，岂知乃狄王亲功劳。也罢，事已至此，木已成舟，便抵罪不招，要冒到底了。便道：“元帅，实是卑职射杀赞天王，儿子刀伤子牙猜，岂敢冒别人之功，以欺元帅？”元帅道：“狄青，那李成、李岱现在这里，你且与他对质。”狄青道：“既捆绑了本官，杀之何难，何必多言！”元帅吩咐放了捆绑，觉得面无光彩，尚方剑只得放下。

不知后事如何，且看下回分解。

第三十五回

帅堂上小奸丧胆　山洞中莽将呼援

当时杨元帅收回尚方宝剑，呼问："李成、李岱，狄王亲在此，你与他对质分明。"李成道："是卑职父子功劳，不消对质了。"元帅又唤狄青道："狄青，若是你的功劳，为何并无一言，与他对话？"狄青道："李成父子是何等之人，叫吾堂堂一品，青衣秃首，与他讲话！"杨元帅又吩咐左右还他盔甲。狄青穿好盔甲，怒目横眉，大言道："拿首级回关者，乃焦廷贵，若要弄明此事，须待焦廷贵回关，本官与这李成父子对质，总是无用。"范爷听了点头言道："钦差大人，如何与冒功的犯人理论，也失了帅堂之威。"杨将军喝道："将李成父子拿下！"左右刀斧手，答应一声，顿时将李成父子拿下，可笑他二人一念之贪，遂至弄巧成拙。元帅即差孟定国，将李成父子看守，又拔令唤沈达，速往五云汛确查，十三日晚间可有赞天王、子牙猜二人，酒醉踏雪私行。沈达得令，快马加鞭而去。再令精细兵丁查访焦先锋去处。又对范仲淹、杨青道："二位大人，且与狄钦差做个保人。"范、杨二人道："事关重大，保人难做。"元帅道："且做何妨。"言未已，也觉得面目无光，即退下帅堂，进里厢去了。

当时失去征衣的事情，却抛在一边，重在冒功之事，只等焦廷贵回关，就得明白。范仲淹见元帅退堂，笑道：“元帅方才怒气冲冲，只怪狄王亲，却因理上颇偏，又有佘太君书一封，要杀要斩，竟难下手。”杨青道：“方才险些儿气坏我老人家，我观王亲大人，像一位奇男子，说得烈烈铮铮，才思敏捷，只待焦莽夫回来，自有公论。且先到我衙中叙话如何？”狄青道：“多谢老将军。”杨青又道：“范大人同往何如？”范爷应允，三人同往。这时关中众文武官员，你一言我一语，喧哗谈论，不关正传，毋容多表。

却说孟定国奉了元帅将令，收管李成父子，上了锁具。李岱叫道：“爹爹，太太平平，安安逸逸，做个小武官，岂不逍遥，因何自寻烦恼？痴心妄想，今日大祸临身，皆由不安天命。”李成叹道：“我儿，这件事情，都是焦廷贵不好，狄钦差功劳，他说是自己之功劳，若说明钦差狄青的战功，我也决不将他弄死，也不敢冒认此功了。”李岱道：“爹爹，明日追究，招也要死，不招也要死，如何是好？”李成道：“我儿，抵挡一顿夹棍，即夹断两腿，也招不得的。”

不言李成父子着急，且表元帅进至帅府内堂，拆展祖母来书，从头看完，想道：若是狄青过了几天限期，孙儿敢不从命周全，奈征衣尽失，罪难姑宽，连及孙儿，也有失于捕盗之罪。如若狄青果有战功，还可将功消罪，但不知焦廷贵哪里去了，想来定是李成父子希图富贵，谋害焦廷贵，混拿了首级，到来冒功的。倘焦廷贵果遭陷害，这件公案怎生结局？是夜元帅闷闷不乐，也且慢表。

再说副将沈达，奉了元帅将令，带了数十名兵丁，向五云汛而来。焦廷贵一夜昏沉，躺在山洞中，若讲水涧，差不多有二丈深，李成将他抛下去，跌也要跌死了，虽然跌不死，天寒大雪，也要冻死了。只为李成父子走得慌忙，连铁棍一同抛下，恰恰搭在洞旁的丛树上，竟是上不着天，下不着地。一夜好睡，已是天明，药力已醒，焦廷贵却忘了昨夜事，手足一伸，大呼：“不好了！哪个狗党，将吾身子捆绑了？哪个狗王八，要我焦老爷性命！”两手一伸，断了绳索，又将腿上麻绳解下，周围一看，说："不好了，此方黑暗暗，是什么所在？"又细细想道：昨天要打闷棍，打不着。后同狄钦差往大狼山，一套戏法，射死了赞天王，弄死了子牙猜，番兵大队杀来，自己挑了两颗人头，往三关讨救兵，打从汛上过，有李守备请吃酒，怎吃到这个所在来？是了！定然吃醉而回，却被歹人盗劫了东西，捆绑身躯，抛在山涧里了。想到此处，想往上爬，却是几次爬不到岸上，离岸有二丈多远，难以爬上。山高广大，人迹稀少，直到下午时分，方得一樵子经过，只闻山涧中有人叫道："救人哪！我焦老爷要归天了。"那樵夫住步，四下一瞧，道："奇了！何处声声喊救？"不觉行至涧旁，原来跌下一人，又闻他喊道："上面那人，拉了焦老爷上来，妙过买乌龟放生。"樵子道："你是将烧焦的老人么？"焦廷贵喝声："大胆的戎囊！吾乃三关焦将军，哪个不闻我的大名，岂是烧焦的老人！"樵夫笑道："原来是三关上的焦黑将军，多多有罪了。"焦廷贵又道："我不过面貌黑色，岂是煨老焦黑的么？不必多言，快些拉我起来，到衙中吃酒。"樵夫听罢，笑道："原来是个酒徒！"即将绳索放下，焦廷贵两手挽住麻绳，双足蹬着铁棍，幸喜这樵夫气力很大，两手一提，把他吊将起来，大呼道："像死尸一般的沉重。"焦廷贵上得来，喝道："不怕得罪我焦将军么！"樵子道："焦将军，你方才言请我吃酒，休要失信。"焦廷贵道："你要吃酒，这有何难，且随我来。"樵夫道："焦将军，往哪里去？"焦廷贵道："且到李守备衙中，即有酒吃了。"樵夫道："我不去的。"焦廷贵道："何以不往？"樵夫道："李守备那个儿子李岱，前月来吾家中强奸我妻，被我取一缸尿撒去，他方才奔去了。我今若到他衙中，此人岂不记恨前情，定然要报雪此恨了。"焦廷贵道："如此说来，你一定不去，那么焦将军一人去了。"说罢，踩开脚步，奔走如飞，樵夫见了，发笑不已。

不谈樵夫走去，书接前文，莽汉又来到守备衙中，高声呼喊，有管门的王龙出来一看，道："焦将军，昨夜哪里去了，为何今日又来？”焦廷贵喝道：“来不得的么！快唤这两个官儿来见我！”王龙道：“两位老爷出外去了。”焦廷贵喝道：“狗奴才，无非怕我又要吃酒，虚言相哄。我今不吃酒，只要用膳了。”大步已踏到里边来，当中坐下，双手拍案，喧声大振，呼道：“李成、李岱在哪里？”府内仆人免不得禀知沈氏奶奶，奶奶闻言，吃惊不小，说道：“不好了！焦廷贵不死，即死他父子了。”只得吩咐备酒饭出去。奶奶思量要下些毒药，怎奈日间耳目众多，反为不美。

不表沈氏心如火焚，却言副将沈达，一路上查问，没有踪迹，只因李成说是初更已尽的事情，是以汛地众百姓军民都说不知。一程又到守备衙中，查问众兵役，也说不知。只有守门王龙猜着，定然老爷害了焦廷贵，拿了人头，往三关上献功，这是胆大如天的行为。如若焦廷贵死了，倒也不妨，今焦廷贵现在，老爷公子俱有伤身之祸了。

慢说王龙自语自惊，且说那沈将军到守备衙中，进府堂内，见了焦廷贵，不觉又惊又喜，呼道：“焦将军，你吃酒好有兴，还不快些回关去！”焦廷贵一见笑道：“沈将军，因何你也到此处来？”沈达为人最是仔细，想事关重大，只有在元帅跟前方好说明，若在此处说知，倘被他癫性发作，恶狠狠弄出不好看来，不若暂瞒了这狂莽酒徒为妙，便道：“焦廷贵，元帅差你催取军衣，到底军衣到否？狄钦差在哪里？为何你也违将令，耽搁限期？”焦廷贵道：“沈将军，不要说起，我昨夜酒醉，跌下山涧，险些儿冻死，还顾得什么征衣、军令的鸟娘！”沈达道：“元帅只因你违误军令，大为发怒，差我来抓你回去，如若延迟，取下首级回关。”焦廷贵道：“延迟些即取首级回去，不好了！丢了首级，用什么东西吃饭？速速走吧！”沈达道：“马在哪里？”焦廷贵道：“失掉了，铁棍也跌下山涧了。”沈达道：“不中用的东西！”焦廷贵道：“若是中用的，不在山涧中过夜了。”

慢表沈达带着兵丁、焦廷贵一同回关，且说李守备府中王龙，当日受惊不小，只悄悄到三关打听消息去了。沈氏在内堂倍加着急，呼天叫地，只愿父子平安无事回来便好。但想此事，原是老爷欠主张，及早杀了焦莽夫，方免后患，因何将他活活地抛在山涧里，岂料他偏偏不死，又得回关，如今凶多吉少，如何是好？免不得父子同归刀下而亡。

不表沈氏心中惊骇，且说焦廷贵、沈达二人，马不停蹄，到得关来，已有二更，潼关已紧闭下锁。沈达只得邀他到自己衙中，吩咐摆酒，二人双双对饮。半酣之间，沈达说道："焦将军，如今此事要动问你了。"焦廷贵道："沈老爷，诘问我什么事？"沈达道："元帅差你催赶军衣，因何一去不回，反在山涧中过夜？又在守备衙中吃酒，是何缘故？"焦廷贵道："沈老爷不要说起，我焦廷贵真乃倒运。"即将来去情形，细细说明。沈达听了点首明白，又将李成父子冒功之事，细细说知，焦廷贵怒气直冲，咆哮如雷，叫道："沈老爷，我原想怎生在山涧中过夜，原是李成父子将我弄醉，抛在山涧里，拿了人头去冒功的，可恼！可恼！这还了得！待我连夜回去，将他狗男畜女，大大小小，齐齐杀尽，尚出不得我之气愤也。"沈达道："焦将军去不得的。"焦廷贵道："有什么去不得的？只消吾两足飞去，明天一早就到汛上了。"沈达道："不然，那李成父子，已经拿下，你今不知，只要你回来质询明白，李成、李岱的性命即难保了，何劳你去杀他，是是非非，总在明天了。"焦廷贵道："沈老爷，待我先往他家杀个痛快，留下李成、李岱！难道还没有凭证么？"沈达道："军中自有一定之法，他虽有罪，但罪不及于妻孥。你若不奉军令擅自杀人，岂得无罪！断然动不得，不可造次。"焦廷贵道："实在气愤他不过，既沈老爷如此说，便宜了这班奸党了。"沈达道："焦将军，明日元帅审问起来，你怎生对待他？"焦廷贵道："吾只说狄王亲一弄戏法，斩杀赞天王、子牙猜，我代他挑了首级，道经五云汛，被李成父子用酒灌醉绑了，抛下山涧，拿了首级，前来冒认功劳，你道是否？"

不知沈达如何答话，且看下回分解。

第三十六回

莽先锋质证冒功　刁守备强词夺理

当下焦廷贵道："沈老爷，小将明日证他冒功，管教李成父子，头儿滚下来。"沈达道："不忧他头儿不滚下来。"

是夜不表，第二天太阳东升，辕门炮鼓响鸣，文武官员穿袍披甲，兵丁刀斧如银明亮，杨元帅升了中军公位，身穿大红锦袍，背插绣龙旗八面，腰围宝带赤金绦，头上朝阳金盔戴起，双足战靴蹬踏，真乃浩气腾腾，威风凛凛，是宋朝一位保国功勋。左位有范礼部，右座有陕西杨老将军，文官袍服分班立，武将戎装序次排。

狄青上帐见礼毕，即于范仲淹肩下就座。昨天要正军法斩首，今天元帅却命人设了座位，实乃元帅心中明白李成父子冒认战功。当有沈达上帐缴令道："启禀元帅，昨天奉令往五云汛上细细确查，据众军民说，夜深人静，并不知有无其事。但焦廷贵拿了两颗人头，道经五云汛上，被李成父子，灌得大醉，捆绑身躯，抛于山涧中一夜，直至昨天午牌时分，方得一樵夫将他救起，如今在辕门候令。"元帅道："果有此事，李成父子冒功无疑了。"吩咐孟定国抓李成、李岱到来。孟将军奉令，展出虎威，抓拿到二犯，拜倒在地。父子不啻磕头虫一般，叫道："元帅开恩，卑职父子实乃有功之人。"元帅大喝道："该死的狗官，本帅已经差查明白，五云汛上并没有赞天王、子牙猜二人酒醉夜出之事，你敢无中生有，妄捏虚言，冒认功劳么？”李成道：“元帅，其时只为更深夜静，汛上军民均已熟睡，故无人得知。”元帅喝道：“佞口的狗奴才，本帅且问你，因甚用酒弄醉焦先锋，捆绑抛于涧中？一心希图富贵，将人陷害，取了首级来冒功，忍心害理，畜类不如。”

李成父子闻言，吃惊不小，好比头颅上打个大霹雳。李岱想：这件事情，料难抵赖，不如招了，免得夹棍之苦。哪晓得李成立定主见，抵死不招，李岱无奈，只得随着父亲抵赖。李成只管向着元帅连连磕头，呼叫不已，只说：“并不曾将焦先锋灌醉，抛下山涧中，岂敢在元帅台前，欺心谎语。上有青天，下有地抵，焉敢将人谋害？”元帅闻言大怒，喝令传进焦廷贵，焦廷贵一进帅堂，怒气冲冲，将李成父子踢打不已，大骂道：“好大胆的乌龟李成、狗王八李岱，将我弄得大醉，捆绑了抛下山涧，害得我几乎冻死。可恼你等丧尽良心，处死你两个狗畜类，也难消我气愤。”父子二人呼叫不已，说道：“焦将军，卑职父子没有此事，怎敢斗胆陷害焦将军，拿首级来冒功？焦将军休得枉屈了人，卑职父子哪有此事。”焦廷贵大怒，喝道：“狗官，还说枉屈你么？好畜类！”说罢，靴尖踢打不已，父子二人呼叫将军，不住讨饶。范爷喝道：“帅堂之上，不许喧哗，焦廷贵休得啰唣，失了军规。”杨元帅问焦廷贵道：“本帅差你催赶狄钦差征衣，为何反往五云汛而去？李成父子怎生将你弄醉？且细细说与本帅得知。”这焦廷贵乃一直性莽汉，从奉令来到军营，先遇李义，而又寻得狄青，直说到曾生心图谋狄青龙马。焦廷贵乃一直性莽英雄，从来说话，有一句说一句，即做强盗乌龟，也要说个明明白白，藏闭不住。元帅道：“蠢匹夫，身为将士，立此歪心，真是个鄙陋小人。”焦廷贵道：“元帅，有些缘故。当时见此马乃是一匹异色龙驹，意欲做个打闷棍人，抢了这匹龙驹回来，送与元帅乘坐。”元帅喝道：“该死的蠢匹夫！”拍案大骂。两旁齐声喝住。焦廷贵慌忙打拱，又说闷棍不进，相助得功，道经五云汛，腹中饥了，只得进守备衙中讨膳一饱，不想被他父子弄醉，捆绑身躯，抛在山涧中，几乎冻死。元帅听了，冷笑一声，喝道："李成、李岱，焦先锋说的有凭有据，你们还不招认冒功么？"李成道："元帅，这些虚言，何足为据，实乃卑职箭杀赞天王，儿子刀伤子牙猜，现有两颗首级为凭。若是狄钦差之功劳，何故并无首级？卑职现有首级为凭，倒是假的？狄王亲没有首级可据，倒是真的？只求元帅将卑职父子，与狄王亲焦将军狠夹起来，便分真假了。"

焦廷贵听了怒气冲冲，抢上一步，喝道："胆大狗畜生，首级被你盗去，自然没有凭证。"然后叫道："元帅，不必问长问短，快将两个狗官正法便了。"元帅道："李成，既是你父子功劳，可晓得赞天王、子牙猜头上戴的什么盔，身上穿什么战袍？须说得对准，才可以算你的功劳。"李成想来，须要说得情形相配才好；又想焦廷贵只有两颗光光人头，没有盔甲，若说酒醉踏雪，决无有盔甲在身的，便道："元帅！这赞天王头戴狐皮帽，身穿大红袍，子牙猜身穿元色皂袍，头上红折巾。"李成说未完，焦廷贵高声大喝道："该死的狗囊！什么狐皮帽子，明明胡说八道！"伸手向胸囊中取出两个踏扁头盔呼道："元帅！这是赞天王的头盔，这是子牙猜的头盔，无意中带藏在此。人都说我痴呆，今日也不算痴呆了。"李成想道：若我知你有踏扁头盔藏在怀内，早已拿出来了。元帅道："李成，如今还有何话说？"李成道："元帅，不知道焦将军哪里寻来此盔，搪塞元帅。揆情度理，实乃钦差失去征衣，故意买嘱焦将军为硬证，冒着功劳，欺瞒元帅的。"范爷道："李成，本部且问你，二贼既有首级被你父子乘其不备所杀，岂无身体的？倘二贼身体尚在，你父子找寻得来，也算你们之功。"范爷说话也诘得透，李成辩答也辩得妙，他道："他二人，原有四个随从同走，已将身体抢回去了。"范爷道："他马匹何在？"李成道："他是雪夜步行，哪有马匹？"狄爷听了，不觉微笑，叹道："辩得清楚，好个伶牙俐齿的恶贼！”

帅堂之上，正在审诘，未得分明，忽有军士报道：“启上元帅爷，今有八卦山伍须丰，会同大小孟洋，统领三十万兵，将四城围困，要与钦差狄大人会战，要报赞天王、子牙猜之仇，十分猖獗，请元帅爷定夺。”元帅打发报军去后，想道：西兵卷地而来，我也曾会敌过红须三眼将，身高丈余，十分凶勇，在八卦山屯扎，与赞天王大狼山相隔一百二十里，两边列成掎角之势，实称劲敌。今天尽起雄师而来，想因狄青杀了他二员猛将之故。当下便道：“李成，若果然是你父子二人功劳，为什么贼将伍须丰反不与你父子寻仇，偏偏要狄钦差会战？”李成道：“元帅，这个缘故卑职却不晓得，那段功劳确是我父子的。”元帅喝道：“佞口贼！到此仍不招认么？”忽又报：“元帅爷，西兵攻打四关甚急，请令定夺。”狄青听了，起位道：“元帅，既是西寇猖狂，待小将出马，借元帅之威，以立寸功。”元帅正要开言，焦廷贵道：“且慢！你的仙法奇巧，但如今用你不着。元帅，李成父子既能收除赞天王、子牙猜，叫他二人出马，与西戎对垒，倘然退得敌兵，便算他功劳，倘杀败了，是个无能之辈，休想此段功劳。未知元帅意下如何？”

且说那焦廷贵虽然鲁莽，却有些见识，倘他父子出敌，必被西戎一刀一个，岂不省了多少麻烦？元帅却道：“匹夫说来，乃不知进退之见，倘或李成父子杀敌不成，必被番兵冲进关中，谁敢担此干系？”焦廷贵道：“不妨，倘他父子出敌，使小将随后掠阵，不许西兵冲进关来。”范爷道：“焦廷贵的话也有三分道理，如若狄钦差在大狼山收除了赞天王、子牙猜，这大小孟洋，定然认识。他见了李成父子，自然说不是狄钦差，仍要觅他交战的。果然西戎两将，在五云汛被他父子所伤，大小孟洋定然有说，那时真假可分。”焦廷贵道：“我愿往做个见证。”杨青笑道：“范大人之言不差。”元帅听了点首，即差李成、李岱，领兵出敌。父子二人闻令，吓得胆战心惊，叩求元帅免差。元帅道：“你父子身居武职，必为朝廷出力，且沙场对敌，乃武将之职，何得推诿？”李成恳告道：“卑职父子虽云武职，只好查诘奸民，若要打仗交锋，实在弄不来的。”元帅喝道：“身为武员，如何畏惧对垒交锋，许多将士，谁敢违我号令，你敢不遵将令么？”焦廷贵又喝：“狗囊子，做了武官，全仗交锋对敌之劳，若你这般贪生畏死，朝廷何用养军蓄将？倘不遵将令，定要吃刀，你若杀不过敌人，自有我在此帮助的。”父子听了无奈，只得领了将令，道：“元帅，卑职父子出关去便了。”当下给他盔甲马匹，父子二人手持抵敌兵器，带兵一万而出。焦廷贵在其后面，远远跟随。李成对李岱道：“再不想冒功冒出这般事来，今日可以死得成了。”李岱道：“爹爹，好好地守着汛地上，吃的现成俸禄，逍遥自在，岂不是好？只为贪富贵高官，拿了头来冒功，连膝盖儿也跪得痛破了，不想仍要死的。”

慢说父子一路出关，懊悔不已，这时关内狄爷起位道：“元帅，我想李成父子，岂是西戎对手，不若令小将出马，帮助抵敌如何？”元帅道：“伍须丰也是西戎一名头等上将，身为贼帅，本领不弱于赞天王、子牙猜二人，既你要出，必须小心。”狄爷口称领令，元帅复唤道：“狄王亲，须带多少军马，乃可退敌？”狄爷道：“须得二万兵丁，方才李成一万，共成三万尽够了。”当时元帅打发二万锐兵，与狄爷出关接应，杨青老将，同孟定国、沈达等，也带兵一万随后，另有一班武将，不须细述。炮响连天，冲关而出，杨元帅与范仲淹登城观看。

却说炮响一声，关门大开，李成父子心惊魄散。那李成提枪不起，李岱伏于马鞍，一万精兵，纷纷涌出关来。只见西戎兵将排成阵势，倒海推山一般，剑戟如林，西夏国大元帅伍须丰坐下花斑豹，手持铜铁金鞭，足长丈余，两目光辉灿灿，在阵前讨战。

不知李成父子如何迎敌，三关如何解围，且看下回分解。

第三十七回

守备无能军前出丑　钦差有术马上立功

却说西戎主帅伍须丰，列开阵势，左有大孟洋，右有小孟洋，三十万兵，旌旗密布，器械森严。李成父子未到阵前，惊慌无措，几乎坠于马下，枪刀早已落下尘埃。伍须丰一马飞出，大喝道：“宋将何名，为何如此惊惧，莫非不是狄青么？本帅金鞭之下，不死无名之将，快些通下名来，好送你的狗命。”金鞭高举，吓得父子二人伏倒马鞍之上，叩首不已，连连哀求道：“伍大元帅，我名李成，现为守备微员，原无计谋力量，无奈勉强临阵，望元帅饶吾一命，永沾大恩。”伍须丰听了，不觉发笑道：“杨宗保气数已绝，打发这样东西出阵，也罢，饶你狗命！”李成道：“多谢伍元帅。”伍须丰又喝道：“马上倒伏的，要死还要活！”李岱道：“恳乞元帅切勿动手，对吾开恩，吾名李岱，是五云汛的千总官儿，从来不会相争相杀的。”伍须丰道：“你既不会上阵交锋，到来阵中何故？”李岱道：“伍元帅，此是奉杨元帅所差，只因军令难违，无奈出阵，只求元帅开恩，留吾蚁命。”伏在马鞍，叩头不已。伍须丰道：“果然不济，又是个没用的东西！杨宗保这般倒运，只打发此等废物来何用？本帅金鞭之下，只打有名上将，今日取了你小卒性命，岂不污了我的金鞭，饶你去吧！”李岱道：“谢元帅大恩。”父子得命，暗暗心喜，焦廷贵一见，怒气冲冲，大喝道：“两个狗官，为何如此畏死贪生，倒灭了我元帅之威。”李氏父子也不回话，只转身而回。焦廷贵只恐二人逃走，上前一手捞了一人，拿翻下马，交付与孟定国收管，复又带兵一万出关。

这边伍须丰带领众将兵，正待冲杀进关，早有焦廷贵率兵涌出，狄爷又带领二万铁甲军，金刀耀日，一齐飞出拦阻。狄爷高声大喝道：“反贼奴，你是何人？且通报姓名来。”伍须丰道：“吾乃西夏国赵王驾下，灭宋元帅伍须丰是也！你这无名小卒，可是狄青么，且报上名来，好送你归阴。”狄青喝道：“反贼奴，既知本官名望，还不倒戈投降，献上首级，且看刀！”言未了，金刀砍去，伍须丰一闪，金鞭复又打来，狄爷还刀急架，拦腰复斩。二员虎将，大战沙场，西夏兵刀斧交加，宋将喝令数万雄师奋勇齐上，西兵势倒，各自退后，自相践踏，死者甚多。

且说狄青与伍须丰连人马相比，狄青还短四尺，交锋时，伍须丰低头，狄青仰面，所以金刀发动，只好在腰膊左右。伍须丰的力量强猛，狄青不过以刀法抵挡，冲锋十余合，觉得抵挡不住，只得一马退后半箭，取出人面金牌戴上，念声无量寿佛，只听得半空中雷声鸣响，金光一闪，伍须丰一马正在追去，忽然金鞭跌地，目定口呆，直僵僵地跌下马来，八窍流红，只为他多生一目，故是八窍流血。焦廷贵一旁看见，早已飞步抢来，将他砍为两段。大小孟洋，怒气塞胸，一持大斧，一提长枪，大喝一声，飞马奔来。狄青法宝尚未收回，连念无量寿佛，金光闪闪，雷声大起，二番将翻身跌下尘埃，七窍流血。焦廷贵仍复割下首级二颗，共为一束。笑道：“果是妙妙仙戏！”那三十万番兵，见主将已死，吓得四散奔逃，却被宋兵奋勇追杀，尸横遍野，血流成河。只逃走脱了数万残兵，跑回八卦山，与在山的数万兵卒同回西羌而去。

这里狄青收回法宝，焦廷贵大悦，拿了三颗首级，抛掷空中又接回，大呼："狄王亲好戏法也。"狄青意欲带兵杀上大狼山，剿除番营，因天色已晚，只得收兵回关。杨元帅喜气洋洋，与范礼部、杨老将军齐步出关。迎接进去。四人见礼，坐了帅堂，狄青刀马自有小兵牵抬去了。元帅道："狄王亲如此英年神武，今复尽除了敌寇，立此大功，本帅有何颜面执此兵权，居此重位？当即告归，托付王亲。"狄青道："小将哪里敢当，元帅重言谬奖了。"焦廷贵提了三个人头叫道："元帅，好一段戏文！杀了三名番将，真是仙戏。"元帅喝道："匹夫，休得戏言。"吩咐拿出辕门号令。

且说狄青到关已有两天，缘何张忠、李义与三千军马并不提及，原来昨天狄青性命尚且不保，故未对元帅说明，他一到了，即交归关内大营，张、李二人守候狄钦差回旨，故略按下。当日元帅又道："狄王亲立此大功，实为可敬。"狄青道："小将罪重如山，还望元帅大度包容，小将即感恩不尽了。"元帅吩咐排宴庆功，并犒赏大小三军众将，令沈达将被杀贼兵尸首，觅地掩埋，未死的马匹及器械一一收管。又将众将功劳，一一记录毕，另行升赏。又传孟定国道："李成、李岱何在？"孟将军禀道："小将收管在此。"元帅吩咐即速带来，孟将军领命，即拘李成父子至帅堂，双双跪在尘埃，父子二人齐呼道："元帅，卑职是有功之人，如今不望荣华，只求元帅爷开恩复职，父子便深沾大恩了。"元帅大怒，拍案骂道："丧心毒贼！只为贪图富贵，便忍心伤人，如此心毒意狠，真乃畜类不如。"李成道："元帅，这功劳实乃卑职父子的。"焦廷贵喝道："万死的狗王八！差你出敌伍须丰，为什么一见番将，叩头不已，辱没了元帅的威名，可恶的狗官！"李成道："元帅，卑职原已说过，并不会出征相杀的。"

当下元帅喝令，将李成父子捆绑起来，推出辕门枭首，正了军法。父子二人求元帅开恩，休要屈抹父子功劳，元帅喝道："死在目前，还要强辩冒功么？"捆绑手将父子二人，剥去衣服帽子，刀斧手提起大刀，推出辕门，一声炮响，两颗人头落地，高挂辕门上号令，尸骸抛弃于荒野之外。李成衙中守门兵王龙，上日急赶至三关，不分日夜，在附近打听，方知杨元帅将父子二人一同正法。他即日如飞赶回，次日方到衙中，进内报知沈氏奶奶，沈氏闻得此言，魂飞魄散，痛哭凄凄，咬牙切齿，深恨杨宗保，发誓道："若不雪冤，不算我手段。"即日将父子的尸骸暗暗收埋，又收拾好细软物件，带了二名女仆，与王龙径回东京，与哥哥西台御史沈国清商量报仇，又是一番重大波澜，也且慢表。

却说杨元帅是日大设筵席，庆贺大功，犒赏众将士兵丁。心爱小英雄，欢叙闲言谈论国家政务，狄爷对答如流，范爷、杨将军也是大悦。四人你言我论，甚觉投机。元帅又道："失去征衣，如何上本奏明圣上？"狄青道："元帅，今日西夏贼兵虽退，但大狼山余寇未尽，且待明天，小将领兵前往，借着元帅虎威，或能尽除余寇，夺回征衣，也未可知。望祈元帅本上周全些小将之罪，便深感元帅用情之德了。"元帅道："如若夺得回征衣，免了众兵丁寒苦，本帅即行上本奏知圣上，抹去过失，只将狄王亲大功陈奏，请旨荐你执掌印令兵符，守保此关，本帅可以告退了。"狄青道："元帅休出此言，小将乃初仕王家的晚辈，全无才德，怎敢当此万钧重任？况有误失军衣重罪，只可将功消罪，元帅过奖，反使小将赧颜。"元帅道："王亲少年具此英略，本帅足以放心，重托边疆重任。我领守此关，已将三十载，军务太烦，自思年迈，反不如英年精锐。如今交此任于王亲，我回京可奉年老萱亲，年高祖母，安度春秋，以终天年。"范、杨二人道："元帅主意已定，王亲休得推辞，有此大功为帅，何言赧颜。"言谈已毕，各归营帐。

次日，元帅呼狄王亲道："如今仍劳你往大狼山剿除余寇，夺回征衣，待本帅备本回朝。"狄青道："元帅，小将如今有事要禀明了。"元帅道："王亲有何酌量？"狄青道："小将有结义兄弟张忠、李义二将带领三千士兵，现在关外。他们本领不弱于小将，令他二人带兵往大狼山，自然夺取征衣而回。”元帅道：“王亲既有二将随来，何不早说？”狄爷道：“昨天小将性命几乎不保，哪有心绪及此二人？”元帅听了道：“昨日错罪王亲，休得见怪。”言罢，拔令向焦廷贵道：“本师着你出关，速传张、李二将，到本帅营中领兵二万，前往征剿大狼山余寇，夺回前失征衣，不得有违。”焦廷贵得令而出，传知关外两弟兄，张忠、李义领了二万雄兵，提了刀枪，杀气冲冲而去。

且说大狼山牛健、牛刚兄弟二人，闻知伍须丰已死，吓得惊慌不定，皆因一时之错，贪了些少金珠，误受孙云之托，劫掠征衣，思害狄钦差，岂知奔投至此，众贼兵尽行消亡。牛健道：“谅他们必来讨取征衣，倘他领兵剿除，我辈焉能抵敌？”牛刚闻言冷笑道：“哥哥说此没用之言，如被旁人知之，羞赧难当。”牛健道：“兄弟，据你之见如何？”牛刚道：“有何难处？如今打发喽啰，在山前山后，山左山右埋伏，倘有兵来，四边发箭，他兵一退，即不妨了。”牛健道：“能有多少箭，倘放完了，便吃亏了。如劫了别的东西，还是小故，故今劫的征衣，杨元帅怎肯甘休？他兵精粮足，被他经年累月，征剿不休，我山中兵微粮寡，怎与争锋相持？”牛刚道：“哥哥，如此怎生算计？”牛健道：“我也算计不来的。”牛刚道：“罢了，我二人不若即日带兵，到西夏投奔赵元昊，或能博得一官，即可永远安身，未知哥哥意下如何？”牛健道：“贤弟，若要做官，还在本邦故土为美。据我之见，弃此大狼山，亲到辕门叩见，送还军衣。想杨元帅乃宽宏大度的英雄，倘不究前非，收录麾下，军前效力，要做小小武员又有何难，想来强如在此落草为盗，终无结局收场。况我又不思九五之尊，无非靠着喽啰在山前打劫小民，既非善行，有日年高老迈，打劫不了，岂非全无结果！我兄弟不如趁此机会，往投三关，倘杨元帅收录了，这是正路行为。”

不知牛刚如何回答，且看下回分解。

第三十八回

思投效强盗送征衣　念亲恩英雄荐姐丈

却说牛刚听了牛健之言，气昂昂道：“大哥，你如此胆怯，称什么英雄？既为男子汉，须要敢作敢为，奈何一心畏怯杨宗保，要往投降？”牛健道：“贤弟，你休存偏见，听我之言，方是见机。”牛刚道：“哥哥，你言无有不依，如要投顺三关，却断不依从，哥哥立意要往，弟亦不敢强留。”牛健道：“既然贤弟不愿同往，别有良图，也罢，与你分伙便了。”牛刚道：“倒也不差。”当时牛健将在山的喽啰兵，带了三千，尽将征衣装在车辆上，出山而去。余外物件，牛健一些也不取，留与牛刚受用。牛刚道：“哥哥此去，需要做个大大的官儿，荣宗显祖，荫子封妻才好。”牛健道：“贤弟，你做强盗，也要做得长久称雄方妙。”牛刚笑道：“且看谁算的高。”当下牛健吩咐喽啰三千，推押三十万征衣并劫来粮草，一同推下，炮响三声，离山望三关路途而去。牛刚亦不来相送，摇头长叹一声道：“哥哥，你缘何如此怯惧杨宗保，劫抢了征衣，又去交还，倘然不允收录于你，那时一命难逃，反吃一刀之苦了。”

书中不表牛刚之言，且说张忠、李义领了元帅将令，带领精兵二万，将近燕子河，只见前面一标军马，直望而来。李义道：“二哥，你看前边那枝人马，哪里来的？”张忠道：“此路军马，定然是杀不尽的余寇。”李义道：“狄钦差立了大战功，我二人也立一点小小功劳，你道可否？”张忠道：“说得有理。”即吩咐军士杀上前去，张忠、李义刀枪并举，雄赳赳地大喝道：“杀不尽的反贼，哪里走！”牛健一看，认得是护守征衣的二将，知他们是杨元帅麾下之人，今既去投降，必先向二人下礼，方是进见之机。即马上欠身打拱，口称：“二位将军，我不是西夏反徒之党，不必拦阻。”二将道：“既不是反徒，莫非强盗么？”牛健道：“我原强盗，如今不做强盗了。”张忠道：“你是哪方的强盗，今欲何往？”牛健道：“二位将军听禀，我本在磨盘山落草。”话未说完，弟兄一齐重重发怒，骂道：“狗强盗，劫抢征衣，险些儿使钦差被害，连累及我众将兵，叫关中四十万兵丁俱受冻寒之苦。今日仇敌相遇，断不容饶！”言未已，长枪大刀，齐砍刺来。牛健闪开刀，架过枪，即打拱道：“二位将军，请息雷霆之怒，且容小的奉告一言。”张忠、李义道：“你有话快些说来！”牛健道：“二位将军，且听禀，念小人一时不合，误听孙云的言语唆弄，劫抢征衣，罪该万死，那日劫了上山，悔已不及，恐防连累钦差有罪，原要即日送还到关，不想牛刚兄弟不明，言已误劫征衣，如要送还，料杨元帅执罪不赦，不如献上大狼山。是日我心慌意乱，见事不明，就依了他。即晚放火烧山，投奔大狼山，献于赞天王，给赏众军。岂知西夏士兵所穿的都是皮袄毛衣，与我中国征衣有天渊之隔，和暖各异，故征衣原装不动。我今连劫来粮草，送还元帅，立志归投效力，伏望将军引见元帅。”张忠道：“你唤何名？”牛健道：“小的名叫牛健。”李义道：“还有一人在哪里？”牛健心想：若说在大狼山，他二人必是寻牛刚去了，因道：“他与我已经分散，不知去向了。”张忠喝道：“胡说，想你们已经投顺赞天王，即为敌国反寇，今将征衣为由，其中定有计谋，莫不是差你来做奸细，探听消息不成？”言罢，大刀砍去。李义长枪又刺。牛健是有心投顺，故仍不敢动手，几次架开刀枪，呼道：“二位将军，小人实有投顺之心，望勿动疑！”张、李道：“你既有投降之心，且立下誓来，方准你来投降。”牛健开言道：“天地昭然共听，我牛健立心投降杨元帅麾下效力，若有丝毫歹意，口是心非，上遭神明责谴，在阵过刀而亡！”张忠、李义原是直性英雄，见他立下重咒，即放下刀枪言道：“我二人留些情面，但做不得主张，且带你回关，候杨元帅定夺。如若元帅允准收留，是你的造化。倘然不准投降，便与我二人不涉了。”牛健道：“深谢二位将军高义，还乞周全些。”张忠吩咐众兵丁就此回关，牛健随后押着征衣车辆，仍从燕子河道而行。

这李义打算立功，因道：“张二哥，我与你到元帅帐前，须说些谎话，也可立些功劳。”张忠道：“三弟，怎生谎话，可以立得战功？”李义道：“只说奉了元帅将令，杀到大狼山，杀得二牛大败，牛刚被逃脱了，牛健被擒，取回征衣，夺转粮草，如此岂不是立得大功？”张忠道：“元帅案前，且勿谎言，方见光明正大，即拿回强盗，讨回征衣，也不算什么功劳。且待血战沙场，敌人授首，定国安邦，显标名姓，方为英雄，假功劳有何稀罕的！岂可效着昨日李守备父子行为！”李义道：“二哥这句话深为有理，到底不说谎话好。”张忠道：“这也自然。”路上二人谈谈说说，已是红日西沉，早已封锁关门，只得在城外屯扎一宵。次早，元帅升坐，中军文武官员都来参见，有焦廷贵上帐，启禀元帅道：“今有张忠、李义带领大军前往大狼山，路逢强盗投降，送还征衣，现在辕门外候令。”杨元帅喜色洋洋，连称妙妙，吩咐即传二人进来。焦廷贵领令，不一时张忠、李义报名进至帅堂，参见过元帅，站立两旁。元帅虎目一瞧，二将一人面如枣色，一人面如淡墨，体壮身魁，凛凛威风，真是两员勇将。元帅开言道：“张忠、李义，你二人带兵往大狼山讨取征衣，事体如何？且细告本帅得知。”二将齐禀道：“元帅，小将奉令，带兵未到大狼山，在燕子河遇着牛健，将原劫征衣粮草送回，他自愿投降军前效力。小将只得带同牛健而来，不揣冒昧，准其投降与否？伏祈元帅定夺。”元帅闻言点头，又唤孟定国将征衣检点明白，散给众军兵，粮饷贮归军库。狄青点首自言道：今朝才应圣觉禅师之言，有失有归，祸中得福，毫厘不差。

当日，杨元帅吩咐捆绑牛健，进至帅堂，跪于帐前，低头伏地。元帅大怒，喝道："牛健，你占据磨盘山为盗，本帅一向全你蝼蚁之命，故未来剿灭。今日擅敢劫抢御批征衣，连累钦差，本帅都有罪名。你又投入敌人麾下，今见贼人倾尽，进退无门，方来投顺。本帅这里用你不着！"喝令刀斧手，推出辕门，斩首号令。牛健道："元帅开恩听禀，只因孙云有书，投到磨盘山，叫我兄弟将征衣抢劫，原该如山罪重。劫上山后，悔已不及，料得元帅震怒，大兵一至，我兄弟休矣。当时原思送还，都是我兄弟牛刚不明，只恐元帅加罪，教唆我发火烧山，投归赞天王部下。但今粮草征衣原装未动，今日小人改悔前非，特来献降，愿在元帅军前牧马效力，以盖前愆，伏乞开恩，留残躯于一线，足见元帅宽仁之恩。"元帅问道："孙云是何等样人？与你书信往来，且直禀上来，休得隐瞒。"牛健道："元帅，那孙云的胞兄名叫孙秀，在朝现为兵部之职。"元帅道："如此是孙秀之弟了。"又叫道："王亲大人，那孙云与你有仇么？"狄爷细将情由说明，元帅方知其故，又问牛健道："那孙云的来书何在？"牛健道："放火烧山，其书未存，亦已烧毁在山中了。"元帅道："狄王亲，如若有书留存，本帅可以上本奏明，收除此贼了。怎奈凭证全无，言词不足为据，如何是好！"狄爷道："元帅，孙秀、孙云虽然有罪，但如今没有书信为凭，是他的恶贯未盈之故。且慢除他，小人立心不善，下次岂无再作恶之时，待他犯了大关节，再行除他，尚未为晚。"元帅笑道："狄王亲海量仁慈，非人可及。"

一旁有焦廷贵半痴半呆叫道："元帅，小将有禀。"元帅道："你有何商议？"焦廷贵道："牛健是个信人，断然杀不得。"元帅道："你怎知他是信人？"焦廷贵道："他误听孙云之言，劫了征衣，来害钦差。如今劫去又送还，从来只有拿到的犯人，没有自来的犯人，元帅是明理的，杀这自来贼寇，岂不是元帅欺着信实之人？”元帅大喝道：“匹夫，休说乱语。”又问范大人怎生处置？范爷道：“想大狼山余寇尽除，饶了他谅亦无妨。”杨青道：“他来投顺，并无歹心，何须杀却。”狄青见焦廷贵讨饶，料与牛健有些瓜葛，便道：“元帅，牛健也是一念之差，恕彼已知罪，送还征衣，免其一死。”元帅道：“狄王亲既如此洪量大度，本帅未便执法，死罪饶了，活罪难宽。”吩咐松绑，打二十军棍，发在军前效力。当时打了牛健二十军棍，他忍痛起来，谢了元帅之恩。元帅道：“牛健，你还有弟牛刚，如今何在？”牛健道：“逆弟不愿投降，如今分散，不知去向了。”元帅道：“何须猜测，定然在大狼山，少不得发兵征剿。”牛健道：“启上元帅，小人尚有三千兵，求元帅一并收用。”元帅命焦廷贵将兵点明上册，焦廷贵得令而去，牛健随后而出。

这时孟将军上账缴命，已将三十万军衣给散毕，并三千押征衣兵补归元帅麾下，粮饷亦贮归军库。狄青道：“小将有言告禀。”元帅道：“王亲大人，有何见谕？”狄爷道：“五云汛守备现经空缺，小将有一姐丈，名唤张文，向为潼关游击，被马应龙无故革除，望元帅着他暂署此缺。”元帅允准，拔令差孟定国前往起复张文。

此事慢提，当日张忠、李义经元帅命作三关副将。原来三关上官员，要升要革，要活要死，悉凭元帅定夺，先行后奏。只因先帝真宗时，杨延昭守关之日，已敕授斧钺生杀之权，至宗保袭职，复赐龙凤尚方宝剑，专授官爵，执掌兵符。当下杨元帅要备本回朝，商量荐举狄青拜帅，只因失却征衣之事须要周全。范爷道：“若言失了征衣，其罪非小，大狼山破敌功劳虽大，只好功罪两消，焉得圣上准旨拜帅？”杨青道：“征衣虽失，不过三天，即复还了。将此抹去，有什么证据？本上只言钦差押送征衣，依限而至，进城数天，立下战功，岂不省却许多麻烦。”元帅听了，准依此拟，修起本草，即日差将登程。吩咐回到汴京，勿与众奸党得知，须要亲至午朝门，通知黄门官传奏。另有书信一封，送回天波府祖母佘太君、母亲王氏夫人；狄青一书，送至南清宫狄太后；范爷一书，送至包待制府中；杨将军一书，送交韩吏部府上；别无言语，无非关照狄青征衣解至，并破大狼山立下血战大功。

是日只有狄青思念生身母在张文姐丈家，一心牵于两地，今日起复张文为守备，母亲定然到此，使我晨昏侍奉，为子方得安心。

不知后事如何，且看下回分解。

第三十九回

临潼关刘庆除奸　五云汛张文上任

当晚狄青思亲之际，杨元帅退了帅堂，众将各自归营，狄青一切无差，单单忘却一位活命恩人，此人乃是庞府上逃出的李继英。他与张忠、李义一同到此，是日元帅只令张、李进见，狄爷已忘却他在外营。忽一天继英得遇张忠，他只说要见狄爷，张忠反觉骇然，道:“狄哥哥忘怀了活命恩人，待我与你传知。”这日狄爷正与杨元帅对坐，论说圣上增送岁币，与北夷契丹的失算，有张忠上帅堂，向狄爷禀知，李继英求见。狄爷听了，忽然醒悟道:“怎么遗忘了他，倒显得我无情了。”传命速请他进来相见，张忠领命而去。元帅忙问:“那李继英是何人?”狄爷细将得他搭救前情说明，元帅与众将都言，此等义侠之人实为可敬。正说之间，李继英已至，参见过元帅，又拜见狄爷，他即扶起李继英，再参见范礼部、杨老将军、孟、焦等一班文武官员。众将士敬他是侠烈士，不便轻慢，元帅又与他一座位，在狄爷位下。谈论数说，元帅吩咐赏酒一桌，狄爷命张忠、李义陪宴。狄爷又道:“元帅，五云汛上还缺一千总官，可否命李继英补了此缺?”元帅道:“狄王亲既荐他，本帅自当依命。”即着李继英莅任五云汛，李继英叩谢而往。

此事暂停。且说前文飞山虎刘庆依了张文之言，归随狄王亲。但碍着妻子，又不能逃出潼关，当日计算，收拾起细软物件，将家眷暂送在一所洁净尼庵安顿了，又来见马总兵。马总兵道："庞太师一心要害狄王亲，不想前月一连几次，你不下手，莫非你与他有什么瓜葛？"飞山虎道："小将与他毫无交情，焉有不下手的？但他盔上甚奇，日夜放光，冲开大刀，不能下劈。不如待小将再至三关走一遭便了。"马应龙道："狄青到关已久，你今此去更难下手了。"刘庆道："不妨，此去定取狄青首级回来，断不再误。"马应龙道："如此，速速前往！"飞山虎退出。刘庆不往别处，只往张文家去。

且说孟氏太君，自与孩儿分别，终日悬念。只因时值三冬，霜雪交加，倘道路延搁，违了限期，只恐杨元帅执法无情，虽有佘太君家书一封，不知杨元帅能否遵依宽宥。金鸾小姐时常安慰母亲，张文也道："狄兄弟乃烈烈英雄，定然无碍的。"忽一天报进杨元帅差官到来，反吓得张文一惊，只得接进来。两人见过礼，杯茶已毕。张文问道："孟将军到此，有何公干？"孟定国道："只为钦差英勇，杀退敌人，即于元帅前保举张老爷为五云汛守备之职，元帅有文书在此，请看便知明白。"张文道："有此奇事么？"张文虽做过游击，但前程已被革去，因何孟定国仍称他为老爷？只为张文是狄钦差的内戚，今已起复为守备，孟定国所以才恭敬于他。当下张文看了文书，满心大悦，要备酒款待，孟将军坚辞而去。张文进内堂报知岳母，孟氏闻言大喜道："难得孩儿立此大功。"金鸾欣然道："母亲，兄弟果然胆大志高，具此奇能，如今愁尽闷消了。"太太道："此乃苍天庇佑，吾儿年纪虽小，却能立此奇功，真不容易。"当下张文选了吉日登程赴任，预早收拾物件，不用细言。

这日又来了刘庆参将，说道："那马总兵必要谋害狄王亲，但我已将家口安顿在尼庵中，心无挂念，张老爷可收容我了。"张文微笑道："刘老爷，真乃言而有信之君子。"刘庆道："为人言出如山之重，岂容更变？”张文道：“我家兄弟虽然年轻，实乃英雄骁勇，方到边关，即立下大功。”刘庆道：“立下什么大功？”张文道：“首寇赞天王等五将，数十万敌兵，被杀个净尽，今又保荐我去做五云汛守备，你道奇妙也否？”刘庆道：“可惜，可惜！追悔已迟了。我悔不及早跟随狄钦差，若能早到三关，也立些战功了。孰知间阻来迟，有何面目往见钦差？”张文道：“刘老爷，何须着恼，你今未建小功，还有大功待你建立。”刘庆道：“张老爷，还我席云帕，待我克日往见狄钦差。”张文道：“你今日即是要往三关，总也迟了，如今何须性急。小弟再隔两天，也要动身，同往如何？”当时张文款留飞山虎，堂中排开酒宴一桌，二人对坐，吃得尽欢。

酒至半酣之际，谈论庞洪奸恶，马应龙附和权奸，要陷害狄钦差，张文呼道：“刘老爷，吾想庞洪、孙秀、胡坤，与狄钦差结下深仇，要图陷害，也不去说他。但马应龙与狄钦差并非宿怨，不该深信其言，竟要紧紧图害于他，比之三奸，倍加狠毒。他命你往杀狄钦差，不若你反去杀这奸贼，取他首级，拿到边庭，方显得你是为国除奸的英雄，但不知你有此胆量否？”飞山虎听了，冷笑道：“要杀奸臣不难，速还我席云帕，管教取到首级来此。”张文道：“刘老爷果有胆去么？”飞山虎道：“畏怯不去的非是丈夫。”张文暗想道：“我不过是戏言，岂知他认作为真，待我索性将他激恼，可以除却奸党。”即呼道：“刘老爷，下属刺上司，罪名甚大，倘或杀害不成，反为不妙。”刘庆道：“你休戏弄于我，如一允诺，即赴汤蹈火，亦所不辞。这些小事情有何难处！若无首级回见于你，即将我脑袋割送于你。”张文道：“如果杀此奸臣，也算除一大患了。”

当日饮酒已毕，不觉红日归西，张文取出帕子，交还了飞山虎。又谈了一番，已交二鼓，刘庆将腰刀紧紧束系，驾上席云帕，在潼关马总兵府前降下，向府内四面观望，想道：马应龙这奸贼，谅已睡卧了，不若唤他出来，赏他一刀，即大呼道：“马应龙，我乃上界速报神，今奉玉帝旨到此，即速接旨。”马应龙正在内室与夫人饮酒闲谈，二更已过，夫人先醉了，这马应龙还不住杯。想起飞山虎的本领，但愿此去一刀两段，收拾了狄青，其功不小，庞太师定然升我的官爵。正在心中思想，忽闻庭外呼唤之声直达室内，忙唤丫环小使，但时已夜深，都熟睡了。只得自持银灯，来至庭前，那飞山虎看得明白，即厉声大喝道：“马应龙身居武职，当为国除奸，今不念君恩，反附奸臣，图害狄青。今我奉玉旨，斩却奸臣，断无轻赦。”这马应龙早已吓得魂散魄飞，浑身颤抖，即忙跪下尘埃，叫道：“尊神在上，我实无此事。”方说得无此事，刘庆已飞身而下，顺手一刀，血淋淋头儿，滚将下来，提了人头，腾空而去。当时刘庆犹恐牵连近地官民，又驾云飞到临潼府衙内，按住云头高呼道：“临潼府太守何在？”是晚太守还在灯前，批阅下属详文，忽闻空中呼唤，不觉吃了一惊，抽身出外，喝问：“哪方呼唤本府？”又闻高空有人叫道：“临潼府听我吩咐：我乃上界速报神，奉了玉旨所差到此。只因潼关马总兵应龙，听信庞洪奸佞之言，打发刘参将，前往边关，行刺狄钦差，此等狠恶奸臣，趋权附势，今已上干天怒。我神奉差先往边关取刘参将首级，又回潼关斩却马总兵，拿了首级复旨。我神知你是位爱民清官，是以特来报知，此非盗杀，不要累及近地官民。”说完，嗖的一声去了。府太守闻言，并不惊慌，仍又回进了书房。

原来这位临潼府太守，姓白名山，字峻高，乃是公正无私的清官。原籍江西人氏，两榜出身，年近五旬，办过多少案件，经历有年，岂不明白此事。自言道：什么上界速报神，本府闻边关参将刘庆善于席云，想必马总兵差他行刺狄青，刘庆反回刀杀了马应龙，只恐累及他人，故来本府跟前，说此谲诈之言。想罢，长叹一声道：“刘庆，你不附奸臣党羽，是你正大光明的立品，但不该胆大擅杀上司。况且杀害官员，事关重大，岂不干连近地头百姓及本府官员，教我如何处置？即此无凭无据之论，实难申详上宪，有此件重案，如何了得？”想来思去，只得请刑名、幕宾两人商酌。幕宾道：“太尊，这种案件倘不据此而办，恐一府文武官员都有干碍。依晚生愚见，只可据此申报，并差快马赶回汴京，密禀冯、庞二相，送副厚礼，要求他周全，方保本府官员无碍。但太尊仍要连夜进关，查看有无此事，方好播扬众官员得知，要先说明神人责备之言方妥。”白太守听了点头，顷刻传知众衙役打道，随从白太守，一路来至马总兵衙内，查看果有此事。即速差人，分头往报城厢内外各官。此时文武官员都已熟睡了，一闻此言，大为惊骇，不一刻齐到马府，进了中堂，只见尸骸，不见了首级，众官员嗟叹称奇。当时府内夫人哭得肝肠寸断。众文武纷纷议论，都说：“非白太守连夜查明，是神圣显灵，有此天谴，哪里去捕拿凶手？此件大事，如何完决？”候至天明，众官员各自散去，少不得商量厚礼，申备文书本章，投达东京去了。这马府夫人只得收拾无头尸首，哭泣哀哀，不须多表。

却说飞山虎席云来到荒郊之外，将首级埋藏于泥土中，然后回见张文，细言其事。张文抚掌欣然道：“刘老爷果然胆量包天，真乃英雄。”此时天色已亮，金鸾母女又惊又喜，惊则惊杀人如儿戏，喜则喜除了一奸臣，免了后患。次日，张文已收拾齐备，带同家眷，来至五云汛，汛上的兵役，纷纷迎接进衙，又有李继英也来参见上司张守备。一言交代，不须烦言。

却说飞山虎到了边关，将此情由启知狄青。狄青一闻此言，还怪他目无王法，他虽是附和奸恶之臣，纵使有罪，但非你可擅杀，又恐连累此处官民，只得将情由禀知杨元帅。元帅反称他义侠刚烈英雄，授他副将之职。又使制成四面大旗，旗上称狄青为出山虎，张忠为扒山虎，李义为离山虎，刘庆为飞山虎，四围辕门，高高竖起。此时方得四虎将，后来石玉到关，加上一面大旗，名笑面虎，又成五虎将了。

且说张文上任后，有文书到帅堂，狄青即日到五云汛见了母亲，喜色欣欣，又与姐丈、姐姐重逢。一堂欢叙，话长难述。

不知后文如何，且看下回分解。

第四十回

庞国丈唆讼纳贿　尹贞娘正语规夫

慢话狄青母子姐弟重逢，且言杨元帅身居边关主帅二十六七载，从无半点私曲徇情。唯独如今本章一道，周全狄青之罪，抹过失去征衣，单提到关即退大敌，立下战功，将李成父子冒功之事，一概不提，只候圣上准旨，拜狄青为帅。岂料偏偏有李沈氏要与丈夫儿子报仇，致使征衣事情，仍然败露，又有一番大大波澜兴出，搅扰一场。

那沈氏比杨元帅本章早到汴京三天，一路进城到沈御史衙中，进内拜见哥哥，又与嫂嫂尹氏贞娘殷勤见礼，东西而坐。叙谈各问平安毕，沈国清道："贤妹，你今初到，为何愁眉紧锁，满面含悲，是何缘故？"沈氏当下叫道："哥哥，妹子好苦！"未出言词，泪先坠下，将丈夫儿子尽死于钢刀之下的情节一一说明，故特来告诉亲兄做主。沈御史听了，吃惊不小，呼道："妹子，且慢悲啼，这段冒功事情，原是妹丈差处，叫我也难处决。"沈氏道："哥哥，妹丈虽错，但杨宗保太觉狂妄，即使冒功，也无死罪。"沈国清道："怎言无死罪，简直是死有余辜！"沈氏道："哥哥，他父未招，子未认，不画供，不立案，如何可擅自杀人？故妹子心有不甘，抵死回朝，要求哥哥做主，总要报雪此仇，他父子在九泉之下，也得瞑目。"沈国清呼道："贤妹，你且开怀，罢手为高，何苦如此？”沈氏道：“哥哥，若不出头，枉为御史高官，赫赫有名，反被旁人耻笑你是个没智量之人。”尹氏夫人听了这些言辞，想来这等不贤之妇，不明情理之人，世间罕有，不嫌己之恶行，反怪他人立法秉公，言来句句无理，不愿再听下去，转身回入内室去了。沈国清道：“妹子，我还要问你，古言木不离根，水不脱源，你言狄青失去征衣之事，须要真的，方可说来。”沈氏道：“乃磨盘山上的强盗抢劫去的，众人耳闻目见，不只妹子一人知晓。”沈国清道：“你要报仇，事关重大，为兄的主张不来，待我往见庞国丈商量方可。但有一说，这位老头儿最是贪爱财帛的，倘或要索白金一二万之多，你可拿得出否？”沈氏道：“妹子带回金珠白镪约有五万两，如若太师做主，雪得冤仇，妹子决不惜此资财。”沈国清道：“如此，待我去商量便了。”吩咐丫环，服侍姑太太进内，众丫环领主之命，扶引这恶毒妇人进内。沈氏心下暗忖道：缘何嫂嫂不来理睬于我，难道没有三分姑嫂之情？便命自己带来两侍女去邀请尹氏，这夫人勉强相见叙谈，排开酒宴，面和心逆，二人对坐饮酒，不必多言。

且说沈国清匆匆来到庞府，家丁通报，见过国丈，即将妹子之事，细细言明。庞国丈想道：老夫几番计害狄青，岂料愈害他愈得福，此小贼断断容饶不得。即杨宗保恃有兵权，目中无人，做了二三十年边关元帅，老夫这里无一丝一毫孝敬送到来，老夫屡次要搅扰于他，不料他全无破绽，实奈何他不得，今幸有此大好机会，将几个奴才一网打尽，方称吾怀。但人既要收除，财帛也要领受，待吾先取其财，后图其人，一举两得，岂不为美？盘算已定，便开言道：“贤契，你难道不知杨宗保，乃天波无佞府之人，又是个天下都元帅，兵权很重，哪人敢动他一动，摇他一摇。除了放着胆子叩阍，即别无打算了。”沈国清道：“老师，叩阍又怎生打算？”国丈道：“叩阍是圣上殿前告诉一状，倘圣上准了此状，杨宗保这罪名了当不得，即狄青、焦廷贵二人，也走不开。杀的杀，绞的绞，他即势大，封王御戚，也要倒翻了。碍只碍这张御状无人主笔，只因事情十分重大，所以你妹子之冤，竟难申雪。”沈国清道：“老师，这张御状，别人实难执笔，必求老师主笔方可。”国丈道：“贤契，你说笑话了，老夫只晓得与国家办公事，此种闲事，却不在行，且另寻门路吧。”此刻庞洪装着冷腔，头摇数摇，只言“难办”。沈御史明知国丈要财帛，即道：“老师，俗语说得好，揭开天窗说亮话，这乃门生妹子之事，只为门生才疏智浅，必求老师一臂之力，小妹愿将箧中白金奉送。”国丈冷笑道：“贤契，难道在你面上，也要此物么？”沈御史道：“古言，人不利己，谁肯早起？况此物非门生之资，乃妹子之物，拈物无非借脂光，秀士人情输半纸。今日仍算门生浼求老师，谅情些便足见深情了。但得妹子雪冤，不独生人感德，即李氏父子在九泉之下，亦不忘大德。”国丈道：“此事必要老夫料理么？”沈国清道：“必求老师料理。”国丈道：“御状词究用何人秉笔？”沈国清道：“此状词正求老太师主裁，除了老太师，有谁人敢担当此重事？”国丈道：“也罢，既如此说，也不必多虑了。但还有一说，御状一事，非同小可，守黄门官、值殿当驾官，一切也要送些使费，才肯用情，至省也要四万多白金。劝令妹且收心为是，省得费去四万金。”沈国清道：“即费去四万金，吾妹亦不吝惜，休言御状大事要资财费用，即民间有事，也要用资财的。”国丈笑道：“足见贤契明白，但不知你带在此，或是回去拿来？”沈国清点头暗说，未知心腹事，且听口中言，这句话明要现银了。便说：“不曾带来，待门生去取如何？”国丈道：“既如此，你回去取来，待老夫订稿。”沈御史应允，相辞而去。

当时国丈大悦，好个贪财爱宝的奸臣，进至书房坐定，点头自喜自言：老夫所忌的是包拯，除了包待制，别人有何畏怯？今幸喜他奉旨往陈州赈饥，不在朝中，说什么天波无佞府之人，天下都元帅威权很重，说什么南清宫内戚，只消一张御状达进金阶，稳将那两个狗贼一刀两段。杨宗保啊！不是老夫心狠除你，只因你二十余年没有一些孝敬老夫。庞洪犹恐机关泄露，闭上两扇门，轻磨香墨，执笔而挥，一长一短，吐出情由。写毕，将此稿细细看阅，不胜之喜，不费多少心思，数行字迹人头落，四万白金唾手得。

国丈正在心花大放，外厢来了沈御史，已将四万银子送到。国丈检点明白领受，即呼道："贤契，你是个明白之人，自然不用多嘱，只恐令妹不惯此事，待老夫说明与你，你今回去，将言告知令妹。"沈国清道："我为官日久，从不曾见告御状，还望老太师指教的。"国丈道："这一纸，乃是状词稿，只要令妹誊写。"沈国清道："幸喜我妹善于书法。"国丈道："又须要咬破指尖，沥血在上，她虽有重孝，且勿穿孝服。"沈国清道："此二事也容易的。"国丈道："又须着一身素服，勿用奢华，装成惨切之状，一肩小轿，到午朝门外伺候。黄门官奏称李沈氏花绑衔刀，然而此事可以假传，并不用花绑的。"沈国清点首称是。国丈又道："主上若询问时，缓缓雍容而对，不用慌忙，切不可奏称你是她的胞兄，她是你的妹子。倘圣上不询，也不可多言答话，必须将状词连连熟诵，须防状词不准，还得背诵。这是切要机关，教令妹牢牢记住为要。"沈国清听了言道："谨遵吩咐。"即时接过状词，从头看罢，连称："妙，妙！老太师才雄笔劲，学贯古今，此状词果也委曲周详，情词恳挚。"说时，轻轻藏于袍袖中，国丈早已命人排开酒宴，款留一番。少顷辞别归衙，便将状稿付交妹子，将国丈之言一一说明。这沈氏听得一汪珠泪，辞别哥哥，还至自寓内室中。若论沈氏，虽则为人蛮恶狠毒，然而夫妻情深，立心要与夫儿报仇拼得一死。即晚于灯下书正状词，习诵一番，待至明天五鼓，要至午朝门外进呈不表。

沈御史夜深回至内室，只见灯前静肃无声，尹氏夫人一见丈夫进来，起身呼道："相公请坐。"沈御史答应坐下，问道："夫人还未安睡么？"尹氏道："只为等候相公，故而未睡。"沈国清道："夫人为什么愁眉不展，面有忧色，莫非有什么不称心之事？"尹氏道："谁人晓得妾的忧怀！”沈国清道：“是了，定然憎厌姑娘到此，故夫人心内不安。可晓得她是我同胞妹子，千朵鲜花一树开，也须念未亡人最苦，夫人，你日间冷淡她是不应该的。”尹氏听罢，叹道：“相公亏你也说此言，妾之不言，无非假作痴聋，我不埋怨于你，何故相公反倒来埋怨于妾？”沈国清道：“今日姑娘非无故而来，她是个难中人，姑夫甥儿都死于刀下。你为嫂嫂，当看我面上，多言劝慰，方见亲戚之情，何故这般冷落于她，反要埋怨下官怎的？夫人你却差了！”尹氏道：“相公，妾非冷落令妹，可笑她为人不通情理，不怨丈夫儿子冒功，反心恨着杨元帅，强要伸冤。这事是她夫儿荒谬，冒了别人功劳，希图富贵，将人伤害，自然罪该诛戮。她如是个知情达理的妇人，即应收拾夫儿尸首，闺中自守，才为妇道，亏她还老着面颊，来见相公，打算报仇，岂非丧尽良心之人？只因她是相公一母同胞妹子，妾才勉强与她交谈。相公官居御史，岂有不明此理，实不该助她报仇，倘然害了边疆杨元帅，大宋江山社稷何人保守？奉劝相公休得为私忘公，及早回绝了她，免行此事才是。”沈御史听了笑道：“你真乃不明事理之人，杨宗保在边关，兵权独掌，瞒过圣上耳目，不知干了多少弊端。”夫人道：“相公，你知他作何弊端？”沈国清道：“圣上命他把守边关，拒敌西戎，经年累月，不能退敌，耗费兵粮，不计其数，其中作弊之处，不胜枚举。纵然我妹丈甥儿干差了事，重则革职，轻则痛打军棍，为什么没一些情面，竟将他父子双双杀害？况且既不画供，又不立案，杀人杀得如此强狠，别人哪个不忿恨，我妹痛夫念子，焉得不思报冤仇？即铁石人心上也不甘的，夫人你错怪她了。”

不知尹氏夫人作何答话，且看下回分解。

第四十一回

逞刁狡沈氏叩阍　暗请托孙武查库

当时尹氏夫人听了丈夫之言，即道:“不知相公如何料理伸冤大事?”沈御史道:“下官也料理不来，故与庞太师酌议，费去四万银子，做御状一纸，待妹子于驾前哭告。但愿得上苍默佑，若天子准了状词，天大冤仇得翻雪了啊。夫人，是亲必顾从来说，哪管江山倒与坍，你是一个妇人，休得多管，我自有主意。”尹氏夫人自语道：奸党弄此伎俩，众忠良虽是凶多吉少，但沈氏终属女流之辈，如何起此恶毒念头。纵然奸雄主谋，御状做得狠毒，看你弱质裙钗，怎到五凤楼前，岂不是画饼充饥，惹人笑话！沈御史见夫人自言自语，便说:“夫人休得多言，冤仇伸与不伸，日后自见，且请安睡去吧。”

不表东边却说西，庞国丈收领沈御史四万两白金，喜色洋洋，即往见黄门官言道:“明日万岁临朝，有一妇人在午朝外叩阍呈御状，断断不可拦阻她，劳你奏明圣上，一切言语间帮衬些。”黄门官道:“国丈吩咐，定当效劳。”只因庞太师女为庞妃，把持朝纲，赫赫有名，二品上下官员，十有其七在他门下。如今他对黄门官说了一声，哪有不遵的，是以李沈氏叩阍，名为费了四万银子，而庞太师一厘一毫也不曾破费，实乃一人受惠了。

次日五更三点，东方未明，已有文武官员齐集，天子登殿，香烟霭霭，晓雾腾腾，又是一番景象。朝罢，圣上有旨："文武众臣，有事出班启奏，无事即此退朝。"有黄门官俯伏启奏道："有一妇人于午朝门外，自称李沈氏，花绑衔刀，手呈御状，俯伏哀惨，称言身负沉冤，无门申诉，冒死而来，乞求万岁爷做主。小臣即将该氏驱逐，该氏称言杨宗保误国欺君，不知是真是假，小臣不敢不奏明万岁定裁。"班中国丈暗暗点头，黄门官果也能言。当时众文武个个心惊，不知真假，独有庞洪、沈国清心头坦定。嘉祐君开言道："妇女之流，泼天胆子，敢到此间，不知有何海底极深之冤，敢于午朝门外呈此御状。寡人非地头官，恕她妇女无知，从宽免究，逐出午朝门，不许再奏。"黄门官听了万岁之言，焉敢再奏，即称"领旨"。正待抽身，只见庞太师执笏当胸，俯伏金阶奏道："臣思李沈氏乃一妇人，据称身负大冤，无门申雪，故敢于吾主驾前求伸。更言杨宗保误国欺君，此事必因国家而起，陛下若不究询虚实，而该氏果有重冤，何忍听其申诉无门。如杨宗保果有误国欺君之弊，亦不便置之不理，伏唯陛下睿鉴参详。"君王道："朕思杨宗保世沐君恩，为将多年，只有保邦，从无误国，此事定然是妇人听了别人唆使而来，朕必不询究，卿勿多言。"天子果乃英明，参透此事，众位忠良大臣俱都无言，独有庞国丈满面透红，沈御史心如火炙，眼睁睁只看着庞国丈。这庞洪只得又奏道："臣思地方有司衙署，或有刁民藐视国法，以假作真，以曲作直，捏情诬告，刁讼唆弄。但万岁驾前，若非沉冤重枉，焉敢冒死而来以身试法？况有误国欺君大款，谅非海市蜃楼之虚，伏望陛下准收此状，以免此妇有屈难伸，而重臣弄法，实碍朝廷纲纪，臣戴罪宰阁，不得不冒死启奏。"嘉祐王看着国丈，心想：此事必是他从中主唆，故如此着力，也罢，寡人且看状上情由如何便了，便道："依卿所奏，着黄门官取状进呈。"黄门官口称领旨，去不多时，取到李沈氏状词，呈于龙案上。嘉祐王御目一瞧，状曰：

诚惶诚恐，稽首顿首，冒死上言。诉冤妇李沈氏，现年三十五，江南松江府华亭县原籍。诉为冒功枉法，贪赃徇私，斩宗绝嗣，屈杀害民事：氏夫李成，原任五云汛守备，仅有独子李岱，是汛千总。冤于本年十月十二日，钦差狄王亲领解征衣，已至关外荒地屯扎，悉被磨盘山强盗抢劫。至十三夜，氏夫经汛巡查，偶遇胡人赞天王、子牙猜醺醉逡巡，踏雪履霜而至。氏夫思二人乃西戎巨寇，中国大患，父子私算，乘其醺醉糊涂，有机可乘，即箭射赞天王，刀伤子牙猜，二首并枭，双功望奖，父子共赴边关，献功帅府。岂料狄钦差尽失征衣，难弥其罪，重行贿赂于焦先锋而为硬证，得以冒功卸罪，而杨宗保徇情枉法，混将氏夫及子袅首辕门，痛思氏之夫子功凭级证，奈杨宗保恃职司权，凌属如蚁，嗟呼，人心何在，国法奚彰？既掌三军司命，职司生死之权，理应秉公报国，乃竟有罪得功，因功惨死。在氏冤屈沉沦，绝嗣斩宗；在杨宗保昧法欺君，专权屈杀。至彼兵符统属，势大藩王，故氏申诉无门，不得已冒死午门，沥血金阶，倘黑天翻白，虽死之日，犹生之年。衔刀上悬，乞天皇电鉴，不胜哀惨痛切之至！

嘉祐帝看罢，将信将疑，想道：若说狄青征衣尽失，依照国法，原该有罪，如无此事，这沈氏妇人怎敢轻告此词？也罢，寡人且自准她，将情由一询，看是如何。传旨："李沈氏放绑卸刀，着进金銮。"黄门官领旨，这沈氏低着头，一身淡色服饰，步至金銮殿前俯伏，两泪交流。当时圣上诘他情节，沈氏照依状词上，句句对答无差。天子想来，这款状词，十有七八是国丈专主的，故不诘问是谁人代笔主谋。只降旨道："将李沈氏发往天牢，此案未分皂白，着令九卿四相公同酌议办理，三日内复明定夺。"当时退朝，群臣各散，不必多表。

单言李沈氏，天子虽说降发她在刑部天牢，沈御史即日弄了些手脚，只与司狱官知照，说了数言，李沈氏仍归御史衙中。因姑嫂二人不甚相得，沈御史又差人悄悄将妹子送至一尼庵内暂住。一言交代，也不多提。

当日九卿四相文武大臣，奉了圣旨，在朝房公议。当初忠义重臣首相寇准、毕士安，仁宗即位元年已卒，次后相继而亡者有李太师、沈待制、孙爽，如今冯太尉、庞国丈、吕夷简秉政，欲拟狄青中途失去征衣，贿证冒功，杨宗保混昧不察，妄杀有功，误国瞒公之罪。却有左班丞相富弼、平章文彦博、吏部天官韩琦三位忠贤驳论道："那妇人乃一面之词，岂得为凭？若因此伤边关望重之臣，依私昧正，焉有此法律？如若力办此事，须当严审根究李沈氏，方得分明真伪。"当天商议不定，第二天仍复如此。次日五更将晓，天子设朝，正在君臣议论此事，忽有黄门官入奏道："有边关杨元帅差官赍表呈进，现于午朝门外候旨。"圣上传旨宣进。赍表差官进阶俯伏，三呼万岁，有侍官取上本章，在龙案上展开。天子观看，其表上叙及狄青征衣限期到关，力除西戎国五员骁将，杀败十数万敌兵，解了边关围困，特请旨荐保狄青为帅，他要告假回朝之意。天子看完，欣然大悦，开言道："庞卿，你且将杨宗保奏折看来。"庞国丈道："臣领旨。"一看本章，惊吓不小，顷刻满面通红，再不想狄青有此本领，如今杨宗保又保荐他为帅，如若狄青做了边关主帅，老夫休矣！即忙俯伏奏道："陛下明并日月，臣思杨宗保荐狄青为帅，但现据李沈氏控他失去征衣，贿证冒功，希图抵罪，而杨宗保本上却于失征衣之事一字不提，即李成父子冒功正法，因何也不陈明。是沈氏所呈确切，而杨宗保弊端显然。昧法欺君，理当究本穷源，仰祈陛下明察。"君王听罢，想道："此事叫寡人也推测不来，怎生是好！"首相富弼怒气不平，出班奏道："老臣有奏。"天子道："卿家有何奏闻？"富相道："臣思此妇，敢于叩阁，必有主唆奸臣。而李成父子若不冒功，杨宗保岂有屈杀无辜？狄青果然无功，他焉肯欺君，请旨拜帅。陛下如要究明此件重案，先将李沈氏发交包拯，严究何人主唆，则李成父子冒功真假，必可彻底澄清。"

这一番话弄得君王心无定主，明知富弼所奏合理，但想此事定然国丈主谋，碍在贵妃情面，如何深究，颇觉左右两难。却见庞洪又奏道："臣思该氏冤大如天，无门申雪，到午朝门外上呈御状，实为情极冒死而来，还有哪人不畏死的与她把持。如要究李沈氏，须先究杨宗保，祈陛下降旨往边关，即将杨宗保、狄青、焦廷贵等扭解回京，发交大臣勘问，便可以水落石出了。”有吏部韩爷出班奏道：“边关重地，岂可一天无帅，若将他等扭解回朝，一有泄漏，其祸非轻。契丹尚在未平，西夏叛攻未服，此事万万不可！”天子闻奏喜道：“韩卿所言合理，江山为重，非同小故，三位卿家且平身。”三位大臣谢恩而起，天子道：“朕思杨宗保失察征衣，狄青疏忽被劫，焦廷贵贪赃硬证，朕亦未能深信。李沈氏诉雪夫冤，亦不便置之不办，寡人差一大臣密往边关，名为清查仓库，实则暗访此事真伪，众卿以为何如？”富弼、韩琦都言道：“陛下之旨甚善。”庞太师也无可奈何，不便再奏。天子看看两旁班列，即下一旨，着工部侍郎孙武前往边关。庞太师自言道：此人差得有机窍了。当时富弼、韩倚、文彦博几位忠贤，虽知孙武亦是奸臣党羽，料想杨宗保等立于不败之地，畏他什么？是日只因功罪未分，天子于杨元帅本章，也不批旨，狄青的元帅，也未封赠，且待孙武回朝，再行定夺。

不知孙武往边关如何复旨，且看下回分解。

第四十二回

封仓库儒臣设计　打权奸莽汉泄机

群臣朝罢回衙，俱各不表。单提国丈回归相府，自语道：只说几个畜生易于翻倒，岂知这昏君心中不决，反差孙武往边关查盘仓库。你这昏君主意虽好，但这差官已错用了，孙武乃孙秀从弟，又是老夫的心腹，不免请他到来，嘱咐而行，岂不善哉！想定主意，吩咐备酒席于暖香楼，然后差人请到孙侍郎，进相府拜见庞太师，二人即于暖香楼中对酌，细细商量一番。国丈道："孙兄，老夫请你到来，非为别故，一则与你饯行，二来有事相托。"孙武称谢，又道："不知老太师有何吩咐？"国丈道："狄青乃老夫不喜之人，又与你哥哥和胡坤二人切齿深仇，孙兄谅所深知。"孙武道："晚生也深知的。"国丈道："几番下手算计，不独害他不成，反被他取高官，封显爵，又得此重大战功。这冤家如此得意，实是孙、胡二人不甘心的。即杨宗保身居二十六七载边关元帅，眼底无人，不看老夫在目中，从无一些孝敬送来，私囊独饱，亦是容他不得。你是我的心腹厚交，今日圣上差你到边关，古言明人不用细说……"国丈说到此处，孙侍郎即打了一拱道："此事都在晚生身上。"国丈笑道："孙兄乃明白之人，我亦不用多言，只消回朝如此如此，便可收拾此党。"孙武连连应诺。再复把杯一刻，至晚辞别而回。道经孙兵部府，顺即进见，谈说之间，孙兵部与庞国丈不约同心。是日，胡坤亦在孙府把盏，心中大悦，总要算计狄青、杨宗保二人。孙武见二人如此，即说：“庞国丈方才已说过，小弟自必当心，决不差误。”孙秀道：“若得如此，愚兄感激无涯。”孙武道：“哥哥，弟兄之间，些小之事，何足介怀。”孙、胡二人听了大悦，孙武告别回衙，打点动身。

不表孙武出京，且说边关赍本官尚在汴京，将杨元帅、狄钦差各书，分头送达，还有一书要送包待制，岂期包拯在陈州赈饥未回，故将书投送包府。是日韩爷将杨青来书展阅，果然狄青功劳浩大，只恨庞奸贼兴此风波，主使沈氏叩阍。当日备酒款了差官，又修书一封，带回边关，说明钦差孙武到边关明查仓库，暗访失征衣的缘故。

再言天波无佞府佘太君是日接得边关来书，与孙媳穆氏及众夫人等拆书一看，方知狄青初到，即杀退敌兵，众位夫人一同羡美，不用烦述，然佘太君与众夫人俱不上朝，故不知孙武奉旨出京之事。

又说南清宫狄太后得接侄儿回书，母子大喜，难得建此大功。那潞花王是朔望上朝，故今沈氏叩阍与孙武出京之事，也不得而知。

此言不表，再说庞国丈、冯太尉这天接了几封密报，方知潼关马应龙被神圣所诛，说出他用计恶处。冯太尉不知其故，只庞国丈心下大惊，二人不敢陈奏圣上，即私放一官赴任潼关总兵。

不表二奸欺君昧法，却说边关杨元帅见狄青力退敌兵，除灭五将，解了边关重围，一心敬重他乃当世英雄，国家有赖，随时设宴款叙，每日谈论军机，觉得两相投契。忽一天赍本官回关，元帅细问，圣旨缘何不下？赍本官回禀道：“朝廷未有加封拜帅旨意，但不日之间，却有钦差孙侍郎到关盘查仓库。”元帅道：“孙侍郎到关盘查仓库么？本帅守关二十余年，从未有人盘查仓库，莫非又是奸臣的计谋？”赍本官又将韩爷的回书送与杨青，然后叩辞元帅而出。杨青将书拆展，细细看明，冷笑道：“可恼庞洪老贼，弄此奸谋恶计，将此美事又弄歪了。”细细说知三人。元帅道：“纵有钦差到来，我何畏哉！况仓库历年无亏，岂畏盘查？”范爷道：“这孙武乃孙秀族弟，庞洪心腹，料这老贼定然有计作弄，他亦必需索金帛。回京复旨，只言失征衣是真，李成父子冒功是假，我众人亦不在朝与辩，必中奸计。不妙了！须要预早打算，不着他圈套为高。”元帅道：“礼部大人才高智广，如何打算才是？”范爷冷笑道：“只略用半点小功夫，可先将仓库封固，只说钱粮亏空过多，要求钦差回朝周旋。想孙武乃贪婪财帛小人，送他三五万银子，求他在万岁驾前，只言仓库无亏无缺之语。孙武得了银子，自然应允，待他转身后，预差一精细将官，在前途埋伏拿下，以赃银为证，备本劾他。他即陈奏李成冒功是假，失征衣是真，圣上也不准信，自然扳顶出庞洪来，此为诈赃据赃之计，未知元帅尊意何如？”元帅听了笑道：“范大人智略高明，非人所及，所虑者，孙武倘然不上此钩，如何再处治这奴才。”范爷道：“定然中计的，老夫稳稳拿定他。”狄爷点首道：“这众奸臣见了财帛，岂肯放脱，元帅休得过虑。”言谈已毕，时已日落西山，堂上安排夜宴，四人就席把盏。范爷又道：“孙武一到关，即依计而行，但焦廷贵跟前说明不得，倘被他痴痴呆呆泄漏机关，事便不成了。”元帅道：“范大人高见！”是夜不表。次日元帅发令，将仓库悉皆封固，不许私开。

不表边关安排妙计，却言孙武一自离却皇城，自恃钦差，所到地方，文武官员多来迎接款留，厚送程仪食物。如若馈送得轻微，孙侍郎便不动身，一路耽耽搁搁，发获大财。孙武想道：这个生意果也做着了，但本官一到边关，必要将仓库查得清清楚楚，料想杨宗保领边关二十余年，亏空的谅也不少，不忧他不来买求本官！路上非止一日，到得边关，报知杨元帅，排开香案，孙侍郎气昂昂下马进关，开读诏书罢，方见礼坐于帅堂，闲言一番。元帅道：“本帅职任此关二十余年，圣上从无盘查仓库旨意，如今忽差大人到来查察，莫非又是庞国丈的主见？”孙武冷笑道：“元帅之言说得奇了。下官奉了朝廷旨意，只因圣上常忧仓库空虚，是以差下官到来盘查明白，岂是国丈从中起此根由？”元帅道：“果是朝廷的旨意，本帅失言了。敢问大人，本帅有本还朝，请旨荐狄王亲为帅，不知何故至今没有旨意下来？准旨与否，大人必知其由。”孙武道：“圣上览表之后，并不语及准与不准，下官却也不得而知。”元帅冷笑道：“竟不得知么？”当时元帅也不多言，少不得酒筵盛款，只为天色已晚，是以仓库尚未盘查。

次日孙侍郎先要暗察失征衣之事，有关内的偏将兵丁，自然护着元帅，多言征衣未有疏失。即城中百姓内有知识的，知他来访察杨元帅的底蕴，亦言不失，故孙武未能查访得的确。又访查到李成父子冒功之真假，众人都言冒功是实。这孙武又亲往打探仓库，岂知尽皆封固，自言道：杨宗保，不知你亏空得怎样，你若是个在行知事的，早在我跟前说个明白，送吾三五万两，也不为过多。本官看这银子份上，自然在圣上驾前替你掩饰，只言仓库并不空缺，还将误杀瞒公之罪，抹过几分。

是日，又进来见杨元帅，帅堂上早已安排早膳，席间孙武开言道：“元帅，下官原奉旨盘查仓库，不知为何悉皆封固，难道不许盘查，违逆圣旨不成？”元帅道：“孙大人有所不知，只因本帅领职二十六七载，无有一载不亏空钱粮的。向来圣上不曾降过旨来盘查，本帅也便糊糊涂涂混过去的了，岂知圣上今次忽然要盘查起来，特命大人到关，本帅千方百计打算，难以弥补得足，亏空多年，一朝败露了。”孙武想了想，道：“据元帅主裁，教下官不盘查了么？”元帅道：“盘查是悉凭你的，但本帅亏空之处，仰仗大人周全些为妙。”孙武一想：这话我又出不得口，但他既要我周全，不免一肩卸在国丈身上。便道：“元帅若要下官回朝遮饰，事是不难，圣上可以瞒得过，独有国丈瞒他不得。”元帅道：“国丈如何不能瞒？”孙武道：“吾实告元帅得知，国丈明晓库仓有缺，故教下官彻底清盘。”元帅道：“国丈既然如此，怎生料理得好？”孙武道：“下官断没有不肯周全的。”元帅道：“如此，国丈那边送他二万两，大人处奉送一万，有劳大人与本帅在国丈那里说个人情如何？”孙武道：“下官一厘也不敢领元帅之惠，但国丈那边还要商量。”元帅道：“还嫌微薄么？”孙武道：“国丈也曾言来，元帅二三十载从无些小往来，此是真否？”元帅道：“果然历久并无丝毫往来，再增一万如何？”孙武道：“元帅，你在此为官二十余年，职掌重位，即一年计来三千，只算二十五年，合总也有七万五千两。如依下官之请，便可不查仓库。”元帅闻言微笑道：“奈本帅乃边城一贫武官，七万五千两实难措得来。也罢，国丈三万，大人二万，共成五万，再多也不能措置了。”孙武笑道：“既元帅如此说，下官从命，如数五万两，不用查仓库了。”

正说之间，不防焦廷贵在左阶班部中，听了大怒，跑上帅堂，不问情由，将孙武夹领一抓，啪嗒一声，撂在地上，喝道：“贪财图利的狗王八！吾元帅在此多年，从无亏空仓库！庞洪奸贼要元帅的银子，想是他做梦么！”将孙武揿按地上，哪管什么钦命大人，将拳擂鼓一般打下。孙武大骂道：“无礼匹夫！你殴辱钦差，该得何罪，无非杨宗保暗使你等奴才如此的！”当时杨元帅气得二目圆睁，大骂焦廷贵，离位上前拉开，孙武方得抽身而起，还是气喘吁吁，纱帽歪斜，怒气冲冲，叫道：“杨宗保你纵将行凶，可知国法！”杨元帅想道：好个妙计，被这莽夫弄坏了，早知如此，不瞒他也好。今日此计不成，范公的机谋枉用，只落得纵将行凶，辱打钦差之罪。只得骂一声道：“孙武！你不该如此，圣上命你到来盘查仓库，本帅仓库每年无亏无缺，如何你反听信庞贼奸谋，图诈赃银五万两。你乃奸贼党羽，欺君误国，王法已无，本帅容你不得！”说着喝声：“拿下！”与焦廷贵用两架囚车禁了，连忙写本章一道，差沈达押解到京，悉凭圣上做主。另修书一封，教沈达到京，悄悄送交天波府达知佘太君。沈达领命，带了十名壮军，押了两个囚笼，离了边关，向汴京城而去。

不知后事如何，且看下回分解。

第四十三回

杨元帅上本劾奸　庞国丈巧言惑主

却说沈达进京去了，杨元帅心头气恼，又觉可笑。笑的是范礼部设成妙计，孙武已上了圈套，恼的是不遂其谋，被莽夫弄歪了，不得不将焦廷贵一并解回朝中。纵有朝廷议罪，也必体念开恩，又有祖母佘太君周全，管保无碍。范爷长吁一声道："都是这莽匹夫将机谋泄露，虽有太君包庇无妨，只忧老奸贼又要兴风作浪了。"杨元帅道："事已至此，纵然朝廷执罪，只可听其自然。"狄爷也点头长叹道："内有奸臣，实难宁靖的。"杨青道："从今大事，不可重用此莽夫了。"

不表边关一番忠良话，且说沈达趱程，沿途无阻，到得东京地面，未进王城，先想道：若将二人解进王城，圣上未知，奸臣先晓，倘或被他谲弄起来，便不稳当了，即于相国寺将二架囚车悄悄寄放僧房内，着令兵丁看守。其时天当中午，处置停妥，先往天波府内投递了元帅家书。佘太君拆书，从头细阅，冷笑一声道："庞洪何苦施此毒计，虽则如此，只好将别人播弄我府中人，休得妄思下手。"太君吩咐备办酒席，款待沈达。当日众夫人也知此事，即差人到朝中打听消息，倘有干系情事，即要报知。

且说焦廷贵将孙武大骂奸贼不休，一程出关，也是大骂喧喧，是日在相国寺中，更吵骂得厉害。孙武欲待通个消息于庞府，无奈随行家将人等，都被杨元帅留在边庭，并无一人在身边，只得忍耐，由那焦廷贵痛骂，且待来朝庞太师自有打点，这且按下不表。

至五更三点，万岁登殿，百官入觐，朝参已毕，文站东边，武立西侧，值殿官传旨已毕，忽有黄门官奏知万岁："今有边关杨元帅特差副将沈达赍本回朝，现在午门候旨。"天子闻奏，想道：朕差孙武往边关查察，尚未还朝，杨宗保缘何又有本章回朝？即传旨黄门官取本进览。不一刻已将本章呈上御案。圣上龙目细细观看完毕，又向文班中看看庞国丈，明白他贪财诈赃，便道："庞卿，杨元帅有本，你且看来。"国丈领旨上前在御案侧旁细看，只见上面写道：

> 原任太保左仆射、统领粮饷军机大臣、兼理吏、兵、刑三部尚书罪臣杨宗保奏：恭仰先帝洪恩浩荡，职任边关，将近三十载；复蒙吾主陛下加恩，奚啻天高地厚，虽肝脑涂地，难补报于万一。臣铭心刻骨，颇效愚忠，敢替先人余烈，以紊六律章程；兹奉钦差工部侍郎孙武至关盘查仓库，臣即遵旨将仓库悉行封固，恭候稽查。孰意孙武阳奉阴违，诈赃索贿，仓不查，库不察，称系庞洪嘱托，言每年应得馈礼五千两，共合银十二万五千，而孙武索送七万五千，有即以二十五年计每年三千两不为过多之语。依允即不予盘查，不允则回奏仓不亏为亏，库不缺为缺。当时臣不遂其欲，在帅堂吵闹一番，部将焦廷贵忿忿激烈，不遵规束，殴辱钦差，与臣例应并罪。惟臣职领边疆重地，不敢擅离，先将孙武、焦廷贵着沈达押解回朝，恭仰圣裁定夺。臣在边关待罪，恭候旨命。谨奏。

庞国丈看罢大惊，想道：只说孙武材干能员，岂知是个无用东西，今日驾前文武众多，叫我如何对答当今？只得奏道："陛下，臣伴驾多年，深沐王恩，岂肯贪图索诈。前蒙陛下差孙武出京，何曾有言嘱托？况今孙武现在，只求万岁询他，便知明白。杨宗保刁诈异常，自知有罪难逃，诬告谎奏，无证无凭，希图搪塞，况他纵将行凶，将钦差辱打，显系恃势欺凌，伏唯我主明鉴参详。”天子道：“庞卿平身。”即传旨焦廷贵见驾，当驾官领旨宣进，焦廷贵昂然挺胸，踩开大步，直至金銮殿，全然不懂三呼万岁见驾之礼，高声道：“皇帝在上，末将打拱。”天子见他如此，也觉可笑！早有值殿官喝道：“万岁驾前，擅敢无礼，还不俯伏下跪么！”焦廷贵道：“要我下跪？也罢，跪跪何妨。皇帝，我焦廷贵下跪了。”天子倒也喜他耿直，知他不会说谎，便想先细细盘诘他失去征衣之事。

当日圣上缘何不问殴辱钦差，倒盘诘起失征衣之事？原来法律重在起因，殴辱钦差缘由却为失征衣而起，故先问征衣失否，为的是向呆将讨个实信。如若失征衣事真，则孙武诈赃事定假，诈赃事假，则焦廷贵殴辱钦差之罪不免。天子想罢，便问道：“焦廷贵，狄青解到征衣究竟怎样？且明言上来。”焦廷贵道：“征衣到也到了，因不小心被强盗抢去，险些狄钦差吃饭东西都保不牢。”国丈在旁，心头暗暗喜欢，难得圣上问失征衣事，更喜这莽夫毫不包藏。天子听了失去征衣，点头又问：“焦廷贵，失在哪里？”焦廷贵道：“离关不过二百里，是磨盘山强盗抢去，哪人不知，谁人不晓？”天子道：“失去多少，存留多少？”焦廷贵道：“抢得一件不存。”庞洪想道：圣上若再问下去，射杀赞天王、子牙猜事情必败露了，须要阻当君王诘问为妙。即俯伏金銮奏道：“臣启陛下，那焦廷贵乃杨宗保麾下将官，今日已经认失征衣，此事既真，事事皆实了。狄青冒功抵罪，杨宗保屈杀无辜，李沈氏呈他冒功屈杀之语，实为确切，孙武诈赃显无此事了。焦廷贵如此强暴，岂无殴辱钦差之事？此案内情委曲，诚恐有费陛下龙心，伏祈陛下发交大臣细加严审，询明复旨，未知圣意如何？”天子道：“依卿所奏，但此事非小，不知发交何人？”国丈道：“臣保荐西台御史沈国清承办，必不误事。”

当时圣上准了国丈奏议，发交西台御史审讯。沈御史口称“领旨”，早有值殿将军拿下焦廷贵，他还是高声大骂道：“你如此真乃糊涂不明的皇帝了！怎么听了这鸟奸臣的话，欺我焦将军么！”国丈大喝道：“万岁前休得无礼！”焦廷贵乃一莽汉，怎知君上的尊严，还不断大骂奸贼狗畜类，当有值殿官急将焦廷贵推出午朝门外，押回囚车而去。国丈奏道：“押解官沈达不可放归边关。”天子问道：“何故？”国丈道：“臣启陛下，倘然回关，杨宗保得知，自觉情虚，恐生变端。且将沈达暂行拘禁，待询明之后，方可释放。”天子准奏，着将沈达暂禁天牢，值殿官领旨，登时将沈达押下天牢去了。

天子退朝，当有一般大臣见天子事事准依国丈，一个个敢怒而不敢言，只有庞洪、孙秀一退朝，便命人打开孙武囚车，同至庞府。若问孙侍郎是犯官，因何沈御史既领旨审办，又不带去？只为一班奸党相连，私放了孙武，独欺瞒得朝廷耳目，仁宗时奸臣势焰滔天，大抵如此。这且不表。

当日孙武随着庞洪、孙秀至相府，胡坤亦来叙会。国丈道：“出京之日，一力肩担，怎生倒翻杨宗保之手，几乎累及老夫，实乃不中用的东西！”孙武道：“非我不才，他们早已暗算机关，装成巧计。”孙秀道：“岳父大人，且免心烦，如今埋怨已迟了。但这焦廷贵已招出尽失征衣，只要沈御史用严刑追逼他招出狄青冒功之事，不惧杨宗保刁滑势大，即狄太后、佘太君也难遮庇。”四人正言，沈御史也到了，说道：“晚生特来请教太师，这焦廷贵如何审办？”国丈道：“这些小事还来动问么？只将焦廷贵严刑追究，失征衣之事，已经招出，还要他招出李成父子功劳被狄青冒去，焦廷贵又受贿硬证，杨宗保不加细察，反将李成父子糊涂屈杀。再审得孙武诈赃是假，焦廷贵殴辱钦差是真，审明复旨，将这狗党斩的斩，杀的杀，岂不快哉！”胡坤道：“太师，想那焦廷贵乃铮铮烈烈硬汉，倘然抵死不招，怎生弄法？”国丈道：“他抵死不招，何难之有？做了假供复旨即可。”沈御史喜悦应诺，此时堂上已排列酒宴，五奸叙酌言谈，宴毕各各告归回府。

却说沈御史进到内堂，时早过午，尹氏夫人一见问道：“相公，今天上朝，因何这时候方回，莫非商议国家大事？”沈御史道：“与你夫妻，说也不妨。”即将始末情由言明，尹氏夫人听了，心中不悦，顷刻花容失色，叫道：“相公，此是他人之事，别人之冤，且妹子适人，已为外戚，何况李氏父子死有余辜？凡人既出仕王家，须望名标青史，后日馨香，何以入此党中，将众贤良一网兜收？此事断然不可，万祈老爷三思。”沈御史冷笑道：“此言差矣！下官若非庞太师提拔，怎能高陞御史，夫人你也哪有此凤冠霞帔？”夫人道：“国丈今日势头虽高，但他刁恶多端，等他势倒之日，料这老奸，必然遗臭千秋。”沈御史听了这“奸”字，怒气直冲，连连骂道：“不贤泼妇，出语伤人，因何风平浪静惹出闲气来？”夫人道：“相公，不是妾身凭空惹你动气，不过将情度理，劝君以免灾祸罢了。”沈御史道：“哪见我有灾祸来？”夫人道：“老爷这般趋奉奸相……”言未完，御史喝骂道：“不贤泼妇，他为何是奸相，奸从何来？你且说知！”夫人道：“妾是谏劝老爷忠君为国，何须动恼？我想国丈作尽威福，陷害忠良，贪财误国，即妾不呼他奸臣，也难遮外人耳目。”御史道：“你知他害了哪个忠臣？”夫人道：“怎言不是？即今要扳倒杨宗保就是一桩。杨宗保乃是世袭忠良，保护江山的元勋，即提督狄青，乃当今太后内戚，在边关立下大功，亦武勇之臣，为国家所倚赖。若灭害了这等英雄，君王社稷哪人撑持？老爷食了王家厚禄，须当忠君报国，方得后世流芳，趋炎附势，千秋之下，臭名难免。倘不入奸党，妾便终身戴德了。”御史听罢，怒道：“可恼贱人，你一无知女流，休得多言，如再饶舌，定不饶你！”

不知尹氏夫人如何答他，且看下回分解。

第四十四回

骂奸党贞娘自缢　捏供词莽汉遭殃

当时尹氏夫人叫道："老爷，妾是一片忠言谏劝，岂料你仍甘心作奸臣党羽，还防日后有倾家之祸，那时方悔不听妻谏之言，反落得臭名与后人笑话！"沈御史大喝道："不贤之妇，日后纵然有倾覆之祸，与你何涉何干！"伸手两个巴掌打去，旁边众丫环趱近，扯住老爷袍袖，劝道："老爷万勿动手！"众丫环扶持主母，共归内房，夫人坐下，呼唤丫环素兰，往外堂屏后打听老爷将三关将官如何审断，即回来复知，丫环领命而出不表。

且言沈御史怒气冲冲，不听夫人劝谏，一出外堂，立即传话升堂，早有差人带着焦廷贵，浑身刑具，来到御史堂上。那焦廷贵高声大喝沈御史的诨号道："沈不清！你休得妄自尊大。"沈御史拍案大喝道："蠢奴才！法堂上还敢如此无礼，要怎的？"焦廷贵道："焦老爷要回边关去。"沈御史道："焦廷贵，今日本御史奉旨，审讯杨宗保乱法欺君之事，速将狄青失征衣、冒功劳，杨宗保屈斩李成父子，你受了狄青多少财赃，怎生殴辱钦差，杨宗保妄奏财赃事，细细供来，以免动刑。"

焦廷贵大喝道："沈不清，你这鸟御史，说的什么话，我焦老爷一概不知，休得多问！”沈御史道：“本官也知不动刑法你怎肯招认！”便吩咐将他狠狠地夹起，差人领命，即将焦廷贵卸下脚镣，一双赤足，套入三根木中。焦廷贵道：“这个东西倒甚有趣。”沈御史拍案喝道：“焦廷贵招认否？”焦廷贵道：“我焦老爷招取你狗命。”御史再呼役人，将那夹棍一连三收，两棍头又加数十锤，焦廷贵愈加大骂，大声喝道：“沈不清，乌龟官，狗奴才！敢如此欺侮你焦老爷么！”御史道：“焦廷贵，本官劝你招了吧。”焦廷贵大骂道：“沈不清，割下我脑袋才算你的本领。”沈御史想道：焦廷贵乃一硬汉，谅来不肯招认，不免做个假供。吩咐左右，将他松了刑棍，上了镣具，发回天牢，待明天取他脑袋。

不表焦廷贵发下天牢，且说御史退堂，回进书斋，做备假口供。当有丫环素兰在屏后打探得分明，进至后堂，细细达知主母。尹氏夫人听了，登时脸上无光，珠泪汪汪，打发丫环众人都出房外，夫人独自一人将房门闭上，长叹一声，浓磨香墨，题绝命诗道：

妾身一殒有谁怜，虚度光阴三十年，但愿夫君偏性改，纵归黄土也安然！

题罢，泪如泉涌，哭道：“可怜十余载恩爱夫妻，一旦分离，未免情伤。但今日劝谏不从，日后亦不免杀身之祸，反要出乖露丑，与其生，不如死了。”言罢，自缢身亡。

众丫环见夫人进房已久，闭门不开，众人说：“老爷从未与夫人叹气，今朝言语驳斥，骂了一番，又动手打两个巴掌，为着外人之事，夫妻惹起气来。如今夫人闭门不开，不知吉凶如何？”众丫环商议，甚觉慌忙，只得一齐动手打开房门，一见吓得惊慌无措，都说：“不好了！夫人当真寻了短见。”素兰叫：“金菊姐姐，你等看好夫人，待我往报老爷得知。”言罢急忙去了。内房丫环将汗帕解下，啼哭呼叫，灌下姜汤，夫人身体早已冰冷，哪得复醒。

不表众丫环惊惶，当时沈御史在书斋中正做完假供，写就一本要来朝奏帝，自笑道：“此一本上去，哪管你天波府势头高，杨宗保性命难存，即使狄青是太后娘娘内戚，也逃不掉狗命。”写就此本，正要去见庞国丈，只见素兰丫环跑得气喘吁吁而来，叫道：“老爷，不好了！”沈国清喝道：“贱丫头，何故大惊小怪？”素兰道：“不是小婢惊怪，只为夫人死了。”沈御史喝道：“小贱人！敢来谎我！夫人毫无病症，怎言死了？”素兰道：“夫人自缢身死，现有众人尚在房中救唤夫人。”御史道：“此不贤妇人，应该死的。”素兰听了，流泪道：“老爷，难道口头上争闹几言，就断了夫妻之情不成？可惜夫人乃一位贤良诰命，翰墨名家之女，死得如此惨伤，老爷还不速往看看夫人能救活否？”沈御史喝道：“贱丫头胡说！你们自去救她，我不管了。她如此可恶，口口声声只骂我奸臣，还有什么夫妻情分！”言未了，又见两名丫环飞奔进来，啼啼哭哭道：“老爷，夫人缢死惨伤，我们多方解救，只是不能还阳了。”沈国清趋奉权奸，厌恼夫人谏阻多言，竟将夫妻之情，付于流水，见丫环都来禀告，只得进内房，走近身旁，立着冷笑道：“尹氏，谁教你多管我的闲事！是你自寻死路，实乃口头取祸，你死在九泉，也怨恨不得丈夫。”又回身吩咐丫环道：“速唤家丁掘土埋她。”众丫环道：“老爷，不知怎生埋法？”沈国清道：“即在后园亭中掘个土窖，以掩尸骸罢了。”众丫环齐道：“老爷差矣！主母夫人曾受皇封诰命，是老爷结发夫妻，今日寻了短见，死得如此惨伤，理应开丧超度，然后棺椁入土为安才是。”沈国清喝道：“贱婢！休要你们多管。”众丫环道：“老爷，这是理该如此，算不得我们丫环多言。”沈国清喝道：“这是不贤之妇，死何足惜，有什么棺椁成丧！哪个再敢多言，活活处死！”说罢，出房而去。众丫环听了，不敢再言，珠泪纷纷，人人悲苦，恨老爷心肠太硬，全无半点恩情。只得遵命，唤来几名家丁，带备锹锄，在后园中丹桂亭旁，掘开泥潭数尺。众丫环服侍夫人，沐浴了身体，更换新衣，头上戴些花钿钗环之物。

时鼓打初更，前后有提灯引道，将夫人扛起，是日乃三月初三，新月早沉，来至后庭，家人丫环悲啼惨切，已将夫人埋入土窖中，上面仍用土泥浮松盖掩，以免压腐体骸。这是众家丁丫环怜惜夫人受屈，不忍之心，不然，日后怎生全尸，这是后话不提。是夜众家丁丫环人人叩首，个个含悲，都道："夫人受过王封，金枝玉叶之躯，惨死了不得棺椁安葬，皆老爷薄幸不情之过。"那沈国清亲至庭心，看见夫人埋于土中，说道："尹氏，你如今死了，是你命该如此，勿怨着我丈夫无情。待我来朝奉旨杀了焦廷贵，公事一毕，然后用棺埋葬便了。"说罢，回进书房，头一摇道："罢了，哪有这等多管闲事的女子，竟不畏死的，还恼她留下诗词四句，要本官改什么偏性！"说罢，命家丁手持火把，前往国丈府中，令人通报，进内相见，即将本章假供与国丈观看。国丈灯下看毕，大悦道："此本甚是妥当详明，待明朝呈进便了。"沈国清道："夜深如此，告退了。"当日算得神差鬼使，有关尹氏自尽的缘由，御史并不说明，是以国丈全然不晓。

次日，沈国清来到朝房，少停，万岁登殿。文武朝参分列，值殿官传过旨意，有沈御史出班俯伏奏道："臣奉旨审断焦廷贵，初则倔强不招，次后用刑，招出：狄青失去征衣，冒功抵罪，焦廷贵受贿为证，李成父子除寇有功，杨宗保竟不察而屈斩，钦差孙武又被他封固仓库，不许盘查，纵令焦廷贵殴打钦差，反劾孙侍郎诈赃。"又将本章供状上呈，天子看罢，龙颜大怒，骂道："泼天大胆的杨宗保，朕只道你是边疆大臣，今日看来乃一大奸臣。深负国恩，目无王法，狄青等失去征衣，不该冒功抵罪，屈杀有功，着一并押解回朝治罪！"国丈一想，如若押解回朝，必被狄太后、佘太君出头，仍是杀不成，即出班奏道："臣庞洪有奏。"天子道："卿且奏来。"庞国丈奏道："杨宗保久镇边关，兵权统属，如若扭解回朝，诚恐被他风闻准备，万一途中生变，为祸非小。"天子道："卿之见如何？"国丈道："臣思焦廷贵招认罪名，无庸再问，莫若密旨一道，赐其刑典，着杨、狄二臣即于边城尽节，焦廷贵即于王城处决。未知我主龙意若何？”天子准奏，仍命孙武赍旨一道，即行密往边关，着令杨、狄二臣速行受命，孙兵部监斩焦廷贵复旨。二奸得差大悦。众贤臣人人惊恐，一同出班保奏，有富太师、韩吏部，与天子面争辩驳，天子只是不依。众臣只落得气愤不悦，无奈此时随驾在朝，也不能往南清宫、天波府通个消息。那孙兵部奉了圣旨，一刻也不停留，即往天牢中调出焦廷贵。这位黑将军还是骂不绝口，大骂奸臣乌龟，一程骂到西郊，早有天波府家丁打听明白，飞奔回府报知。佘太君闻言大怒，即时上了宝辇，亲自上朝面圣，犹恐搭救不及，先命杜夫人、穆桂英往法场阻挡，不许监斩官开刀。若问天波府几位夫人，十分厉害，这孙秀虽乃权奸，见了二位夫人也惧怯三分。只听穆桂英喝道：“奉太君之命，刀下留人！”这孙秀哪里敢动，焦廷贵高呼道：“夫人速来搭救小将，不然活活的人要分作两段了。”二位夫人道：“焦廷贵，不要怕，如若杀你，自有孙兵部抵命。”焦廷贵道：“如此方妙！”

不知佘太君上殿见驾，救得焦廷贵否，且看下回分解。

第四十五回

佘太君金殿说理　包待制乌台审冤

却说佘太君进至金銮殿中俯伏见驾，天子即命内侍扶起，赐坐锦墩。太君开言道：“未知陛下因何处斩这焦廷贵？他乃边关效力之将，又是忠良之后，即便有罪，圣上亦须念他祖焦赞有血战大功，略宽恕几分，免得断了忠良后裔，方见陛下仁慈。”天子听了，觉得难将此事原委说出，国丈暗道：君王不善言辞，何不说君要臣死，臣不得不死。我亦不敢多言辩驳，只因这位佘太君不是好惹的。当下天子不言，太君又道：“陛下，臣妾夫儿都是为国捐躯，苗裔止存一脉。即我孙儿领守边关，亦将卅载，尽心报国，并无差处，乃陛下所深知。这焦廷贵随守边关，也有战功，未知犯了何罪，要处斩他？”天子见太君又问，只得说道：“朕差孙武往边关查库，焦廷贵不该殴辱钦差。殴辱钦差，正如殴辱朕身。如此目无王法，理该处决。”太君道：“孙武既奉旨盘查仓库，乃仓库不查，反诈取赃银七万五千两，钦差诈赃，犹如陛下诈赃，也应该将这孙武执法惩处为是。”天子又道：“孙武并未诈赃，处决他岂不枉屈？”太君道：“焦廷贵殴辱钦差，并无此事，杀之无辜。”天子听了，微哂道：“焦廷贵殴辱钦差，已经明白招供，岂是枉屈斩他！”太君道：“既重办焦廷贵，孙武何得并不追究？殴辱钦差，理该罪究杨宗保，如何独执焦廷贵？如此岂非陛下立法不当么？”天子听了太君之言，略一点头道：“你孙儿果也有罪，难以姑宽。朕念他是功臣之后，守关二十余年，不忍身首两分，已特赠三般法典，全其身首了。”太君听了大怒，道：“臣妾夫儿，十人死其七八，俱乃为国身亡，不得命终。即我孙儿杨宗保，守关有年，辛勤为国，陛下轻听谗言，一朝赐死，其心何忍！即如民间讼案，也须询法分明，两造谁是谁非，方能定断，何况如此大事。不究孙武，不问宗保、狄青亲供，只据焦廷贵狂妄之言，便杀的杀，赐死的赐死。倘果是奸臣作祟，一死固不足惜，但忠良受此冤屈，一生忠义之名化作万年遗臭，岂不冤哉！沈御史与庞国丈是师生之谊，孙武是孙兵部手足，内中岂无委曲情弊？伏祈陛下暂免焦廷贵典刑，且将杨、狄二臣取到，陛下亲自审讯。如果是实情，非但宗保之罪难免，臣妾满门亦甘愿受戮。如若陛下不分明四人罪端，先将焦廷贵处斩，是立志存私，非立法之公，何能服众臣之心！”

这时庞国丈一旁暗暗想道：今天稳稳地杀了焦廷贵，以假作真，死无对证，那边关上两名奴才易于收拾。不知哪个畜生大胆，往天波府通知消息，这老婆儿来到朝堂，说出一段狠言恶语。可笑昏君，犹如木偶一般，老夫这一段计谋又枉用了！当下又有文阁老、韩吏部、富太师等听了老太君之言，理明而公，道破奸党心肠，无不大快。那天子闻太君之言，想来有理，只得传旨道：“焦廷贵暂免开刀，仍禁天牢；孙武免责朝廷刑典，另颁旨意，召取杨宗保、狄青回朝，询明定夺。”太君又奏道：“恳陛下将焦廷贵赐于臣妾收管，决不有碍。”天子准奏，又着太监四名送老太君回归天波府内。

当时圣旨一到法场，焦廷贵不用开刀，旨上又着令孙兵部送回天波府，有杜夫人、穆桂英冷笑骂道：“奸臣佞贼，你敢向老虎头上捉虱么？”孙秀被骂得默默无言。当日焦廷贵到府，拜见老太君并列位夫人，太君道：“边关之事，实乃如何？”焦廷贵道：“狄青失征衣、立战功是实，李成父子冒功是真。孙贼一到，即诈赃数万，是以小将将他殴打。”太君道：“都是你打了孙武，中了庞洪之计。”焦廷贵道：“太君不妨。庞洪这奸贼断断容他不得，待小将往取他首级，方消此恨！”太君喝道：“休得闯祸，谁是谁非，且待元帅回朝，再行定夺。”当日，太君犹恐焦廷贵出府招灾闯祸，故意将他款留在府中，不许私出。又差人往天牢吩咐狱官，待沈达细心供给，此话不表。

话说尹氏夫人死去，寿算未终，向阎君哭诉惨死之由。阎君查阅夫人年寿有八旬以外，目下虽亡，实属屈死，应得还阳。沈国清注寿三十六，本年三月初八，应死于刀下。阎君开言道：“尹氏夫人虽冤屈了，但你丈夫本年该凶死于朝廷法律，夫人可速回阳世，到包待制那边告诉，他自有救你还阳之法。”夫人上禀阎君道：“包大人往陈州赈饥未回，尹乃一亡女，如何越境远奔，岂无神人阻隔？”阎君听言，即备碟文，差鬼卒二名，吩咐送夫人往陈州城隍司管收留，好待夫人告诉冤状回阳。鬼卒领旨，送护尹氏夫人，到陈州城隍那边交代。却说包拯上年奉旨赈饥，尚未回朝，前书说陈州地面，连饥数载，众民度日维艰，岁岁粟价倍增。只因蝗虫大盛，稻麦被食，十不存一。有产业之民，稍可苦度，更有贫乏之家，老弱之辈死于沟壑之中，实为可悯，故本府官员，是年申详上完，督抚文武拜本回朝，圣上恤民，敕旨包公调取别省米粮，到陈州低价而粜，济活多少生命，人人感沾皇恩，个个爱戴包公大德。包公又命不许强横土豪积聚，倘查出有囤粮抬售的，即要拿究，施与贫民。是以恶棍土豪不敢积聚图利；官吏粮差不敢作弄卖法，人人惧怕着包拯厉害。

当日乃三月初三日，包公督理饥民粮粟，正在转回来，三十六对排军，前呼后拥。包爷身坐金装八抬大轿，凛凛威严，令人惊惧。其时日落西山，天色昏暮，忽一阵狂风，风声响过，包爷身坐轿中，眼前乌黑了，众排军也被怪风吹得汗毛直竖。包公想道：此风吹得怪异，难道又有什么冤枉屈情事不成？想罢，即吩咐住轿，开言喝问：

"何方鬼魂作祟？倘有冤屈，容你今夜在荒地上台前诉告。果有冤情，本官自然与你力办。如今不须拦阻，去吧。"言未了，又闻呼一声，狂风卷起沙石，渐就静了。包公吩咐打道回衙，用过夜膳，即命张龙、赵虎道："今夜可于荒郊之外，略筑一台，列公位于台下，不得延迟！"两名排军领命去讫。是晚立刻在北关外寻了一所空闲荒地，周围四野空虚，邀齐三十余人，搭了竹棚，中央排列公案一位。

其时初更将尽，二人回禀包大人。包公赏了众人，只携两对排军，董超、薛霸，合了张、赵二人，提灯引导。街衢中寂静无声，只闻犬吠嗥嗥。钩月早收，只有一天星斗。约行二里到了北关，包公停了坐轿，但见周围多是青青的草，又是乱丛丛的砖瓦，坍棺古冢，破骨骷髅，东一段，西一段，包爷见了，倒觉触目惊心。包爷上了台，焚香叩祝一番，然后向当中坐下，默默不言。四名排军，遵包爷命，立俟台下。包爷昂昂然坐定，听候告冤。其时远远忽有一阵怪风吹来，寒侵肌肤。四排军早已毛骨悚然，昏昏睡去。当下包爷也在半睡半醒，朦胧中只见一女鬼，曲腰跪下，呼道："大人听禀，妾乃尹氏名贞娘，西台沈御史发妻。"包爷道："你既云沈御史妻，乃是一位夫人了，且请立起。"当下包爷道："夫人，你有甚冤屈之情，在本官跟前不妨直说。"尹氏道："丈夫沈国清与国丈众奸臣欺君，审歪了杨元帅、狄青，要为沈氏翻冤，要诛杀杨元帅三人。只为妾一心劝谏丈夫不要入奸臣党羽，须要尽忠报国，方是臣子之职。不料丈夫不听，反是重重发怒，诟骂殴辱妾身。心想丈夫既归奸臣党中，日后岂无报应？倘累及妻孥，出乖露丑，不如早死以了终身。妾身自愿归阴，亦别无所怨，唯有丈夫不仁，妾虽死有不甘心之处，今已哭诉阎君，言妾阳寿未终，故求大人起尸，倘可再生，感恩非浅。"包公道："夫人，你却差了。古有三从之道：出嫁从夫，理之当然。你因丈夫不良，不依劝谏，忿恨而死，不该首告夫君，既告证丈夫，岂得无罪？"夫人道："大人，妾自求身死，有何怨恨丈夫？但妾身冒叨圣上之恩，敕赠诰命之荣，丈夫即不念夫妻之情，亦该备棺入殓，入土方安，何以暴露尸骸，仅盖泥土，辱没朝廷命妇，岂无欺君之罪？妾若不伸诉明白，则世代忠良将士危矣。如今有钦差往边关调杨、狄二臣回朝。一众奸臣究问二臣，二臣犹比釜中之鱼，若非大人回朝，擎天栋柱登时倒，宋室江山一旦倾。妾今告诉，一来为国，二来诉明委屈。但大人须速回朝，方能搭救二位功臣。迟了二臣危矣。”

包爷听了，不胜赞叹道：“你一妇人，尚知忠君爱国，兼有惜将之心，真乃一位贤哲夫人了。”转声又问道：“你今玉体现在沈御史衙署中么？”夫人道：“现在府中后庭内东首桂树旁边，掘下泥土数尺，便见尸骸了。”包爷听罢怒道：“果有此事，可恼沈御史糊涂，不通情理。你妻乃一诰命夫人，缘何暴露便埋土中，欺天昧法，莫大于此！更兼行私刑，做假状，欺瞒圣上，陷害忠良，以假作真，实在死有余辜。夫人且请退下，待本官星夜赶回朝便了。”夫人拜谢，冉冉而去。这时包公已悠悠苏醒，耳边仍觉阴风冷冷，想来似梦非梦，十分诧异。

不知后事如何，且看下回分解。

第四十六回

行色匆匆星夜登程　狂飙飒飒中途落帽

当晚包公醒觉起来，甚为惊异，觉得还是早日回朝为妙。下了台棚，四名排军，服侍包大人坐进轿中，持灯引道，一路回归衙署。坐下思量，定了主意，发下钦赐龙牌一面，差两名排军，将奉旨到边关拿调杨、狄的钦差阻挡住，不许出关，待本官进京见驾，候圣上准旨如何，再行定夺。两名排军奉了钧谕，持了龙牌，连夜往边关而去。

包爷即晚传进陈州知府，嘱咐道："本官有重大案情，即要进京见驾，所有出粜赈济一事，目下民心已靖，且交贵府代办数天，必须依照本官赈济之法，断不可更易存私；如有作弊，即为扰害贫民，贵府有不便之处，本官断不谅情，必须公办。"陈州府道："大人吩咐，卑职自当力办，岂敢存私自误，以取罪戾？大人休得多虑。"是日，包公将粮米册子，存粮多寡，粮金贮下若干，一一交代清楚，然后连夜动身。有陈州知府州县文武得知，齐齐相送，纷纷议论道："这包黑子做的事，俱是奇怪难猜，不知又是何故，不待天明竟是去了。包待制在本州粜赈饥民，众百姓人人颂德，如今我们接手代办，比他格外加厚，有何不可。"众官言语，不烦多表。

且说包公是夜催促行程，一心只望早回王城，一路思量道：庞洪一班奸党，妨贤病国，弄出奇奇怪怪事情，别人的财帛，你或可以贪取，杨宗保是何等之人？你想他财帛，岂非大妄人么？吾今回朝，究明此事，不由圣上不依，扳他不倒，也要吓他个胆战心寒。行行不觉天色曙亮，再走一天，将近陈桥镇不远，天已晚了。包爷吩咐不许惊动本镇官员，免他跋涉徒劳，不拘左右近地寻个庙宇，权且耽搁可也。薛霸启禀道："大人，前边有座东岳庙，十分宽敞，可以暂息。"包公道："如此且在庙中将息便是。"

原来一连二夜未睡，一天行走，众人劳苦，是以包爷此夜命众军暂行歇止。当夜包爷下了大轿，进至庙殿中，司祝道人多少着惊，齐齐跪接，同声道："小道不知包大人驾到，有失恭迎，万乞恕罪。"包爷道："本官经由此地，本境官员尚且不用惊扰。只因天色已晚，寻个地头夜宿，明早即要登程了，不须拘礼。况你们乃出家之人，无拘无束，何须言罪。"众道人道："大人海量，且请到客堂小坐，只是地方不洁，多有亵渎。"包公道："老夫只要坐歇一宵，不费你们一草一木，休得劳忙。"道人道："小道无非奉敬些清汤斋馔，还望大人赏光。"包公道："如此足领了。"

包爷进内，只见殿中两旁四位神将，对面丹墀两边，左植苍松，右栽古柏。包公进至大殿，中央东岳大帝凛凛端严。道人早已点起灯火香烛，包大人沐手拈香跪下，将某官姓名告祝，礼叩毕起来。是时道人等备了上品蔬斋一席，与包公用晚膳，众排军轿夫另在别堂相款，不多细表。

当晚众道人只言包大人在此安宿，连忙预备一所洁雅卧房，请他安睡。包公反说他们厌烦，定要坐待天明。又吩咐众排军役夫，一概将息，五更天即要启程。众排军人等连日劳累，巴不得大人吩咐一言，各各睡去。单有包公在大殿上或行或坐，庙内道人紧紧陪伴，不敢卧睡，包公几次催促他们去睡，众道人道："大人为国辛劳，终夜不睡，恐妨贵体。小道等乃悠闲之民，焉敢不恭伴大人？"包公道："老夫路经此地，只作借宿，你等何必过谦。”众道人见包公十分体贴，人人感激，不一会，又恭奉清茶。至五更天，众军役揩目抽身，道人早已设备烧汤梳洗。此地近离王城不远，用膳已毕。包公先取出白金十两，赏与道人，作香烛之资，即打轿启程。众道人齐齐跪送，都道：“包大人好官，用了两顿斋饭，却赏了十两白金。”

不表道人赞叹，却说包公行了一程，已是陈桥镇上，方到一桥中，忽狂风一卷，包爷打了个寒噤，一顶乌纱帽被风吹落。原来包公由西而东，这顶帽子在轿中吹出，落在桥口上。张龙、赵虎连忙抓抢，岂料四手抢一冠，也抢不及，竟滚落于桥下，露出包公光头一个。包公喝道：“什么风，这等放肆！”旁立排军呆呆，有些答道：“这是落帽风。”包公笑道：“如此就是落帽风了。”说时，张龙、赵虎将乌纱与包公升戴好，包公一想，唤张、赵道：“着你二人立刻拿了落帽风回话。”二人一想，不好了，如今又要倒运了，忙启上大老爷道：“落帽风乃无影无踪之物，何处可以捕拿？乞恳大人详参。”包公喝道：“狗才！差你这些小事，竟敢懈俯退避！”二人道：“并不是小人们贪懒畏避，只因无根之物难以捕拿，求乞大人开恩。”包公喝道：“该死奴才，天生之物，哪有无根之理，明是你们贪懒畏劳，限你们一个时辰，拿落帽风回话。”言罢，吩咐仍回转东岳庙中等候。

却说张龙、赵虎吐舌摇头，赵虎道：“张兄，吾二人今番倒霉了。一连几天，路途劳累，如今又要拿什么落帽风，这是天上无形之物，哪得捕拿，实乃我二人倒运。”张龙一路思量，又道：“赵弟！此事我们办不来的，不免去觅陈桥镇上的保正，要在他身上将落帽风交出，若还交代不出，即拿这保正会见包大人，你意下如何？”赵虎听了笑道：“这个主见，倒不差。”

当下二人昏昏闷闷，去寻镇上保正，逢人便问，内中有人说，保正家住急水乡。二人又即查诘至急水乡，正值保正在家。二人动问姓名，此人姓周名全，便问二人到此何干，张龙道：“吾二人乃包大人排军，只因包大人在桥上被狂风落帽，大人差吾二人找陈桥镇保正，立刻将落帽风拿回究罪。”此人道：“二位上差既奉包大人差遣，岂无牌票，今既无牌票，只恐真假莫辨。如无牌票，恕吾不往。”二人道：“这句话说得有理，如此你且在家中候着，待吾请了大人签牌，再来找你。”周全应允。

二人一程跑回东岳庙中，上禀包大人道：“保正要签牌，方肯将落帽风拿出。”包公听了大怒，二目圆睁，喝道：“两个奴才！老夫经由的地头，向不惊动别人。如今差你往办些些小事，即要惊动保正，十分可恼！”二人启禀道：“大人凡要拘拿，只须凭牌票交与地方保正，便可交出犯人。”包爷喝声：“胡说！地方上保正只管得地头百姓，落帽风不是保正管领，何由惊动他们。况你二人还未知落帽风下落，擅敢妄扰保正么！”二人随即再禀道：“大人，落帽风实乃无影无踪之物，教小人如何捕捉？望大人开恩见谅，饶赦落帽风，早些赶路为是。”包爷喝道：“胡说！凡为承当衙役，总要捕风捉影，今日有了风，还捉不着么？也罢，老夫念你二人是个不中用的，准赏差牌一面，不许惊动保正，滋扰地方，再限你们二个时辰，即拿落帽风回来问究。若再推诿，文武棍一顿打死。”二人领诺，拿了牌票，垂头丧气跑出庙中。

且说包公不是当真要拿落帽风，只因这狂风来得奇怪，身坐轿中能卷出乌纱，料有些奇异之事。这包公是爱管事的官员，又知张、赵是能干差役，故着他二人捕风捉影，又不许他们惊扰地方，既免了一番周折，又免得差吏扰民之害。当下张、赵二人一路上心烦意闷，想：“如大人差我二人捉霜拿雨，也还有形可取，偏偏要捉落帽风，这就难了。”二人跑上陈桥，立定了左顾右盼，有过往多人，见二人睁目而视，不明其故，有多言的人询他二人。二人说是奉包公所差，捕捉落帽风，只为俟候得久了，竟不知落帽风在何处。内有一少年道：“只有桥西侧药材店一人，名骆茂丰，且去拿他看看。”有几个老成的道：

“多言乱说！此人乃一良善人，守分营生二三十载，并不招非作歹，你这人好没分晓。若不是此人，岂不冤屈了他！”张、赵听了，倍加烦闷，手中摩弄牌票，站得足都酸了，只得坐于桥栏上自言自语道：“包大人差我二人捉拿落帽风，如今寻抓不着，回去定然受责，如何是好！”二人想不着路，如痴如呆。忽见呼的一阵狂风，迎面卷将过来，二人急忙立起，四手抢拿，只呼捉风，岂知捉不牢，反将牌票一纸吹卷过桥，犹如高放风筝一般，已卷起半空中。二人齐道：“坏了，风捉不牢，反将牌票吹去，如何回复得包大人！”

且说陈桥镇东角上有一街衢，名曰太平坊，是一所小市头。对街两厢店铺，来往行人不少，这阵狂风，实来得怪异，卷起牌票，吹至太平坊上，落在一副菜担之内。那贩菜的人见了，说道：“为什么这纸当票宽大，不知何处吹来的？”遂将担子停住，双手拾起来看，早有张、赵急忙忙赶来，大呼道：“落帽风在此地了！”张、赵二人赶近了，要抢夺回那牌票，此人拿牢不放，反叱喝二人狂妄。张、赵也不争辩，只双手并挽道：“落帽风，你可知包大人在东岳庙宇中等候你讯问么？快些走吧！”那贩菜人吓得发抖，即大呼道：“我是小本经纪，并不为非作恶，无端将吾拘扭作甚？”张龙道：“不管你犯法不犯法，且到包大人跟前分辩。”不问情由，二人扭住，推推拉拉，一同走了。太平坊上众百姓一见，七言八语地喧吵，忿忿不平，一齐跟在后面，看他将贩菜的抓往哪一方去。

不知此人可是落帽风，包大人如何审究，下回分解。

第四十七回

郭海寿街头卖菜　李太后窑内逢臣

却说张龙、赵虎扭捉了贩菜小贩，有太平坊上众百姓道：“这贩菜人郭海寿，清贫度日，每天肩贩些菜韭小物，进得分文养母，虽因穷而不失孝顺，是以近处地头上人，多呼他为郭孝子。素知他是个朴质守分人，又不犯法招非，包大人何故捉他，我等众人不服，也到东岳庙中看看。”一刻间拥闹得成群结队，何止二三百人。又有人代郭海寿挑了菜担，一同前往。

不表众民拥来东岳庙，先说张、赵扭拉此人，进至庙中，启道：“大人，小人已将落帽风拿到了。”包公吩咐带上。二人牵他当面，喝声下跪，此人道：“小人并不犯法，此二人冒捉良民，何须下跪？”包公将此人细细一看，倒也生得奇怪，年纪约二十上下，脸色半黑半白，额窄陷而两目有神，耳珠缺而贴肉不挠，鼻塌低而井灶分明，两颧深而地角丰润。当下包公细看此人，哪里是什么落帽风，老夫只因风吹落帽，疑有冤屈警报，如今定然张、赵二人难以查办，竟混拿此人来搪塞，也未可知。包公装着发怒喝道：“这人还不知法律么？本官跟前，胆大不跪，且细说明你的来历。”此人禀道：“大人在上，小的乃经纪小民，并未犯法，故胆大不跪。”包公道：“你名叫落帽风么？”此人道：“小人是郭海寿，并不是落帽风。”包公道：“你是何等人，居住何方？且说与老夫得知。”郭海寿道：“小人乃陈桥镇上一个贫民，方出娘胎，父亲已丧，母亲苦守破窑，街衢乞食，抚养小人。我年交十五，娘亲双目失明。如今小民年纪长成十九，一力辛勤，积蓄得铜钱五百，终朝贩卖蔬菜为生。岂知近二三载，饥馑并至，家家户户日见凄惶，米价如珠，每升售至三十文。小人生理淡泊，日中只有一饭两粥，与娘苦度。幸上年十一月，圣上差包大人开皇仓平粜，方得米价如常，连及本地头官吏也好了，不敢索诈良民，恶棍匪盗远遁潜踪。本府数县，人人感德，个个称仁，但小的乃一贫民，并不犯罪，大人拿我来作落帽风，未知何故？恳大人明言下示。”包公想道：“听此人说来，竟是个大孝之人了。”正要开言动问，只见众百姓老少二三百人，成群拥进庙来。早有排军三十余人，阻挡呼叱，不许拥入庙宇中堂。包公远远瞧见，吩咐众役不须拦阻，容众人进来，不许喧哗。众人遵着吩咐，进至廊下，包公问道：“你们许多人有甚事情？老夫在此，敢来这里胡闹么？”内有几个老人道：“大人在上，这郭海寿乃一经纪之民，勤劳良善之辈，家虽贫困，而不失孝道供亲，是个孝子。况他向来安分守己，并不惹是招非，我等小民人人尽知，今日不知大人何故拿他？若是错捉了他，不能做小生理，母在破窑，必致饥饿。故吾众民到此，恳大人开恩释放他回去。倘大人不信，现有他贩卖菜担为凭，祈大人明鉴。”包公道：“众民休得喧哗。”众民遵诺。包公即唤张龙、赵虎，喝道：“狗奴才！老夫着你往拿落帽风，怎么混拿郭海寿来搪塞？可恶！”喝令责打，二人连忙启禀道：“大人，我等有个情由启上。”包公道：“容你言来。”二人道：“小人们奉了牌票，四下找寻落帽风，忽于陈桥又遇狂风，来得奇怪，已将牌票吹卷起半空中，只恐回不得命，一程追赶至太平坊上。只见有个挑蔬菜担人，手中拿住牌票一纸，奉大人命捕风捉影，故将他拿来。”包爷喝道：“胡说！风吹落帽，风卷牌票，都是狂风作怪，只要拿风，你二人故违吾令，妄捉良民，应该重处！”二人道：“大人开恩，待小的再往拿落帽风，如若打伤小的两腿，难以行走，怎能奉命去拘拿？”包公道：“也罢，限你午刻拿回，如违重处！”二人谢了起来，一同跑出庙门。赵虎道：“张兄，我二人今日糟了。”张龙道：“赵弟，这件事情叫我们实难处置，且与你再至陈桥观望一回，同归禀上，实办不出落帽风，让他革除身役罢了。”

不表张、赵之言，却说包公叫道：“郭海寿，你既然乃善良之民，本官且释放你回去，你等众民，也不必在此耽搁喧哗。”众民都说：“大人开恩释放海寿，他母亲可以活命了。”包公又对郭海寿道：“老夫念你是个行孝贫民，赏你五两银子，回去做些小买卖，也好供养母亲。”董超早已交他白银五两。郭海寿好生欢喜，叩谢大人，挑回菜担而行。众民都自散去，皆言包公仁德清官，也且不表。

却说郭海寿回至太平坊，将菜担寄放在相识处，还至破窑，将茅门一推进内，大呼母亲。那瞎目婆子唤道：“孩儿，你去了未久，何故即回？”郭海寿道：“母亲，方才孩儿挑担出了大街，未有人与儿采买，方在太平坊上，忽一纸官家牌票被大风吹来。儿方拾起，早有两位公差拉扭儿至东岳庙，有位官员，浑身黑色打扮，面色亦黑。我初不晓他是何人，只道本处官员，妄拿我的，故不肯下跪。他又查问我。有众人禀我行孝，此位官员甚为喜悦，赏我白银五两，做小经纪供亲，真乃大幸，故特回来安慰母亲。”婆子道：“他如此爱民，是什么官员？”郭海寿道：“母亲，你幸双目失明，如若好目，见了此位官员，只恐吓坏了你。他面貌十分凶恶，谁知竟是朝中包待制大人，名包拯，难道母亲不闻人说包公是个朝上大忠臣，为国爱民的清官？”婆子道：“原来此官是包拯。孩儿，你且去请他来，做娘的有一重大事与他面诉。”郭海寿道：“母亲，有何事告诉？且说与儿知晓，代禀包公。”婆子道：“孩儿，我身负极大奇冤，满朝大臣除了包公铁面无私，无可伸诉。我儿代诉，终必无益，必要与包拯面言方可。”海寿笑道：

“母亲之言，也觉奇了，我母子居住破窑，虽然贫苦，但无一人欺侮母亲，有甚极惨之冤？”婆子道：“孩儿，此乃十八年前之事，你哪里得知？速去请他来，为娘自有言告诉。”海寿道：“原来十八年前事，果然孩儿不得而知，倘或包大人不来，便怎生是好？”婆子道：“你去说我母有十八年前大冤，要当面伸诉，别官不来，包拯定然到的。”海寿道：“既然如此，孩儿往请他来，母亲且将银子收好。”言罢，奔出破窑。

且说张龙、赵虎二人奉令商议，若等候到明日也不中用，不如回去禀复大人，悉听处治也罢。两人垂头丧气，战战兢兢，回转庙宇中下跪，禀道：“大人，小的奉命捉拿落帽风，实乃无影无踪之物，难以搜来，恳大人开恩。”包公想了一想道：“狂风落帽，原道有什么冤情警报，所以强押二人去搜求，既无别事，也只得罢了。况尹氏之事要紧，不如且先回朝。”当下便吩咐起轿，这张、赵二人才放了心。正要喝道出门，忽来了郭海寿，叫道：“大人，我家母请你去告状。”众排军喝道：“该死奴才，你莫非疯癫，还不速返！”海寿道：“我家母有极大冤枉，故来请大人前往告诉，你们不须拦阻。”包公听见便道：“不用阻他。”原来包公性情古怪，办事也是与人迥异。今日一听郭海寿之言，想他为什么反要本官去告状，想这妇人说得出此言，定有缘故，即道：“郭海寿，你母亲在哪里？”海寿道：“现在破窑等候。”包公听了，吩咐打道往破窑去。

当下郭海寿引道前行，告诉众人到门，不可叫喝，犹恐惊坏娘亲，包公也命不用鸣锣喝道。郭海寿当先，却从太平坊上经过，旁人唤道：“海寿，缘何不往买卖，只管往来跑走？”海寿道：“我母亲要包公到门告状。”众人道：“但不知包公来了么？”海寿道：“后面来的不是包公么？”众人一看，果然排军蜂拥而来，都笑道：“这桩奇事古今罕有，这婆子久住破窑，双目已瞎，年将五十，财势俱没，莫非犯了疯癫？谅她没有什么冤情告诉，又少见告状的子民，妄自尊大，反要老爷上门告状，想来原是包公痴呆。”你言我语，随走观看。海寿一至茅门，停足叫道：“大人，这里就是了。”回头又叫道：“母亲，包大人来了。”婆子道：“孩儿，且摆正这条破凳在中央，待我坐下。”海寿领命摆正。婆子当中坐下。海寿站立旁边。包公住轿，离茅屋半箭之遥，命张、赵前往叫妇人速来告诉，有甚冤情。二役领命到门大呼道：“妇人知悉，包大人亲自到此，有甚冤情，速速出来诉禀。”妇人答道：“叫包拯进来见我！”张、赵大喝道：“贱妇人，好生大胆，擅敢呼唤大人名讳，罪该万死！”妇人道：“包拯名讳，我却呼得，快叫他进来，有话与他商量。”张、赵二人又觉恼，又觉好笑道：“大人目今官星不现了，遇到这痴癫妇女。”二人只得禀知包公道：“郭海寿的母亲，是个痴呆妇人。”包爷道：“怎见她是痴呆？”二人禀道：“她将大人的尊讳，公然呼唤！要大人去见她答话。”包公道：“要本官往见她？”二人称是，包公道：“这也何妨？”言罢，吩咐起轿，有众排军暗言，包公真是呆官，如孩童之见。更有闲看之人，称言奇事。

当时包公到了门首，张龙跑进茅屋，叫道：“郭海寿，包大人到来，何不跪接？”妇人接言道：“包拯来了么？唤他里厢讲话。”张龙喝道：“贱妇人这污秽所在，还敢要大人进来，休得做梦！”妇人喝道：“胡说！我也在此久居了，难道他却进来不得？必须他到里厢来，方可面言。”张龙听了，不住摇头道：“大人今日遇鬼迷了，回到京中，乌纱也戴不稳了。”又来启禀道：“大人，这妇人要大人进里边讲话。小人说，此地污秽，不可以请大人进去。她说，她居住已久，难道大人进去不得？岂不可笑！”包公听了，想道：这妇人定然不是微贱之辈，故有此大言。也罢，且进去，看她有什么冤情。

包公想罢出轿，张龙、赵虎二人扶伴。包公身高，故低头曲腰入屋内，细将妇人一看，约有四旬七八的年纪，发髻蓬蓬，双目不明，衣衫褴褛，面目焦瘦，而风度似非等闲之辈。郭海寿道：“母亲，包大人来了。”她说：“在哪里？”包公道：“老夫在此。”她说：“包拯你来了么？”包公听了，又气恼，又好笑，便道：“妇人，老夫在此，你有什么冤情？速速诉明。”妇人道：“你且近些！”包公又近些，那妇人两手一捞，摸不着包公，又将手一招道：“再近些！”包公无奈，只得走近，离不上三步，被她摸着了半边腰带，叫道：“包拯，你见了老身，还不下跪么？”包爷瞪目自语道：“好大来头妇人，还要老夫下跪，是何缘故？”妇人道：“你依我跪下，我可诉说前情。”包公无奈，说道：“也罢，老夫且下跪。”张、赵二役见大人下跪，也同跪地中。郭海寿见了倒觉好笑起来。

当下妇人将包公的脸上左右遍摩，摸至他脑后，偃月三叉骨，将指头揿了揿，捻了几捻，连说两声道：“正是包拯了，一些也不错。”包公好生疑惑，倒觉不解，忙问：“你这妇人，果有什么冤情？速速说明！”只见那妇人泪珠如线，呼道：“包卿！我有极大冤情，十八年来无处可诉，前夜梦神人吩咐，想必今日伸冤有赖。只求大人与我一力担当，方得一朝云雾拨开，复见日月。”包公听她叫“包卿”，惊得目瞪口呆，忙问：“不知上座果是何人，有何冤情？还请见告。”这妇人呼道：“包卿且先平身。”包公果然跪得两膝生疼，连忙立起身来。

不知妇人诉说出什么冤情，且看下回分解。

第四十八回

诉冤情贤臣应梦　甘淡泊故后安贫

当下妇人道："包卿，你乃铁面无私的清官，审明过多少奇冤重案，只忧我此段冤情，审断不明白。"包公道："到底什么冤情，且细细说来。"妇人道："我原乃先帝真宗天子西宫李氏，正宫即今刘后。十八年前，吾与刘氏同时怀孕，正值真宗天子与寇准丞相往解澶州之围，御驾亲征，尚未还宫。我在宫中产下太子，宫娥内监已有知者。过了一刻，正宫刘氏忽又报生公主，谁知就此祸生不测。"包公听了，想道：若是真情，此是李宸妃娘娘了，便道："你在宫中有何人起祸？"妇人道："只为正宫刘氏心怀妒毒，与内监郭槐同谋。忽一日，刘氏自抱公主到我碧云宫来，只言乏乳，要吾乳娘喂乳。当时刘氏假装美意，怀抱太子，又邀我到昭阳宫饮宴。我即同行，有内监郭槐抱持太子同往。岂知他们早把太子藏过，我也不知他等竟施毒计。后来饮宴已毕，要取回太子，她说，郭槐已送太子先回碧云宫去了。我并不多疑，回至内宫，有宫娥说，郭槐方才将太子放下龙床，已是睡熟，不可惊他，又用绫罗衲盖了。我只道是真情，揭开罗衲，要看太子，不料床上睡的乃血淋淋的死狸猫，吓得我昏了过去。方知刘氏、郭槐计害。是时天子兴兵未回，怨海仇山怎生发泄，岂知是夜刘氏、郭槐泼天大胆，又生恶计，谋害于我。即晚放火毁我碧云宫，幸得寇宫娥通知，盗取金牌，悄悄教我打扮太监，腰挂金牌，连夜逃出后宰门。临去时说明，太子已付陈琳抱去，并又指点我别无去路，且往南清宫八王爷府中，狄娘娘乃心慈善良之人，定然收匿，且待万岁回朝，然后奏明此事伸冤。当日心忙意乱，只得依此而行。”包公听了，连忙又跪下道：“未知狄太后收留否？”妇人叹道：“我乃女流之辈，自入深宫，从不曾到街衢一行，焉知八王爷府在哪方，故寻觅不到南清宫。可怜黑夜中孤身只影，灯火俱无，步行步跌，顾影生疑。忽觉后面似有人追迫，胆战心惊，晕跌在民家门首。岂料此家是一寡妇，姓郭，夫君上年身故，此妇中年，却已身怀六甲。当夜救我苏醒，问及来由，我亦不敢说明露迹，伪言夫死，翁姑逼勒改节，不从，私行逃避。此妇为人厚道，收留作伴，后来生下遗腹子，仅得半载，可惜此妇一命归阴，只得由我将此婴儿抚育。不到一载，又遭回禄，可怜一物未携，只逃得性命，出于无奈，远出京城。后来闻得圣上班师，岂知八王爷上年已归仙界，未及半载，又闻颁诏先帝归天。老身自知还宫无望，守此破窑，屈指光阴，已经十八载了。”包公道：“请问娘娘如何度日？”妇人道：“言来也觉悲惨，守此破窑，哪得亲情看顾，只得沿门求乞，以度残年，抚养孤儿长大，取名海寿。年交十二，即知孝顺娘亲，母子相依，实难苦度，幸得他一力辛勤，寻下些小生意度日。不料连年米价如珠，夏天身受蚊虫毒噬，天寒不得暖服沾身，苦挨苦度，直至今日。近数载双目失明，若非孤儿行孝供养，一命呜呼久矣。”言未了，嚎哭起来，咽喉噎塞，语不成声。

郭海寿在旁听得呆了。原来我身不是她产下的，嫡母早归泉世。包公吃惊道：“娘娘，你儿子既已长成，何不教他引你到南清宫去，何以甘心受此苦楚？”妇人道：“包卿有所未知，古言‘画虎画皮难画骨，知人知面不知心’，倘做了蝇投蛛网，欲脱便难了。”包公道：“请问娘娘，当年太子后来怎生着落？”妇人道：“方才说至寇宫女通线来救，我尚未说明。那日狸猫换去太子，刘后差寇宫娥将我儿抛下金水池，幸她不忍加害，奈何欲救难救，幸遇陈琳进宫，始抱太子到南清宫，由狄氏收养数年。后八王爷归天，先帝班师回朝，颁诏立八王长子为皇太子，故我知当今是我亲儿。只可怜母在破窑挨苦，受尽凄凉，弄得双目失明，母子无依。昨夜三更偶得一梦，只见一神圣自言东岳大帝，言我目今灾星已退，有清官可代明冤。我即问清官是谁，神圣言龙图阁待制包拯，乃忠梗无私清官，教我将此段情由诉知，许我散开云雾，得见光明。我又问陈州地面，多少官员来往，哪知谁是包拯？大帝又言，要知包拯不难，他脑后生成偃月三叉异骨，是以方才摸有异骨，方肯吐露十八年前之冤。若是卿家与我断明此案，感德如天了。”言罢，泪下不止。

郭海寿想道：可笑母亲，既然是当今太后，有此大冤，遭此磨难，对我并不泄出，直到今天才知她不是我生身嫡母。但太后遭此大难，不孝要算当今圣上了。又有张龙、赵虎闻得此言，吓得魂不附体，俯伏地中，不敢抬头。包公又请问道：“娘娘，那当今万岁，不知有什么凭认否？”妇人道：“何尝没有记认？手掌山河，足踹社稷，隐隐四字为凭，乃是我嫡产的儿子。”包公叩伏尘埃，吐舌摇头，道：“可怜娘娘遭此十八年苦难，微臣也罪该万死！”妇人道：“包卿言差了，此乃是我该有飞灾，若究明此事，断饶不得郭槐，还要卿家为我表白重冤，虽死在破窑，也可瞑目了。”包公道：“娘娘且自开怀，微臣今日赶回朝中，此顶乌纱不戴，也要究明此冤。望祈娘娘放开愁绪，且免伤怀。”妇人道：“若得大人与我申明冤屈，我复何忧？”包公道：“娘娘，且耐着性等候数天，待臣回朝将此事究明，少不得万岁也排銮驾自来迎请。”妇人应诺。

当日包公差人，速唤地方文武官来朝见太后。官院赶办不及，须寻座雅静楼房，买几名精细丫头。时当三月初，天气尚寒，赶办些暖服佳馔供奉。太后双目不明，速即延医调治，若有怠慢，作欺君罪论。两名排军如飞分报。太后道："包卿不必费心，老身久处破窑，落难已久，又有孩儿侍奉，不必麻烦地方官吏。孩儿，且代娘叩谢包大人。"海寿领命上前道："大人，我家母拜托于你，祈代伸冤。"包公道："自有老夫担承。"海寿道："如此我代娘叩谢了。"包公想道：此人今虽贫民，但与太后子母之称，倘圣上认了母后，也是一个王弟王兄了。当时还礼起来，连称："不敢当，为臣理当报效君恩。"太后道："包卿，快些请起。"包爷道："谢娘娘千岁。"起来立着，细看娘娘发髻蓬蓬，衣衫褴褛，实觉伤心。丢下龙楼凤阁，御苑王宫，破窑落难十余年，幸得孤儿孝养，实乃圣上救母恩人。慢说包公思想，众排军惊骇，窑外观看众民也交头接耳，都称奇异。再不想这求乞妇人，是当今的国母。一人言道："曾记前十载到门讨食，孩儿尚幼，哭哭哀哀，被我痛骂方才走去。早知她是当今太后，也不该如此轻慢她，果然海水可量，人不可量。"众人听了，皆是叹息，这且不表。

此时来了众文武官，将闲人逐散，不许啰唣。只见破窑门首立着包大人，众官员都来参见，说道："太后娘娘破窑落难，卑职等实出于不知，罪咎难逃。"包公冷笑道："老夫道经此地，即知太后在此，可怪你们在此为官，全然不知。少不得回朝，奏闻圣上，追究起来，你们官职可做得安稳么？"众官员皆躬身恳道："大人，格外开恩，卑职等不知太后落难，实有失察之罪，求大人海量姑宽。"包公闪过一旁道："你等到此，理该朝见太后。"众官应诺，即于窑门外，文东武西通名道职，三呼千岁朝见。海寿远远瞧见，叫道："母亲，外厢许多官员在此叩见。"妇人道："叫他们回衙门理事，不必在此伺候。"郭海寿踱出道："众位老爷，听我家母吩咐，各请回衙办事，不必在此叩礼。"众官员虽听如此说，却不敢动身，共启包公道："卑职等方才奉命，已差人速办雅室，挑选丫环，预备朝服。"包公道："如此才是！"忙进内道："臣包拯启禀娘娘。"太后道："有甚商量？"包公道："臣为国家大事，即要还朝速办，故抛下赈饥公务回朝。不想偶遇娘娘一段大冤，更不能耽搁，已着地方官好生安顿娘娘，臣即别驾，还望娘娘勿得见怪。臣回朝奏明万岁，理明此事，即排驾来迎请了。祈娘娘且放宽怀，屈居几天。”太后道：“我久居破窑，何用奢华？且本地官员政务太繁，有烦包卿传知众官，一概俱免，日中不必到来。”包公辞出窑门，传谕众官道：“太后吩咐日中朝见问安，一概俱免，以省烦劳。此皆太后仁慈体恤之意，但凤凰岂可栖于荒草之地？方才我言必当依办。”众官连连共诺。包公言罢，即吩咐启程，众官相送，众差役一路喝道而去。

不表包公回朝，当有众官见包公已去，不敢进窑门，只在门外侍候。少刻，有几位夫人各带婢女进内朝见请安，请娘娘沐浴更衣。岂知太后也不沐浴，也不更衣，说道：“在窑中居住十余载，已经惯了，不必你们费心，各自请回。”众夫人俱觉不安，哪知太后执性如山，众夫人只得退出。又有承办役人，禀道：“众位老爷，已经觅了雅室一所，可权为官院。”岂知太后又说：“破窑久住，不劳众官多请，且各回衙。”众官再三恳求，太后只是不允，众官无奈，只得于破窑前后，立刻唤工赶造房宇。众官商议，太后不愿更衣，只得来求郭海寿，郭海寿道：“既我娘亲不愿更衣，也非众位老爷之咎，且请回衙，不然反激恼她了。”众官无奈，只得听其自然。太后百味珍馐不用，母子只是淡饭清汤，仍居破窑，丫环一人不用，仍打发回去。

不言太后诸事，却说包公赶回京中，一进开封府，天色已晚，到了内堂，夫人迎接坐下请安，复问道：“老爷奉旨赈饥，如今回来，莫非完了公务？”包公道：“赈饥公务，尚未清楚。但本官因国家大事而回。”夫人又要诘问情由，包公道：“国家政事，非你所知，不必动问。”夫人不敢再言，只命人备酒，与老爷洗尘。

欲知包公来日面圣如何，且看下回分解。

第四十九回

包待制当殿劾奸　沈御史欺君定罪

次日五更，包公进朝，先到朝房，众文武顿觉惊骇，内有几位忠良问道：“包大人赈饥事已毕了？”包公回言尚未。有老奸庞洪问道：“既然赈饥未完，大人何以还朝？”包公道：“有要事还朝，少停便见分晓。”庞国丈心中不悦，暗想：这包黑子忽而还朝，不知何故，只愿他月月年年不在老夫目前，我便心安。

少言国丈不喜，时当五更，只听得景阳钟撞，龙凤鼓敲，圣驾登殿，文武官金阶入觐已毕。黄门官启奏万岁道：“有龙图阁待制开封府尹包拯，由陈州还朝，现在午朝门候旨。”天子传旨宣进。黄门官领旨，宣进无私铁面贤臣，三呼万岁。朝参已毕，天子欣然问道：“朕命贤卿赈饥，公务完毕否？”包爷道：“臣赈饥未了。”天子道：“卿公务未了，何故忽回见朕？”包公道：“臣启陛下，臣无事不敢私回，只为奸臣欺君瞒法，国家大事，非同小故，岂容狠毒众奸，暗里误国。是以不分昼夜，奔走回朝，要奏明陛下，削奸除佞，以免江山摇动之忧。”天子道：“据卿所奏，奸佞出于何方？即奏朕知。”包公道：“臣知奸佞出在朝中！”君王闻奏，看看两班文武，不知又是哪人动了包黑子之怒。有几位不法奸臣都是面面相觑。天子道：“满朝文武，个个赤胆丹心为国，卿家知道谁是奸臣？”包公双目直视沈御史，奏道：“臣启万岁，沈国清乃是奸佞之臣。”沈御史听了，不觉大骇。君王听了，问道：“包卿，怎见国清是奸臣？”包公道：“沈国清是个欺君误国、藐视法纪之臣。”君王正要开口，有庞国丈出班奏道：“臣启万岁。”天子道：“庞卿有何奏闻？”国丈道：“臣奏包拯欺瞒陛下，藐视国法，因何赈饥未完公务，又非奉旨，私离陈州，忽地回朝，摇唇鼓舌，欺压朝臣，望我王不可听他。原命他往陈州赈饥，完其公务，饥民方得沾恩。”天子听罢，正待开言，却激恼了包公，即道：“国丈，此事与你无干，何故多管？”国丈被他一说，也觉无颜，只是敢怒而不敢言。君王想道：包拯原乃正直之臣，不奉旨召，一旦忽回，想必因国家有重要事情。即呼道：“包卿有奏，速即言明！”包公道：“臣启陛下，杨宗保领职边关二十余秋，辛劳佐国，我主亦所深知。即狄王亲失去征衣，旬日讨回，又有大功，可以抵罪，五云汛李守备父子谋害虎将，冒功被戮，乃按照军法而办。岂料李成妻沈氏，不守妇道，胆敢前来告呈御状，冒犯天颜。我主未明刁唆之弊，委曲多端，差孙武前往边关，谁知不查仓库，图诈赃银，真乃欺君佞臣。又被莽汉愤怒诈赃，打辱钦差，犯了法律。”

包拯尚未奏完，吓得国丈魂不附体，急奏道：“陛下，包拯乃无凭无据之言，他陈州远离边关数千里，焉能一一概知？况他不奉宣召，赈务未毕，众民岂不仍受饥苦？望我王令他仍往陈州救济饥民，方不误公务。”包公道：“国丈何须多言，我非为国家大故，必不舍公务而私回。特为国除奸，与你何涉！”当时君王点首道：“包卿，你在陈州，果然怎知边关委曲情事，也须细言朕知。”包公道：“臣启陛下，臣在陈州，不但边廷之事明晰，即朝中奸权欺君坏法之事，一一尽知，容臣细奏。前数天朝内奸臣主唆匪人，叩阍上呈御状，我主但听一面之词，准状发交沈国清审办。圣上哪知他心存私意谋害功臣，不究孙武诈赃，独究失去征衣，严刑焦廷贵，不能成招。胆大沈国清假造口供，以欺陛下，若非佘太君进朝分辩，焦廷贵固难免死，即功勋元老也要一旦倾殒。此等欺君昧法之人，留为国患，必须彻底澄清，才是国家之福。”

一番言语，吓得沈御史、孙侍郎暗暗惊怕，连国丈也觉心怯。君王大呼道：“包卿，你果能明其内中原由，且细细奏来。”当时包公将三月初三在陈州路逢怪风冒体，疑有冤情，是夜在北关筑台，听候申诉，恍惚间只见女鬼称言尹氏名贞娘，说丈夫是西台沈御史沈国清等情说了一遍。君王听了此言，向沈国清道：“此姓名可是卿之妻否？”文班内有内阁大臣文彦博欣然出奏道：“尹氏乃臣中表之戚，少有贤德，素称坚贞，正是沈国清所配发妻。”当时君王听了点头，再问沈国清。但他方才闻听包公之言，已听出神了，不禁毛骨悚然，心胆战兢，不敢抬头，君王询他，答言不出。君王见此，满心疑惑，因问他何以口也不开。旁首国丈好生着急，想来机关定然败露了。君王又问道：“包卿，这尹氏可有枉屈告诉于你？”包公道：“据尹氏诉说，丈夫沈国清，食君之禄，深负君恩。沈氏是他胞妹，只因妹丈李成父子冒认了狄王亲功劳，被杨元帅所杀，故特来京要为其夫报仇，沈国清挑唆她告御状。圣上准状，差官查库，孙武欺君诈赃，丈夫身入奸党，向他功谏，不特不从，反遭其殴辱。又思丈夫作此亏心之行，日后终无好结果，故气愤自缢，只望丈夫改善离奸。此等贤妇，可以留芳青史。臣得此一信，赶速回朝，分辨清白，奏闻陛下，速办众奸。倘或忠良被其一网打尽，圣上江山谁与保守？”君王听了包公之言，便道：“朕知道矣！”三个奸臣听了，心中摇摇，不知如何是好。却听君王呼道：“包卿，唯据鬼魅之言，作不得真，算不得凭。况前数天寡人已差官前往边关，召取狄、杨二臣回朝了，且待寡人亲自问供，不必卿家费心，且不要耽搁在此，速回陈州赈救饥民，待完公务回朝，厚报卿劳。”包公道：“陛下，若杨元帅领守边关，无事平宁之日，尚且不可一天离职，何况目下兵临城下之秋，若杨、狄二帅召取进京，边疆重地，万一有失，江山即难保守，这是断然动不得的。臣斗胆已将御赐龙牌，阻拦奉旨钦差止步，恭候圣命追转。若论陈州赈饥，赈济普遍，不日即可功竣。故臣敢于交与州官代办，决无误民之虞。兹有此警报，陛下勿云鬼魅之事，尽属虚妄，臣曾历历见之于梦，只有自裁自忖。臣拿得定是真情，故敢力辩，以分清浊。伏乞我王发臣司办，是非公私，断不误的。"

君王还未开言，沈国清忍耐不住，进阶俯伏道："臣也有奏言。"君王道："卿家有何奏言？"沈国清道："臣妻尹氏乃急病身亡，并非怨忿自尽，何来鬼魂警报，求请伸冤的幻事？此乃包拯与臣有隙，狂妄诬言，伏乞我主，睿圣天聪，勿准包拯妄言诬奏，仍命他速往陈州赈济饥民为上，免他在朝妄生枝节。"包公道："臣也有奏，前时臣借圣上三件活命的宝贝，曾救了不少民命。今尹氏身死，望我主再借三般宝贝与臣，将尹氏救活，然后细细审问，定知内中委曲之事，免叫忠良受屈。"沈国清道："臣妻身亡多日，已经备棺成殓，掩埋坟中，皮骨已消化了，焉有死而再生之日？包拯强言妄奏，无非思害臣一命。望我主勿降此旨，方免死者不安。"这一番话激得包公怒气勃勃，呼道："沈国清！休得谎言，你妻子尹氏，曾经诰命，现受王恩，死了尚不备棺成殓，将尸掩埋泥土中。你乃一刻薄之徒，今日驾前尚敢诳奏，说什么备棺成殓，什么尸体消化！"沈国清听了此言，心中犹如火炙，浑身发抖，不敢复辩。

当日尹氏身亡时，沈国清在国丈前未曾言及，如若庞洪得知此事，定然要叫他备棺埋土的。此时国丈气得面色青红，呆呆看着沈国清，想道：不该土掩这王封诰命的夫人，实乃欺君辱爵，倘被包拯起了尸，实是罪名重大，怎能轻赦！

不表庞洪自语，当下包公驾前请旨起尸，君王准旨，即道："依卿所奏，可将尹氏起尸，召回钦差，免取杨、狄二臣。此案重大，卿须严加细究，审明复旨定夺。"包公道："臣领旨！"天子又命内侍取出先帝时高丽国入贡三件还魂活命宝贝，付赐包公已毕，忽班中闪出孙兵部启奏。他一来不服包公多事，二来帮助着孙武兄弟，连忙俯伏金阶道：“臣兵部尚书孙秀有奏，据包拯所说，尹氏的尸骸，埋于土中，如若起不出尸，包拯也该有诳奏欺君之罪。”包公道：“臣也有奏，臣据尹氏告诉之词，已知其尸骸在于沈府后花园内桂花树旁泥土之中。伏祈我主询问沈国清，便知真否。”嘉祐君道：“包卿之言甚是。”又问道：“沈卿此事有否？”沈御史听了，心中又惊又乱，身发寒战，料想也瞒不过，只得奏道：“臣妻尹氏，果是埋掩于后园桂树旁土内。”嘉祐君听了，龙颜大怒，喝道：“无礼欺君的贼臣！断难赦恕，王封命妇，不肯备棺成殓，全无夫妇之情。伦常倒置，败坏三纲，莫此为甚！”喝令值殿将军将此欺君贼臣之辈拿下，登时剥削冠带，即国丈也难开口求饶。一班奸党尽吃惊慌，满朝文武唯有骇笑。

是日包公领了三般法宝，别了圣驾，带了沈御史出朝而去。天子退朝，文武各散。

不知后事如何，且看下回分解。

第五十回

贤命妇获救回生　忠直臣溯原翻案

当时朝房内与沈御史厚交的官员，你言我语，都说沈国清不通情理，将上封诰命夫人不备棺成殓，暴露尸骸于土中，原是欺君重罪。今被包拯拿定破绽，倘或起尸，被他救活，沈国清难免过刀而亡了。

不言奸党纷纷议论，且说包拯自己忖度，倘将孙武纵回，只恐他情虚要寻短见，反为不美，即令张龙、赵虎领了三般国宝，又邀了孙侍郎带同沈御史往他府衙而去。只有孙兵部倒也心上不安，不知包拯果能起尸与否，又见他邀了孙武兄弟，以故放心不下，便同至沈府而来。

当日包公缘何抹杀李太后之事不提，单奏杨、狄、孙、沈之事，只因尹氏的尸骸过不得七天，倘至七天，就难以还阳了，故以救活性命为先，将李太后之事暂且丢下。

且说包公进了御史衙，孙家兄弟并至，沈御史只得引至里厢，大小衙役房吏人等吃惊不小，议论纷纷，不明大人犯了何法，包公来抄没家产。当日沈御史指明埋尸之所，包爷与孙家兄弟，一同举目，果见一丛月桂，是新种植之象。包爷立差排军，将泥土扒开，扒去泥土，仍觉阴风惨惨。穴内女尸，面目如生，略不改色。包公叹息道：

“可怜一位贤德夫人，遭此一难！”二孙兄弟，也觉骇然。沈御史见了，心中烦闷，默默不言。包爷又道：“这尸骸是你妻否？”沈御史说：“是。”包公又吩咐董超、薛霸二役，小心细细起尸。两个排军领命，即将尸骸悠悠扶起，安放僻静所在，又命张、赵二人，将温凉帽子戴在夫人头上，还魂枕扶置首下，返魂香放在身上，令四排军远离，令丫环侍女近前。

二孙兄弟心中焦闷，不想包黑之言完全应验。正要别了包拯回衙，只见包公冷笑道：“排军速将孙侍郎拿下！他是朝廷重犯，哪里放得？此法律当然。”排军领命，即上前将孙侍郎拉定。孙兵部见了大怒，挺胸直前，喝道：“包拯！你非奉旨，怎生胡乱拿人？快些放了吾弟，万事全休，若不依时，与你一同面君。”包公冷笑道：“这案子有你令弟在内，他原是朝廷犯人，是非且待尹氏活了，再分皂白，若询问后有罪时，应该究办，倘若错拿无辜，定罪下官。大人且请回衙，休得多管。”原来孙兵部仗着庞洪之势，党羽相连，横冲直撞，欺侮同僚，单惧包拯的硬性，当日含怒不言，吩咐打道回到庞府，另有一番忿话，不提。

单表包公令排军两人，押了孙武、沈国清一同收禁天牢。但侍郎不上刑具，只因未奉君命，止拘阻他不得回衙，恐众奸党等又生枝节。当日沈府家人仆妇，个个吓得惊慌无措。包爷在御史府中，只待救活了尹氏，然后回衙问供。又吩咐公堂上面，炷上名香，包爷下跪，叩礼当空，告视上苍，过往神祇，地府阎君，本都城隍，伏唯鉴察，说明奸臣误国之由，立心秉公报国之意。祷告已毕，仍起而坐于公堂。自有沈府家丁递送茶汤。是日天晚，将近黄昏，另行佳酿美肴送与包公用毕。不表。

且说孙兵部来到庞府谒见国丈，庞太师闻言呼道：“贤婿你到沈府去过，可知事情怎办？”孙兵部道：“岳丈大人，休要提起，可恼这包黑全无半分情面，一到沈府，果然于泥土内起出一女尸骸，面目如生，并未腐消。又将吾弟拦阻留下，说他是案内之人，难以释放，因与沈兄一并收禁了。倘若尹氏果被这包黑贼救活还阳，只忧究明此事，吾弟与沈兄即难逃遁了。”庞太师听罢，不胜烦恼。又深恨包拯不往陈州，特赶回朝，偏究此事，老夫也有干系，日夕使吾不安。便道：“贤婿，吾想沈国清平日之间，十分精细能干，今此事愚呆了。妻死缘何不备棺椁埋葬，胡乱埋于土内？况属冬天，自然肉体不消化了。圣上三般还魂活命宝贝，出在东洋高丽，太宗时入贡，留传至今。前者包拯曾救过被冤两命，今尹氏又经包公领办，必能复活还阳。被他究出真情，二人正法，难免一刀之惨，连老夫也有碍的。今日事情破绽尽泄，即深宫通线，也难解救得两人之命。”孙兵部听了，长吁一声道：“可怜吾弟一命断送于包黑贼之手！”

翁婿之言慢表，且说包公是晚用膳毕，已有一更将残，只觉得寒风惨惨，青灯一明一暗。家人侍女在旁，将尹氏夫人声声呼唤。少停初交二鼓，包爷早已传命他家人于夫人睡处，远远用火盆四围烘暖，不一刻，只见夫人手足微微转动，一呼一吸。有张、赵二人远远瞧见，启上包大人道：“尹氏夫人转活还阳了，手足已有活动的情形。”包爷听了言道：“她还阳好了，然她在土数天，身体定沾了寒土之气，速备姜汤，与她吞下才好。”二役传言，有侍女忙往取姜汤倾灌夫人喉中。包爷复叩礼上苍已毕，已有三更时分。尹氏夫人身体移动，双目微张。包公离位远远观瞧，心头喜悦，又命取回三般宝贝，道：“夫人身负冤屈，归阴数日，今幸喜还阳，皆圣上宝物之功。”又吩咐沈府家人小心扶起夫人。又叫众侍女殷勤守护，不要卧睡。众侍女遵着包公吩咐，挽夫人进内，小心服侍沐浴更衣。又有家丁妇女不下百人，都说包大人神手清官，将我家夫人救活，交头接耳，不胜喜欢。

且说当夜包公又唤役人将后庭土穴填平，吩咐从役一同回府，已是四更时候。至天将黎明，带了三般法宝，要缴还圣上复旨。这时天色尚早，君王尚未坐朝，文武官员都在朝房候驾，尹氏夫人复活，文武官知者很多，都说包公是位异人，将人救活，莫非他不是凡间之人？不拘忠佞都有话说。只有孙秀、庞洪心中纳闷，有什么心思来答话呢！不一刻圣上登殿，文武大员呼拜已毕，分班侍立。有包爷执笏当胸，俯伏而奏道："老臣包拯见驾！"圣上先询问尹氏之事。包公奏道："臣启陛下，那尹氏已于昨夜二更时候还阳。再生之德，皆叨陛下洪恩。今臣复旨，并缴还三般法宝。"天子听了，喜气洋洋，言道："活人之命，功德弥天，今包卿数次救活枉死之人，乃代天活人，其功不小，上帝赐福无涯，如此朕也难及了。但以后如有被屈身亡者，又请此宝，如此拿来拿去，岂不周折费事？如今就将此三般宝贝赐予卿收藏，以后若逢冤屈枉死，便宜行事搭救可也。"包爷谢恩，又奏道："昨蒙陛下命臣审究李沈氏呈状重案，伏乞陛下将边关杨元帅本章，并沈氏御状，一并赐交于臣，核对分明，并求敕发焦廷贵与臣，方能面质详明。"嘉祐君道："依卿所奏。"命内侍速取来边关本章，并李沈氏的御状。又下旨天波府，立取焦廷贵，一并敕交包公究明复旨。包公领旨，收接了本章御状，吓得庞洪浑身汗下，手足俱麻，想道：昏君主见不善，发交本章犹可，这纸御状关系不小，包黑好不厉害，非比别位官员可以用些情面的。李沈氏乃妇女之流，倘究查起御状来，何人代写，那沈氏纵生铁口钢牙，也难抵他刑法厉害。倘招出状词是老夫做的，那时乌纱帽子戴不牢了！

不表国丈着急，且说包公将本章御状一一看毕，又启奏道："杨宗保的本章上，只有狄青一人退敌。"包公又说："孙武到关，不查仓库，只诈赃银多少，并未询及失衣冒功的缘由，与李沈氏所呈状上情节毫不相关，此是破绽机窍。况杨宗保身居边关主帅，执掌兵柄二十余载，数世忠良将士，朝中栋梁，即圣上也知他是尽忠报国之臣，他怎会私庇狄青，而伤害有功！他既非奸贪之辈，断无欺君之行。从来妇人告状，定有主唆之人，臣问案多年，屡试十有九验。那沈氏乃妇女之流，哪有此泼天胆量？内中岂无胆大势狠之人唆拔他？故敢放胆叩阍，来冒犯天颜。当此之际，陛下也须追究主唆之人，若非尹氏诉冤，险些被奸臣以假作真，而忠良反遭诬陷了！”天子听了，说道：“当时原是朕未细究，包卿可知主唆呈状者是谁？”包公推测，十有八九是国丈专主，但想，这奸人非别人可比，女在宫中做贵妃，得君宠幸，料想今日扳他不倒，我且留些地步，也罢。倘若不提出唆状之人，反被这老奸言我无知识没用了。不免说出机窍之言，恐吓他一番便了。因开言道：“臣观此状词，句句厉害恳切，平常人吐达不出，定然是朝中大臣主笔，方得有此狠烈之词。待臣严究出其人，定不轻饶，只求陛下准臣严究。”国丈听了包公之言，面色由红而白，又插不得言。天子又道：“包卿，朕思朝内大臣，尽是忠良，李沈氏又在边关，去此数千里，小小武员之妻，怎能结识朝内大臣？据朕思来，还是边关上书吏挑唆，卿也不须深究其人了。”包公道：“臣启陛下，并不是臣定要追究主唆之人，但这主唆者，看得法律甚轻，居心太狠，要害尽忠良，方得称心。据臣愚见：其状定必朝内奸臣所做的事情。此等奸佞，全不顾名节，只贪财帛。李沈氏虽不认识朝内大臣，然只用了财帛，不结识也可结识了。”国丈当时浑身流汗，暗恨包黑贼当驾前挑起老夫的心病，巴不得君王不再询问，立即退朝散去。岂知君王偏偏不会得国丈之意，即道：“包卿，既知朝内大臣主笔，可知何人？”包公又奏道：“此状词是一品大臣，权势很重的御戚所写。”国丈欲待插言辩驳，又因涉及自己，多有不便；欲待不言，又怕这包黑说出他事来，实是进退两难，懊悔错干此事。君王听了包公说到朝内一品大臣，又是御戚，心中岂不明白！倘或被他说出来，朕亦无法处分，不如及早收场为是。因道：“包卿，朕思主唆之人，非是正案所关者，卿不需多究了。”包公也猜得君王之意，定碍国丈之故，只得做个人情，称言：“领旨。”当下退朝。

不知如何审办群奸，且看下回分解。

第五十一回

包待制领审无私　焦先锋直供不讳

君王退驾，文武官员各散，只有庞国丈回归府内，心烦不悦，恼恨包公。孙兵部也是愁闷沉沉。国丈只因做御状主唆人事，关系非小，孙兵部只因兄弟难免国法之诛，两人都是心怀鬼胎，坐卧不宁。当时国丈即差家丁两名，前往打听包拯如何究办，好歹也要报知。这且按下慢表。

且说包公回转衙中，将君王所赐宝贝之物，敬谨收藏，即差张龙往天波府请发焦廷贵，又命赵虎速往沈府去请尹氏夫人，薛霸立拘李沈氏，董超带上犯官沈御史、孙武前来候审。各各奉差而去。

单表天波府内先有旨意敕发佘太君，众夫人得知大喜，焦廷贵闻知心中更是快活，正要打点抽身，又有包公差人邀请。当下焦廷贵别了佘太君和众位夫人，与张龙径往包衙而去。有赵虎往御史衙请至尹氏夫人，一肩小轿，抬至包府。单有原告李沈氏并无下落。薛霸禀明包公，带出沈国清，问他沈氏现在何处。沈御史想道：此件案情，经了包黑子之手，必要追究唆讼之人。吾妹子乃女流之辈，被他恐吓，用起刑来，可当熬不起，而且还要招出国丈来。也罢，吾今拼着一命，以免牵连国丈，又可出脱了妹子。主意已定，因道：“包大人，那李沈氏本非汴京人氏，犯官讯问后，即行释放了，目今不知去向，犯官哪里得知？”包公听了冷笑道：“你还想瞒谁？”沈国清道：“包大人，犯官哪有欺瞒？果然释放她不知去向了。”包公喝道：“胡说，这李沈氏是你同胞妹子，况且此案未曾完结，你如何将她释放，显见是你将她藏匿过，少不得严究起来，不忧你把她藏到哪里去！”立即吩咐坐堂。一声传令，衙役人等列于两行，肃静威严。当时包公坐于法堂上，传令请尹氏夫人上堂。当时若问呈状，李沈氏乃是原告，论阴告，要算尹氏是原告。凡听审情由，先要问原告，只因尹氏是位诰命夫人，更兼谏夫保国，甘心自尽，不是罪犯，乃是贤良德妇，是以包爷不敢怠慢她，随即传请一声。尹氏一至法堂，低首曲腰，早有左右两丫环将蒲扇与夫人遮脸，尹氏道：“大人在上，再生妇尹氏叩见！”包爷起位，双手一拱道：“夫人身叨诰命，本难亵渎尊严，因在法堂之上，权且告罪有屈了。”夫人道：“贱妾已登鬼录，今得余生，皆叨大人洪恩。”包爷道：“夫人乃沈御史之妻，沈御史是你丈夫，夫君有过，妻难控告，此乃越理之事，岂非夫人先有不合么？”尹夫人道：“大人听禀，妾虽女流，颇知礼节。岂不知今日之事，有失为妻之道。唯今日之事，乃国家之事，贱妾略去夫妻小节，而就君臣大节。妾少适沈氏，承叨诰命一十三载，夫妻从来和顺无差，是非只为边关之事而起，容妾再行诉明。”包公听说出为国家大事、夫妻小节、君臣大节之言，不胜赞叹。像这样懂得大体的，不独妇女中所罕，即男子汉不易多寻。尹氏夫人遂将丈夫帮扶李沈氏呈御状事，一长一短诉明，只因此事上回书已经表白详明，不用重复。包公听罢，请夫人暂退后堂。夫人告退。随即吩咐带上焦廷贵。这位莽将军，在金銮殿上见君，还是没有规矩，当时他大步上阶道：“包大人，吾在边关，闻你在陈州赈饥，不胜劳忙，怎的又有闲工夫来办此段案情？”包公见他如此，想来这焦廷贵乃是鲁莽匹夫，只装假怒，二目圆睁，案基一拍，喝道：“焦廷贵，在本官法堂上，擅敢没规矩，令人可恼！”焦廷贵冷笑道："我在杨元帅白虎节堂，也是横冲直撞，即前在君王殿上，也是跑来奔去，何况你这小小地段，有什么稀罕！"包爷喝道："胆大匹夫，休得胡说！"张龙、赵虎二役喝道："中央供万岁圣旨牌，速速下跪！"焦廷贵道："你这官儿要我下跪，无非为着圣旨牌，可发一笑！"一面叨叨，一面下跪。包爷道："本官今日奉旨追究此案，在别官跟前，可以将真作假的胡言，在本官案下，丝毫作弊也作不成的，须要据实直言。倘有半字虚诬隐瞒，一刀两段。我且问你，狄青如何失去征衣，如何冒认功劳，反将李成杀害，你在边关，又怎样殴辱钦差？即速从实招供！"焦廷贵听了包公几句言词，激恼他性急火发，高声嚷道："老包！黑炭头！人都称你是位大忠臣，清白之官，原来是个假名声诓人耳目的。我也知你入了奸臣党羽，贪了金银，有忠良不做，要做奸臣。"包公听了，不觉笑恼参半，喝道："焦廷贵，不得胡言，到底钦差征衣失去否？快快言明，不许啰嗦！"焦廷贵道："征衣之事，待我从头说来，你且恭听！"焦廷贵由奉帅令催取征衣起，说至被磨盘山劫去。包公听至此间，不觉摇首自语道：狄青果也失去征衣，缘何本上并无一字提及？莫非狄青果也冒了功劳？即道："焦廷贵，狄钦差既然失去征衣，因何杨元帅本上并不提及？难免欺君之罪。据李沈氏所呈冒功屈杀，定然情真了。"焦廷贵听了，怒道："你言差矣！我元帅秉公报国，并无私曲，焉肯庇着狄青屈杀有功之人，况与狄青又无瓜葛，岂肯欺君昧己，以益他人？"包公道："据李沈氏御状上，李成箭杀赞天王，李岱刺杀子牙猜，凿凿有据，你言狄青之功，莫非你受了他财贿做见证？"焦廷贵挺胸道："你这包黑炭，真不是个清官了！我怎肯受他财贿，西夏将岂是李成杀的，实乃狄钦差的好仙戏，好手段。"包公道："什么仙戏，什么手段？你且说明。"焦廷贵便从强盗劫去征衣，与狄钦差中途相遇，同至大狼山讨战起，说至自己挑了首级，在五云汛上守备府，李成问及首级来历，说至其间，这焦廷贵住口一想，他倒也粗中有细，直里有勾，想如若说明自己有冒功之罪，断断说不得的。谁知包公见他迟疑，双目一瞪，喝道："焦廷贵！因何不说，其中必有隐情。若有丝毫瞒昧，以假作真，且看铡刀！"焦廷贵道："老包你也欺人太甚，难道说了半天，不许停一停么？"包公道："如此须速说来！"焦廷贵听了，即卸脱哄瞒李成之言，冒功在己之语，却将被李成父子灌醉，抛下山涧，得樵夫相救等情一一诉说，并道："李成父子投关冒功，小将回关，方得对质，故元帅将他枭首。哪晓得沈氏有此胆量，呈告王状，我元帅众人在边疆，哪里得知，元帅天天排宴庆贺狄钦差功劳，分外敬重他英雄。忽一天韩吏部书到，沈达回关，方知此事。孙武来盘查仓库，元帅早将仓库封固，候旨盘查，只因历年无缺，任凭盘诘，有何惧怯？不料孙武这狗官，妄自尊大，一至边关，今日不查，明日不盘，反要诈取赃银七万多，不用盘查，即要回朝复旨。当时只气得我焦将军火气攻天，忍耐不住，将这狗王八一掌打倒。元帅登时大怒，说什么殴打钦差，国法难容，将孙武与我一齐拿下，打入囚车，备本着沈达押解回京见驾。岂知这昏皇帝不公平，听了老奸臣乌龟官问供，将我一味夹打。但焦将军怎肯以假作真？听凭他们夹打，这奸贼也无奈何，将我送入天牢，想必阴谋私念，妄做假招供，不然这昏皇帝不会将我处斩，幸得佘太君上殿，保我回归无佞府，方保下这吃饭的东西。"包爷道："你说狄钦差收除二敌人，用什么仙术戏法呢？"焦廷贵道："说来也觉好看。他与赞天王厮杀，不上数合，只听得空中一声响亮，飞出一枝两头尖小小箭儿，高起云端，半空中雷鸣一般，小箭溜下，金光围绕，已将赞天王打扑在地。难道这不是戏法？他又与子牙猜交战，取出金脸儿盖在脸上，像跳加官一样，念一声无量寿佛，恶狠狠的子牙猜，已双目呆瞪，身体不动，如泥的跌于马下。难道这不是仙戏？"包爷听了一番言语，想道：这莽夫之言，三不对四，究竟是什么仙戏？然料狄青有此仙术，故得以除敌将。当时吩咐焦廷贵下堂。焦廷贵便道："老包没有什么盘问，我且站在一旁，看你审讯公正否。"包爷命取孙侍郎上堂。

这孙武奸贼，平日恶狠奸贪，如今在老包法地，也自心惊胆战，打一躬道："包大人，犯官孙武当面。"包爷道："孙武，你食了朝廷俸禄，受了圣上恩典，理该秉公报国。即你平素作歹，我也尽知。今也不多问你，只问奉旨到边关去，为何仓库不稽查，而反索诈赃银数万！你这贼臣不念君恩，只图利己，欺瞒君上，结党陷害忠良，倘然屈害了焦廷贵，连那无数边关宿将也遭此害。若是擎天玉柱被砍折，锦绣江山岂不塌隳？可恨群奸结党，真乃蛇蝎一般。但今在本官法堂，须直白招供，倘一字支我，刑法也难宽饶。"孙武心想：包拯是个硬官，难以情面央恳。纵然王亲国戚，也都畏惧此老。他又审究过几番奇迹异形的事，即当今曹国舅如此势力，尚已被他扳倒，何况吾今做了笼中之鸟？如在别官手中，尚可强辩，如今落在活阎罗手中，倘糊涂抵赖，定必行刑。不如及早认供了诈赃，以免刑楚。况赃未入，谅无死罪。但焦廷贵殴辱钦差，不怕包拯不究治其罪。又思卸脱了庞太师，好待他从中庇助，岂不甚妙？

原来凡事福至心灵，灾令智昏，若孙武牵连出国丈来，仁宗定碍着国丈，纵然大罪，也要从宽办理，孙武未必置于死地。庞太师福运很好，是以孙武立下此意，想卸脱他帮助于己，结果反得斩罪。想罢即道："大人，我奉旨到关，岂料杨宗保将仓库悉已封好，说二十多年岁岁亏空，难以彻查，若奏明圣上，还防执罚，要犯官格外周全。只恨我一时错见，心利他数万之银，故不盘仓库，回朝复旨，只言仓库不空。当时杨宗保恳求我，愿送数万白金。正说之间，焦廷贵已抢了将来，扭着下官殴辱不休。包大人，但念犯官赃未入手，从宽免究，才见大人洪恩。但杨宗保若无亏空，何故将仓库预先封固行贿，以免盘查？杨、焦二人岂无欺君之罪？"焦廷贵听了，大声喝道："狗官孙武！"说着又抢进一步道："该诛的狗囊！我元帅领守边关二十余载，一切军需仓库粮饷，按例开销，何曾有丝毫亏缺，他乃忠君报国大功臣，耿耿无私烈汉。犯了罪时，不分至厚至亲，将士不废刑罚；有了功时，不论至微至低，小军定必奖赏。你这狗官一到，即索取赃银数万两，我元帅焉肯送你银子，奸贼休得妄言！”

不知孙武如何答话，包公如何分断，且看下回分解。

第五十二回

复审案扶忠抑佞　再查库假公济私

当下孙武听了焦廷贵之言，即道："胡说！前者乃你们元帅自送银子与我的。"焦廷贵喝道："好刁滑的狗官！我元帅乃世袭侯封，兵权秉属，岂惧你一群肖小鼠辈，送你丝毫银子，狗官休得妄言欺人！"孙武又道："包大人，前日焦廷贵殴辱钦差，也该问罪，今日在大人法堂上，原来也如此没规矩的！"包公喝道："焦廷贵！不许胡闹！"即令左右逐他出堂，焦廷贵下阶去了。包公道："孙武，今未动刑，招认了诈赃之罪，也算你造化，得免行刑。"喝他下堂，又吩咐带上沈国清。奸臣初时抵赖不招，次后熬煎刑法不过，只得从头招认，独卸脱了庞太师这奸臣，虽是他念平日师弟之情，也是庞洪恶贯未满。

当下包公又问道："李沈氏实藏哪方？"沈国清料想瞒他不过，不免招出，一同死吧，只得言明在尼庵中。包公立遣张龙、赵虎往拿沈氏，岂期这刁妇早已闻风。她虽躲在庵内，天天差王龙打探消息，正候着与夫、子报仇。是日忽见王龙气喘吁吁，进内报说："尹氏夫人被包大人起尸救活，万岁又发交包大人审问，孙大人、沈大人一口招认，今即差张、赵二役来拿捉叩阍告状人，倘奶奶去时，定然凶多吉少，反不如速速逃生为妙！"沈氏听了，吓得魂飞天外，发抖道："不好了！不想今日大难临头，也罢，丈夫、儿子都已死尽，我即留此残生，也不中用了。”即打发王龙出外，急急忙忙，正要自缢，又见七八名女尼进来，齐说：“包大人差人在外，立刻要夫人至案，快些去吧，不要干连我们。”沈氏道：“妾已知了。吾犯国法，决不连及你们。”可怜沈氏上吊也来不及，即回头向墙上狠狠两撞，撞破了天灵盖，脑浆迸出，鲜血漂流，仆于地下而死。女尼数人，要救已来不及，只得齐奔出外，说与张龙、赵虎得知。二役闻言，进内看过，回衙上复包大人。包公如闻别人之言，自然要相验分明，只因张龙、赵虎二役乃包公得力用人，历次试测，秉直无差，谅也无弊，故免亲到相验。包公当堂拟判：

李沈氏如若情真，立于不败之地，何不挺身出堂？如今撞壁身死，情弊理怯，畏罪自杀。李成父子冒认功劳事已显然。足见得杨宗保并无屈杀有功之人。然而焦廷贵殴辱钦差，应得革职摘参之罪。念所殴系诈赃之人，忿邪嫉奸，姑予从宽免议。据孙武供称：杨宗保库仓常缺，尚应差官复往查明，倘果亏空，照数处分，依律定议。狄青失衣是真，幸已不日讨还，且有血战军功抵罪，未便即封受帅。李沈氏所呈王状，按律定须严究主唆之人，存案定罪。但该氏早经毙命，无从根究，唯该氏生性刁恶，妄呈王状，有碍朝廷雅化。虽已畏法殒命，然典刑未便苟且以从，应请戮尸，以彰国法。孙武藐违旨命，不稽仓库，私图婪赃，虽赃未现获，律当斩首。沈国清身居御史，享朝廷厚禄，不念君恩，专顾私恩小惠，而图网尽忠良，假供欺主，例应处斩，罪及妻子，幸妻贤良，可免坐及之愆。唯其受夫耻辱，从容自尽，死后尚图忠君报国，略私恩而存大节，当代贤淑，亘古无双，应叨旌奖。呜呼！五刑不立，何以惩奸？功懋不赏，何以劝善？臣不胜待命屏营之至！

包公分断已毕，吩咐将犯官孙武、沈国清严加绁锁，收禁天牢，焦廷贵仍归杨府。又令家丁护送尹夫人回转御史衙中。焦廷贵回转天波府，佘太君众夫人甚喜，此话不提。又有庞府家人，打听明白，回归相府报知，庞国丈心头纳闷，孙秀也是一般着急。只为素知包拯是个硬烈之官，即王亲国戚，亦畏惧于他，而当今天子，也怕他硬直性情，奈何他不得。

次日早朝，将审案本章呈上，天子看毕，怒道："可恼贼臣暗欺寡人，若非包卿先行回朝，险些害了边疆栋梁之将。朕今依议。"仁宗当即降旨说：

> 尹氏乃一女流，岂期具此贤惠，割却夫妻私恩，深明君臣大义，保国除奸，忠良免祸，朕也钦敬，询为万古女师，合当表行，即于御史府，改赐旌表流芳，加封恭烈元君，每岁额加俸银二万两，俱归沈国清夫人尹氏收管。每逢朔望之日，文武官代朕一月两谒，以示荣异。生则永叨厚禄，死则附葬皇陵，享其荣祭。而边关仓库也要依本复查定夺，狄青功罪两消，未得拜帅，着于边关效力，日后再行封赏，焦廷贵虽殴辱钦差有罪，姑念先祖功臣一脉，又是出于忿邪嫉奸，情有可原，宽恩免究。沈达跋涉被羁，升加一级，以补其无辜受累，并令回关，不得久留。二奸正法，即着卿施行。

包公领旨，当日国丈心头放下，他初时只恐案内定有牵连，如今并不提及，想必包黑也畏惧着他。若问包公，岂不知庞洪主唆的？然沈氏既已殒命，死无对证，非但扳他不倒，反被奸人取笑。二者圣上也自明白，谕他不必追究主唆，这个人情不得不从权做的。

不表国丈得意，只恼得孙秀满面涨红，可怜兄弟一朝差见，依了丈人之计，免不得身遭国典。当日退朝，包爷奉旨正法两奸，一刻难留，回衙吩咐调出二奸捆绑，来至法场。众军人押了犯人，排军扛抬铡刀，哄动多少百姓闲人，远远观看，纷纷言论。那沈、孙二奸，押至西郊，犹如呆子，魂魄飞扬，顷刻铡刀分段，鲜血淋淋。包公打道回衙，闲人散去。

次日设朝，包公复旨，圣上传旨排赐筵宴，命富太师、庞太师、高太尉、韩吏部相陪，包公俯伏谢恩。就宴毕，复奏君王，差官往边关再查仓库。君王瞧看两旁文武，问道："包卿，你欲哪位官员前往？”包公尚未开言，庞太师出奏道：“臣有启奏。臣思狄青失去征衣，杨宗保本上缘何并不提明？亦有瞒君之罪，未便置之不究，伏乞圣裁。”包公想：老夫放脱你，你反气不过他人。随即奏道：“国丈保荐孙武盘查仓库，故违主命，仓库不查，反替国丈诈赃起祸，他罪比杨宗保大加数倍，也该枭首正法。伏乞圣裁！”天子看看国丈，暗想：你多言插舌，反使朕难于分断。当下君王因碍于国丈，免不得两面周全，即道：“都是些小之事，一概宽免了。”国丈谢恩，又要复奏。天子道：“庞卿不须奏了。”国丈道：“臣非奏别事，乃是荐员复查仓库。”天子道：“卿荐哪官？”国丈道：“臣荐兵部尚书孙秀可往。”天子听了道：“包卿，你知孙兵部可往否？”包公道：“孙兵部果当其任。”天子即传旨，着孙秀往边关复查仓库，须要实力奉行，不得徇私，回朝复命，另有升赏。兵部领旨。国丈又道：“臣有复奏。”天子道：“卿又有何奏？”国丈道：“陛下不准封赠狄青为帅，也须降旨，莫若使孙秀一并赍诏，以免又复差官，徒劳往返，不知圣上主意如何？”天子道：“此算倒也可准。”即诏交孙秀，包公暗想道：好不知厉害奸刁，还思作弄，孙秀此去，倘有丝毫作弊，管教他又尝钢刀美味。

当日群臣别无章奏，君王退朝。

且说包公一日到赵王府内，拜见潞花王母子，关于陈桥遇李太后之事，并不提及，只将狄王亲失征衣，立下战功之事，详细奏明。狄太后微笑道：“包卿你太薄情了。我侄儿立下如此大功，理上还该加升重职，杨元帅上本自让为帅，你何故反阻挡圣上？”包公道：“臣启娘娘，狄王亲有此武功，该得升职。但他失去征衣，罪也重大，这是朝廷律例，有功得赏，有罪必罚，倘不计罪而计功，不独废弛国法，且难服众奸党之心，如若被他参奏，反觉无趣了。臣为国秉公，倘要徇私，宁断头难依，伏乞娘娘鉴察。”太后听了，欣然道：“包卿若不说明，我倒错怪你了。且略饮数杯淡酒如何？”包公道：“多谢娘娘，臣不敢当。”登时告别，潞花王也留款待，包公力辞，只得由他拜别而去。包公暗想道：可哂太后，不明道理，错怪别人。只我将狸猫换主事究明，你也蒙着欺君之罪。一路无言，到了天波府内，焦廷贵闻报，出来迎接，请出佘太君。包公见礼坐下，杯茶叙谈。太君道："我家孙儿被奸臣算计，多蒙大人一力周全，使老身感激不尽，尚未到府拜谢，反劳大人光降，心有不安。"包公道："此乃下官与国家办事，哪敢当太君重谢？"太君又道："我孙儿既无亏空仓库，今又往盘查，是何缘故？"包公道："告禀太君，下官当审究时，孙武称言元帅也有亏空之说，倘经别官领审，已将此言抹杀，也未可知。唯下官出仕朝廷二十八载，由做知县官案历万千，只依法律公办，故孙武所供，也要奏知圣上。今天庞洪又荐保孙秀前往了。"太君听了，愈觉骇然，呼道："包大人！老身久晓孙兵部是奸臣党羽，如今奉旨往查仓库，此贼必不秉公，只忧波浪兴翻，怎生是好？"包公道："太君且请放心。孙秀此去，倘有徇私作弊，自有国法与他理论，下官岂肯轻饶纵放？只祈太君早日发遣焦廷贵转回边关，不可稽延于此，以免元帅不安。"言罢告辞，太君道："大人再请少坐，水酒粗肴相款，望祈勿却。"包公道："虽承太君美意，唯贱冗太烦，改日叨领。"

按下包公回府而去，只言佘太君即日告知孙媳穆氏夫人，修备家书一封，取出白金百两，交付焦廷贵、沈达二将。克日用膳罢，拜别老太君与众位夫人。家丁早已牵出两匹骏马，鞍辔整齐。二将欣然骑上。老太君又吩咐二将，路程小心，休得恃勇闯祸招灾，孙兵部不日奉旨又到，复查仓库，此贼定然诡计多端，说知元帅众人早为防备，勿坠奸人之计为要。二将诺诺答应，一径出了杨府，马不停蹄，径往边关而去。

这孙秀奉旨复查仓库，可能又要谋害狄青、杨宗保二人，不知后事如何，且看下回分解。

第五十三回

孙兵部领旨查库　包待制惊主伸冤

这一天，庞国丈排下酒筵，差家丁请至孙兵部。国丈开言道：“贤婿，不想此事愈弄愈糟了。但杨宗保、狄青二畜，断断不能容留，你今奉旨复查仓库，我特备酒饯行，你一到边关，须要见机而为，算计二贼，也须弥缝破绽，免被包黑贼放刁才好。”孙秀道：“有劳泰山大人费心，小婿至关，定然在意，设法雪报弟仇。”言罢，用宴已毕。次日孙秀离京，亲友众官送行。包公趋近呼道：“孙大人，你今奉旨到边关，须要秉公着力而行，权奸嘱托行私，你切不可依从，倘存私作弊，下官定然秉公处理。”孙秀道：“包大人，你太多心了！此行哪有旁人唆嘱徇私，我此去必定秉公，不负君恩。”包公道：“如此方好。”

不表孙秀离却汴京，且说是日天子设朝，包公上殿谢君赐宴。天子道：“包卿赈济未完，宜速打点登程，免使万民悬望。”包公道：“臣还有一桩国家大事，也要理明，方往陈州。”君王道：“包卿还有何重大事情？且奏知寡人。”庞太师巴不能包公早早动身，不啻拔去眼中钉，即出班奏道：“臣有奏。”仁宗一想，国丈真乃多管闲账。只得问道：“庞卿，你有何本奏？”他道：“臣奏非为别故，无非为国保民，今陈州赈济未完，包拯中途不往，万民仍不免饥寒苦楚，望乞我主不要留他在朝。若说朝中有事，有何难处，自有多少朝臣可办，伏乞陛下准奏。”君王听了，正要开言复问，包公接言道：“这是一件天大之事，上干天子，下干人民，即臣身受陛下隆恩，亦不能为陛下讳失察之愆。”当时众文武大臣听了此言，心内忧疑不定。君王急道：“包卿，是何大事，即速细奏分明。”包公道：“今陛下不是真天子，故臣要理论分明。”仁宗听了，不觉诧异，两旁文武大臣更是惊骇。庞国丈即出班俯伏奏道：“包拯仰叨圣上隆恩，不思报答，反敢戏谤君王，冒渎天颜，不敬莫大于此。乞陛下将他正法，以为慢君者戒。”嘉祐君王道：“庞卿平身！”

天子虽然不悦，但想到包公，为官日久，一向无错无差，丹心耿直之臣，何故发此戏言？便呼道：“包卿，寡人这天子缘何非真，你且奏明。”包公道：“陛下，若还说得出凭据，方是真的。”君王听了，微哂道：“包卿，朕是君，你是臣，缘何臣与君讨凭据！寡人临御已有七八载，在朝多是先王旧臣，并无一人说朕是假的。包卿何故发此戏言？”包公道：“陛下若是真天子，定有凭据。”君王道：“这玉玺岂不足为凭？”包公道：“陛下既接领江山，岂无印玺，这算不得为凭。只问陛下龙体有何记认，才是真凭据。”君王微哂道：“此语包卿说来真奇，要讨凭据犹可，缘何又讨寡人身上之凭？若问朕身上之凭，只掌中有两印纹‘山河’二字，足中央也有‘社稷’两字，可得为凭据否？”包公听了山河社稷，却准对了李太后之言，即奏道：“陛下实乃真天子，只可惜宫中并无生身国母。”君王道：“包卿之言差矣！现今南清宫狄太后，是寡人生身母，安乐宫中刘太后，是寡人正嫡母。包卿妄言寡人无母，也该有罪。”包公道：“国母本有，只是不见了陛下生身国母。狄太后只生得潞花藩王。她并非陛下生身母，只可怜生母远隔别方。”嘉祐王骇然，忙道：“包卿，你出言不明，令朕难以推测。既然明知寡人生身之母，何妨直说，缘何吞吞吐吐，欺侮寡人？”包公道：“只今郭槐老太监未知现在哪宫？”君王道：“若问内监郭槐，现在永安宫静养，卿何以问及于他？”包公道：“陛下要知生身国母，须召郭槐问他，便知明白了。”天子听了，愈觉离奇，想道：包拯说话蹊跷，料此大事他断非无中生有。又思道：南清宫狄母后，既非寡人生身，如何又冒认寡人为子，此事叫寡人难以推测。他又言郭槐内监得知，只有宣召郭槐来问明缘故。即传知内侍往永安宫宣召郭槐去了。天子又问：“包卿，既知此段情由，也须细细奏知根底。”包公道：“陛下，臣若奏出情由，即铁石肝肠也令他堕泪。可怜陛下生身国母，屈居破窑，衣衫褴褛，垢面蓬头，乞度光阴将二十载，苦得双目失明。陛下身登九五，娘为乞丐，尊为天子，尚且孝养有亏，自然朝纲不立，屡出奸臣乱法。”嘉祐王听了包公之言，色变神惶，叫道：“包卿，破窑之妇，你曾目击否？”包公道：“臣若非目见查明，焉肯妄奏，以诬陛下？”天子道：“如此可细细奏明。”包公即将道经陈桥，被风吹落帽，疑有冤屈，因命役人捕风捉影，至郭海寿请去告状，当日太后将十八载被屈破窑，长短情由，尽皆吐露等事一一奏明。并道：“太后言非臣不能代为伸冤。臣当时惊骇不小，不意拿落帽风，却拿来此天大冤情，实乃千古奇案。臣思前十八年，臣官升开封府二载，尚未得预朝政，即火焚内宫，臣亦不得而知。因此将信将疑，故又反诘她既知太子，即令现在哪方？她自言，得寇宫女交陈琳送往八王府中，后闻养成长大，接位江山，当今天子即是吾亲产太子。当时臣一再盘诘，她有何为证。她说，掌上印纹是‘山河’，足下有‘社稷’二字，回朝究问郭槐，可明十八年前冤抑。陛下请想，儿登九五之尊，享天下臣民之福，岂知生身母屈身卑贱苦楚之境，闻者如不伤心，非孝！见者如不恻然，非仁！若非郭海寿代养行孝，李娘娘早已命丧黄泉，身负沉冤，终难大白了。”

君王闻此奏言，吓得手足如冰，呆呆坐在龙位，口也难开。两旁文武官员，目定口呆，暗暗称奇，未明真假。内有几位大人想道：“十八年前，我们还未进位公卿。”有国丈想道：只怕是非涉及老夫，原来是朝廷内事根由，不干我事，我即心安了。

慢言殿上君臣语，先说瞒天昧法人。那郭槐乃刘太后得用之人，是以仁宗即位，太后即传旨当今，加赐九锡。时年已八旬，奉旨在永安宫静养，随侍太监十六名，受享纳福，其乐无穷。仗着太后娘娘势力，人人趋奉，倘或宫娥太监服侍不周，即靴尖打踢，踢死一人，犹如捽死一蚁，厉害无比，凶狠已极。人人对面，自然要逢迎九千岁，背后众人咒骂，怨恨他不已，巴不得此凶早日灭亡。偏偏郭槐精神满足，虽则八旬之人，健旺胜于少年，身体肥胰，生得两耳扛肩，头尖额阔，眉长一寸，鸳鸯怪眼，两颧半露，莺哥尖鼻。多年安享于永安宫内，福寿双全，快乐不异于神仙，即当今皇上也无此清闲之福。每日闲中无事，与刘太后下棋着双陆，或抚琴弄瑟。

这一天，他正在安乐宫中与刘太后饮酒谈心，忽闻内侍进来，报说圣上在殿上相宣。若是郭槐平日做人良善，结好上下，自然内侍官肯帮助些，说明李后陈桥之事，也可使郭槐早些打算如何脱身的计谋。只为他平日凶狠，故人人蓄恨。内侍今得此消息，心中大悦，恨不能将他早日根除，因此只说“万岁旨宣”四字，并不提及别的机关。郭槐听了冷笑道：“从来万岁并不宣吾，今有什么闲账？咱家今日不得空，改天出殿也罢。”内侍暗想：万岁爷都宣他不动，太觉狂妄自大了。只得去复旨，将此言禀知万岁。天子听了，龙颜发怒，可恼贱畜逆旨，即唤内侍道：“且再往宣，只说有国家大事，文武百官不能妥议，宣他上殿，做个主见，看事体如何？今天必要奉宣，再不许逆旨！”内侍领旨而去。若论君无戏言，只因当时郭槐不肯奉旨出殿，是以将他哄出殿来，这是事到其间，暂且从权。当有内侍复至安乐宫道：“臣启太公，万岁爷有一国家大事，文武各大臣不能妥议，必得要老公公出殿，定个主见，万岁爷在殿候久了。”郭槐听了道：“厌烦得紧！咱家不喜出殿，何故两次相宣？有何大事，别改一天也罢。”刘太后微笑道：“郭槐，当今既然两次宣你，你若不往，岂不失君臣之礼？难免朝臣多话。”郭槐道：“娘娘，朝臣曾说我什么来？”太后道：“只言君王宣不动，太觉狂妄欺主了。理上还该出见，以免朝臣多生是非。”郭槐冷笑道：“娘娘可知，满朝文武谁敢言我一声不是！”太后道：“你说哪里话来，虽然对面无人说，背后难免把你暗加批点。况国务非同小事，无人妥议，政令难行，当今宣你，定然说你年高智广，有政同商，劝你再不可推辞。”郭槐听了道：“娘娘既如此说，吾且走走何妨。”太后道：“出殿回来，吾还等候共宴。”郭槐允诺，叫左右扶他出殿，内监应诺，挽扶道：“九千岁慢些走。”太后道：“众人且小心挽扶。”郭槐并非年老难行，只因身躯肥胖异常，若独自行走，多有不便之故。

四名内监，绰绰拽拽，到了殿上，内侍先禀明万岁，郭槐朝见毕，对君王道：“陛下在上，奴婢见驾。”君王道：“寡人宣你上殿，非为别故，只因内廷事有不明，故特宣你究明奇事。”郭槐道：“未知陛下内廷有何不白之事？”君王道：“只因十八年前，狸猫换主，火烧碧云宫，何人为首，李太后如何被害，今已尽泄机关，你须将实事细细言明。”郭槐听罢此语，吓得目瞪口呆，想道：因何今天一时提及十余年前之事？不知哪个狗王八从中捣乱？但这件事只有天知地知，刘娘娘与咱家得知，余外别无一人可晓。我只推不知，几句言语撇开便了。君王见他不语，即喝道：“郭槐，今日机谋尽露，还想隐讳不言？”郭槐道：“奴婢实不知什么狸猫换主，大火烧宫，休来下问奴婢。孩子们，扶我进宫！”四名太监正待左右挽扶，有包公怒目圆睁，跑上金阶，伸手当胸扭定，喝道：“郭槐慢些走！”郭槐喝道：“你这官儿，怎敢无礼！”

不知包公如何捉下郭槐，且看下回分解。

第五十四回

宋仁宗闻奏思亲　王刑部奉旨审案

当下包公喝道："郭愧！你既不认识本官，如我说出姓名，只怕吓死你这老奸！我乃龙图阁待制兼开封府尹包拯。"郭槐听了道："你是包拯么？人称你是忠烈贤臣，即我内官也仰慕清名，当今万岁加恩宠眷，你不该胆大将咱欺藐！你太觉狂妄了！"包公冷笑道："郭槐，你还不知么？"郭槐道："咱家知道什么来？"包公怒道："恨你为人凶刁狠毒，十八年前将幼主换作狸猫，又纵火烧毁碧云宫，陷害李宸妃娘娘，瞒天昧地，只言永久遮瞒，岂期今日奸谋败露，在圣上驾前，还不直供！"郭槐听了失色，只得喝道："包拯！休得含血喷人！你缘何造此无形无影之言，妄唆圣上，欲害咱家！这火焚碧云宫，狸猫换主，我作内监数十秋，未闻此事，你何得无端寻衅蛊惑，擅敢当驾无礼，扭住咱家！"即喝令小监道："撵他去，我还宫去也！"包爷喝道："郭槐，你今休想还宫！"扭住郭槐不放，四名内监只好呆呆看着，只因惧怕包黑子，未敢妄动。众文武大臣并无一人答奏，君王心上也觉焦烦，喝道："拿下！寡人定须追究阴谋陷害真情。"有值殿将军凶狠如虎，即拿下郭槐，捆缚捺定。郭槐慌忙呼道："圣上，可怜奴婢，今已八十二岁，静处闲宫，并无差，伏乞我主勿听包拯无踪无影之言，令奴婢还宫，深沾陛下天恩。”君王道：“郭槐，你将十八年前之事一一奏明，即放你回宫安养。如有一字支吾，定决不饶。”郭槐一想：若将此事说明，我必抵罪，又怎好害却刘太后娘娘？罢了，我也拿定主意，自愿抵死不招。即道：“陛下，说什么狸猫换主，火焚碧云宫，奴婢确实不知缘由，焉有凭据上奏？”包公奏道：“此事关系重大，想郭槐是泼天大胆之人，方能干此伤天害理之事。若将言词盘诘，岂肯轻轻招认，伏乞我主将他发交与臣，待臣严加细究，方能明白。”君王道：“依卿所言。”庞国丈暗想：不好了！发交包黑审究，郭槐危矣！审明又增他之威。惺惺自古惜惺惺，奸臣只是为奸臣，并忌包拯之功，即出奏道：“陛下，这郭槐发不得包拯究审。”君王道：“庞卿，缘何发交不得包拯审讯？”庞洪道：“此事关系重大，谚语云：‘来言是非者，即是是非人。’今此事乃包拯所言，焉知真假？倘被他一顿极刑，郭槐乃八旬以外之人，哪里抵挨得重刑？倘假事勘成真的，即大不妙了。”君王闻奏，头一点言道：“庞卿此论，却是秉公而言，朕今不发交包拯，即交卿家审究，是必秉公而办。”包公道：“如将此案与国丈究断，必不秉公力办。他若存了三分私弊，十八年之冤，终于不白，却将诞育圣躬之母，永屈于泥涂中了。”君王听了两人之言，细思一刻，只得对包公道：“包卿，据你主见，还须发交与你审办么？”包公道：“国丈如此一说，臣也涉嫌疑，不敢承办了。”君王道：“卿既不领办，可于文武两班中挑选一人出来。”

包公称“领旨”，立起身来一看，左班首是富弼老太师。他是一耿直大臣，然而老耄高年，不便烦劳于他。包公又看看吏部韩琦，韩琦一想，此案重大，一位是刘太后，一位是狄太后，两人是被告，叫我如何审法，只得摇头示意。包公又看了阁老文彦博，他却对自己瞧也不瞧，分明也有些怕事。包公想道：你们众臣也称是忠良之辈，如何这等胆怯畏死？只须秉公而办，亦有何妨碍，如何人人不愿领办。如此你们徒有忠节之名，算不得铜肝铁胆之人了。包公又望至西边，看见刑部尚书王炳，二目相照，包爷一想：王兄与我是同居里井，同科出仕，他平素秉性贤良，此段事情，如交他办理，谅得妥当。此时包公一照面，头一摆，王刑部即出班奏道："此事微臣领办，伏乞陛下降旨发交。"君王道："包卿，王卿领办如何？"包公道："王刑部果能领办，必不误事。"君王道："即如此，朕将郭槐发交王卿，限三天内究明回奏，须要小心着力公办。如有半点私弊，断不姑宽。"王刑部领旨。当日散朝，王炳家丁带出郭槐。

君王还宫，庞贵妃迎接王驾，即请安问道："君王何故龙颜不悦？"君王一闻动问，不觉感触孝行有亏之心，言道："早朝据包拯所奏，朕不是南清宫狄母后所生，也非安乐宫刘太后所产，尚有生身母亲在别方。"言毕，不觉珠泪一行。庞妃闻言，不觉骇然，即道："圣上既据包拯所奏，亦必有因，我王何不询明他生育圣躬嫡母太后在于何方？"君王道："贵妃，朕也曾详诘他，包拯言还朝时，道经陈州，有白发老妇，诉说十八年前之冤，言来确据分明。"当时君王将前言一长一短，惨言尽吐，更觉感伤，纷纷泪下。此时庞妃听罢，更觉心惊，想道：不意有此弥天大事，未知真假，若还果有狸猫换主之事，郭槐罪重千钧，狄、刘二太后亦有欺君之罪。只愿当初并无此事，两宫太后方保无虞，郭槐也可无罪，只将包拯处以欺君妄奏之罪，正了国法。若除了包拯，我父独掌朝纲，畏惧何人？想罢，开言道："我主且自放心，虽则包拯如此言来，臣妾细思此事，谅非真情。破窑市井中老妇，非是癫狂之疾，定是妖言惑众，可笑包拯为明察之官，听信妄词，特犯君上。倘无此事，两宫太后一怒，则黑脸官儿岂活得成！况乎谎奏君王，谗污国母，罪该万死，我王乃至聪天子，岂能任他如此作弄。"庞妃虽然狡猾，惟君王心下分明，知包公乃是正直无私，清官岂是轻信无凭谎奏。且破窑妇人说得有凭有据，岂是疾犯疯癫？因此仍自闷闷不乐。庞贵妃见君王恼闷，传旨排宴，百般娇媚，趋奉君王。

慢言宫中夜宴，且说安乐宫中刘太后，见郭槐久去不回，想道：不知外廷有何疑难国政，两次宣召郭槐，去得许久，尚未还宫。正盼思之际，忽有太监四人急匆匆报进宫道："启上太后娘娘，不好了！"刘太后在宫闱三十余秋，从未闻"不吉"二字，今闻此急言，不觉大怒，骂道："狗奴才，何事大惊小怪！"众内监禀道："只因当今万岁爷，已将九千岁拿下。宣去非为别事，乃是包大人奏明圣上，为十八年前狸猫换主、火焚内宫之事。"刘太后听了，吃惊不小，连忙立起道："万岁怎生分断的？"内监道："万岁爷要九千岁招出真情，九千岁只言并无此事，万岁爷即喝值殿将军登时拿缚了九千岁，发交刑部尚书王大人审断去了。"刘太后闻言道："果有此事，你们且退外去。"四内监遵命出宫，刘太后惶恐无主，自念：十八年前将太子换去，暗害李妃，但机关秘密，无一人得知，因何今日泄露，有人告诉包拯？又值君王偏听他言，将吾心腹人拿下，若还究出当时情事，郭槐固不免重刑处决，即老身也难免有欺君害主之罪。幸喜当今不是发交包拯审断，还有挽回之机。想王刑部虽是一位清官，不贪财宝，谅来及不得包拯铁胆铜肝之硬，且将密诏行下王炳，将金珠宝贝重赏他，岂有不受？难道他惧怯包拯，反不畏我？倘王炳肯周全郭槐，私留一线，郭槐无罪，我也无虞了。刘太后定下主见，登时修密旨一道，外有马蹄金五十锭，明珠三百颗，打发心腹内监三人，另遣王恩赍了密旨，将晓时候，潜出后宰门，往刑部衙门而去。

按下慢提，再说王刑部是日将郭槐暂禁天牢，进归内衙，有马氏夫人出来迎接坐下，夫人开言道："相公今日退朝甚晚，又有不悦之容，不知何故？"王炳道："夫人，兹因领了圣旨，为圣上内廷一大异事，想来实在难办。"马氏道："老爷官居司寇，只管得顽民匪盗刑务事情，如天子内廷大事，都有富太师、范枢密、文阁老、韩吏部等办理，老相公不该管涉，何用心烦？"王炳道："夫人，你有所未知，此事如不尽忠办理，不免斧钺之诛，不是五府六部人人可领办的。"当日王炳将包公还朝，在陈州遇妇人诉冤之事，一一言知，马氏道："既然陈州有一贫妇冤屈，自有地方官伸理。"王炳道："夫人，你休将破窑中老妇人小视，她乃先帝李宸妃，产育当今圣上至尊之贵。"马氏夫人听罢，冷笑道："老爷，莫非包拯道途中逢邪祟？不独妾女流不信，即满朝大臣岂不知当今乃狄氏所出，经先王所立？只有包拯一人偏执妄言。"王炳道："包年兄乃刚正无私的硬汉，岂有诬毁君上之理？"马氏摇首道："老爷，你向来明理，为官二十余载，难道不明此案如天重大。且交还包拯办理为上，你何必自寻烦恼。"王炳道："夫人，并非下官多招烦恼，只因没一人敢于驾前领旨，我因思当今国母枉屈当灾，于心何忍！况我与包兄是同年同科，一殿之臣，故在驾前领办此事。"马氏道："妾思满朝文武，多少官员，尽食君王俸禄，人人皆可效劳，何独老爷一人？想他众官知事关重大，故无一人承办。他们是明人，老爷是呆人。"王炳道："你说哪里话来！倘我将此案办明，难道圣上不见我情分，即不厚加升爵，下官只愿留个美名。"马氏道："老爷，你且拿稳些！妾劝你休得痴心妄想，要安稳时，须当依妾之言，不结患于上，又无旁人嗔怪，久远安妥为官，岂不甚妙！"王炳道："据夫人主见如何？"马氏道："此案即云是真，却是口说无凭。况且内监郭槐威权太重，外交党羽，内结太后，事如天大，郭槐岂肯轻轻招认？他如不招，定必动刑，如此他立下一留头不留脚主意，一定抵死不招，老爷怎奈他何？事既不完，先结怨于刘太后，倘被他执一破绽，暗算起来，实难防避。那时包拯决不来看你是同里同科之谊，破窑中贫妇，也难搭救于你，古云'识权达变者为豪杰'，老爷也须三思。"

不知王炳是否依从马氏，且看下回分解。

第五十五回

刁愚妇陷夫不义　无智臣昧主辜恩

王刑部听了妻言，默默不语。原来王炳生平有二畏惧，上畏君王，下惧夫人。

当时虽则怪着马氏，然而不敢回言，只得长叹一声，侧身呼侍环进茶。夫妻用过，马氏又道：“老爷你今缘何像痴呆一般，一言不发，此叹声无非怪着妾身而已。”王炳闻言道：“怎敢见怪夫人，下官只是想到朝廷的事实在难办。”马氏道：“老爷既然不怪妾，只依着吾言便了。”王炳道：“夫人还有什么商量，你且说来。”马氏道：“老爷我劝你多一事不如省一事，一动不如一静。岂不闻达者千人缘，懵懂者结万人怨？若将郭槐认真严审，不过奉承包拯，包拯无非说一声‘劳动年兄了’。这也不足为老爷增荣，却惹得刘太后、狄太后两位娘娘，将你恨死，正是福不来而祸先至。如今老爷既然领旨承办，已是卸肩不及，莫若假混瞒真，虚张声势，审讯几堂，只说并无实据，复了圣旨，一切只由圣上主见，是两不失其情。包拯危与不危，我也不管，唯有两位太后娘娘，深感你之用情，定然暗中提拔。倘老爷不依妾言，犹恐祸生不测。”王炳道：“此言差矣！下官若将此案严审断明，圣上既得母子重逢，满朝文武人人钦敬，好不荣光，即无极品偿劳，亦扬名于当世了。”夫人道：“你乃斗筲之见，全不想彼破窑中贫妇，乃是随口胡说，或犯癫狂之疾，只有包拯听她谎哄。如若果有此事，为何一十八年之久，她甘心受苦，况天下官员甚多，平日之间并不提起，直至如今，才冷灰复热，岂有是理？想这包拯十分昏聩，妄奏当今，也有这般昏君，听此狗官之言。老爷是一向明白，今日为何却愚呆了！现现成成一位刘太后，威风凛凛的九千岁，不去奉承，反因一真假未分的贫妇，与大势力结仇，岂非颠倒！你若力办此事，只忧今生今世也究不明的。反做了灯蛾扑火，自惹焚身，还要累及妻子。若待死在钢刀之下，悔恨已迟，不若为妻先别了丈夫吧！”说着立起身来，将茶盏一抛，假装撞死。此番吓得王炳一惊，飞步赶上，双手抓定道：“夫人死不得的！”马氏道：“妾身这一命定死在你手中，倒不如早死，岂不干净！”王炳道：“夫人且慢慢酌量，你若一死，下官也活不得了。”马氏首一摇，泪下纷纷，王炳却像奉敬神明一般，将夫人鬓发一一理好，戴正珠冠。

且说这王炳当初原立下美意，要与李太后鸣冤，今被不贤马氏放刁弄坏心术。是以人生有贤良内助，关乎一生名节，今王炳犹如遇鬼祟昏迷了，一片铁石心肠，化为绵软，以致欺君误国，污名当世。当下王炳安慰马氏道：“夫人，你一向智慧，只因性情急躁，不分好歹，便将性命来抵当，难道你性命如蝼蚁之贱？我劝夫人休得急恼，忍耐一些才好。”马氏道：“老爷，妾劝你万语千言，皆因欲你免遭灾祸。岂知你反怪妾，呆呆不语，怒目睁睁。倘依包拯之言，两位太后娘娘不免有罪，即为妻也难逃脱，故先死于老爷眼前，以免遭别人之辱。”王炳听了道：“夫人，你说来句句金玉之言，岂有不从之理，如今且依夫人高见。”马氏喜道：“妙，妙！老爷如肯听妾之言，管教你指日之间，定有福禄高增之荣。”王炳又道：“此重案已经领旨，怎生办理，倒要夫人出个主意，以便下官照办如何？”马氏想了想道：“老爷一些不难，只需如此如此，神不知，鬼不觉，便能奏知圣上了。”王炳听了笑道："夫人倒有此机谋，下官且依计而行。"

夫妻闲谈之际，早有侍环将筵宴排开，两人坐定，畅叙细谈，无非商量此案情由。少顷日落西山，月儿渐起，又有家丁报进道："有王恩内监三人，奉太后娘娘密旨前来。"王炳连忙请至私衙，开读诏书，密旨上大意要他审得郭槐并无此事，罪在包拯，便可加官增禄，厚赏金珠。如不遵旨意，定将王炳治罪，决不姑宽。当日王炳收下金珠，令二内监先回，又对王恩道："公公你且先回，上复太后娘娘，下官遵旨而办便了。"王恩道："王大人，你依太后娘娘旨意而办，太后娘娘不独赐赠金珠，指日还可高升。"王炳诺诺，登时送别王恩，复进后堂，命家丁扛抬金银珠宝，将情说知夫人。马氏闻知，喜色洋洋道："老爷！妾是不会差的。你之智见，反不如妾，如今皂白未分，太后娘娘便有许多厚礼相赐，后又得显爵高官，封妻荫子。若还依了你的主见，顷刻间即有灭门之祸，破窑中贫妇，岂见你之情，怜你遭殃！"王炳闻言，拍掌喜道："夫人智见高明，不必多说了，请用酒膳吧。"是夜酒膳已毕，王炳又道："太后有赤金五十锭，明珠三百颗，夫人且一并收拾。"

马氏欣然应诺，又道："老爷，我想九千岁爵位尊隆，不该收禁天牢，速差家丁请至内衙用酒膳才是。"王炳道："夫人果也周到，理该如此，但时候尚早，还防众人耳目，且待至夜深寂静，方可邀请他。"

话分两处，当初真宗先帝在时，包公已内调二载，然庞洪出仕在先，早包公有五六年。包公自升朝内官，正值庞洪当道，一向恐奸臣有什么诡谋不测，故日夜留心稽查，弄得群奸及庞洪有权难弄。前时喜得包公往陈州赈饥，众奸正在快活，岂知他忽又还朝，庞奸党好生不悦。这夜包公夜膳毕，不骑马，不乘轿，不鸣锣喝道，青衣小帽，只带了张龙、赵虎、董超、薛霸四健汉，于通衢大道上，暗地查访。只见街衢寂静，路少人行，一轮明月，光辉灿灿，不觉走近刑部衙门，忽遇王恩内监。当时他认不出包公，包公亦不知是王恩，一人过东，一人向西。包公见他是名内监，即迎上去问道："你奉何人差使，往哪里去？"王恩闻言，犹如做贼心虚，并不回言，只管飞步跑去。包公道："此人定有蹊跷。"忙喝拿下，张龙、赵虎飞跑上前，却如鹰抓小鸡一般拿定。这王恩未曾被拿倒也罢了，一被擒抓，他倒凶狠起来，喝道："该死的奴才！何等之人，擅敢将咱家拿下？"张龙道："包大人问得一声，你何故一言不发，急急跑走？"王恩听说是包公，吓得涨红两脸，一时呆着，对答不来。包公越发动疑，即道："你奉谁差使？"王恩道："吾奉万岁差遣。"包公道："差遣你往哪里去？"王恩道："差往刑部衙中。"包公道："差办什么事情？"王恩道："圣上命刑部认真办理狸猫换主之事，速放咱家回复圣旨。"包公听了冷笑道："你言语支吾，岂是圣上所差，今日机关已经败露。"即吩咐带回衙去。当时张龙勇纠纠押着王恩，赵虎、董超、薛霸三人随伴回至府衙。

更敲三鼓，包公换了冠带坐堂，堂上四边灯烛，两旁排军三十二名，带上王内监，他立着喝道："狂妄包拯！咱奉圣上旨意，你有多大胆子，擅敢拿我！"包公喝道："胡说！如若圣上旨差，何不日间前往？岂有夜静更深，并无火把，见本官问得一声，并不回答，一溜烟而遁，难道圣上差你是这般光景？我早已明知刘太后娘娘差你暗中行贿于王刑部，命他不须严审郭槐，你须将实情招说，免教动刑！"王恩听了，胆战心惊，想道：包拯果然厉害，我所行之事，被他一猜而破。但只要不供认说明，他焉能罪我？即道："包拯休得乱言，咱家明天奏知圣上，管教你头颅滚下！"当时包公捉得定，他绝非奉圣上所差，喝令左右将夹棍夹起，王内监痛楚得死去还魂，三番两次，暗想：久知包拯执法无情，即圣上也畏他三分，谅今也瞒不过他，不如招了，免受惨毒。况且我是奉差，是非自有太后娘娘在，与我何干？主意已定，呼道："包拯，你好刑法，只算咱家今日让了你，待我实招。"包公喝道："招了供，便饶你狗命。"王恩只得将奉懿旨情由一一招明。包公吩咐录了口供，松了夹棍，上了刑具，不禁牢狱，就锁在衙内一间空房，用四名役人看守，不许外面走漏风声，待等审明此案，然后释放。

役人领命不必细表。包公暗想：如今不是口说无凭了。刘太后反行贿赂于臣下，这是凭据。我想王炳往日为官，却无差处，故而由他领办，我也放得下心。岂料刘太后竟将贿赂暗行，古人云："财帛动人心"，倘若王炳从中作弊，不独老夫遭害，即李太后十八年之冤，亦必难明。或另有一说，刘太后行贿于他，王炳不便推却，暂时收领，以待日后抱赃呈首，也未可知。王炳你若有此心，才算你与老夫是同僚年交故友；你若贪婪贿赂，欺瞒君上，暗弄弊端，管教你钢刀过颈。也罢！是非曲直，且不声张，暗察他机关为要。

不表包公神算，且说王刑部是夜差心腹人到天牢，悄悄将郭槐扶引至内衙，王炳鞠躬迎进内堂，见过礼，当中南面摆下一位，请郭槐坐下，王炳朝上面东而坐。当日泼天胆狠的郭槐，虽被拿禁天牢，却也安然无虑，自知虽被禁天牢，太后得知，定然竭力周全，不用心烦。今见王刑部相请，心头喜悦，知道太后娘娘已有关照，即开言道："王大人，今日既不审问，请咱家到来是何缘故？"王炳道："千岁老公公，只因包拯无风起浪，要陷害于你，下官心有不平，即满朝文武亦皆着恼。若非下官领办，圣上定必发与包黑，倘经他之手，老公公必定吃苦。"郭槐道："这也不妨，由他放我在钢刀之下，也决不招认。"王炳道："老公公如受他之刑法，不如下官不得罪的更妙。"郭槐称是，又问道："太后有什么话来？"王炳即将太后行密旨，并赐金珠，一一说知。又道："下官未得密旨，已存庇护之心，今既承懿旨，何敢不遵？但日间犹恐耳目招摇，故乘此夜静更深，方敢来请，待下官上敬薄酒，以当负荆。"郭槐大悦，道："王大人是明白快士，且拿酒来，我与你细叙谈情。"当下郭槐公然正坐，王炳侧坐相陪，传杯把盏叙谈。

不知二奸如何叙话，且看下回分解。

第五十六回

王刑部受贿欺心　包待制夜巡获证

却说是夜王炳与郭槐开怀畅饮，酒酣耳热，便对郭槐说："老公公，下官断案之法，早已算过，照计而行，万无一失。"郭槐喜道："你且将审法说与咱家得知。"王炳道："下官并不怕别人，只忧包拯，他久惯搜人破绽，涧人罅漏，须防他暗里来探着机关，又不好用刑审讯。如要瞒人耳目，用刑审讯，须要觅一人面貌和老公公相像的，待他当起刑来，公公且躲避一旁，大声哀喊，糊糊涂涂审了一堂，便去复旨，那时包拯妄奏朝廷之罪非轻。"郭槐听罢，满面喜悦，叫道："王大人，你若将此案办得妥当，不但咱家感你之恩，即太后娘娘也见你之情分。今赐些小金珠，有甚稀罕，还要升个极品之荣。"王炳道："全仗老公公，且用酒吧。"你一杯，我一盏，甚是相投。郭槐又对王炳面上一观，呼道："王大人，你因何忽然呆呆不语，何故似有所思？"王炳道："老公公有所未知，你事容易妥办，只难觅一人像老公公的体貌，下官是以内心踌躇。"郭槐想了一想，道："王大人，方才咱家下狱时，只见一犯人生得身材肥胖，差不多与我一样。咱家也曾问他姓名，他言蓝姓，排行第七，人人呼他为蓝七，乃是汴京人氏，只因打死人问成死罪。你若弄得他来，即可顶冒了。"王炳听罢欣然。

次早，王炳差人到狱中，唤到司狱，说明此事，又许赏以金银，加封官爵。这狱官朱礼，乃是刑部的属下，怎敢违逆，立将蓝七带至。王炳一瞧，果然生得身长肥胖，面貌与郭槐也有几分相似，即将此情由告知蓝七，许他事完之后，定然开脱死罪，还有赏赐。蓝七听了禀道："大人，小人已是釜中之鱼，若受了些苦楚，得开脱此罪，实乃大人之德。"王刑部命取过新鲜服色，与蓝七穿起，又赏赐酒食。那时蓝七穿的服色与郭槐穿的一般，且躲在内街一个闲静所在候审。这是王炳做成计策，一则忌着包拯探察，二来刑部衙役人多，只有二名心腹家丁，一名钱成，一名李春，与狱官朱礼得知此事。

且暂停此话，再说刘太后打发三名内监，到刑部衙中，有那扛抬金珠的内监两人回来，却不见王恩回话，不知何故。当晚刘太后心乱如麻，倒睡牙床，不能成寐。

不表是夜太后心烦，且说次早天子坐朝，文武参谒毕，君王开言问王刑部道："王卿！朕昨天发交郭槐审办，未知审断如何？"王炳奏道："还未审供。"君王道："缘何还不审勘？"王炳道："臣思此事关系重大，未便草率从事，况圣限三天，待臣细细严加勘究，依限复旨。"嘉祐王道："卿家，寡人知你是忠良之臣，此事须认真办理，休得疏忽。曲直须当分明决断，受不得贿，容不得情，若究明此事，寡人得母子重逢，王卿即有天大之功；若是存了私，欺瞒于朕，定加处斩，决不轻饶！"王炳道："领旨。微臣深受王恩，当思报效。有此重案，自当秉公办理。"天子点首退朝。百官纷纷轿马归衙。有包公出至朝门，叫道："王年兄，乞念多年故旧之情，务必诚心着力而办，弟便感激不尽。"王炳道："年兄何出此言？"包公道："王年兄，此事与小弟所关非浅，年兄如若审坏了，小弟难免谎奏欺君之罪。"王炳冷笑道："年兄此言差矣！小弟与你是同里故交，一殿同僚，相与伴驾多年，岂可欺君自污，以害年兄？但有一说，如果此事假伪，我也难审作真情复旨。"包公道："这也自然，只要年兄秉公审断，无欺无隐就是了。

但今天不审，明天定然要审明复旨，倘明天仍不审断，小弟要劾奏你故违钦限之罪了。”王炳应诺，又道：“年兄言之甚公，明天定然审明不误。”说罢，二人拱手而别。

不言包公自去，却说王炳回衙，进内堂见了夫人，不谈别话，只言领审之事。马氏道：“老爷，你此事既然安排妥当，何不今天即刻审讯一堂，也好放心。缘何应承着包拯明朝审断？闻这黑炭他最把细明察，如一泄漏些风声，却麻烦了。”王炳笑道：“你不明白，下官亦非尽愚呆，今故意诓哄他明天审断，使他今夜不加提防。我却审过一堂，明朝即上朝复奏圣上。你道这妙算如何？”马氏听了大悦，道：“老爷福至心灵，算计极是。”

不表夫妇闲谈，且说是晚日落西山，王刑部尚未升堂，先将郭槐藏在案桌下，然后传谕夜堂候审。一班衙役，俱已齐集，在天牢内吊出假郭槐。法堂上只挂一盏玻璃灯，又传谕出来，说事关重大，须当秘密，衙役吏员等，须要站立远远候着，不许近听审词。这是王刑部怀着私弊，只恐灯烛一多，看出桌下真郭槐。听出他口诉之音。当时众役人哪里知此弊端，只依着王大人吩咐远远排班。

当下王刑部带到郭槐，案基一拍，大喝道：“郭槐！你可将十八年前狸猫换主之事，明白招认，若有半字支吾，难当夹棍之刑。”蓝七只不开言，郭槐在桌下口口声声叫屈道：“王大人，休听包拯妄奏谎言，要咱家招出什么狸猫换主来。”王炳喝道：“本部也知你倔强，不动刑怎肯招认？”喝令上刑，早有左右两名排军，一声答应，恶狠狠提起生铜夹棍，将假郭槐夹起。可怜蓝七痛得死去还魂。若问蓝七犯罪已经定案，只候一刀了决，余外没有一些苦痛，岂知今夜又在刑部堂中再尝铜棍滋味，这是他倒运，祸不单临。当时只夹得悠悠苏醒，但闻郭槐轻轻叫屈。一人真痛，一人假喊，其声音却是差不多。不独站立衙役听不出真假，即行刑的排军也难辨其喊叫之声。

且说包公是夜又带四名健汉，青衣小帽，夜出巡查。侧耳听得街上两个行人，其中一人说：“事关钦案，非同小可，但不知审得如何。”一人道：“既然开了衙门审讯，缘何不许闲人走进观看？”一人道：“刑部衙门威严赫赫，岂容闲人喧哗？”包公听了，满腹狐疑，心想：王炳约吾明日听审，因何今夜晚堂即审？其中必然有弊。急急忙忙带了张、赵、董、薛四人向刑部大街而去。但见门首大灯笼点得光辉，包公进内，即向管门人道：“你家王大人可是审夜堂否？”有把门官认得包公，跪而答道：“正是。”包公又问：“审讯何案？”把门官道：“启上包大人，审讯狸猫换主之案。”包公道：“且待本官进去看看。”把门官道：“如此且待小的通报，迎接大人。”包公道：“不消通报，老夫与你大人同年故交，毋庸拘礼。”把门官称是，请大人进内。包公便呼张、赵、董、薛随后，一同进内，直至中堂。只见差役远远排班，只因灯光之下，又值正在讯夹郭槐，这些衙役人等面向刑部大人，只望堂上，不顾堂下。王刑部也只顾问供假郭槐，哪里有眼目看瞧堂下？包公主仆五人，悄悄打从堂侧黑暗中走上，远离刑部半丈之隔。只闻王炳呼道：“郭槐，速将直情承认！”只闻哭叫之声，喊声不绝。王炳喝道：“还说冤屈！”喝令再收。包公天性聪明，况又分外留神，听其声音，不甚惨切，不是犯人喊苦。即踩开大步，跑上堂道：“王年兄，下边夹者是何人？”王炳侧身一看，吓得魂也失去，犹如烈雷轰顶，立起身硬着头皮言道：“小弟在此审讯狸猫换主之事，下边受刑的是郭槐。”包公道：“据小弟看来，此人非是郭槐。”即持案烛东西一照，伸手将桌帷一撩道：“在此了！”夹领将郭槐一把抓定，叫张龙、赵虎连忙把他拖出。包公更不怠慢，扭住王刑部，两个巴掌，夹面打去，不问长短，即命董超、薛霸将王炳锁住。

当时一堂差役吃惊不小，如别位官员犹可，一见此位黑阎罗拿了王大人好不惊骇，大家一哄而散。包爷当下坐了王刑部的公位，吩咐放起犯人夹棍，大喝道：“你这奴才是何人，听信何人来顶冒当刑？招出情由，本官决不罪你。若不明言，即上铡刀分段不饶。”蓝七听了，心想：久仰包黑大名，不是好惹的，如今料想瞒不过了，只得将情形一一禀知。包公听罢，冷笑道：“王炳，你果然弄得好神通，岂料事有凑巧，我包拯又无通风密报，自来戳破机关。老夫不与你多言，明日面圣再议。”王炳心中着急，只得恳告：“年兄，小弟一时差见，望兄大德周全，宽容于弟，再不敢欺瞒了。”包公全然不睬，命张龙将蓝七发回原狱，赵虎带锁王炳，董、薛带了郭槐，回衙管束，明朝见驾。好一位堂堂刑部官，皆因听了愚妇之言，欺君贪财，今已鱼投缯网。

慢言包公带去犯人，且说王府家丁慌忙进内报知夫人。马氏一闻，吓得战战兢兢，咬牙切齿，恨包公将丈夫拿去，定然凶多吉少，怎生是好，一众使女丫环也纷纷谈论不表。却说包公回归府内，已是四更漏下，不去安睡，停一会命四健丁，持了提灯，带了两名犯人到朝房。众官也觉惊骇，庞洪道：“包大人，两名犯人是哪个？”包公道：“国丈，你去认认，像是何人？”庞洪免不得走近前一瞧，骇然道：“这是王炳，此是九千岁。”包公道：“你身居国丈之尊，还要逢迎奸佞，呼他九千岁，自倒威权！”庞洪还要诘问，只听得钟鸣鼓响，天子临朝，各官无甚奏章，只有包公出班道：“臣有事启奏。”天子道：“包卿有何奏闻？”包公即将昨夜三更左右，稽查奸宄凶民，偶到刑部衙左近，有街衢往来之民私语，方知刑部审讯夜堂。自己前去察看，方知暗弄机关等情，逐一奏闻。又道：“臣已将二钦犯拿下，带至午门外，恭候圣裁。”嘉祐君王闻奏，不觉龙颜大怒道：“可恨王炳如此欺瞒！”即差御前校尉速拿王炳上殿，校尉领旨下去。

不知王炳进殿性命如何，且看下回分解。

第五十七回

勘奸谋包拯持正　儆贪吏王炳殉身

当时庞国丈想道：这包黑是难以瞒昧的，他在朝中，任谁有些破绽，都被他揭破，实在可怕。正想着，早有王炳带到，俯伏阶下道：“罪臣王炳见驾。”嘉祐君王龙颜发怒，骂道：“胆大王炳，寡人待你并无差处，因何不念君恩，欺瞒昧法。朕也曾再三叮嘱，如断明此事，朕自然知你之劳，见你之情，缘何口是心非，贪婪财宝，辜负朕恩，实乃畜类！你今有何分说，只管言来。”王炳伏倒御前道：“陛下开恩，罪臣原立定主见，即将十八年屈事伸理明白，只因不合听信了旁人之言，故今做出误国欺君之事，悔恨已迟了。”君王道：“你听了哪人撺唆的？”王炳道：“陛下，臣不合耳软，误听臣妻马氏之言，唆臣趋奉刘太后娘娘为上，破窑内贫妇日久年多，不知她果是李太后否。或是此妇乃痴心妄想，审不明白时，即招二位太后娘娘嗔怪，官也做不成，命也活不得。误听妻言，实乃罪臣志气昏迷，万望我主念臣一向无差，法外从宽，赦臣重罪，深感天恩。”君王听了王炳之言，不觉笑怒交半道：“亏你身居刑部，听信妇人之言，作此欺君坏法之行。你妻比之尹氏，真有天差地远之别了。”当时君王想道：妇人断没此胆量，也许是王炳推却之词，无凭之言，不能深信。便命将马氏拿下，交与包公，与郭槐一并审讯。当有庞国丈道："臣有奏，此案发不得包拯审问。"君王道："此是何故？"庞洪道："如今包拯是个有罪之人，如何还发他审讯？"君王道："包卿有何罪可指？"庞洪道："臣启陛下，这王炳乃包拯保荐的，岂非包拯先有大罪？"君王一想，还未开言。包公道："臣误荐王炳，原甘待罪，念臣有一功，可以将功赎罪，仰乞龙心鉴察。"君王道："包卿有何大功，可奏朕知。"包公道："臣前夜二更天，微行访察，路遇一人，月下看得清楚，乃是内监。臣即诘他何往，他不回言，逃走如飞，启臣疑心，即拿他回衙审问明白，方知他名王恩，是刘太后娘娘着他行贿赂于刑部。贿赂是黄金五十锭、明珠三百颗，此是狸猫换主之实据，十八年前之冤可以大白，伏唯陛下龙心详察。"国丈道："臣还有奏，臣思包拯前夜拿了内监，何不昨天奏明陛下，直至今天启奏，内监不见拿到，乃是口说无凭，希图卸罪。伏乞我主鉴察。"

当下你一言，我一语，反弄得君王分辨不清，只见左班中一位老贤臣俯伏奏道："老臣富弼有奏。"君王道："老卿家请起，有何奏言，与朕分忧。"富太师谢恩已毕道："臣思包拯乃是忠肝义胆之臣，众民人人感德，个个称能。目今此案所关重大，非比等闲，乃是我主内廷重事，况此事乃包拯得据而来，他怎敢存私，自取罪戾。万望陛下休听国丈之言，如发交别员究断，已有王刑部前辙可鉴，不如放开龙心，发交包拯，方可明白十八年前之冤。如今王恩已被他拿下，看来不是无凭无据的谎言，再差官往刑部衙中，捉拿马氏，并搜出金珠行贿之物，正如拨开云雾，复见青天，一事考真，诸疑可白，望我主聪鉴参详。"天子听了此奏，点首道："老卿家之言，甚属有理。"又向包拯问道："包卿，内监可曾捉下否？"包公道："臣即晚已将王恩拿下。"君王道："现在囚于何所？"包公道："未发天牢，现押于臣署中。"君王即降旨着学士欧阳修往府衙将王恩押至金銮，欧阳修领旨而去。

又差国舅庞志虎往刑部衙收检金宝，并拿马氏到来。庞国舅正要领旨，有阁老文彦博连忙出班道："老臣有奏，如今此案这庞姓一人也用不着，陛下如差国舅去搜，倘存一线弊端，谎言贿物未获，即天大事情，又属狐疑不决了。"庞家父子暗暗生嗔，又不能强辩，却有知谏院杜衍俯伏道："微臣愿往，如有徇私，即与罪臣一同正法。"君王道："二位卿家平身，即差杜卿前往便了。"文、杜二臣谢主，领旨而去。殿上君臣还在议论，已是红日东升，又有黄门官启奏道："欧阳学士已将王恩拿到。"天子宣进，王恩犹如万箭攒心，战战兢兢地俯伏金銮，连呼："万岁开恩！"嘉祐王道："王恩，你今奉着何人差使，缘何在包拯署中？一一奏与寡人得知。"王恩道："太后娘娘差奴婢往刑部衙署赐送赤金五十锭、明珠三百颗，密诏一封。此是太后娘娘懿旨，奴婢如何敢违逆不往，还有二人同去，交卸了金珠，二人先回复旨，只有奴婢后回。道中却遇包拯，被他拿下。"君王正要开言，早有杜爷带了从人，将马氏押至午门以外，金宝贿物扛至驾前，一一交代，当时天子也觉无颜，面色转红。只得命王恩速速还宫，懿旨金珠，一并携回。刘太后得知，心中倍加慌忙着急。

按下休提，只言殿上君王命包公将男女钦犯，尽行带去审断，须要严加细究，不容少缓。分派已毕，带着羞怒，圣驾回宫。群臣各散。单有包公领旨，将犯人带回衙门，刑部狱官朱礼吓得寝食皆废，恐事有干连，身入网中。

慢言朱礼惊惧，却说包大人转回衙中，立刻坐堂，公位排开，差役两行伺候，吆喝威严，真乃是：

法堂好比森罗殿，公位犹如照胆台！

包公当中坐下，一拍案基喝道："带钦犯！"王炳只叹昨天是堂堂刑部之官，今日做了犯人，一到法堂，心中惊烦，当圣旨位，双膝跪下。包公道："王炳，你难道不知食君之禄，必忧君之忧。领旨之时，圣上何等面谕，即本官也再三嘱托，倘皂白公明，国母离殃，君王母子重逢，你没有加恩升爵，也可扬名后世。因何口是心非，欺君卖法？若非本官勘查，岂不混浊难分！金珠是宝，妇言是从，你还有何话说？”王炳闻言，低着头哀告道：“原乃犯官痴愚，听不贤妻唆惑之言，实无颜面，只求大人法外从宽，足感大德。”这王炳若念夫妇之情，不攀出马氏，只言刘太后行贿，也可脱卸马氏之罪。偏偏王炳恼恨马氏，心想：我原要做个好官，却被你言三语四，弄得我变节行歹，如今害得我如此光景，如我王炳一死，将此贱妇留存，乃是一生来了之事，何不一同死去，岂不干干净净！是以一口咬定马氏。包公听了冷笑一声道：“亏你堂堂刑部，七尺男儿，偏听妇言。为民上者，家既不齐，焉能治国？欺君误国，犯法贪赃，国法森严，岂容私废？死有余辜，还望什么法外从宽！况你既身居刑部，知法岂容犯法！”王炳只是叩头，苦苦哀求道：“犯官果然昏聩。”求情不已。包公吩咐将王炳押过一边。又唤马氏上堂，低着头跪下，一双媚眼，两泪交流，包公问道：“你也曾叨诰命，应念君恩，何故不守妇道，挑唆丈夫干此不法欺君之事？今日罪有所归，皆你不贤起祸，且直言与本官知之。”马氏道：“大人，休得听信王炳之言，我妇女之辈，怎敢唆惑男子？只因他不明事理，一心贪贿，欺瞒圣上，妾曾将良言劝谏，不独不依，反嫌多言，要将妾处治。如今见事已泄，仍然怀恨于心，实欲牵连在案，害我一命。”包公听此诉词，冷笑一声，叹道：“好一个伶牙俐齿的妖娆刁妇！”即呼王炳对质。当时夫妇情面俱无，一个怨她多言唆耸，一个骂他妄扳牵连。包公见他夫妻二人对质不明，吩咐将王炳夹起，又将马氏拶起，一人夹，一人拶，夫妻二人哪里抵挡得住，只得直供，招出真情。包公命人松了夹棍、拶子，又问王炳道：“你妻唆耸在前，还是太后行贿在先？也要说个明白。”王炳道：“实是马氏唆耸在前，太后行贿在后。”包公又诘马氏，口供原是一般。包公得了口供，判道：

刘太后既为天下母仪之尊，不应行贿于臣下，倒置尊卑，失于礼体。即陛下不知内宫邪弊，又焉知天下之邪正，亦不免失察，且俟审明郭槐，然后定夺。

当日包公指出太后、圣上也有不合之处，失察之由。又上本劾奏王炳，职司刑部之权，身居司寇之任，不能报效君恩，混听妻言，并贪财宝，误国欺君。马氏身为妇女，不守闺阁之条，唆耸丈夫欺君大恶，此等刁恶妇人，一者瞒欺君上，二者惑陷丈夫，一刻难容，应与王炳一同腰斩，以正国法。当时审断已完，仍将犯人一并发下天牢，连郭槐也押去，待次日上本奏明圣上再审。按下不表。

次早五更初，天子临朝，圣上准依包公定断之法，就命包公斩决王炳夫妇。众奸党人人畏惧，庞国丈吐舌摇首，道："多有包拯一辈之人，连老夫的乌纱也保不定了。"当日包公押出男女二犯，捆绑至法场中，王炳怨着不贤妻唆耸于他，至今一命难逃；又有不贤马氏，深恨丈夫何故没一些夫妻之情，牵扳于她。当时你怨我恨，有闲民远远观看，涌道填街，内有百姓道："包大人回朝，不上半月之间，斩了数位官员，今日杀一位，明日杀一双，岂非不消一年半载，众官被他杀戮尽绝了！"又有一人道："杀的是奸臣，是妙不过的，灭绝奸臣，使忠臣致太平之治。"

住语众民闲谈，且说时辰一到，包公吩咐开刀，王炳夫妻二人已是了决性命，即命家人备棺成殓，运回故土，此是包公存心忠厚之处。次日早朝复旨。缺了一官，自有挑选补缺，不用烦提，只有嘉祐君王因此案未明，龙心抱闷。

不知发交哪官审办，且看下回分解。

第五十八回

怀母后宋帝伤心　审郭槐包拯棘手

当日嘉祐王龙心不悦，只因生身母后屈于泥涂之中，初时据包公陈奏，还属将信将疑，费心推测，岂知刘太后暗中行贿于臣下，又得包拯机智，察出原赃，情真事实无疑。不意果然落难贫妇，竟是生身之母，子为九五之尊，母后屈身市廛乞丐，难道有此奇闻？意欲即往陈州迎母后还宫，但郭槐尚未亲供招认，须待审讯明白，方可前往迎请。因此，即敕旨包公审办郭槐。包公奏道："微臣不敢领旨。"君王道："卿如不领办，谁可领办？"包公道："臣保荐国丈，可以承办此案。"庞洪心想：这包拯昨天言老夫办理不得，今日反荐我承办，不知想什么诡计来算计老夫？他为人厉害，不可上钩。即忙奏道："前日包拯言臣领办不得，望吾主另委别人办理。"君王复问包公道："如此发交何人方可？"包公道："国丈既然辞却，别员总是力办不来。"君王道："据卿所言，难道此事即罢了不成？"包公道："罢不来的。莫若陛下当殿亲询，此冤必可大白。"当下君王烦闷，呼道："包卿你自己所办多少离奇异案，一片丹心，为国勤劳，今日国母遭此灾难，因何不与朕分忧，何以故意推辞不办？"包公奏道："臣启陛下，并不是微臣故意力辞逆旨，只因国丈曾经有言，来说是非者，即是是非人。微臣不承办此案则已，若将此事发交于臣，总要办到彻底澄清，据法律，此案连及安乐宫刘太后娘娘，如若定了太后娘娘之罪，岂非臣有藐君犯上大罪？国丈劾奏于臣，臣即有口难分，望乞我主开恩，免发此案。”君王见奏，想来此论不差，即道：“包卿且免多忧，如若太后娘娘应得定罪，亦难掩饰，依卿定断。倘国丈多言，亦须拟罪，如今不须多虑了。”包公道：“臣领旨。”国丈此时再不敢言，只在班中气得二目圆睁。众臣亦各议论纷纷不表。

再说宫中太后心内着急，又打听明白，圣上发旨包拯审供，不如别位官员，可以行旨恐吓，行贿私传，看来大事不妙了。

不表太后心惊，宋君纳闷，只言包公退朝回衙，用过早膳，即传令吏役往天牢调出郭槐，顷刻间呼喝升堂，正门大开，书役左右分排，包公正中坐下，调出郭槐。此奸平日倚着刘太后恩宠，威权妄专，即当今天子，也因太后听政，让他自逞自尊。是以王刑部领审时，看得甚是轻微。今因包公看破王刑部，又着人禁守天牢，虽亦有些胆怯，然而心中主见有定，自思：太后娘娘待我恩深，今日平地起此风波，还送金宝与王炳相救，岂料包黑贼硬捉破绽，领旨审供。他比不得别官，免不得严刑勘断，他的刑法虽狠，咱家情愿抵死不招，以报太后娘娘厚待之恩。正想间，有四名军健，如狼如虎，将他往法堂当中啪搭一声，撩掼尘埃，跌得头昏眼花。郭槐骂道：“包拯！你有多大的官儿，将咱家如此欺凌，圣上虽隆宠于你，只可压制下属卑官，即朝内众官也欺侮不得。今如此轻视于我，劝你休得如此猖狂，也须留情一二才好。”包公冷笑，大喝道：“胆大奴才，图谋幼主，你欺瞒得人，湛湛青天焉可瞒昧。今日罪恶满盈，不期天理昭彰，报应有时，速速招出狸猫换主、放火焚宫的奸计，倘若半字含糊，生铜夹棍，做不得情的。”郭槐听了，叫道：“包拯！你真乃是愚人，世间多少刁民猾吏，将假作真，你既然为官清正，并无私曲，缘何今日混听破窑贫妇的胡言，竟来谎奏昏君，实乃无证无凭，无风起浪，比之刁民猾吏又加凶狠。你陷害咱家也罢了，又扳害太后娘娘，以臣下诬陷君上，岂非大逆不道，罪恶滔天！悉听你酷刑惨法，咱家断不胡乱招供，以害太后娘娘。”包公道：“郭槐，你这奴才，休得强辩，若说当年无此情事，贫妇焉能有此大胆，诉此大冤？刘太后暗中行贿，蓝七又替你受刑，再莫言口无凭据。又如那贫妇亲口言来，陛下手足有山河社稷四字为证，岂非是大大的凭据！本官也知你这奴才平素骄横，看得国法轻如鸿毛，今且尝此滋味！”喝令排军将他狠狠夹起，左右吆喝答应。头号生铜夹棍，非同小可，如换别人，早已痛得发晕了，惟郭槐精神倍于常人，一味抵挨疼痛，还不肯招认。包公又喝令收紧，郭槐连声喊痛，还喝道：“包拯！你之刑法虽狠，但咱家万难以假作真，休得错了念头。”包公暗忖：这奸贼果然挨当得刑苦，但我审断过多少奇难冤屈案情，都能审出真情，分断明白，难道此案便办不来？如审不得口供，就难以复旨了。

大凡案情定有两造对供，询问了原告，再勘被告，又有见证推详，反反复复，三推五问，自然有机窍可寻。只有此案，原告乃是李太后，被告乃刘太后，二人皆不在法堂之上，故只将郭槐一人究问。如郭槐硬帮被告，原告难免输亏，因他是案中一犯，又是见证，所以包公一定要郭槐招供才能定案。无奈郭槐今日抵死留头不留脚，不愿死在他铡刀之下，只是不招，弄得包公也摆布不来，只得重新盘诘，细细推问。郭槐反是高声狠骂，包公吩咐将他上脑箍。若问脑箍这件东西，是极厉害之物，凭你铜将军，铁猛汉，总是当受不起。郭槐上了脑箍，略略一收，顷刻间冷汗如珠，眼睛突暴，叫一声：“痛杀我也！”登时晕了过去。有健汉四人左右扶定，冷水连喷，一刻方得渐渐复苏。包公道：“郭槐，你还不招么？”郭槐道：“你若要咱家招供此事，除非红日西升，高山起浪！”包公道：“郭槐，在本官案前，由你不招，难道你没有死的日期么？有日命归阴府，阴府也要对案分明，阳间做下欺瞒事，阴府犹有阎君明察，看你也胡赖得成否？”郭槐道：

“包拯，咱家实对你言，我若有一线之息，凭你敲牙碎骨，总只难以招认。除非归阴，在着阎罗天子殿前，方能说出。”包公听了，自忖道：原来这贼奴才是畏惧阎君的。点点首，即吩咐将他松刑，押回天牢，四名大汉把他扶下法堂，上了脚镣手铐而去。郭槐虽然精强神旺，唯生铜夹棍不是好玩耍之物，且脑箍倍加厉害，一至狱中，两胫酸麻，头痛脑疼，竟觉身轻脚重，如痴如梦，日间不知饥饿，夜里不知睡眠，大不如往日强健。

不表郭槐在狱受苦，且说包公是日退堂，想道：这贼奴才，抵死不招，反说在阎罗殿下，方肯实说，我不如将计就计，进朝奏知圣上，就御花园改扮成阴府，等候夜静更深，然后行事，惟宫中刘太后和庞氏众奸党须要密瞒。包公定下计谋，便更换朝衣，即到午朝门对黄门官说知有机密事，面奏君王。黄门官深知包公是清白之官，皇上又将郭槐发交他审问，定因此事而来，故即允诺请驾。一重重传进内宫。君王一闻此言，龙心略觉开怀，即在便殿召见，包公遵召进殿，君王道：“包卿，此地休拘君臣之礼，且坐下细谈。今见寡人，想必郭槐一案已审得机窍了？”包公谢主坐下道：“上启陛下，只因事关机密，若待明朝启奏，朝臣人人得知。倘然机关泄漏，事更难明了。”君王道：“卿既有机密，速奏朕知！”包公道：“臣今天严究郭槐，奸贼抵死不招，反说在阎王殿上方招实言。故臣拟将计就计，将御花园改作阴府，如此如此，待到更深夜静，又如此作用，赚得他认不真，便可吐出真情了。”嘉祐君王巴不得早见生身国母，故于包公所言，无有不依，还呼包公道：“包卿真乃朕手足心腹之人！”包公又道：“陛下安乐宫中，休得走泄机关，倘太后娘娘得知，事便难成了。”君王允诺。计议已定，是晚忙差人将一座御花园装作森罗阴府，刘太后宫中既不晓，即众妃嫔处也都不知。

且说包公辞驾，回转衙中，用过夜膳，已是初更鼓响，即于阶下吩咐排开香案，当空祷告，禀道：“当今国母身遭大难，将历二十年屈苦。信官道经陈州，得蒙东岳大帝梦中指示，太后娘娘向包拯诉冤，方知有此奇事。今夜奉君审断，只因奸邪郭槐抵死不招，只好将御花园改作阴府，以赚郭槐招供。但今夜月色光辉，狂风不起，伏乞苍天后土诸位神祇，威灵赫赫，大显神通，即夜施法，使狂风黑云四起，遮蔽星月，以瞒好恶，吐出真情，方得当今认母，仰感天恩。”包公祷告毕起来。天交二鼓，果然乌云四起，星月无光，顷刻间狂风大作，树木摇摆，呼呼响起，胆小者惊惶无措，皆言天公之变化莫测。

闲言休表，当夜包公吩咐众军役人等，如此如此，依计而行，各有重赏，如有一人抗令泄漏者，斩首不饶。众役人诺诺领命，依计而办。包公出衙，一人来见圣上。其时已是二更，有圣上扮为阎罗王，包公扮作判官，还有数名内侍，扮为鬼卒，列在两行，朝着阎罗天子；包公手下众健汉、役人搽花了脸，扮作夜叉狱卒，四边绕立，排齐妥当，往拿捉郭槐。

未知可能审得郭槐招供，且看下回分解。

第五十九回

假酆都郭监招供　真惶恐刘后自裁

却说君臣人等装扮阴府事毕，众人或朱紫涂脸，或墨水涂面，披头散发，绕立四旁，正是阴风飒飒，惨雾纷纷，再加天随人意，助发狂风，吹得树木间一派凄凉，殿廷上烛光明灭，恍闻鬼声盈耳，顿觉阴气逼人。

当日郭槐罪恶满盈，该当报应，日间受刑，押下天牢时，已是神思恍惚，心下糊涂，夜半正在似睡非睡，又见奇形怪状，狰狞凶恶，催命鬼手执钢叉，跑进监牢，吓得仰面一跤，跌得昏迷，认做已死，只由他拘锁而去。押到一个去处，只见阴风惨惨，冷气森森，东也鬼叫，西也神嚎，黑暗中一披发长鬼，厉声喝道："鬼门关哪得私走？"有后边拘押众恶鬼，喝道："他有大罪在身，奉阎王之命，拿捉讯究，休得拦阻。"那长大凶鬼，"呵"的一声，闪去不见。这郭槐正在朦胧之际，悠悠醒转，说道："不好了果然我已死去，到了鬼门关了。"只觉黄泉路上，渺渺茫茫，行一步跌翻数尺，黑暗中隐隐鬼声嚎泣，又闻处处铜锤铁链之声，惊得魂魄离身。忽然拘至森罗殿中，郭槐微微睁目，见殿中半明半暗，阎罗天子远远南面而坐，两旁恶鬼，披头散发，一赤发红脸鬼将他抓提上阶，往当中一掼，郭槐伏在地下，再也不敢抬头，只低声道：“阎王饶恕！”阎王厉声喝道：“郭槐，你在世间干了欺君恶事，可知罪么？”郭槐发抖，只是求饶。阎王喝道：“你在阳间希图将幼主谋害，烧毁碧云宫，谋害君嗣，罪孽深重。阳间被你瞒过，今阴府中断难遮瞒，如有半字虚情，定不饶恕，众鬼中，将此奸贼先撩入油锅之内。”早有青黄赤黑四凶鬼，“嗷”的一声，一把拖下。郭槐慌忙中哭喊道：“乞阎王宽宥，自愿招实。悔我当初不该与刘太后设计，实是一时糊涂，身为内监，还望什么富贵荣华。只因先帝北征未回，李宸妃娘娘产下太子，适值东宫刘氏生下公主。是时刘娘娘起了妒忌之心，只恐先皇回朝，宠眷西宫，因思将他母子陷害，是我不该施谋宰杀狸猫裹好，那日刘娘娘亲往碧云宫，声言公主要哺乳，又值圣上亲征，实在寂寞，邀请赴宴。李娘娘不知机谋，将太子付与刘娘娘，转交于我，将此狸猫用锦帕遮盖，送还碧云宫，告知宫监，太子睡熟，不许惊动。是夜刘娘娘密差宫女寇承御，将太子撩弃于御花园金水池中。我对刘娘娘道：‘先帝还朝，李娘娘将来上奏，恐有后患，不若斩草除根，才是稳妥。’我遂于是夜放火焚宫，不料寇宫娥早已通知李娘娘逃去，只烧死太监宫人百余名。后来寇宫娥尸首浮于金水池中，方知大事不好。她既通知李娘娘，谅来未必肯将太子抛于池中，因四下差人密察，李娘娘隐藏无踪。至今已近二十年，才知当今圣上非南清宫狄太后所生，实是陈琳当初暗将太子怀归八王爷府中，由狄后抚育长成。先帝回朝，只痛恨李后母子被火遭殃，哪知被我谋害。如今所供，句句是实，一字不讳，敢于哀恳阎王爷开恩免罪。”当时假扮阎王的嘉祐皇帝听毕，心如刀割，止不住泪下如珠。暗道：可怜母后遭此劫难，至今将有二十载，当初之时，暗如黑漆，朕哪里得知？若非包拯明哲忠贞，冤屈沉沦，不孝之罪，何时得谢！当下仍命将郭槐收禁，包公早将郭槐口供，一一录清，殿上烛灯复明，众人洗洁形容。少刻，云开月亮，君王开言道：“包卿，寡人虽已明白了母后冤情，但朕孝养有亏，有何面目为君，更何以见生身之母？”包公道：“陛下请自宽心，太后娘娘流落异乡，全由刘太后妒心，郭槐鬼谋作弄，我王正在乳哺之年，难以不孝见罪！如今郭槐供明，明日临朝，还要问询陈琳，既然曾将小主救出，缘何先帝回朝时不奏明此事？”君王道：“包卿言之有理，深称朕心。”当晚早有内侍提灯引道，君先臣后，同至偏殿，更换衣冠。时将四更，君留臣宴，也不烦陈。御花园内假装阴府排场，自有人拆卸，包公机智，非比别员，早已吩咐得力家丁看守天牢，不许一人私至狱中窥探。是夜君臣叙谈不表。

时至五更，百官齐至朝房候旨。片刻间圣上驾临，百官朝拜毕，圣上降旨，往南清宫宣召陈琳。只为老陈琳自救主之后，狄太后知他救主有功，赐赦安享，年登九十二，虽然须发如银，精神尚是强健。常常想起郭槐害主之事，缘何日久全无报应，安然无事，不免满腹狐疑。这一日早晨起来，梳洗毕，忽来宣召，不知何故，焉敢迟延？当时年老之人，步履艰难，只得坐轿来至朝房，两个小内监扶上金銮殿，三呼已毕，君王问道：“陈琳，当初火焚碧云宫之日，你既救出太子，先帝班师回朝，缘何不即启奏？须将真情奏知寡人。”陈琳闻得，吓了一跳，口未开言，暗想：今日圣上何以忽然盘诘此段根由？但思此事无人得知，今当驾前，叫我说明，我真不知如何回奏？包公明知陈琳事当两难，即朗声言道：“狸猫换主，火焚碧云宫，已经郭槐招供得明明白白。今圣上询及于你，不过对取口供，你乃是有功之人，须当直说。如若藏头露尾，登时加罪。”陈琳听了包公之言，方才放心道：“郭槐既经招认，我亦不妨直言奏明圣上。奴婢当初只因八王爷庆祝千秋，故早一日奉了狄妃娘娘之命，到御花园采取仙桃花果。只见寇宫女眼泪纷纷，站在金水池边，手捧一小孩儿，问及情由，方知刘太后妒忌西宫李娘娘，寇宫女奉命抛弃太子于金水池内。当时奴婢也自惊慌无措，只得不再折取花果，将太子藏于盒内。幸得天未大明，并无人知，当时胆战心寒，急匆匆奔回王府，将此情由禀明八王爷。

其时千岁接过太子，一惊一喜，又是重重发怒，专待先帝回朝奏明奸陷，收除妒逆，将太子交于狄妃娘娘，只作权养在南清宫。不料是夜忽然火焚碧云宫，内监宫人烧死百余人，想是李娘娘也遭此灾。只落得狄妃娘娘抚养太子，并常常思念李娘娘。”圣上道：“你既洞明天大冤情，先帝北征回朝之日，何不将此事奏明？”陈琳回奏道：“陛下未知其详，只因先帝未回朝之先，八王爷染病，一日重一日，年余而薨。次年先帝方回，狄妃娘娘见八王爷去世，想来刘太后势大，不敢结怨于她，故未敢启奏。奴婢乃是宫奴，更不敢多言。”圣上又问道：“如今太子何在？”陈琳回奏：“若言太子根由，即是当今陛下。”圣上又问道：“如此说来，朕不是狄娘娘所生！”陈琳又回奏道：“陛下乃是西宫李娘娘诞育圣躬，奴婢安敢妄奏！”圣上点首，命侍御扶起陈琳，对他说道：“你乃忠诚之人，立志堪嘉，待朕迎请母后，再加升赏。”又命内侍数人扶挽护持，送他还南清宫去。文武百官尽皆感叹，不意有此奇冤异事，如非包拯精明察理，谁能剖冤？

当日圣上传旨，暂且退朝用膳之后，单召包公与太师富弼、国丈庞洪、吏部天官韩琦、枢密院欧阳修、参知政事唐子方随驾，前往陈州迎接国母，又领内监宫娥二十名，前往服侍李太后，暂且不提。

先说陈琳老内监回到南清宫，一路暗想，包公实乃神人，二十年冤情，被他一朝审明，不枉圣上将他当作心腹耳目之臣。一路想来，不觉已到南清宫，即将宣召情节，禀明潞花王母子。狄娘娘闻言，忧喜各半，忧的是冒认太子为己子，有欺君之罪；喜的是西宫李氏娘娘还在，二十年之冤情，幸得今日包拯办理明白。潞花王亦不知当今圣上非母后所出，至今方知，不胜骇异。

又言刘太后一自郭槐被拿，包公又捉破王刑部贿赂，真乃计不成而机先泄露。这几日心闷意烦，纵珍馐佳味，玉液琼浆，也难进口，只觉坐卧不宁，心神恍惚。是夜，倒在龙床，翻翻复复不能成眠。一至天明，忽有内监急忙奔进道：“启上娘娘，大势危矣！奴婢奉命探听，圣上设朝，已经审明狸猫换主。是圣上与包拯亲审，郭公公招认分明。又宣召陈琳对实口供，丝毫无差。今圣上、包拯及几位大臣摆齐銮驾，往陈州迎李太后去了。”刘太后听罢，叹一声：“果然危矣！”顷刻面上失色，玉手发抖，说道：“包拯，我与你定然是宿世冤仇，至今生作对。郭槐难免凌迟碎剐之罪，我亦难免六律之诛。即今王儿不便加罪我嫡母，唯恐李氏回宫报怨，且包拯执性，挑唆王儿不容。不如早死，以免受辱。”刘太后即打发宫娥内监出去，闭上宫门，下泪数行，即下跪官房，拜叩先王，上谢恩德，将三尺红绫，自缢于宫中。

不知可能得救，且看下回分解。

第六十回

迎国母君王起驾　还凤阙李后辞窑

却说刘太后自缢宫中，可怜她自十六岁进宫，安享二十五年王后之福，只因从前作恶，妒忌生心，今日红绫惨死，原由立心不正，理直如此。早有内监宫娥尽知，吓得喧哗呼喊，飞报各宫妃嫔，打开宫门，纷纷解下红绫结索，救解多般。岂知刘太后大限难逃，三魂七魄，渺渺无踪，哪里救得还阳。

此言暂止，先说嘉祐皇帝銮驾登程，多少御前侍卫将军，剑戟如林，武士拥护，一队队的宫监、宫娥，龙车凤辇同行，几位大臣随驾，威武扬扬，音乐喧天，轰动万民，远远偷观。当日包公先作头队，来至陈州，地方官早已挂灯结彩，扫净街衢，安排香烛迎驾。

包公一到陈桥，下了八抬大轿，数十名铁甲步军，拥护包大人来到破窑门首。只因李太后不愿迁移别处，故众文武官员不得已将破窑改造高堂，画栋雕梁，并选侍女服侍，日用饮食器具俱备。郭海寿日中侍伴李后，一连等了十数日，此一天他进来说道："母亲，包大人来了。"李后问道："他在哪里？"海寿答道："现在门外，他言要见母亲。"太后道："我儿且请包大人进来。"海寿领命出去相请。包公吩咐护从在门外伺候，直至内堂，即俯伏朝见。李太后道："包卿休得拘礼，且请起来。”包公领诺起来，李后问道：“包卿回朝，未知此事办得如何？”包公回奏道：“臣启上太后娘娘，已将郭槐三番审究，方得他招认明白。今圣上亲排銮驾，到此迎接娘娘回宫。”太后闻言，大喜道：“今得辨明此段冤情，实劳包卿大力，老身如不得回宫，抵当苦度至死罢了。只因身受不白之冤，仇人日享荣华，岂非天眼永久不开？”包公未及答言，郭海寿笑道：“当今圣上也非贤君，不念生身诞育之恩，反认他人为母，难逃不孝之罪！满朝中只有包大人是忠心为国，待圣上来时，儿且代母亲娘娘骂他几声，方出此恨。”包公道：“你言差了。圣上春秋只有十九，当初乃是哺乳小儿，焉知奸人暗害，怎晓娘娘有复盆不白之冤？”李后道：“我儿休得生气，包卿之言不差，随娘在此，圣上到来，你若多言躁说，有失君臣之礼，反取罪戾，这是国法无私。”海寿道：“母亲既如此吩咐，孩儿焉敢不遵？”当下包公请娘娘更换凤冠宫服，好待圣上前来迎请。太后道：“包卿，老身落难已久，褴褛衣裳穿惯了，而今不合穿着五彩宫服。”包公道：“臣启奏娘娘，今非昔比，娘娘乃是凤体贵躯，前时落难，无人知之，以致衣食有亏。如今枯木开花，昏镜复明，断不可再穿此褴褛衣裳。况圣驾自来迎请，万人瞻仰，非同小可，今仍穿破衣，有甚威仪，伏望娘娘准依臣请，速换宫服。”太后道：“既如此，且待圣上来相见过，老身然后更换宫服。”

正言之际，流星马报道：“万岁爷驾到。”包公出外一见，俯伏道旁，嘉祐皇帝道：“包卿平身。”当时圣上传旨不必放炮，恐惊国母。又命护驾官员，俱在大街伺候。天子不乘车辇，与随驾五员大臣，及宫娥内监，向破窑而来。包公引驾至内堂，仍然俯伏一旁，朗呼：“臣包拯有言启奏娘娘，圣上驾到了。”太后道：“皇儿在哪里？”娘娘当初因忧怒交加，已经双目失明，此时即将两手摸索呼唤。嘉祐皇帝见亲生国母如此模样，心如刀割，忍不住眼泪直流，抢上数步，跪倒垂泪道：“母后，儿已在此。”太后手按君王肩膊，不觉亦泪下如雨，哭道:“皇儿，追思二十年前逃难之后，苦挨至今，只道母子永无相会之期，何幸得上苍怜悯，包卿研讯，方得雪冤。但逃难至此，若无郭海寿义儿孝顺，亦不能度命至今。今日母子重会，赖包卿、海寿二人之力，恩重如山，皇儿切须念之。”言未了，喉间哽咽而无声。嘉祐皇帝带泪叫道:“母后，岂有娘遭苦难，儿登九五，玉食万方，儿罪该万死，有何面目为君。只求母后将儿处治，如若不忍，亦请贬弃幽宫，别立贤孝之君，以承宗嗣。至包卿与郭兄二人恩德，儿当铭于肺腑不忘。”说未完，惨切不能成声，感触了几位随驾大臣，人人下泪，个个动悲，同声奏道:“当初圣上正在襁褓，哪知祸起萧墙，伏乞我主勿过为伤感，有伤龙体。今得上天暗佑，复得母子瞻依，正当迎回太后，在宫孝养，实为喜庆之至。伏唯我主与太后娘娘准奏。”李后道:“众位卿家平身。老身双目失明，是个残废之人，回宫之念久灰。身躯微贱已久，不觉苦酸，但得今日一见皇儿，明白了前冤，即在破窑中度日，我心亦安。”众大臣未及回奏，嘉祐皇帝道:“母后休言此语，今既不加罪，正要迎回奉养，以报罔极于万一，庶几少赎儿罪。母后若不还宫，儿不敢独自回朝，也要在此侍奉母后，才免臣庶私议忤伦。”太后道:“皇儿休得伤心，你在襁褓，焉知奸徒诡弄，此事难罪皇儿。但我今二目俱瞽，即是回宫，也无光彩。”天子闻言，觉得凄惨，抽身伏跪阶前，祷叩上苍道:“今日寡人迎请母后还宫，只因双目失明，不愿回宫，如母后不回，寡人也难以回朝。伏乞皇天垂念微诚，使母后瞽目重明，愿输国帑，以济天下生灵，大赦囚人，免征陈州赋税十年。”说来凑巧，李后双目失明，原由急怒交加，此日沉冤得雪，母子对哭，顿觉心怀大畅，目翳渐退，待到天子祷罢，李后二目果然复明。太后喜道:“皇儿，我双目果然渐渐生光，即是皇儿孝心感格，皇天怜念，神圣眷佑。”嘉祐皇帝喜出望外，众大臣拜贺称奇，郭海寿忍不住笑道:“妙，妙！母亲二目，果然复明了！”嘉祐皇帝龙目一观，问道:“母后，这是何人？”太后道:“这是义儿郭海寿，乃供养我的，皇儿且略君臣之礼，谢谢此子如何？”嘉祐皇帝道：“他是恩兄了。”唤道：“郭恩兄请上，受寡人一礼。”嘉祐皇帝正要下拜，包公奏道：“尊卑有序，君不拜臣，父不礼子。郭王兄须当力辞。”嘉祐皇帝无言可答，只得不下拜，双手一拱，口称：“恩兄，母后全亏你代朕孝养，方得生活至今，待回朝之后，再行恩封，同享荣华。”若说海寿平日乃贫贱小民，礼法一些不懂，真所谓福至心灵，看见皇帝双手打拱，又听得包公所言君不拜臣，他即下跪道：“臣不敢当。臣向蒙娘娘教育，乃得成人，无殊儿子一般，稍有奉养，理所当然，焉敢受圣上作谢！”嘉祐皇帝道：“如此，恩兄请起。”说时伸手相扶。

再说太后双目复明，见众大臣俯伏在下，连忙说道：“众位贤卿还不请起？”几位大臣谢恩起来。圣上命郭王兄上前拜见众大臣，海寿领命下礼。众大臣仰体圣上并太后之意，要行参见之礼，海寿哪里懂得，只是答拜。圣上道：“他乃是后辈少年，哪里敢当，众卿休行参见大礼，还是行个常礼吧！”众臣礼毕，唯有庞国丈心中不悦。有包公请娘娘更换宫服起驾，太后准奏说道：“今已过劳包卿，回朝后再当作讲。”包公奏道：“微臣之劳，怎敢望娘娘赐谢。”早有宫娥内监，一同叩首，起来请娘娘更衣梳洗，众大臣辞退在外伺候。圣上命内监与王兄更换冠袍玉带，一同还朝，内监领旨，捧上四爪龙袍冠带，跪在一旁，请王爷更换。郭海寿摇首道：“我久服粗布破衣裳，焉有此福，穿此龙袍，岂不过分？”正要退出，李后道：“我儿，你前时受了许多苦楚，今日理该同享荣华，休言折福。”圣上道：“恩兄陪伴母后十八年，方得朕母子相会，请更换衣冠，回朝厚加封赐，少尽朕知恩报恩之情。”海寿谢道：“圣上有命，臣本不敢逆，然我生成野性，甘守清贫，伏望圣上赐臣在窑过度光阴足矣。”太后道：“我儿休违圣上旨意，他与你乃是兄弟之称，然他是君上，你是臣下，为臣逆君，犹如子逆父母，况君言深为合理，你若逆意，娘心有所不安。”海寿道：“母亲如此吩咐，孩儿焉敢不遵？”圣上欣然，看海寿更上衣冠，又谕知陈州地方官员，将此旧窑改作王府，依照王宫款式，所费银两，国库支领开销，限期办竣，作为郭王府第。旨意一下，本地官员遵旨照办。

且说太后当日登辇，宫娥内监拥护两旁，圣上驾上銮车，众大臣与海寿坐起大轿，众护驾武官，骏马高乘，排开队伍，一路笙歌嘹亮，香烟杳杳。太后心花大放，不道落难后竟有回朝之日，算来实是包拯之功，回朝后加封包拯，以表忠劳，此是后话，不提。

不知太后回朝如何，且看下回分解。

第六十一回

殡刘后另贬陵墓　戮郭槐追旌善良

话说李太后还宫，就有在朝文武官员探听消息。忽报銮车到了，一众官员纷纷至城外恭迎。只见旗幡招展，车驾已到。众官员两旁俯伏，圣上一进京城，敕令接驾文武官员不必在此伺候，众御林军速归本部，另候赐赍。命光禄寺排御宴款待王兄，着几位随驾大臣陪宴不表。

且说曹皇后带领三宫六妃，多少内监、宫娥，迎接太后进宫。先是天子，后是曹皇后参拜，朝礼毕，妃子宫嫔，人人都来朝见请安。李太后命各还宫，不必在此伺候，只留天子在宫。李太后嗟叹道："想起前情，不在皇宫已将二十载，只道永在陈桥破窑中没世，岂料今日复得回宫，皆赖包拯之功。"圣上道："郭槐施谋陷害，必须明正典刑，安乐宫中刘太后焉能逃罪，南清宫狄母后欺瞒先帝，亦有未合，均请母后主裁。"李太后言道："皇儿，你枉为南面之君，此事尚难明决么？当日陈琳救你到南清宫，狄后襁褓抚育长成，虽非十月怀胎之苦，也有三年乳哺之恩。即今刘氏虽然心狠意毒，须念他是先皇元配，且免追究。唯陈琳是救你恩人，须当厚报，寇宫娥已自惨亡，须当追封旌表，此事当与参政大臣酌议。至凶恶郭槐，断然姑宽不得，速命包卿将他正刑。”天子诺诺领命，说道：“母后仁慈，世所希见。”李太后道：“皇儿，娘今日还宫，谅想刘氏无颜到来见我，我倒要进安乐宫见见她，看她怎生光景，有何言语。”说罢，李太后即唤宫娥引导。忽有宫娥启奏万岁爷与太后道：“刘太后于圣驾出京之后，用红绫自缢宫中。”天子道：“既有此事，何不早说？”宫女回奏道：“东宫娘娘早已吩咐，言太后回朝，乃是喜事，不必早报，且待缓些奏知，故奴婢等不敢奏闻。”李太后听罢，嗟叹一声，不觉垂泪两行，说道：“可怜她畏罪，先自寻死，岂知我并不计较。”天子道：“刘太后既然缢死，可曾入殓否？”宫娥启禀道：“因待万岁回朝做主，是以尚未成殓。”李太后道：“须念她是先帝正宫，她已先寻自尽，且好生殡殓，安葬先陵。”天子道：“此事不可。她虽是先皇元配，但她欺瞒先帝，罪重千斤，将她殡葬皇陵，先皇在天之灵岂容负罪之人依附陵旁？母后虽有容人之量，情理有偏，还应将棺柩另立坟茔，方于理无害。”李后道：“皇儿处分有节，依此施行便了。”当日天子下旨，将刘太后棺椁成殓，另立坟茔，不必举哀。若论到刘太后乃是先皇正后，只因一念之差，死于非命，不成丧，不举哀，中外百官不挂孝，只用棺柩一口，悄悄收殓，不容安葬皇陵，犹如死了无位宫嫔一般。

刘太后身亡之事交代明白。再言南清宫狄太后，只因有了冒认太子之罪，是以进宫来见李太后。当日狄太后要行君臣参见礼，李太后执意不肯，竟如姊妹平礼相叙坐下。狄太后心有不安，局促赧颜，李太后反是再三致谢，言道：“当初我儿身遭大难，多蒙贤妹收留抚养，乃得接嗣江山，洪恩大德，何以为酬？今日母子完聚，皆得贤妹维持之力。”狄太后道：“哪里敢当娘娘重谢，说来更使臣妾羞愧。但当时迫于势所难言，一说明此事，先结怨于刘太后，实乃事在两难。然亦不知寇宫女通知娘娘，逃出别方，只道被奸监焚害了。今娘娘得叨天佑，仍在人间，实乃可喜。”姐妹正在言谈之际，忽值天子进宫，朝见狄母后，狄太后大觉羞愧。当日李太后又差内监往杨府邀请佘太君进宫，太君请安毕，叙谈一番。顷刻间内宫排宴，三尊年一同畅叙，各宫都排喜宴，不能一一细述。

次日天子临朝，百官朝见已毕。天子说道："包卿，朕思寇宫女曾将寡人母子救出，投水而亡，今陈琳现在亦有救主之功。生死之恩，据卿应如何旌赠。郭槐罪恶滔天，如何正法，卿家也须代朕处分。"包公奏道："启上陛下，寇宫娥有功惨死，应得追封，可起柩附葬于皇陵脚下，再建祠庙，追封为天妃元母，旌表流芳，永受香烟。陈琳身为内监，忠贞救主，加封公爵，另建府第，御赐宫监侍奉，永食王家厚禄，死则敕附太庙之中。郭槐害幼主于先，谋主母于后，斩绝王家宗嗣，十恶大罪，例应抽筋割舌，粉骨扬灰。臣拟如此，伏乞圣裁。"天子道："依卿所拟。"即着包公押郭槐赴市曹正法复旨。包公道："臣启陛下，郭槐、陈琳俱为内监，郭槐害主，其心险恶；陈琳救主，其善堪嘉。二人之心，有天渊之别，可着陈琳督同往观正法，使其悦目爽心，庶不负他救主之功。"天子听罢，喜道："卿处置得当，深慰朕心。"即下旨到南清宫宣召陈琳。

是日退朝，众官各散。包公回到衙中，着百十差军，往天牢调取郭槐。这郭槐连日饮食不进，也不知饥寒，问他不言不答，犹如痴呆一般。当时提至法场上，包公与陈琳先后齐至，见礼毕，二人分东西对坐。郭槐赤着身体，捆绑坚牢，朝上下跪，正乃善恶相对。包公吩咐行刑，刀斧手领命，因系凌迟之刑，故安放一大桶在侧，先割去手足，一刀将头颅斩下，抛入木桶之中。老陈琳点头长叹一声，不觉呵呵发笑道："郭槐，可恨你当初立心不善，欺君害主，罪重深渊。只言历久年深，并无报应，岂知天理昭彰，不容脱漏，分明报应不爽。"此番竟乐杀老陈琳，呵呵大笑。只因他年纪已近百岁，气息精神到底衰弱，一刻间笑至气不复返，有呼无吸，倒在交椅中。包公即命左右呼唤，不见答言，众人都吃一惊，启上包公道："陈公公笑得气绝了，唤之不醒，想已死去。"包公听罢说道："不用喧哗，倘若解救不来，奏知圣上，然后成殓便了。”众军奉命解救陈琳，取来通关药末之类，用参汤灌下，岂知身体渐渐冷冻如冰。一众役人禀知包公：“小人等用药救之不活，除非大人的御赐法宝可救。”包公道：“陈公公并非冤枉而死，纵有还魂之宝，亦难救转。”吩咐且将尸首看管，待奏知圣上，然后开丧收殓。众军领诺，包公离座，走近一看陈琳，长叹一声道：“可惜陈公公，今日反是包某害你身亡，念你年高九十有零，虽未寿享期颐，唯生死本何足惜，只要馨香百世，青史流芳，虽死犹生了。”言罢，喝道：“进朝复旨！”天子一闻，又悲又喜，喜的是郭槐正法，报却母子宿仇，悲只悲笑死老陈琳，未受封赠而身先亡。即诏着文武官员，代朕设祭，令合宫内监尽至法场伺候，人人挂孝穿素。众皆嗟叹郭槐害主，粉骨扬灰，正如其罪；陈琳忠心救主，功劳重大，只可惜未受君恩而先死。今日得天子知恩报恩，令许多大臣祭殓，亦可谓生荣死哀了。

不表众人争羡，且说郭海寿久惯清贫，不贪繁华，不愿为官受职，只要回陈州居住。天子款留不住，李太后不觉动悲，唤道：“孩儿！我母子相依十八年，受尽多少苦楚，而今离灾得贵，理当在朝伴驾，娘也得时常见你。因何执意要回陈州？撇别为娘，实不该当。”海寿道：“母亲休得愁闷，儿原是久乐清贫，母也洞知。况在朝礼数不周，岂非见笑于各位文武大臣？娘今已得亲生儿子聚会，今非昔比，陈州离王城，不到三天路程，儿可常常来往，承欢膝下，望乞圣上母亲，恕臣儿逆旨之罪，深沾洪恩。”郭海寿虽然如此说，早已含着一汪珠泪。他天性至孝，原不忍离亲，只是不愿在朝。李太后与他相处将二十年，岂有不知他之性情，万事未有一次逆忤母意，今不愿留此，也出于万不得已。故李太后不敢苦留他，下泪道：“儿且等候数天，前者圣上已着令陈州地方官赶造府第，且待王府告竣时，差官送你荣归。”郭海寿依命等候。当有潞花王、静山王、汝南王与六卿四相大臣都敬他是当今圣上的恩兄，又知是大孝贤良，所以今日我请宴，明日他邀迎，不能细述。

且说李太后今乃苦去甘来，居处宁泰宫，安享暮年之乐，天子并后妃每早请安。当日李太后细加观察，众后妃姿质不一，唯有庞氏贵妃，虽则花容月貌，姿色娇妍，然而柳眉有杀气，玉貌现凶形，看来此女决非循良之妇，实乃刘后一般人物。一日后妃俱不在侍，李太后叮嘱皇儿：勿将庞妃加宠，她蛇蝎成性，妒忌生心，如加恩倍宠，她必要乘风作浪。天子谨遵母命。太后道："寇宫娥、陈琳已死，未沾国家点滴之恩，须及早追封，使他仙灵有感。包拯有此忠劳，也须加恩隆爵。郭海寿执意要回陈州居住，不必强留，且加封官爵，从厚赐赉，以酬供养之德，前旨着陈州地方官员建造府第，谅可告竣，可使海寿进府居住，皇儿须早颁旨。"天子领命。

不知如何，且看下回分解。

第六十二回

安乐王喜谐花烛　西夏主妄动干戈

话说圣上母子商议恩封有功之人，天子道："母后前在陈州时，儿已祷告上天，母后二目复明，愿免陈州十年国课。今果得母后二目重明，儿如今即欲颁旨使下民知悉。"太后说："皇儿言之有理，今日母子团圆，正该蠲免陈州国课，天下囚犯，须当减等宽恩。况陈州连年灾荒，穷困不堪，即有一二富厚之家，设法施救穷民，无奈一连六七岁，颗粒无收，人民已是水深火热，目今得皇儿敕免征课，实乃万民之幸了。"

是日，天子敕封寇宫女为淑德元君，陈琳谥为忠烈公，各造庙祠，春秋二祭，永受香烟。郭海寿敕封安乐王，赐黄白金各万斤，并赐宫娥内监一十六名，不必朝谒，陈州地方文武官员，每月朔望请安。包待制加进龙图阁学士，恩赐上殿座位，五日一登朝参。大赦天下囚犯，十恶大罪，俱减一等，小罪一概赦免，陈州国课免征十载。诏旨颁行，各省共沾皇恩。

过不多时，朝中接得陈州表章，建造王府已竣。天子降旨，着包公、庞国丈二人护送安乐王荣归。着庞国丈先回复旨，包公仍留陈州完了赈饥，然后回朝。当下又命钦天监选定良辰，登车起驾之日更有文武官员俱来送行。郭海寿进宫拜别母后娘娘，太后嘱咐须要一月一来朝觐。安乐王连声诺诺，母子洒泪而别。又辞了天子，众大臣纷纷饯送。京城内外居民店户，夹道而观，不能细述。

众文武送别数里俱回，只有庞国丈、包大人一路同行，处处地方官迎送。

一日到了陈州，轰动了本处多少人民，纷纷议论，都说郭海寿幼年时，母子二人也曾做过乞丐，后来长成，方得肩挑背负，贩菜度日。他一贫如洗，仍不失奉养，原算是个孝顺之人。今有发达之福，皆由孝养中得来。当日郭王爷未进陈州城，早有大小文武官员、本地缙绅耆老，车马纷纷，在此恭迎。一路行来，文武军兵拥护他进了王府。郭王爷当中坐了，众文武官员参见，大员打拱，小员俯伏尘埃。这郭海寿本是小户出身，饭也讨过，菜也卖过，虽见过包大人，朝参过圣上，对这些繁文缛节，却是全然不懂。坐定金交椅，由得众官叩首，不说一声“免礼”，亦不说声“请起”。只有庞国丈好生气恼，暗暗生嗔，旁有宫监代说一声免礼，众官才起来。庞国丈向包公首一摇，目一睁，显出大不耐烦的样子。包公会意，便道：“千岁，庞国丈职在中书，不便在此耽延，理宜速速还朝。”郭王道：“哪个留他耽延，由他自便罢了。”包公道：“下官也要辞驾了。”郭王道：“包大人你去不得，且在此与我作伴，未知尊意如何？”包公道：“只因赈饥未毕，不得久留，故亦要相辞。”郭王道：“既包大人要去，本处地方官员也可退回，不必在此，日后亦不必日日来此拜谒请安，反觉麻烦，不便。”众官员拜谢千岁并国丈、包公，俱已登程去讫。原来郭海寿是淡泊胸襟，厌烦朝廷一定之规，故吩咐本处官员不用天天来拜，只乐得本处文武官员省了日日请安之劳，暗自喜悦不提。

是日包公、国丈辞别安乐王，分程而去。国丈回京复旨。包公仍往赈饥。不觉光阴迅速，一连三月，已是秋稻收成，十分丰稔，万民歌颂天子、包公恩德。

话休多烦，只有郭海寿今已贵为王爵，又乃当今圣上的恩兄，他虽自甘朴素，本处文武官员，谁敢简慢。这陈州有位致仕宰相姓王名曾，只因年老归隐，有孙女名唤美珠，年方及笄，尚待字闺帏，生来中人之貌，只是性格贤淑端庄。王太师知安乐王尚未婚娶，有意缔结丝萝。一日，包公赈务事毕，来拜望王太师，言及招亲之由，包公一诺担承道："包某依命，当告知安乐王，谅来门第相当，正好结秦晋之好。"王太师喜道："此事全仗包大人，只是有劳大驾，于心不安，容当后谢。"包公道："此乃和谐美事，何足言劳。"登时告别王太师。太师送出门外，包公相辞登轿而去。一到王府，见了安乐王礼罢坐下，郭王问道："包大人赈饥劳忙，今日何暇到此？"包公即道："本处王太师有一位孙女，年将及笄，未曾受聘，生来性情端重，意欲送进王府，以侍巾帨。包某特来作伐，望千岁允纳勿辞。"郭王听了微笑道："我出身微贱，偶然得遇母后，不期一朝显贵，岂敢妄想高门？虽然向日贫时，蒙王太师周济粮食，唯王小姐乃千金贵体，我系卑寒出身，岂敢相攀，望包大人转告她另择良配。"包公道："此乃王太师有意招亲，你前时寒苦，今日贵显封王，他是世代名门阀阅，两相匹配，甚属相当，千岁休得过辞。"安乐王听了包公劝言，不好当面力辞，只得说道："感包大人情意殷殷，只我贱性不恋奢华，不贪欢乐，今既蒙大人此番美意，且为我奏知圣上，待旨允准如何？"包公道："千岁高见有理，待老夫与你修本奏明。"言罢，抽身作别，仍回相府，将情复达王太师。太师大悦道："奏明圣上做主，更觉有光。"

当日，包公辞别王太师，即回寓署，写成本章，差官赍送到京。非止一日，到了汴京，黄门官接了本章，送呈御览。天子看毕，龙颜大喜。进宫奏明母后，太后闻言大悦，欣然道："老身在陈州，久知王太师为人忠厚，乃先帝老臣，此段姻缘实甚相当。"太后即赐花粉银十万两，另有珠翠金宝，圣上敕封王小姐为王妃夫人，御赐珠冠玉佩。批了本章，即着包拯为媒，钦赐完姻，迥异寻常。到了吉期，老太师送孙女到郭王府，此番热闹非凡，本州大小文武官员尽皆拜贺。王府外殿内堂，尽行挂灯结彩，多设筵宴，十分丰盛，终日歌声音乐，响彻云霄。郭王夫妇和谐，且置不提。

却说天子自迎国母回宫，朝中文武各加升赏，再差官赶上孙兵部，不用清查仓库。又值杨元帅表奏战功，遂加封狄青为副元帅之职，与杨宗保一同镇守边关。其时焦廷贵也赶回关中，众将士俱有加升官爵。元帅与众将谢恩已毕，天使回朝复命，不必细述。

只说国丈恼得纳闷昏昏，一心算计要害狄青，岂知反被他们联成一党，养成羽翼。喜得包拯现不在朝，正好寻个机会与他算账，不料君王又依着包拯，调回孙秀，不查仓库，反加狄青为副元帅之职，真是可恨。

不表庞洪烦恼，再说边关杨元帅，见四员虎将均沾圣恩，封赠统制官员，狄青又加封副元帅，关上文武官员，人人喜悦。忽然狄副帅染病，卧床不起，一连数日，水米不沾。杨元帅与范爷、杨将军，自然延医调治，弟兄们天天来到帐前问候。杨元帅心中忧闷，只得与范爷酌议，赍本回朝奏知圣上，即日差官而去。

次日升帐，忽然有探子报上："西夏王复兴兵三十万，拜上将薛德礼为灭宋元帅，离关五十里屯扎。"杨元帅闻报，自仗本领高强，兵精将勇，全不介怀。即令孟定国传齐部将，并众兵俱至帐前参见元帅候令。是日番营内战书投发进关，杨元帅批回决战之词，不一刻有飞报进营道："启上元帅，番将薛德礼在城下讨战。"元帅听报，令焦廷贵领兵一万，与薛德礼会阵，须要小心。焦廷贵口称得令，上马开关，轰天炮响，手拿铁棍，杀气腾腾，一马当先，一万精兵旗幡飞扬，喊喝如雷。焦廷贵一看西戎番将，生得蓝面獠牙，三绺花须，丈余身材，手持一柄大钢刀，座下一匹五色花鬃豹。焦廷贵胆气雄壮，一马相迎，铁棍当头打下。薛德礼乃西夏国有名上将，焦廷贵哪里是他的对手？交锋不上二十回合，连叫数声厉害，即带兵逃走回关。薛德礼催兵追赶，只见城上箭如雨发，反被射伤兵丁数百，只得收兵回营而去。

杨元帅正在帐中与范礼部、杨将军商议退敌之策，忽见焦廷贵来至帐前，尚是气喘呼呼，打躬呼道：“元帅在上，末将杀不过薛德礼。这贼十分厉害，人雄马壮，一柄大刀大如板门，重如泰山，小将与他交锋五六十合，抵敌不过，只得败回。望元帅恕罪。”元帅道：“胜败乃兵家之常事，何得说谎？你出关片时即回，不像五六十回合的工夫，岂非谎言！”焦廷贵听了，忙说：“小将说错了，原是十五六回合。”杨元帅想道：西夏初阵逞强，谅来番将本事高强。但本帅有雄兵四十万，猛将数十员，岂惧小小番奴，管教你马倒人亡而回。

次日，探子报进，薛德礼坐名元帅会阵，十分猖狂。杨元帅发令张忠出战，至四五十合，大败进关；元帅又差李义出马，仍是败回。薛德礼连胜了三员虎将，杨元帅好生不悦道：“薛德礼果然骁勇，但狄王亲患病未痊，待本帅明日亲自出马，与他见个高低。”

次早又报薛德礼讨战，杨元帅择定此日亲临赴敌，上马提刀，浩气腾腾，好一位保国的老元勋。银盔高竖赤帻，背插八角彩旗，三绺银须，飘扬脑后，高乘银獬豸，三声号炮，三万铁甲军拥随左右，焦、孟二先锋护卫阵脚，张忠、李义冲头，一同飞拥出城。薛德礼一见来将生得威风凛凛，手执金刀，乘着白马，身长丈余，白面银须，比昨日来将大有分别。薛德礼冲近喝道：“来将可是狄青否？”元帅道：“无名小卒，有目无珠，人也不曾认得，还来混扰乱言！”薛德礼道：“你既不是狄青，且报名来！”元帅道：“本帅乃天波无佞府山后老令公之孙，官封定国王，大宋天子驾下敕授天下招讨使杨宗保是也！”

不知薛德礼听了如何答话，且看下回分解。

第六十三回

杨宗保中锤丧命　飞山虎履险遭擒

当下薛德礼言道：“原来你是杨宗保。你若知时务，就应献城投降，归顺我主，难道不封你一侯王之位？如不听好言，只怕你此番性命休矣！”杨元帅大喝道：“逆贼，敢出大言！”金刀一起，光辉耀目，薛德礼青铜刀急架相还，真乃龙争虎斗，南北二员虎将，杀得难解难分。薛德礼虽是西夏国一员勇将，到底及不得杨元帅老当益壮，刀法精通。二人冲杀百合，夏将抵挡不住，大呼道：“杨宗保老头儿果然厉害，本帅杀你不过，且让你多活一天。”说着拍马败走，杨元帅大喝道：“贼奴哪里去！”飞马追赶，薛德礼心下慌忙，即取出混元锤回马当头打去，实有万道金光夺目，杨元帅觉得眼花昏乱，闪躲不及，混元锤打在左肩上，疼痛难当，拿不定大刀，口吐鲜血，翻身跌下雕鞍。早有张忠、李义二马飞赶上前，一人挡住贼将，一人背了元帅飞逃回关。薛德礼催动西兵，卷地杀来，宋军见元帅被伤，大惊四散。焦、孟二先锋抵挡不住，众兵被杀得七零八落，三万精兵折损一半。余众逃回城中，紧闭城门，严防攻打。

再言薛德礼大胜回营，喜气洋洋道：“妙，妙！杨宗保乃宋邦主帅，有名上将，本帅却杀他不过。今被吾打了一锤，也不过三天毒发而亡。今日除了杨宗保，惧什么狄青！少不得也一同伤他性命，宋主还有何人抵敌，本帅岂不功居第一？”是夜，西夏营排宴，犒赏三军，也不多提。

再表宋军败回城中，元帅受伤，范爷一见大惊，急召医生看治。杨青气恼得二目圆睁，骂道：“可恶叛逆奴才！战不过元帅，用锤伤人，真真可恼！”当日元帅倒睡床上，范爷吩咐紧闭城门。到了半夜，元帅昏沉不醒，服药不效，大小三军惊慌无措。范爷连夜修本，差岳刚飞赶回朝。若问薛德礼的混元锤，乃是异人传授，用毒药炼成，如中了一锤，由你英雄健汉，不出三天，定然血肉销尽而亡，并无药饵可救。今元帅被打了一锤，遍身疼痛，死去还魂，也无一言说出。一身肌肉，渐渐消磨，可怜元帅一生为国忠良，今日死于肌消肉化，只留得一堆白骨。范、杨二人惨切伤心，文武官员、大小三军，无不坠泪，只得收拾骨骸殡殓。范爷是日又上一本，即差沈达并送骨骸回朝。此时薛德礼因伤了杨元帅，领兵至城下攻打关门甚紧。范爷权掌帅印，发令四门倍加弓箭石灰炮火，日夜巡查。

慢表边关危急，且说峨嵋山王禅老祖，清晨袖占一课，已知西夏复兴雄师，杨元帅被薛德礼用混元锤伤了，化血身亡，路途遥远，不能搭救。但薛德礼有此混元锤，宋朝虽有上将，不能抵敌此锤，即贤徒狄青亦难收取此锤。不免打发石玉下山收取此锤，以免西戎猖獗。

且说石玉居住仙山已经一载，习得双枪纯熟。只是忆念老母、岳父母、贤郡主，音信难通，他们哪里晓得我耽搁仙山。这一日见童子来唤道：“师兄，师父唤你，速随吾来。”石玉应允，即随童子弯弯曲曲来到禅房参拜，言道：“师父在上，弟子石玉参见。”仙师道：“贤徒免礼，我今唤你前来，非为别事。只因西夏将薛德礼有一混元锤，非兵刃可挡，杨元帅中他一锤，已经化血身亡。宋朝虽有上将英雄，难以抵挡此锤。我今赠作风云扇一柄，到边关上出敌。他用锤飞打过来，你即将风云扇轻轻一拂便可收取此物。那薛德礼乃巡海夜叉，凶恶星转世，应得凶恶死亡。你今回关，与狄青贤徒一同立功，显扬当世，方不负为师收留你二人一番心血。还有八句偈言相赠，是你一生结果。”言罢，袖出一柬，石玉双膝跪下，双手接过收藏。又道：“弟子蒙师带上仙山，习艺已经一载，传授枪法，已得精妙，深沾洪恩，难报万一，即此拜别。”仙师道：“徒弟不须多礼了。”石玉叩谢已毕，起来又与师兄师弟拜别，藏好风云扇，提着两条三尖枪下了仙山。当日上山时，并无马匹，仙师只得将云架起，送到边关。下了云头，石玉将师父所赠之柬，拆开观看，并无一物，只有七律诗一章。诗曰：

仙缘无分不须求，叨福人间勋业优，
年少只遭颠沛困，中途却喜战功稠；
三番历苦登王阁，二次平西进凤楼。
早运未通遭妒害，晚来除佞报亲仇。

石玉看罢，自言道：师父赠我诗偈，说我没有仙缘，只可立功取贵，但少年灾困，历尽苦楚，方得成功。又许我能报父仇，但思庞洪奸贼，正在势盛，未知何日可报不共戴天之仇。

不表石玉之语，却说边关杨元帅身亡，狄副帅病体虽然痊愈，然而还未强健，正在后营静养。范爷早已吩咐，元帅身亡之事众人切不可告知狄王亲，众人依言瞒着，狄青并不知外面缘由。西兵日日围城攻打，范礼部已飞本进朝，不知何日救兵到来。有飞山虎乃一鲁莽之人，大怒道：“西夏番奴薛德礼，他的混元锤如此厉害，不知何物做成。待我驾起席云帕进他大营，一刀结果他性命，拿了此锤回关，发起大队军马，杀他片甲不留，方报却元帅之仇。”想罢，即禀范大人。范爷不许，道：“刘将军乃粗莽之人，若不小心，反为不美，不可造次。”刘庆道：“范大人休得多心，我刺不着贼，定然盗他此锤，就不怕此番奴了。”范爷纳闷不言。

是夜初更，刘庆驾上席云帕，一到番营大寨四下一看，只见灯火光辉，是犒赏三军，正在那里吃酒。刘庆看见天色尚早，难以下手，按下云头，听候一会，已是二更时候。只见薛德礼斜倚营帐中交椅上，醺沉大醉，众将兵丁尽皆散归营寨，近身只存一个番女。飞山虎暗喜，降到营中，悄悄步进中营，一到薛德礼身旁，正要拔刀行刺，只听得一声娇喝："刺客慢来！"

再表此女乃薛德礼之女，名唤百花，乃是一员女将，学得武艺精通，随父行军。是晚出营，伺候父亲，吃酒已完，谈论一刻，薛德礼醉得沉沉入睡，百花女也伏案假寐。忽见人影近前，喝声："刺客！"飞山虎反吓了一惊，驾云不及，被她一把扭住，挣扎不得。百花女原是将门出身，两臂刚健。刘庆左手打去，她右手招架；右手打去，她左手招架，二人扭在一处。百花女道："你这蛮子，谁使你来作刺客？好好说明，送你归阴。"刘庆心惊意乱，犹恐她喊醒番将，只得说："我乃宋营中虎将刘庆是也！只因吾元帅被薛德礼打了一锤，化为血水身亡，是我忿恨，特来你营行刺。"这百花女见刘庆是位英雄，不觉有意，见父亲鼻息如雷，轻轻呼道："刘将军，薛德礼是奴生身父，你今夜特来行刺，断断不能。这边来吧！"一把扯牢而走。飞山虎暗思道：小丫头好生奇怪，不知她拉扯我何故？此时只得随她跑去，曲曲弯弯，到了后营。一看灯光如昼，侍女罗列。百花女吩咐众侍女退去。这些丫环互相评论道："此位将军不是我邦人，因何我小姐拉他进来？好羞人也。"有几个人说道："我家小姐未有丈夫，要扯此中原将来做夫妻，如今且先自叙会。"

不表侍女私言，再说百花女看中了中原将军，四顾无人，呼道："将军请坐，奴与你细谈。"刘庆见她姿色非凡，今又如此柔和，想道：她必有意于我，吾乃粗直之人，岂为女色所惑！况我已有妻子，你想与我成亲，真乃冰炭不交。"若问百花小姐生长外夷，年已及笄，有此美质，又因本邦男子都是粗俗不堪，所以尚未成亲。刘庆虽非美男子，但比之西戎蛮邦也有高低之别，因此未免有心，当下又道："刘将军，你敢来深夜行刺，好生大胆！若非被我拿下，我父一命休矣；倘被别将拿下，将军性命也难保了。"飞山虎道："我行刺你父亲，乃是两国相争，各为其主，怎顾得利害交关，倘小姐用情，放我回关，小将自是感德。"百花女道："将军既进我营，休思回去。"飞山虎道："小姐此言何解？"百花女道："将军，奴看你是一位烈烈英雄，谅必武艺高强，今日边关死了杨宗保，大宋还有何人保卫江山？奴劝刘将军投顺我邦，撇却宋朝。"刘庆道："小姐此言差了！你要我投降，今生莫想。"小姐道："你若不甘投顺，便休想回关。"飞山虎道："既然小姐不放我回关，甘愿一死。"百花女道："将军之言差矣！你既为堂堂丈夫，因何全无智量，倘投降我邦为官，美貌佳人却也不少，觅一位与你配亲，有何不妙？愿将军依奴劝言，是知机之辈。"飞山虎听罢，冷笑道："小姐，我刘庆岂是贪花爱色之人？而况已有妻子，哪敢贪恋你邦佳人？今日既入你牢笼，有死而已，何必多劝。刘庆虽是粗鲁之夫，乃是顶天立地之人，岂肯负君而降敌，休得妄自思量！"百花女听了，自言道：岂知此将有了妻子，我今囚禁不放他回关，且待明日爹爹发落。想罢，唤侍女数人，将这蛮子囚禁后营，好生看管，好待他心服归顺。侍女应诺，即时将飞山虎囚禁！

此事慢提。次日百花女梳妆已毕，来至中军，拜见父亲，说："昨夜二更时候，宋营中一将名叫刘庆，来做刺客，已被女儿拿住囚禁后营，禀知爹爹如何发落？"薛德礼道："可恶南蛮，竟敢混进大营，来作刺客。若非女儿拿住，几乎一命不保，且押出一刀两段，方不敢小觑我们。"百花女道："爹爹，此人乃宋邦猛将，倘得他投顺，与我们做个里应外合，此关便唾手可得了。"薛德礼笑道："女儿有此机谋，把他仍囚禁后营，劝他投顺罢了。"

住言父女机谋，未知边关如何，且看下回分解。

第六十四回

丢失毒锤西军败阵　安排酒宴宋将庆功

慢言西夏营中父女议敌，且说石玉得王禅老祖法力，一阵狂风，送至边关，说明缘由。范爷等方知石玉未死。石玉又说老祖赠来宝扇，可破混元锤。众位将军大悦。是日，范大人吩咐排酒，与石御史接风。石玉是个性急英雄，即言道：“待小将破了混元锤，再来吃酒未迟。”范爷说：“既如此，遵命了。”又道：“昨夜刘庆往劫贼营图刺，要盗取混元锤，今天不见回来，谅来凶多吉少。他是粗莽之徒，不依人劝，今石大人马上出战，且探他消息如何。”

石玉即领精兵一万五千，顶盔贯甲，命人牵回昔日解征衣遗下之马，登时跨上，气昂昂炮响开关，手提双枪，大呼道：“西夏贼听着！今石将军特来候战，速唤薛德礼番奴出营纳命！”早有小军报进，薛德礼即上马提刀，带兵飞出阵前，大喝道：“小小犬儿，擅敢口出大言，且祭本帅大刀！”一语未终，当头劈下。石将军喝了一声：“好家伙！”使动双枪架开，各逞本领，自辰时战至午刻，不分强弱。薛德礼自思：“不好，这员小小宋将，看不出有此厉害双枪，看来难以取胜，不免又用混元锤伤他。”将刀一隔，即带转马头而逃，取出混元锤在手。石将军早已提防他，大喝道：“逆贼，又思用此物伤人。”即高张宝扇，一见锤飞来，轻轻一扇打去。真乃仙家妙用，相生相克，混元锤早已拨于尘土。薛德礼大惊，拖刀败走，不敢收拾此锤，被宋队掠阵岳刚所拾。石将军拍马追赶，大喝道："贼奴才休走！"正要赶上，忽有百花女冲出阻挡，双双接战。百花女一见石玉生得面如美玉，比刘庆大相悬殊，不胜羡叹。心想如擒拿得回营，胜刘庆万分。岂料这石玉乃仙传枪法，薛德礼尚且不能取胜，百花女焉能抵敌？顷刻被擒过马。众西兵杀上要夺回小姐，有宋兵大队掩杀，西兵纷纷倒退，自相践踏，死伤遍地，不成队伍，四散奔逃。薛德礼几乎被残兵冲倒，哪里还敢杀上前去夺取女儿。只得弃马杂于乱军中，招集残兵，一路回营，仰天长叹道："不知那小将是宋军中何等之人，好生厉害，女儿被擒，又伤兵丁万余，真是可恼！罢了，待本帅明日与他决一死战。"

住语贼营内事，且说石玉生擒女将回营，大获全胜。范爷大喜，记录功劳，即日上本回朝。捆绑过百花女，她却立而不跪。范爷喝道："小丫头，今既被擒，胆敢立而不跪！"百花女道："南蛮听着，我非下流之辈，乃薛元帅之女，既被擒来，唯有一死，岂肯屈膝敌人！"范爷冷笑道："你乃一小小丫头，擅敢在本帅帐下如此放肆！我且问你，昨夜我家一位刘将军，误进你营，偶然被获，今在哪里？"百花女笑道："好老面皮的蛮子，既云上国义师，因何黑夜偷营，希图行刺？此人已经被我拿下，劝他投降不依，现在囚于后营。"范爷听了，心才放下。石玉闻此言："刘庆既被擒囚在番营，待小将杀进，讨取回城如何？"范爷道："石将军休得烦躁，如今天色已晚，且待明日救他未迟。"又吩咐将百花女囚禁后营。是晚，帅堂内外大排筵宴，犒赏三军，记录战功，上下欢呼。范爷、杨将军大赞道："郡马一到，杀得贼兵胆破，与狄王亲一般年少英雄。"石爷谦逊不逞，言道："刘将军被擒，明日须要杀入敌营，救回方妙。"范爷道："吾已算定敌人捉了刘庆，谅情必不放回，幸喜郡马大人擒得百花女回关，不如明日以女易男，相互调换。”石爷道：“范大人高见不差。”众人饮毕，石玉邀同李义、张忠来看狄青。狄青之病已经痊愈，然精神尚未强健，故未登帅堂，在后面安息，即西戎来攻，范爷亦不令人说知。当时一见石玉，惊喜交集，问及原由，方知王禅老祖妙用引去。询知元帅中锤亡身，神色惨变，泪下数行。三人竭力劝解才罢。

次日天明，众文武在帅堂上酌议破敌，忽军士报进，番将薛德礼领了大队精兵，指名石大人、狄大人出敌。石爷听了冷笑道：“杀不尽的番奴！”言罢，即披挂上马，手提双枪，率着三万精兵，冲关而出，飞马当先，大喝道：“贼奴才！昨天杀得大败，饶你多活一天，何不早早回兵，献上降书，送刘将军回营，便饶你性命。”薛德礼道：“小小人儿，休夸大言，你若还了本帅百花女，我即还你飞山虎，然后交兵也可。”石玉道：“既如此，权且依你。”一边吩咐往后营放脱飞山虎，一边关内放出女英雄，男女二人，各归本阵。当时薛德礼与石玉复又交锋，一连百合，未分高低，两下军兵，混杀一场。时已日色沉西，彼此鸣金收军。石将军带兵进关，与范爷、杨将军，细谈西夏赵元昊强盛，至今用兵以及二十载。北方契丹侵掠，损兵折将，亦不下百余万，惜乎真宗先帝失策，为一时计，不为后世计，当日未依寇准丞相之谋，乘得胜之日，制其称臣，故至当今又不免受侵凌之患，致民不聊生，武夫劳瘁。三人正在言谈嗟叹，刘庆上前拜谢救脱之恩。

次日，计点出战兵丁，折去五百余名，狄爷忍耐不住，径出帅堂对范大人言知，欲亲自交锋。范爷道：“王亲大人贵体尚未复原，须忍耐安息，未可造次。”狄爷道：“薛德礼如此猖獗，晚生病中，全然未晓。只恨元帅死于西戎之手，晚生与贼势不两立，非是他死，便是我亡。况我疾病已愈，安能坐视贼人猖獗，今日出城，定然见个高低！”范爷正要开言劝阻，军士叩报：“薛德礼领了大队军兵讨战。”狄青吩咐抬上金刀，披挂坐上龙驹，范仲淹、杨青二人劝阻不住，只得差孟定国、焦廷贵、张忠、李义四将，领兵接应。石玉言道：“待我与他掠阵。”焦廷贵大呼道：“你众人休阻，副元戎有仙法，岂惧薛德礼强狠！”当下狄青顶盔贯甲，金刀一摆，将龙驹连打三鞭，号炮一响，数万精兵拥关而出。一望敌兵剑戟如林，喊杀如雷，狄爷大喝道：“番奴死在目前，还敢大言，我乃副帅狄青是也！”薛德礼冷笑道：“本帅只道狄青怎生模样，岂知一小子耳！”狄爷大怒，喝道：“看刀！”二将催开坐骑，你遮我架，正是棋逢敌手，战了两个时辰。狄青病后，力气不足，看看抵挡不住。石玉一见狄青刀法将乱，即忙飞出接战。大喝道：“番奴休得逞强，石爷在此！”双枪照面门刺来。番将薛德礼好生着忙，闪开大刀，急架双枪。薛德礼抵敌狄青一人尚且占不得便宜，哪里架得住二般军器，正要放马奔逃，手法一松，腿上早中了一枪。喊声“不好！”又被狄青金刀一挥，正中肩膊，遂跌于马下。焦廷贵冲上，割下首级，喝声：“番奴，前天杀败我焦将军，又战我元帅不过，用妖锤伤人。往日强狠，于今何在！”

不表莽夫之言，且说此日二十万西兵一见主帅身亡，人心惊乱，不战自败。狄爷道：“愿降者免死！”内有逃不及者，都已投降，直杀得尸横遍野，血流成渠，甚属惨然。宋军所得刀枪马匹甚多，奏凯回关而去。败兵报知百花女，薛德礼被杀，谅来难以抵敌，不敢再出，只得弃了大营，领了男女兵数万逃回西夏而去。有关内杨青老将，提了百斤铁锤，与众小英雄领兵接应，杀进他大营，并无一卒，只得收拾遗下粮草马匹军器，运回关中。范爷大喜道：“二位王亲郡马大人，真乃国家之栋梁。”狄青、石玉谦道：“哪里敢当范大人过誉，扫除敌寇，乃天子洪福，又得众位将军协助之功，非晚生辈之力也。”范爷道：“王亲大人患病后，原气未复，还该静养才是。”狄爷道：“有劳大人费心，不胜铭感，但晚生贱恙已愈，身体复原，举动如常，请宽垂念。”范爷又吩咐焦廷贵，将薛德礼首级悬在辕门，并号令众兵及降卒各自归营候赏，刀枪马匹粮草，点清归入库房，并命孟定国率人掩埋尸骸去讫。是晚大摆酒筵，与众将庆功，各营哨兵都有犒赏，出战兵丁加倍犒劳。

这且休提。次日众将兵士，只因杀散西夏，解了城围，闲暇无事，各归营寨。只有范爷、杨将军、狄爷、石御史四人在帅堂，说起杨元帅一生为国，倍历艰辛，年交六十，未得一日安闲。一旦战死疆场，武臣为国，难免一死，言念及此，能不伤感。又谈及前月圣上颁诏到来，说当今国母李宸妃娘娘十八年前被郭槐唆惑刘太后，陷害太子，放火焚宫，今被包拯审究，李后还宫，郭槐处决，有此天大事情。范爷道："十八年前，果也火烧碧云宫，烧死百余人，众言李宸妃母子已烧死在内，只付之叹息而已。其时我官居知谏院，目睹其事，怎知李宸妃逃难，越出宫闱之事，今将二十载，被包拯一朝究明，有此异闻，算他神智，非人所及。"杨老将军道："若云内宫火焚一事，也有诏旨得闻，其时，老元戎去世已有二年，我与宗保元帅俱已得知。连范大人在朝都不知李妃逃难出宫，我与元帅领守边关，自然不知了。"言谈之际，不觉日坠西山。

要知后事如何，且看下回分解。

第六十五回

悼功臣加恩后嗣　虑边患暗探军情

不提边关众将言谈，却说朝中宋天子，一日得接边关一本，心下着忙道：西夏大起雄师，宗保殒命，狄青又染病不起，这便如何是好？幸有石玉、狄青破敌。但思及杨宗保久任边关，三十载保卫邦家，不能一日安闲，功勋素著，一旦阵亡，是国家折损一栋梁。想罢不禁泪下，颁旨往无佞府，钦赐王礼祭奠，敕文武百官俱服素一月，加谥杨宗保忠武王。其世子文广，年方十七，应袭世职，因在丧中，不必到边关就职，且随朝伴驾。当日杨门一闻凶信，穆氏夫人以及大小人等，哀恸欲绝，佘太君伤心，更不必言，众夫人垂泪相劝，少不得椁外内棺，用王侯之礼殡殓，不必细述。

却说宋天子因杨元帅去世，朝中武将皆分镇边疆，老将曹伟、种世衡二人虽智勇兼备，唯其时北狄契丹入寇多年，兵势甚锐，二将早已领守边城，天子只得加封狄青为天下招讨元帅，石玉为招讨副元帅，同守边关，众文武俱加升三级。诏旨发往，下文自有交代，不必多表。

单言南清宫内狄娘娘母子，闻狄青在边关大败西戎，立了功勋，并因杨元帅阵亡，颁旨任他为边关正帅，母子大喜。太后道：“不料侄儿少年英雄，马到成功，旦夕间外夷威服，乃先灵呵护所致。”

慢言潞花王母子喜悦之言，且说庞国丈自从李国母进宫，郭槐已诛，所有党羽，均被包拯剪除殆尽，是以凡事心寒，权柄渐减。这日自思：喜得杨宗保已死，今日老夫正在驾前保荐孙秀领镇边关，天子已有允准之意。无奈有富弼、韩琦阻挡，言我婿只可作文员在朝伴驾，不合往边关当此要任，反奏狄青、石玉等，乃少年英雄，又得范仲淹、杨青老成持重，屡立奇功，敌人畏惧，合当拜帅代杨宗保之任。圣上不准老夫之请，只依二贼之言，真令人可恼！可笑这昏君接得边关本章，闻杨宗保死了，便纷纷下泪，痛切连日。我想杨宗保死有什么干碍，却隆宠这班狗党。只今狄青与石玉都在边关，与那一班老少贼联成一党，势大权高，教老夫也算计他不来了。想我女儿进宫数年，屡邀圣上宠眷，乘间进奏，无有不准。一自李太后进宫，不知圣上何故将女儿渐渐冷淡，想必女儿与国母不甚投机，是以唆着圣上疏淡我儿，也未可知。但女儿不得圣上喜欢，老夫有事，与女儿通关节，定然不准，怎生是好？现今且喜包黑不在朝，待有机关，再行设施，定必弄倒边关这些狗奴才，方见老夫手段。正在自言之间，有家丁禀道：“孙大人、胡大人来拜。”国丈传令请进相见。孙、胡二人进至内堂，见国丈立起相迎，一同相见行礼坐下。国丈道：“杨宗保已死，正打点保荐贤婿往任边关镇守，谁知富弼、韩琦二个奴才阻挡圣上，反保荐狄青、石玉二小儿为正副元帅。今被他边关上联成一党，老夫正在心烦，又奈何他不得。”孙秀道：“前者奉旨复查仓库，正要将计就计，回朝劾奏，不料圣上半途召回，一场打算又落空了。”胡坤道：“老太师且免心烦，我想狄青、石玉，今已权高势重，谅情弄他不倒，我儿之冤，难以报复了。”三人言论，只是烦闷着恼。这且按下休提。

却说勇平王高琼老千岁，是日接得边关女婿来书，喜悦万分，方知女婿上年被奸臣算计，果有妖魔陷害之事，幸得仙师带上仙山习艺，今日又得圣上颁旨加封副招讨使，与狄青同守边关，真乃妙极。即进内堂告知，夫人与郡主，真是喜从天降，言难尽述。高王爷即命郡主修家书一封与丈夫，待交付赍本钦差，顺送边关。郡主欣然领命，是晚修书，不必多叙。

再表边关狄青与石玉对坐私谈，狄青道："如今边关之围已解，可以略松一口气了。"石玉道："身为武将，当马革裹尸，以报国家付托之重。唯奸佞弄权，但知有家，不知有国，真乃令人可恼！可笑！"狄青道："庞贼翁婿与胡坤屡次算计图害，恨若渊深，目下虽得身荣，怎奈奸党未除，岂可安然坐视！"石玉道："小弟亦与庞贼有不共戴天之仇，无奈此贼当道，正邀圣宠，未知何日得报家父之仇。"二人正在言谈，范爷愁容满脸走进帅堂，二人并起迎接，众将亦到，随同见礼坐下。范爷道："二位王亲与众位将军，力退西戎，不日间定有旨意颁来，二位王亲定敕主帅之权，只可惜杨元帅身遭惨死。"狄爷闻言，长叹一声道："杨元帅乃保国功臣，血战多年，未得一日安闲，身受惨死，想来真是令人伤感。"言毕，不觉虎目中流泪不止。杨老将军与范爷二人只因与杨元帅镇守此关多年，情投意合，一旦言诀，也忍不住滔滔下泪。狄爷向范大人道："杨元帅老成谙练，一朝逝世，犹恐西兵复扰，晚生辈才庸智浅，难当重任，还宜上本陈明，待圣上另挑老成，方当厥职。"石玉道："哥哥高见不差，我二人少年后辈，怎能服得众三军，上本辞退为上。"范爷未及回言，杨青老将军道："不然，狄王亲、石郡马武艺非凡，智勇兼备，一旦登坛拜帅，使外夷不敢南视。"孟定国道："西夏屡次被我们杀得片甲不回，料他再不敢轻视我边疆了。"飞山虎闻言笑道："事难逆料，他虽畏怯，到底也当防备，以免兵临城下，措手不及。况目下尚未投顺，焉知他是否从此无事，不若小将前往西夏打听虚实如何？"范爷道："刘将军之言有理，但此去须要小心，不可被他们看破机关，须要早去早回，休得耽搁才好。"刘庆道："小将自有道理，请勿多虑。"

当时刘庆正要抽身，旁有焦廷贵大呼道："众人休听他言，昔往敌营作刺客，遇见百花女子，即受其迷困，反被拿下。全赖石郡马出敌，将百花女活捉回关，方得调换而回。如今又到西戎，定然贪爱娇娆，倘又被拿，如今更无别物相换了。"飞山虎听了一席之言，羞惭得口也难开。石玉看出刘庆羞惭，好生没趣，即忙说道："焦将军休得妄言，前番刘将军粗心，为急思了决敌人，故有此失。如今只要小心，定然无虑，速去速回，以安众心。"刘庆道："小将领命。"焦廷贵道："今敌兵杀得寸草不留，正好吃些太平酒，享些太平安逸福，因何你们又要打仗？莫非还嫌杀得这些敌兵少，不知足，要寻些来杀着玩不成！"范爷喝道："胡说！大胆焦廷贵，军无戏言，你敢乱军规么？"焦廷贵道："范大人休得着恼，小将乃是真言，并无曲折，奈何你们不听。待等刘将军被百花女迷恋了，方知我焦廷贵之言不谬。"狄青冷笑道："怪不得杨元帅在日，言焦廷贵是个痴呆莽汉，如小儿戏笑，一味啰唣，不分上下，弄唇翻舌。前时殴打了钦差，险些儿累及了元帅，若无包拯回朝分辩，你的吃饭东西也难保牢，看你还得在此多言么？"众将官听了，人人忍耐不住，发笑不止。焦廷贵道："你们众人言皆至当，我说的皆是戏弄，从今日始，我闭口不言，像个木头人一般就是了。"当下飞山虎辞别众人，前往西夏而去。

过了数日，有朝廷钦差颁诏旨到来，外厢传鼓冬冬，狄爷传齐众将，同出帅堂，吩咐大开正南门接旨。早已排了香案，天使开读诏书道："敕加副元帅狄青为招讨正元帅，石郡马为招讨副元帅。张、李、刘三将，俱封将军之职，以下众将官，俱加升三级，各军兵俱有奖赏。"敕命读罢，元帅众将与钦差赵林见礼，他官居参知政事之职，为人忠鲠，史称赵爷，与包公并列，二人皆是宋室之贤臣。君命在躬，宣读毕，即时告别。狄爷并众将款留不住，只得殷勤送至城外，登车而去。当下元帅以及众将各进帅府，范、杨二人相见称贺正副元帅，一同见礼坐下。狄爷道："今因杨元帅升天，蒙圣上洪恩，敕令忝居帅位，只忧才庸德薄，难当此任。伏望范大人、杨老将军诸事指教，并望诸位将军随时襄护。”众将齐道：“二位元帅，功劳卓著，圣上加封拜帅，实称厥职，何用太谦？”狄、石二人称谢。石玉道：“今虽敌兵远去，未能心服，难保无虞，当早为备战，策胜出奇，方不负圣上顾托深思。”狄爷道：“石大人之言，甚属有理，深谋远虑，我不及也。”是日，二人会商调遣，狄青乃正元戎，自然是他做主。

未知刘庆往西夏国探听得如何，且看下回分解。

第六十六回

稽婚姻狄青尽职　再进犯夏主鏖兵

却说赵钦差去后，一日石玉接得家书，即晚灯下观看，已知岳父母康健，郡主来书贺喜。意欲回家问候，只因道途遥远，并有王命在身，未敢擅离边关。次早，正副元戎升帐，大小三军参见已毕。狄元帅拔令箭一枝，对张忠说道："张贤弟，你统领偏将十员，一万二千五百精兵，俱穿青衣青甲，在东门镇守，大旗上书一'虎'字，灰石弓箭滚木齐备。倘有敌兵，以炮为号，西南北自来接应。"张忠领命而去。又拔令箭一枝，对李义说道："李贤弟，你统领十员偏将，一万二千五百精兵，各穿红衣红甲，在南方镇守，红旗上书一'虎'字。倘闻炮声一响，各处接应，不容怠缓。"李义得令而去。转想焦廷贵乃狂妄之徒，不堪把守重任，但刘庆未回，且等他暂守北方，待刘庆回来，再行交卸。元帅随呼道："焦廷贵听令！"焦廷贵踏步上前，叫道："二位元帅，有何军令差遣？"元帅道："北方尚缺领兵之人，只因刘庆未回，如今有屈将军代为把守北方，待他回关再行交卸。你领十员偏将，一万二千五百精兵，俱穿黑衣黑甲，把守北门，黑旗上大书'虎'字。一闻号炮，即要接应，不得延迟，如违定按军法，决不姑宽。"焦廷贵领命而去，自言道：难道我焦廷贵做不得领兵头目么？偏要待刘庆回关，真乃看我太轻。我今只不分辩，那时独自成功，方显我焦将军非居人下者。

元帅分派已定，自与石副帅镇守正西，五万精兵，俱穿五色青、黄、赤、黑、白，大旗亦分五色，另建高大白旗，上书“五虎卫金汤”五字。看东南西北四门城上，真乃杀气冲天，号令威严，众将兵哪个敢不遵服？

不表中原主帅调兵，且说西夏主元昊得报兵败，心实恼闷。这日坐朝，向众臣言道：“孤一心贪图中原的锦绣江山，只道唾手而得，岂知兴师有年，胜败无常，计已折去精兵百余万，勇将数十员，昨差首将薛德礼攻瓦桥关，杨老将身亡，只道大宋稳拿，不料又出小将狄青、石玉等一班小奴才，如同猛虎，杀得我邦兵残将戕，孤心实有不甘。倘得一智勇兼备英雄，领兵复去搅扰他一番，侥幸得胜，统倾国之兵，杀进汴京城，倘若不能取胜，然后度势而为，也未为晚。”言未了，部班中闪出一员凶狠武将，名唤孟雄，奏道：“臣闻中国狄青小将，善用一铜面鬼脸，吓死我邦上将无数，更兼箭法高强，故屡借二物取胜。今臣手下有部将二员善于喊叫，敌将一闻，犹如烈雷打顶，声似山崩，其人即心惊意骇，跑走不及。平日已于臣部署中试验，众将人人惊惧，今臣愿领兵进攻宋境，以拿狄青，仗我主之威，胜之必矣！”元昊道：“将军果有二将之能，即封为左右先锋，卿为统兵主帅，领兵二十万往灭狄青，以报御弟赞天王、薛元帅等之仇，少解孤心之恼。”当下孟雄领命，往教场中，点足二十万精兵，带了左右先锋，一名吴烈，一名王强。有百花小姐愿冲头阵，要报复父仇。

按下西夏调兵，先说刘庆席云腾上云端，一到西戎国境，早已探听分明。当日教场点兵之时，恨不能落下云头，将他领兵主帅割下首级。当下只因一人，本事纵然高强，怎敌得千军万马之众，倘有不测差池，岂非又被焦廷贵耻笑，况起行时众人叮嘱不可鲁莽，中人陷阱，不免早些回去，报知元帅，好预备迎敌之策，当下不分昼夜，席云赶回关中，只见刀枪密排，旗幡招展，东西南北四门，皆是一般森严。刘庆道：“这又奇了，难道贼师早已到关攻打不成？我驾云，他步走，岂能比我倍加捷速，谅来决无此理。定然元帅调拨兵将在此镇守，故今队伍严肃，刀斧交连，待我先从北门而进，看其动静如何。”远远只看见黑旗上大书“虎”字，尽是黑衣黑甲的军兵，不知何人在此把守，想来狄青乃一少年，今杨元帅死了，他为主帅，果有将才，怪不得杨元帅敬重。当时刘庆飞进城去。守城巡逻军一见，认得是刘将军打听军务回来，即去报知焦将军。焦廷贵想道：刘庆必是回家，耽搁数天，说什么打听西戎消息，待我玩耍他一番，然后禀知元帅，交卸北门与他。想罢，呆头呆脑地跑上城垛，喝道：“刘庆，你回来了么，好大胆子！也不令人早来通报！我命你探听西夏军情，且一一禀明我焦老爷得知。”飞山虎闻言，顿觉惊骇，因何焦廷贵出此大言，即道：“焦将军，你今领兵在此把守么？”焦廷贵道：“刘庆，你还未知其详，自那日你动身去后，圣旨下来，敕封狄王亲为正元帅，又敕封我为副元帅。你不该如此慢待，不敬我副元帅，有失军威。”刘庆道：“焦将军，果真如此，还是你妄言哄我？”焦廷贵道：“谁来哄你，且观几员战将，归我管辖，数万精兵，由我调拨，难道是假的？”飞山虎道：“但不知圣上颁来旨意，亦提及末将之名否？”焦廷贵道：“圣上诏旨全然未提及你之名姓，想必你无名小卒，只好做个军前探子。我当初原教你不要去探听为妙，如今且在我帐前做个当差之人！有功之日，候再提升吧！”刘庆听了，好生不悦道：“岂有此理，难道我刘庆止做个探子当差之辈，我情愿隐藏山林，做个农夫，倒也无忧无虑，何苦强在营中效力疆场？”焦廷贵道：“刘将军，休得动气，到底你探听得西夏贼情如何？且说个明白，待我交元帅印，让你统辖军兵，我却在你麾下听令，全凭差遣，如何？”刘庆道：“此言差矣！你承圣上敕命，怎可让与别人？待我说知西贼之事，可笑夏主不知见机，重新又要兴大兵二十万，领兵主帅乃是孟雄，更有二位先锋，百花女将为头阵，不日杀奔前来。”焦廷贵道：“如此果也元帅虑得到，你也算得探听分明，看来这副元帅只好让你做了。”当时焦廷贵说得糊糊涂涂，飞山虎听得将信将疑。焦廷贵又道：“刘将军，你可在此管辖众兵，待我与你报知元帅。”刘庆道：“不可，你乃执掌帅印之尊，如何教我代管，我亦不敢担当。待我自进帅堂报禀，方是合宜。”焦廷贵闻他此语，只得由他进去。

刘庆一路想着焦廷贵之言，只道他当真受封为副元帅，故今统领将兵，在北门驻守。但一心思量，意气不平，因何兵符副帅，属了此人，这样蠢夫，如何会提兵调将，岂不败坏了大事？此时已走到东门，只见高高插起青旗，上书一“虎”字，众将兵青衣青甲，又见南门西门，俱有兵将把守。进至中堂，正要通报，忽见圣旨下来。原因狄青少年尚未结婚，范大人的小姐，正当及笄之年，美丽非凡，范爷久已留心狄英雄，故前月附本奏闻圣上，求君做主，不怕狄青不依，又觉对面难于启口．故未发言。今日旨命一下，范爷早已明白，不觉喜色洋洋。狄元帅想道：军务在身，哪有闲暇议此婚事？当即辞谢。范大人笑道：“此乃圣上美意，理当早谐花烛，小女纵然不才陋质，下官不敢仰攀，但念旨命难违，请允小女权执箕帚，王亲大人休得推辞。”狄元帅不便执拗，只道：“蒙大人过爱，圣上隆恩，但今军情事急，且待兵退之日再议。有劳大人拜本奏复圣上，晚生也有本章附呈。”当时赍本钦差，乃是杨元帅之子杨文广。他在朝奏知圣上，要到边关助敌，建立武功。天子见他虽然少年，实乃将门之子，是以准旨允请，并颁旨附带范、狄联姻之事。当即会见正副元帅，范、杨等众位将军，一同见礼坐下。又见飞山虎到来，将西夏兴兵之由，一一禀知。狄爷道：“范大人，可恶西夏贼复动干戈，如今且理军务，再议婚姻便了。”范爷听言无奈，只得允从暂停姻事。连夜修本，差人赍送，狄元帅也附一本，达呈御览。

话分两头，却说夏将孟雄带领二十万雄兵，左右先锋作头阵，一到边庭，探子报上离城不远。孟雄吩咐于五十里之外，安营下寨。

且言宋将刘庆，是日回关，已领守北门，方知焦廷贵满口胡言。忽一日探子报进，贼将带兵攻城。狄元帅传令，众将候差，真乃明盔亮甲，层层密密，剑戟如林。当时元帅差刘庆往冲头阵，着焦廷贵助阵，叮嘱小心为要。二将领兵二万，炮响出关，刘庆一马飞出，大喝道："杀不尽的贼奴，败而复来送死，今日休思逃脱！"西夏将吴烈大怒，手拿铁棍打来，刘庆用大斧急架，战杀一场。不意吴烈大喊一声，如同霹雳，马也惊走，刘庆吓得几乎跌于马下。这吴烈是惯家，趁敌人一惊，手略一慢，举棍打下。刘庆早驾席云帕，飞到天空，将马首打碎，跌仆尘埃。焦廷贵一见，怒喝道："狗奴才，休得逞凶！"一棍打去，吴烈接马交锋，各逞强狠，一连冲杀数十合。焦廷贵一生狂莽，何尝惧怯敌人，但本力欠三分，一刻抵敌不过，心中着急。想来可恼飞山虎，我与你掠阵助战，岂知你跑上空中，脱身而去，贼将又厉害不过，如今不妙了。果然抵挡不及，贼将铁棍照肩上打来，焦廷贵侧身一闪，已打中手上，血滴淋漓，大喊不好，忍痛拍马奔逃。贼兵呐喊如雷，追杀上来。宋阵上张忠、李义奋勇杀上，贼兵渐退。吴烈大怒，又大喊一声，宋兵吓得倒退，不敢追上，只有张忠、李义将刀枪并刺。吴烈不能抵挡二般兵器，只得复喊一声，二将连听数次，已经惯了，全然不惧，吴烈只得败走。又有王强上前助战，四将杀在一堆，未分胜负。

不知杀得如何，且看下回分解。

第六十七回

美逢美有意求婚　强遇强灰心思退

且说大宋四员虎将，与西戎二将各显奇能，直杀得烟尘滚滚，胜负难分，王强忽然大喊一声，比吴烈声音倍加响亮，二匹战马，惊跳起来，几乎将张忠、李义跌下尘埃，心下慌忙，刀枪略慢。狄元帅在旗下与石玉言道："二将气力不加，不如收兵为上。"石玉道："狄哥之言，甚合兵法，且收军吧。"即下令鸣金，张忠、李义带兵回关。西夏二将，也收兵回营。张忠进关，见了元帅道："与贼将交战未分胜败，如何即刻收军？"狄、石二元帅道："二位贤弟不知，本帅看来，二名贼将本领很强，一时恐二位贤弟有失。况焦廷贵现已受伤，想来二贼也是劲敌。行军之道，凡事俱要谨慎，切忌暴躁。今日暂且收兵，明日再议良策。吾等同心合力，何惧西戎？你二人劳苦半天，且往后营安歇。"二将谢别正副元帅而去。只见焦廷贵已在帐中狂喊叫痛，又怪刘庆走脱不来帮助。

不表三人在后营安息，且说刘庆至帅堂缴令道："小将奉令出敌，不意贼将大喊一声，犹如天崩地裂，幸得小将快驾席云帕逃生，战马已被打死，特来请罪。"元帅道："胜败乃兵家常事，何须请罪？刘将军且退回本寨，明日出敌，自有破贼之策。"刘庆告退。

不提宋军归队，再说贼将收军回营，稽查军兵，折了八千余人。一进大营，来见孟雄元帅，禀知交锋情节，初阵打退二将，一将飞跑云头。第二阵又冲出二员宋将，本事高强，不畏咆哮，只因宋兵甚锐，反伤去兵丁八千余人，今日只作败阵，望元帅恕罪。孟雄听了冷笑道："二先锋休奖宋兵之勇，反灭自己威风，且看本帅，明日亲临出敌，必定取胜。"

次日西戎主帅挑点精兵三万，带领左右先锋，并百花女一同来至关前，喊杀连天。宋阵中狄元帅自冲头阵，左孟定国，右沈达；中军石副元帅，领精兵三万；有杨文广督住后阵。号炮一响，二马齐出，狄元帅与西戎孟主帅两下交锋，各逞生平武艺，杀得尘扬丈余。西夏阵中飞出左右先锋，宋阵中孟定国、沈达也拍马出来接应。后阵百花女催动数万精兵，杀上前来，宋阵中杨文广小将军也催兵杀来。此战真是将与将战，兵与兵斗，杀得征尘四起，雾锁长空，战鼓如雷，喊声大震。

当时两位元帅刀斧交加，无分上下，你不饶，我不舍，战在一处。狄爷想道：西夏贼将本领高强，难以取胜，不免用穿云箭伤他便了。大刀一格，正要取出宝箭，只闻二个贼将大吼一声，真觉震天响亮。狄元帅也觉心惊，即忙收回宝箭，复又斗杀。那王强、吴烈喊叫全仗元气精神，喊叫过后，渐渐疲困，必须养息一会，方能再喊。此时连连杀喊，气力不支，抵敌宋将不住。又有孟雄与狄青杀个平手，石玉一马飞出，大喝道："逆贼休走！"举起双枪便刺，孟雄闪开，大斧架住，三马交战，孟雄怎能抵挡二般军器，渐觉两臂酸麻，不能抵敌，拍马而逃。狄青指挥众兵追杀，西兵因见元帅败走，心慌意乱，四边纷纷奔逃。后军百花小姐一骑飞出，适值杨文广小将军拍马杀出。百花女一见宋阵上一员小将，生得面如冠玉，不由心下惊骇。那杨小将军亦是翩翩少年，一见女将生得如花似玉，亦不觉骇异，暗想道：西域异邦也有如此美色。当时两下呆看，忽闻两边敌兵喊喝，二人方悟是在阵前。

各通姓名，百花女方知这位小将就是杨元帅之子，暗忖：常闻杨元帅威仪凛凛，穆氏夫人美质无双，是以此位杨公子如此美貌。唯思奴自母亲早丧，随父南征，又遭丧败沙场，本国并无弟兄亲属挂怀，不如投降中国，得配此位小将军，胜做王后。想罢，假意冲锋，不上数合，小姐拍马诈败而走。奔至郊外无人之所，即抽转马头，杨文广追至，催马数步，大喝道："小贱婢休走，吃吾一枪！"言毕，照着面门便刺。百花女用枪架住，呼道："杨公子，休得动手，容奴奉告一言。"

只说飞山虎未奉将令，暗驾席云帕见得众人得胜，心中暗喜。正要跑下助战，只见杨公子追赶百花女远远飞跑。想道：杨公子乃是将门之子，但百花女乃一员厉害女英雄，况公子年轻，初上战场，倘有埋伏追赶进去，一有疏失，如何是好？我不如就在云端，一路随他跑去为是。只见百花女回身向杨公子打躬，刘庆一看，早已会意，是她一心恋定杨公子了。只闻百花女呼公子说道："奴本是父母俱亡，更无兄弟亲属，有心归顺天朝，未知公子肯容纳否？"杨文广听毕，道："你果诚心归降，待我禀明元帅，约你回营，做个内应，不知你意下如何？"百花女四顾无人，开言道："奴实心归顺宋室，唯思乃一个年青弱女，无可为依，欲托微躯于公子，未知尊意若何？"杨文广听了怒道："你乃一个女子，不知廉耻，不凭媒妁而私议婚姻，有是理乎？"百花女听了羞忿，面上通红，呆了半晌无言，又呼公子道："奴非私奔淫女，因父母俱亡，终身无所依靠，故忍垢含羞，反为自荐。伏望公子谅情鉴察！"公子未及回言。这时飞山虎按下云头，反吓得二人一惊。刘庆笑道："杨公子，既然百花小姐诚心归顺我邦，你亦何妨顺情俯就？况你二人皆是青年美质，堪为百年伉俪之好。"杨文广道："刘将军，此言差矣！她即是青年少女，也不该在阵上说婚，岂不羞惭！"随即催马回关而去。刘庆道："小姐既有实心归顺天朝，并公子婚事，都在末将身上，必不耽误小姐良缘。”百花女听了，自觉羞惭，又闻刘庆将婚配之事，一力担承，便道：“既蒙将军鼎力玉成，不胜感戴。日后倘有用奴之处，无不遵命。唯望将军回关，禀知元帅，实心归顺，不敢虚妄。”飞山虎允诺，说道：“此事一定圆成，小姐毋庸疑虑，如此请回以待好音便了。”飞山虎仍驾席云帕，腾空而去。百花女看见，不觉称奇。

且说刘庆回关，细将此事禀知元帅，狄元帅问道：“但未知杨公子意见若何？”文广道：“她乃敌国女子，况在阵上订婚，未曾禀知母亲，焉可行得？望元帅休听刘将军之言。”元帅未及回言，有范大人笑道：“此乃是一场美事。况此女今愿归降，并肯为内应，目下可以成功，与公子配姻，真乃天作之合，老夫定必与贤侄执柯，奏明圣上做主。你言阵上招亲为非理，即杨元帅亦在阵上匹配穆氏夫人，是老夫目睹，贤侄休得推辞。”杨青笑道：“范大人好记性，将老元帅四十年前招亲之事又提一遍。想吾老杨自随延昭老元戎镇守此关，算来已有六十二载。人生在世，犹如一场大梦，回头一想，吾年已七十八了。吾劝贤侄，休得推却此段婚姻美事，范大人决不至陷你于不义。”众位将军听了，人人喜悦，都道：“老将军之言是也！”杨公子道：“二位大人与元帅之言，小侄怎敢不依？”范、杨听了大喜。是夜只因大胜回来，排筵犒赏不表。

且说孟雄败回营中，计点兵将，折去二万余人。受伤者不计其数。看来实难取胜，不如带兵回国，见了夏主，奏明求和。吴烈、王强二先锋说道：“元帅不可因败灰心，不若明日再决一死战。”百花女道：“不可，奴乃二次出师，看来不独狄青智勇双全，即众将个个都是少年英雄。兵精将锐，料难取胜，不如投降为上。”孟雄道：“小姐高见，甚合吾意，明日收兵还邦。”

且说次日五更，夏营正要拔寨登程，忽一队军马来投伙。此人姓牛名刚，在大狼山自与牛健分手后，又恐杨元帅领兵来征，故带兵丁回到磨盘山。忽遇着庞喜、庞兴，三人合住在磨盘山，打劫抢夺居民。李继英是五云汛千总，张文是守备，二人几次打退他们，正商议强盗盘踞在此，有害居民，不如禀明元帅，调兵征剿。不想牛刚三人来投西夏。孟雄正在打点欲动身回国，不意中得了数万兵来投降，三人即时拜见，孟元帅心中疑惑不定，细细盘问，方知他们原是强盗，随即收下录用。重新整兵离营，尽数而出，单留一万兵与百花女在营。

却说狄元帅等在关前，有巡查军士，拾得百花小姐的箭书一封，始知磨盘山强盗投到西夏助战。狄爷对石玉道："此乃癣疥之疾，何足惧哉！"忽又有继英、张文求见，请元帅发兵征剿山寇。元帅说道："山贼已投西夏去了，无须发兵。"张、李大悦。是日，探子忽报西夏讨战，二位元帅随即分派四路军马迎敌，另点一军，暗抄后面，烧毁大寨，待他回营，无所驻足。

未知宋、夏交战，谁胜谁败，且看下回分解。

第六十八回

赵元昊兵败求和　宋将帅凯旋完娶

却说宋营调兵，元帅令张忠、李义领兵五千，担任头阵；又令沈达、刘庆领兵五千，担任二阵；尚有焦廷贵受伤未痊，在营养息。又令岳刚、牛健领兵五千，担任三阵；李继英、张文领兵五千，担任四阵。发兵一万，与小将杨文广，从后抄到西夏大寨放火，使他首尾不能相应，心慌意乱，无心恋战，可一鼓而擒之。分拨已定，正副元戎各带兵五千，攻击中军，即吩咐放炮开关。西夏军马不约而同，亦是分兵而出。张、李二人飞马并出，五千锐兵，喊杀如雷。却遇吴烈挥兵混杀。张忠、李义奋勇杀进，吴烈抵挡不得二般军器，逃走不及，已被杀于马下。西兵见主将已死，四散奔逃，宋军追杀，死者甚多。

不说张、李得胜，又言王强领兵一万正在骂战，有刘庆、沈达二人并马奔出，不问情由，双刀并举。王强急架过去，宋兵卷地杀上，西兵惧怯，早已纷纷逃散。王强压制不住，又抵挡不得，只好拍马回头而奔。沈、刘二将随后追杀，又遇着张忠、李义抄后杀来，拦住去路。王强着急，只得拨转马头，刘、沈赶到，一刀将他斩于马下，西兵数千，尽皆投降。

且说岳刚、牛健领兵五千，正遇着牛刚，牛健叫道：“兄弟堂堂丈夫，不思故土而降于外夷。我与你虽是兄弟，今你投降西夷，就是敌国，今日在战场之上，不能以手足之私而废公论。”言毕，即举大刀劈去，牛刚急忙举枪架定道：“哥哥说各为其主，不能以私废公，兄弟也不怪你。”二人动手起来，本领不相上下，杀得无分胜败。岳刚不知二人说的言语，想来牛健劝他投降不肯，故而杀将起来。岳刚把马一催，杀上前来，牛刚不能抵挡二般兵器，手略一慢，却被岳刚一刀，挥做两段。岳，牛二人合兵杀上，西兵各自逃生。

再说李继英、张文领兵五千，攻打第四阵，二马飞奔杀进，逢着庞兴、庞喜正在耀武扬威。继英大喝道：“该死狗强盗，今日也来送死，正好赏你一刀！”二庞并不答话，提斧杀来，张文、继英二人连忙举枪架过，你掤我架，我劈他抵。杀了半刻，二庞本事不大，哪里抵敌得住，被李、张逼近身旁，一枪刺于马下。西兵杀得七零八落，纷纷逃窜，单剩得中军主帅孟雄，一柄大刀，抵住狄、石两位正副元帅，渐渐不支。又见宋将纷纷杀到，军兵四散逃命，方知难顾残兵，即闪开刀枪，拍马而逃，数万精兵，十去其七，所存者不过三分之一。

且说小将杨文广领兵一万，从后抄至贼营，正在喊杀，要放起火来。百花女跑出营来，看见杨文广，便道：“且慢放火，内有马匹粮草颇多，有兵万余，将粮草搬进关中，有何不美？”文广道：“小姐高见不差。”百花女随即回营，告众军道：“今日元帅大败，逃回本国去了，你等不如投降，免遭杀戮。”众军答道：“愿降！”百花女笑道：“如此可将粮草马匹尽行搬出。”众军登时照办，杨文广叫人放火，将大寨烧焚，随同百花女押送进关。

且说宋军得胜回关，人人献功，独不见了杨文广回关，元帅心中着急。唯有飞山虎道：“人人对垒，尽是军兵敌将，只有杨文广领兵去烧营寨，守营者乃是百花女，小将昨日窥测杨公子口虽推却婚事，心实所愿，我对百花女也曾一力担承。至今未回，谅必要与百花女一同回关，元帅何须多虑？”范爷笑道：“此事被刘将军猜着了。百花女早晨有书信言明，磨盘山强盗投降。今日百花女守营不出，公子奉命往烧贼寨，定必同百花女回关。”元帅道：“虽然如此，公子乃是杨门之后，倘有疏失，如何是好？不如着刘兄弟出关探听一下。”飞山虎正要出关，军士报道：“杨公子并投降女将，领了降军，现在辕门候元帅钧旨。”元帅听了大悦，即着请进，一同见礼坐下。元帅对范爷说道：“不若将百花小姐送至尊府，等赵元昊纳降之日，一并奏知圣上，以待公子完婚，老大人尊意如何？”范爷道：“元帅之言甚是。”即命将百花小姐送到范府，与范小姐一处住下。是日正副元帅，将众将官功劳一一记载明白，吩咐排宴，犒赏大小三军，饮至更深方罢。

当日敌人杀败，孟雄正欲回营，与百花女一同归国，岂知大寨火光通天，心中甚为惊骇，又不知百花女存亡，暗想道：宋邦杨宗保虽死，又生出狄青等几个英雄，本帅深悔当初恃勇逞强，妄想侵凌，领兵二十万，猛将数十员，如今只剩得几千残兵回国，岂不羞惭！走了数日，始到本国。这日早晨，国主临朝，孟雄跪奏领罪，将战败情由一一奏知。夏主听奏大惊。孟雄叩头谢罪。夏主道：“卿家平身，此非你不尽心竭力，乃狄青兵精将勇，更兼智谋，实难争锋。卿且回家养息一月，再作计谋。”孟雄谢恩出朝。夏主又与群臣酌议，众文武奏道：“大宋将勇兵精，实难取胜。我主屡次兴兵侵扰宋土，他若乘胜来征我邦，如何抵敌？不若趁宋军未到之前，先上降书请和为上策，未知我主圣意如何？”元昊说道：“众卿所奏有理，事有不可为而为之者，如今出于不得已，且修求和表文。”夏主当下修了表文，即传旨库中，取到金珠土物，用车辆载起，差文武大员，即日登程，望边关一路进发。

且说边关狄石正副元帅酌量，西夏兵竭将疲，不敢轻视我们，想必求和于我国。石玉道：“可恼西夏屡次兴师，侵犯边疆，若不分镇四路边城，则山西全省，非朝廷所有。”范爷道：“此患非今日初酿，前因吕夷简专权，先帝又为姑息，粉饰太平。夷简朋比为奸，蔽塞圣聪，将忠良之臣，纷纷贬黜，只图肥已，不顾天下之患。故西夏窥视我土，时犯我疆，皆是这班奸党之过，岂不可痛！”言毕，莫不感恨咨嗟不已。

这日元帅修齐本章，即差孟定国赶送汴京，达呈天子。其时包公陈州赈饥之事已完，回朝复旨。是日天子设朝，孟定国呈上表奏，俯伏金阶。本章上大意道：“西夏又兴兵二十万，力攻边关，已被杀败逃回。有百花女至关投降，并带粮草马匹无数，又与杨文广订定婚姻，臣等允其降伏，然招亲之事，不敢自专，恭候圣裁。”

天子观罢奏章，龙颜大喜，即道：“西戎大败，是国家之幸，既然女将归顺我朝，况有功于国，正该与杨文广婚配，待朕做主，着杨文广回朝完姻。狄青职司主帅之任，不容离关，即于关内与范氏完姻。边关出力将士一一加封，即着孟定国领旨回关，毋庸另派钦差往返。”孟将军谢恩出朝。过得几日，黄门官启奏：“西夏国差使臣二员来朝求和，有表章并土仪之物进贡，现在午门外候旨。”天子即传旨宣进，使臣来到丹墀，两班文武威风凛凛，侍立两旁。使臣一见，这与外邦威仪，大相悬殊，俯伏跪下，谨呈表文，略曰：

> 西夏罪臣赵元昊表奏大宋皇帝御前：罪臣不自忖度，屡次妄动干戈。天威临莅，罪及于臣，无可分辩。伏念臣因不修德而妄犯上，臣下武夫，更恃其强勇，百般唆诱。臣本愚昧，初不加察，利欲心动，兴兵侵扰，迨雄师丧于疆场，勇将亡于越境，方知上天警戒战逆之戾。伏乞仁慈，泽被万方，恕臣万死，当世守臣节不敢再萌妄念。僻壤小邦，谨呈土物，冒渎天威，易胜战栗之至！

圣上览毕，又见表后附呈贡单，除珊瑚、玛瑙、沉香等物，尚有赤金五万两。圣上道：“外邦使臣平身。”二人三呼万岁已毕，立于丹墀之下。圣主道：“二卿，你主赵元昊屡次妄动干戈，理该征讨。既已知罪悔过，寡人且免究治，许其自新。二卿还邦，转达你主，自今之后，务须永守臣节，岁贡无误，各分边界，不妄生祸心。倘或再践前辙，朕决不宽容。”二使低首回奏道：“仰感圣恩洪福，泽及边远微臣，邦主感激不尽，焉敢复怀邪念，以负圣恩？”当日册封赵元昊为西夏国主，厚赐使臣，着他即速回国而去。自此未、夏相和，不复用兵。

按史：仁宗庆历三年西夏平伏，后传至第九主，至理宗宝庆三年，元灭之，与金同亡。此是后话，休多烦表。

且说孟定国归至杨府，把公子家书送与穆夫人、佘太君，二人大喜道：“杨门有幸，今已立下战功，圣上敕赐完姻，更有荣光。”是日圣上敕旨，孟定国复回边关，即刻拜辞佘太君并穆夫人，登程而去。数十天水陆程途，方回边关。军士报进，元帅即令传见。孟定国道：“有旨在外。”元帅即命安排香案接旨，仍是孟定国宣读旨意：狄青加升公爵，范小姐诰封一品夫人，吉日在关完婚。石玉加升侯爵，张、李、刘三将封五虎镇国将军，孟定国升威武将军，焦廷贵升威烈将军，岳刚升忠勇将军，沈达升义勇将军，张文封轻车都尉，李继英封都司，牛健封千户，杨青加授龙虎大将军，范仲淹召取还朝，入阁拜相。其时因吕夷简被众谏院劾他专权误国，加害忠良，他自知难掩公论，辞相位，致仕告退，圣上允准，故召回范仲淹还朝入阁。另旨：杨文广袭父王爵，不复加升，诰封百花女一品夫人，回朝完姻。其余副将偏将，共有百余员，论功升赏，并犒赏三军，不能一一尽述。

且说狄青遵旨在帅府完姻，大设筵宴，大小三军将士庆贺，更有天子钦赐之物，十分热闹不提。次日杨公子奉旨回朝，与范爷同往拜辞正副元帅并众位将军。狄青即修家书，接母亲、姐姐同至边关完叙。又有书五封，附搭杨公子回朝，一封与潞花王母子请安，并禀知自己授爵完姻之事；一封与呼延显老千岁请安，感谢提拔；一封托送韩府，亦是请安；一封托送包府，感谢请安；一封托送佘太君请安并贺喜。

杨公子回朝，先至金銮殿叩谢皇恩，然后回府拜见佘太君、穆氏母亲，并众夫人。先已选定吉日，奉旨结婚。是日杨府挂灯结彩，王侯大臣都来道喜庆贺，设排筵宴，一连数日。日后夫妇伉俪甚得。

再说石玉也有书信寄回长沙，接取母亲、姐丈、姐姐到关相叙，一封书送至高府向岳父母请安，并接取郡主到关完聚。

又有刘庆在关，对元帅说明，要回潼关，接取母亲并妻子到关。元帅说道："今已国家太平，有家属者正该迎取，未知贤弟何日动身，须要早会早回，免得本帅挂怀。"刘庆听了大喜，即谢了出去。

此时朝中尚有庞洪、孙秀、胡坤等三奸，见狄青、石玉等威镇边关，虽欲谋害，却是无计可施，只得闷闷不乐。日后也曾兴风作浪，却被包公、狄青识破。此是后事，也就不多絮烦了。

大数据区块链金融

贵阳的实践与思考

王玉祥　杨　东　刘文献◎主编

中信出版集团 · 北京

图书在版编目（CIP）数据

大数据区块链金融：贵阳的实践与思考 / 王玉祥，杨东，刘文献主编. --北京：中信出版社，2018.5（2019.10 重印）
ISBN 978-7-5086-8970-8

Ⅰ. ①大… Ⅱ. ①王… ②杨… ③刘… Ⅲ. ①地方金融事业-研究-贵阳 Ⅳ. ①F832.773.1

中国版本图书馆 CIP 数据核字（2018）第 086589 号

大数据区块链金融——贵阳的实践与思考

主　　编：王玉祥　杨　东　刘文献
出版发行：中信出版集团股份有限公司
（北京市朝阳区惠新东街甲 4 号富盛大厦 2 座　邮编　100029）
承 印 者：中国电影出版社印刷厂

开　　本：787mm×1092mm　1/16　　印　　张：15.5　　字　　数：150 千字
版　　次：2018 年 5 月第 1 版　　印　　次：2019 年 10 月第 2 次印刷
广告经营许可证：京朝工商广字第 8087 号
书　　号：ISBN 978-7-5086-8970-8
定　　价：65.00 元